Dom Pedro I Vampiro

NAZARETHE FONSECA

Dom Pedro I Vampiro

Planeta

Preparação: Erika Sá
Revisão: Luciana Paixão e Paula Nogueira
Diagramação: Vivian Oliveira
Capa: Departamento de criação Editora Planeta do Brasil
Imagem de capa: Led Nesti

CIP-BRASIL. CATALOGAÇÃO-NA-FONTE
SINDICATO NACIONAL DOS EDITORES DE LIVROS, RJ

F745d

Fonseca, Nazarethe
Dom Pedro I Vampiro / Nazarethe Fonseca. - 1. ed. - São Paulo : Planeta, 2015.

ISBN 978-85-422-0543-5

1. Vampiros - Ficção. 2. Ficção brasileira. I. Título.

15-22808 CDD: 869.93
CDU: 821.134.3(81)-3

2015
Todos os direitos desta edição reservados à
EDITORA PLANETA DO BRASIL LTDA.
Rua Padre João Manoel, 100 — 21º andar
Edifício Horsa II — Cerqueira César
01411-000 — São Paulo — SP
www.planetadelivros.com.br
atendimento@editoraplaneta.com.br

Prólogo

A Caçada

Dizer que o dia morre é uma metáfora para a beleza que ocorre no céu quando a Terra gira e nos afasta do seu brilho protetor. Ainda no campo das alusões, posso dizer que vejo a Terra como uma bela jovem que, decepcionada com seu amante, dá-lhe as costas e esconde-se na escuridão da noite. Esse evento, que se torna parte da nossa rotina e passa despercebido, marca o tempo, as horas, a existência de criaturas que têm a noite como seu dia.

Numa dessas mortes, o sol parou de brilhar sobre a avenida Paulista. Foi um dia cinzento carregado de nuvens escuras, poluídas. Havia claridade, não luz. O astro-rei tentava inutilmente iluminar, colorir; contudo, as nuances escuras, carbônicas, eram mais fortes e impiedosas. Tingiam o céu com entediantes tons de cinza.

Em poucos minutos, a escuridão cobriu a cidade antes do previsto. A luz recuava através dos prédios em uma linha reta, enquanto a escuridão cobria tudo. Era como se toda a luz escoasse para outra dimensão. O que restou foram as luzes artificiais dos postes, faróis e prédios. O som do trânsito não diminuía, e o fluxo incessante de vida ia e vinha pelas vias.

Como dormir numa cidade que jamais para? Despertar em meio ao som das buzinas, dos motores de milhares de carros. Nem mesmo o concreto dos prédios, nem mesmo sob o asfalto o ruído parecia ter fim.

As pessoas não olhavam para cima. Afinal, elas sabiam o que havia sobre suas cabeças. Invadindo seus pulmões, o ar pesado de mais uma noite em uma metrópole. Estava nos noticiários, na previsão do tempo. Mas elas apenas continuavam se movendo, brotando de vários lugares como abelhas em uma colmeia gigantesca.

Se olhassem poderiam tê-lo visto despertar e ficar à borda do mundo. Sim, de sua sacada, Pedro sempre as observava — as pessoas.

O ritual se repetia noite após noite. Aquele era o melhor modo, à distância. Ali, protegido pelo concreto e pelo vidro, via o mar de luzes, as pessoas em janelas como a sua, metros abaixo, em constante convulsão. Milhões de corações, pensamentos que se misturavam transformando tudo numa grande confusão ininterrupta. Algo cansativo, que com o tempo pode ser isolado, até esquecido, mas jamais ignorado. Cada coração, cada batida era um sinal de vida, de sangue.

Ao sair da cama, pegou o roupão de seda e o vestiu. Não o amarrou e, a cada passo, o peito desenhado por músculos bem definidos ficava visível. Um homem de trinta e seis anos no auge de sua beleza física. Andava descalço pelo apartamento e a brisa fria não o incomodava. Passou pela cozinha e quando chegou à sacada tinha uma caneca nas mãos. Observou os pombos escondidos, adormecidos nas colunas do prédio, e sorriu. Gostava de tê-los ali arrulhando, adormecidos; trazia-lhe certa alegria. Desviou a vista dos pássaros e sorveu o conteúdo da caneca.

Bebia vagarosamente, aproveitando o líquido quente e denso. Fechou os olhos por um minuto e sentiu a dormência que sumia lentamente, um leve formigamento percorria seus músculos anunciando que estava completamente desperto. Respirou fundo e semicerrou os olhos. Algo estava errado. Um dos pombos abriu os olhos e se moveu assustado. Um segundo depois, Pedro lançou a caneca sobre o ombro e se abaixou.

A lâmina cortou o ar e acertou a porta de vidro, que se despedaçou ruidosamente. A caneca cortou o ar e acertou a cabeça de um dos invasores à pouca distância, espatifando-se.

Um segundo mais e Pedro teria perdido a cabeça. Abaixado, fitou a espada recostada à parede onde jaziam os restos da porta. O segundo movimento foi seu, o aço brilhou nu sob a luz fraca que vinha da sala e acertou o agressor.

O homem de rosto selvagem recuou com um corte profundo que ia do peito ao quadril. Atrás dele, dois vultos movimentavam-se. Vestiam roupas negras, jaquetas de couro surradas e jeans. O que o atacou tinha a cabeça raspada e, tatuada no couro cabeludo, a palavra "morte".

Com ágeis movimentos, Pedro saiu da sacada onde fora encurralado e avançou sem medo. O corte final veio depois de uma sequência de dois golpes firmes. Seu agressor caiu ao chão de joelhos. Sem perda de tempo, ele separou a cabeça do corpo num golpe ligeiro.

O cheiro de sangue invadiu o ambiente. O segundo agressor era alto e corpulento. Quando decidiu avançar, tinha nas mãos uma espécie de machado de lâmina curta, que ele girava no ar com a habilidade de um malabarista.

— Acaba com ele, Gigante!

O terceiro deles rugiu incentivando seu comparsa, enquanto sorria de modo demoníaco para Pedro. Tinha a testa cortada; sangrava livremente e manchava seu rosto agressivo e feio.

— Cala a boca, Magrela! — ordenou o líder do bando de invasores, para logo depois concentrar toda a sua atenção em Pedro. Examinou-o e, por um segundo, avaliou como oponente e pelo sorriso não o acreditou capaz de vencê-lo, nem a seu machado.

— Solte a espada e venha conosco. Ela só quer conversar.

O tom conciliador era tão falso quanto suas intenções. Afinal eles invadiram seu apartamento e tentaram cortar sua cabeça. O tal Magrela ria detrás do Gigante.

— Relembrar os velhos tempos. Do que tem medo, afinal? — disse Gigante com malícia.

— Podem lhe dar um recado?

Pedro tinha a espada pendendo junto ao corpo. Gigante semicerrou os olhos enquanto ele se aproximava; parecia realmente disposto a segui-los.

— É, foi fácil — pensou, ainda segurando o sorriso vitorioso e bobo.

Ele estava bem perto de Gigante, como se fosse lhe confidenciar algo ao ouvido.

— Digam a Lucille que morra.

Ao fim da última sílaba, ele cravou a espada no centro do peito do grandalhão, tirou-lhe o machado das mãos e, antes que o terceiro avançasse, atingiu-o. O golpe arremeteu-o contra o chão.

A lâmina saiu do corpo agonizante banhada em sangue e bailou no ar separando a cabeça do corpo. A parede e o chão foram salpicados por pingos de sangue. Uma onda lenta e rubra invadiu o piso entre a varanda e a pequena sala. O cheiro nauseava-o, enquanto se aproximava do Magrelo.

Ele arquejava no chão, tentando frouxamente se livrar do machado preso ao crânio. Pedro o puxou de uma vez e com um giro separou a cabeça do corpo, fazendo a lâmina cravar no piso.

Afastou-se e contemplou a paz destruída, a segurança violada. Cobriu o rosto com a mão e rugiu furioso.

— Merda!

Três corpos. Não teria como se livrar deles sem chamar a atenção dos vizinhos. A porta fora aberta com chave. Não fora arrombada como supôs no primeiro instante em que os viu em seu apartamento.

Eles deviam ter matado o porteiro. Trancou a porta e começou a se mover, não havia tempo para reflexões; felizmente, tinha muito pouco para recolher. No banheiro lavou-se do sangue e vestiu-se rapidamente. Nada mais que jeans, camiseta, um pulôver. Recolheu três mudas de roupa, alguns objetos de higiene pessoal do banheiro e os colocou dentro da bolsa de couro retirada do armário.

Removeu a tampa da caixa de louça do vaso sanitário e pegou um saco plástico; de dentro dele, um frasco. Abriu-o com cuidado e despejou um pouco do líquido no vaso, no lavatório e na banheira. Seguiu para a cozinha e fez o mesmo com a pia. Era ácido, ele estava se livrando do seu DNA. Quando terminou, voltou ao banheiro e jogou o frasco vazio no vaso sanitário e deu descarga, livrando-se dos cacos.

No quarto, tirou de um compartimento secreto do armário uma carteira com dinheiro e alguns documentos falsos. Mala pronta. Removeu o lixo do banheiro e depois da cozinha. No freezer pegou uma bolsa térmica e colocou-a cuidadosamente dentro da bolsa de couro.

Estava a caminho da porta quando ouviu uma movimentação no corredor. Vozes nervosas, os vizinhos ouviram o som da luta. Chegou à varanda ouvindo as batidas em sua porta. Subiu no parapeito da sacada, olhou os pombos pela última vez e saltou. O impacto de seu corpo com o solo foi leve e elegante. Estava no telhado do prédio vizinho. Ajeitou a bolsa sobre o ombro e foi para a porta de metal que dava acesso às escadas.

Andou pelos corredores sem chamar a atenção. No saguão, havia pelo menos quatro pessoas sem contar o porteiro. Pedro colocou seus óculos de lentes cinza e continuou em passo firme e calmo. Um minuto depois, saiu pela porta e deparou-se com o trânsito da Alameda Franca, no Jardim Paulista.

Tinha rumo certo e o faria a pé. Pegar um táxi só tomaria seu tempo. Quando chegou ao consulado do Peru, parou e observou discretamente a rua, os prédios. Não havia nenhum dos lacaios de Lucille por perto. Quando o sinal abriu, continuou a caminhada e logo chegou ao hotel Mofarrej. Conseguiu uma suíte e instalou-se o melhor que pôde. Teria de bastar por agora. Pegou a bolsa térmica e a guardou dentro do frigobar. Feito isso rumou para o banheiro, onde tomou um longo banho e, ao sair, certificou-se de ter deixado tudo limpo.

Pegou o dinheiro e os documentos e os escondeu atrás da TV de plasma. Ajeitou as roupas e quando estava pronto deixou o quarto colocando a plaquinha de não perturbe pendurada no trinco. Seguiu para os elevadores, sozinho acionou o botão da garagem. De lá foi para a rua. Andou algumas quadras e chegou à estação Trianon-MASP. Enquanto descia as escadas, sentiu a presença de dois homens a poucos metros atrás dele.

Haviam localizado-o novamente. A paz durou pouco, pensou Pedro. Seu local de descanso fora exposto. Mas como ela o encontrou? Perguntava-se, enquanto descia as escadas do metrô. Estava em São Paulo há dois anos e jamais fora importunado. O que fizera de errado para revelar sua localização? O *flat* era discreto, estava lá há apenas dois meses;

não ficava mais do que isso. Evitava contato com os vizinhos. Somente uma pessoa conhecia aquele local — Miranda.

Tentava não pensar no pior, mas não havia outra explicação. De algum modo ela o encontrou... O sorriso da jovem invadiu sua mente. O modo como se entregava sem medo à sua fome. Aceitou ser doadora, mas preferia que ele a mordesse. Que sugasse seu sangue num abraço. Em princípio não gostou da ideia, mas não podia se dar ao luxo de rejeitar alimento. Alimentar-se de doadores voluntários é de certo modo seguro e recomendável quando se quer passar despercebido.

Ela chegava na hora marcada e sentava-se na sala em silêncio; esperava que ele estivesse pronto e deixava que ele a tomasse. Não temia suas presas nem o contato do seu corpo, apenas segurava-se em seus ombros e inclinava o pescoço. Às vezes preferia abrir a blusa e lhe oferecia o seio ou a cintura. Era cuidadoso, gentil, mas a mordida era sempre a mordida. Um gesto primitivo que feria a carne, que fazia brotar o elixir da vida e da morte. Nesses momentos, ela abraçava-o e deixava-se levar pelos seus repuxões em silêncio. Em seu corpo não havia marcas de outro, podia sentir que ela era somente dele. Não exigiu isso. Mas ela aparentemente gostava de alimentá-lo.

Quando se afastava da carne ferida, lambia os furos fazendo-os sumir. Deixava que repousasse por uma hora no leito, oferecia-lhe vinho quente e por vezes conversavam sobre o tempo, a vida além daquele quarto, bem como sobre aquela estranha comunhão. Quando ela se sentia melhor, saía da cama e ajeitava as roupas. Aquele era o sinal. Pedro trazia o envelope com dinheiro e entregava-lhe olhando-a nos olhos. Ela o guardava na bolsa e ele a conduzia até a porta. Despediam-se e ela partia. Não o temia e não o via como amante, nem poderia.

Puxou a gola do casaco pesado e deixou as mãos deslizarem para os bolsos da calça social negra. Tudo aquilo o incomodava, Miranda não o trairia... A menos que houvesse sido forçada a fazê-lo. Certamente foram seguidos. Pensou, sentindo o cabo da espada acomodado sobre a omoplata, em um aviso silencioso de que sua existência jamais seria pacífica. A malha branca de tricô sob o casaco colava-se ao peito largo, o cachecol cor de mel envolvia o pescoço largo. O cabelo era tão negro quanto os olhos, e escorregava pela testa larga em cachos desordenados. As sobrancelhas desenhadas e naturalmente grossas conferiam-lhe mistério à expressão calma, mas concentrada.

A barba e o bigode aparados com esmero sobre a pele branca davam-lhe um ar solene e maduro. Nos olhos havia um brilho sedutor, carismático. Num gesto corriqueiro, levou a mão forte aos cachos que despencaram pela testa, empurrando-os para trás. Havia nele algo de belo e clássico. Transmitia nos modos um toque europeu, mas falava português com perfeição. Cada palavra era pronunciada no mais límpido soar do idioma.

A jovem que o avaliava há algum tempo ouviu sua voz com interesse. Ele informava as horas para uma senhora de cabelos brancos. A idosa agradeceu-lhe com um sorriso e recebeu um dos mais belos sorrisos que já vira em um homem. No alto dos seus setenta anos, sentiu o coração disparar e chegou a corar. Afastou-se, lembrando da juventude perdida e dos homens que amou.

Pedro estudou seus pensamentos e os afastou pouco depois com uma rápida sacudidela de cabeça. Não gostava daquele dom, era como um salto num abismo. Bastava fitar seus olhos e lançava-se dentro de suas vidas, dores e mortes. Resguardou seus pensamentos, afinal não estava em segurança.

Quando chegou e misturou-se aos demais passageiros que esperavam o metrô, sentiu a avaliação silenciosa da jovem. O primeiro movimento foi um olhar discreto, depois uma avaliação demorada que gerou no observado uma carícia cheia de volúpia e desejo. Era loira, os olhos, claros; melhor, azuis. O cabelo longo caia sobre os ombros num penteado frouxo. Quase pôde sentir os fios deslizando por seus dedos. Descobrir se eram tão sedosos quanto parecia. Não era alta nem baixa, gostava disso em uma mulher, o tamanho certo. Já fazia tanto tempo... — pensou, enquanto mantinha-se externamente indiferente a ela, a seus pensamentos. Podia dizer que gostou de seu perfume. Ela do dele, e chegou mesmo a fantasiar como seria tocar-lhe o peito forte. Ou beijar-lhe a boca máscula. A princípio condenou o bigode, a barba, mas imaginou a carícia de ambos sobre sua pele e acreditou que seria bom ter um homem como ele. Estava cansada dos homens extremamente lisos. Pelos nos lugares certos eram interessantes...

Pedro respirou fundo ao ouvir aquele pensamento e afastou-se da mente da jovem mulher. Não a olhou como tanto desejava. Sentiu-se cercado de inimigos, não queria chamar a atenção deles sobre ela ou qualquer outra pessoa. Seria o mesmo que condená-la a morte.

Subitamente, sentiu-se melancólico, cansado, aborrecido. Estava preso a lembranças dolorosas que jamais o abandonariam. A ameaça constante o tornou bem mais frio do que imaginou ser. Mais cruel do que gostaria e bem mais solitário do que previu. Miranda dava a ele algo real, o cheiro da pele, dos cabelos, o coração batendo... Estava cansado de sorver a vida em canecas.

A estação ficou cheia, a multidão esperava pelo metrô com os olhos presos em seus aparelhos celulares, no túnel, todos longe da linha amarela de segurança. A jovem que o fitara encontrou algumas amigas e por algum tempo o esqueceu. Todavia, quando o som do metrô deslizando pelos trilhos soou como um grito agudo, ela o buscou com o olhar azul e interessado.

Pedro colocou as mãos nos bolsos e fingiu não vê-la. No mínimo vinte anos. Sua boca, assim como todo o resto, o agradou; era pequena e carnuda, desenhada pelo batom rosado. Podia sentir seu cheiro entre muitos outros. Seu coração agitado, o desejo que acreditava esconder, enquanto disfarçava os olhares que lançava em sua direção.

As portas se abriram e pessoas saiam e entravam. Ele foi uma delas. Ainda podia sentir a presença de seus perseguidores, identificá-los no vagão iluminado e cheio. As portas se fecharam e o vagão colocou-se em movimento, enquanto a voz de uma mulher falava sobre os itinerários. Precisava despistá-los e o faria na estação das Clínicas. Identificou-os e fez contato visual com dois deles. Um duelo silencioso que Pedro dominava muito bem. Eles não eram muito diferentes dos três anteriores. Fortes, vestidos como qualquer simples transeunte da cidade. Um deles moveu a mão e mostrou discretamente a arma que trazia consigo no interior do casaco.

A visão da arma não intimidou Pedro, que continuava atento à voz que anunciou a chegada à estação. O vagão parou e as pessoas desceram e subiram. A bonequinha loira se foi com as outras. Pedro suspirou aliviado. E quando o metrô partiu ele lançou um último olhar à jovem mulher. As pessoas seguiam rumo à saída. Poucas ficaram, entre elas Pedro.

Estava parado diante de uma mulher, que o fitava sem afastar o olhar um segundo sequer. Não houve mudanças, nem poderiam. Lucille gostava da aparência que possuía. Mantinha os cabelos loiros sobre os ombros em mechas levemente cacheadas. Trajava um vestido de lã vermelho rubi. Sobre ele um casaco branco com gola de pele. Na face exibia juventude e beleza ressaltadas pela maquiagem. Seu perfume era o mesmo de que podia se lembrar, e isso revoltou seu estômago. Não havia comido o suficiente. Nunca comia o suficiente.

— Acabo de lembrar por que às vezes evito as loiras — falou, e com um gesto lento tocou a ponta de um dos cachos da mulher, que sorriu fascinada.

— Por que não resolvemos isso como criaturas civilizadas? — murmurou, quando Pedro soltou o cacho com certo desprezo.

Ficou óbvio que Pedro não estava com disposição para conversar. A invasão de seu local de repouso, a violência de seus "criados", tudo culminaria em uma guerra sem vencedores. Ela notou a avaliação silenciosa e desejou ardentemente saber o que ele pensava. Suas ações mostravam repulsa, mas aquele olhar ela conhecia bem, era o de um homem sobre uma mulher.

— Poderíamos evitar muita dor — continuou ela com os olhos verdes presos no olhar escuro e insondável do homem à sua frente.

— Civilizada é uma palavra que você desconhece com muita propriedade, Lucille — respondeu sem se mover.

— Não estou pedindo muito — disse ela erguendo a mão para tocar seu rosto. Mas foi imediatamente detida por dedos cruéis.

— Acredita em tudo que diz? — disse enquanto empurrava-lhe a mão para longe.

O gesto de desprezo feriu Lucille — um corte superficial em seu ego, em seu orgulho descomunal —, que jamais aceitaria ser trocada por outra, um trono ou uma causa. O poder a corrompeu na mais tenra idade.

— Da última vez que conversamos, você me drogou e mandou Antoine e Virgo me prenderem em uma cela por cinco anos. Lembra?

— Não era uma cela, era nossa casa.

— Cumpri minha promessa. Dei a você tudo que desejava em troca da minha liberdade. E o que fez? Traiu-me — disse entre dentes.

— Continua melancólico e preso ao passado. Cobrei pouco para deixá-lo ir. Sem falar que me roubou — debochou, ignorando a dor que via cintilar nos olhos de Pedro. — Viva o hoje comigo.

— A caixa não lhe pertencia.

Ela gargalhou e chamou a atenção dos poucos passageiros que esperavam o próximo embarque.

— Herdei tudo o que foi de Durval, tudo. Até mesmo você.

Ele fitou-a com frieza, nojo e altivez para sussurrar junto a sua face, afinal estava bem perto dela agora.

— Jamais me submeterei a você novamente — murmurou fitando a boca pintada de vermelho. — Jamais me terá de novo sob suas garras, Lucille. Viva eternamente com essa certeza. Morra de fome.

A mulher o encarou com aborrecimento. Na face bonita o ar relaxado e superior deu lugar à raiva. Seus olhos verdes soltaram chispas de ódio. Ela ergueu a mão e as câmeras de vigilância entraram em curto circuito. As luzes piscaram e as pessoas gritaram assustadas e correram em direção à saída.

— Peguem-no. Eu o quero vivo — ordenou olhando seus comandados.

Três homens rodearam Pedro, espadas e armas em punho. Ele via as pessoas correndo em câmera lenta, subindo as escadas em pânico. Um gesto lançou o cachecol no ar. Ele havia sumido! Os três homens o buscaram e tudo que viram foi o cachecol no chão. Um deles abaixou-se para pegar a peça e teve a cabeça cortada.

Os disparos ecoaram pela estação, mas as balas não o alcançaram. Era um fantasma movendo-se numa rapidez sobre-humana. Os tiros ecoavam no túnel, quando o casaco negro flutuou no ar. E a espada cortou novamente e dessa vez o que caiu foi a mão do atirador com a arma.

Lucille havia recuado contra a parede; não queria levar um tiro. E quando viu o último dos seus homens cair morto, observou Pedro caminhar em sua direção como um tigre. A espada ao lado do corpo banhada em sangue. Lucille reconheceu a espada. As rosas desenhadas na lâmina tornaram-se reais banhadas em sangue.

— Adeus, Lucille.

— Virgo! — a mulher chamou sabendo-se encurralada e condenada.

Virgo apareceu arrastando consigo uma jovem de cabelos castanhos, pele clara. Era Helena, a mais jovem de suas doadoras. Ela não merecia passar por aquilo. Trabalhava como doadora para pagar os estudos. Podia ver seu medo, as lágrimas molhando seu rosto.

— Solte-a agora!

Lucille foi puxada da parede onde fora esmagada por Pedro. Estava sob seu poder e gostava disso. A espada abaixo da garganta pálida mostrava claramente que ele não estava blefando.

— Não vim barganhar, Pedro — disse Lucille altiva. — Você volta para mim, ou ela morre. Temos assuntos pendentes, meu amor — ameaçou, se movendo o suficiente para a lâmina cortá-la. — Solte-me — rugiu furiosa ao sentir dor.

— Só depois que libertar Helena — anunciou Pedro, apertando seu braço com mais força.

Ao vê-lo resistir, olhou para Virgo e fez um sinal, que foi prontamente obedecido. Um gemido escapou dos lábios da mulher quando seu pescoço foi torcido. Pedro pôde ouvir os ossos estalarem. O corpo caiu aos pés de Virgo quase em câmara lenta.

— Não!

Pedro apertou a espada sobre a carne de Lucille. Mas teve a mão ferida por uma adaga que foi lançada por uma das crias da mulher. Quando a empurrou ao chão, ela segurava a garganta cortada. Fitava o sangue nos dedos e no chão com incredulidade. Estava furiosa, jamais imaginou que ele teria coragem de matá-la. Virgo a amparou, mas ela o empurrou altiva e furiosa.

Pedro a essa altura tinha o corpo inerte de Helena nos braços. Fechou seus olhos e beijou sua testa. Quando ergueu os olhos, fitou Lucille com fúria.

— Você achou mesmo que ia me trocar por essa daí ou qualquer uma delas? — percebendo a surpresa dele, ela continuou. — Sim, eu achei todas elas, suas doadoras, inclusive sua preferida, Miranda. Vou matar uma por uma até que volte para mim e, claro, me devolva a caixa.

— Maldita seja!

— Você recebeu meu recado, Pedro. Sabe onde me encontrar. Vou lhe dar cinco dias. É até tempo demais — sibilou apertando a mão sobre o corte na garganta. — Vai pagar caro por me ferir.

— Não vai me obrigar a isso. É no mínimo ridículo; você perdeu a razão!

— Posso e vou, nós já fizemos isso anos atrás, por que não poderíamos repetir agora? Vou matar sua amiguinha lentamente se não aparecer na minha porta com a caixa.

— A caixa se perdeu há muitos anos, quando você caçou e matou Heitor. Não me peça o impossível — falou Pedro cansado daquele maldito jogo.

— Ela foi comprada em um leilão há exatos trinta dias. Encontre-a.

Dizendo isso, Lucille se retirou, já ouvindo as sirenes da polícia e dos bombeiros. As luzes piscavam, enquanto Pedro deixava o corpo da jovem mortal no chão. Pegou a espada e saltou no túnel do metrô para sumir nas sombras.

A Francesa

Brasil, Quinta da Boa Vista, São Cristóvão, Rio de Janeiro, 1816.

As portas do salão de despachos estavam trancadas. Pedro voltara do Largo do Rócio num galope que por muito pouco não matou o cavalo.

— Alas! Alas! — gritou o porteiro real.

Saltou do animal e entrou na quinta chamando por seu pai e pela mãe. Não era dado à etiqueta, todos sabiam o quanto detestava as restrições do cerimonial da corte. Só as fazia quando extremamente necessário. Ele crescera livre e em companhia dos serviçais, dos seus filhos. Com eles aprendeu a linguagem das ruas, as gírias, os palavrões rudes e obscenos.

Dom João VI estava na sala dos despachos e, percebendo o estado do filho, mandou Visconde de Magé e Conde de Parati saírem. Os dois homens o obedeceram de imediato, levando consigo os demais que estavam ali para despachar com o rei. A troca de olhares entre eles foi reveladora para o príncipe. Fora denunciado ao pai por aqueles dois puxa-sacos. Eles sabiam a natureza do assunto e se apressaram a sair temendo a cólera do príncipe, que era largamente conhecida. Todos temiam seu humor violento, as explosões de fúria. Nisso se parecia muito com a mãe, a espanhola... Ao ouvir os gritos, imaginou do que se tratava e seguiu para a sala dos despachos; consigo, duas damas de companhia.

No corredor cruzaram com a presença empoada e farfalhante em seda e veludo de D. Carlota Joaquina. Ambos sentindo o perfume francês que seu leque de cabo de madrepérola lançava para todos os lados. Ela cruzou o beiral da porta e com secura mandou os criados saírem da sala, fechando ela mesma a porta. Ela parecia bem calma aquela manhã.

A conversa dentro da sala, quando baixa, era abafada pelas portas sólidas de madeira. Todavia, quando Pedro ou D. Carlota Joaquina elevavam a voz, era possível conhecer fragmentos da discussão. O rei fora informado sobre uma jovem francesa, a qual seu filho visitava com muita frequência. Quando o som de cacos de vidro se espatifando contra a porta se fez ouvir, os criados recuaram. Ficou claro que a conversa estava exaltada. Ninguém ousaria interferir.

Pedro fora vítima das intrigas da corte. Ao redor da família real cresciam as maledicências e todas nutridas entre a Quinta da Boa Vista e a chácara em Botafogo, onde vivia D. Carlota Joaquina e suas filhas desde que no Brasil desembarcaram. Os pais de Pedro mantinham um casamento de aparência há mais tempo do que podiam se lembrar. Tal comportamento tornou-se foco das liberdades, das intrigas promovidas até mesmo entre a realeza. D. Carlota Joaquina preferia o filho mais novo, Miguel, a Pedro. Dom João VI preferia Pedro, o adorava, mas era muito reservado para demonstrar todo seu afeto, algo que teria impedido dissabores enormes.

Nesse ambiente cheio de olhos e ouvidos, como esconder o amor? Impossível. O amor se denuncia através dos gestos, dos olhares fugitivos, dos sorrisos e sussurros. A pouca distância permanecem os fofoqueiros, que usando de todos os meios descobriam os segredos de todos, e os usavam para conseguir favores junto ao rei ou à rainha. E, concordemos, Pedro não era nada discreto. Na rua, quando via uma cadeirinha carregada por escravos, dava-se ao trabalho e à indelicadeza de pará-la e sem modos levantar a cortina que protegia a senhora ou a donzela. Incidentes como esses fizeram dele um alvo de fofocas escandalosas.

Não há como esconder o amor, a paixão. Mesmo os amantes mais experientes não o conseguem esconder, dirão aqueles que estão no auge de sua juventude e que se acreditam livres para tudo provar e fazer.

Aos dezessete anos, Pedro dava mostras do homem que seria. Exaltado, forte, vigoroso e imponderado. Libertino aprendera a ser, como diriam as más línguas, com sua mãe. Sua iniciação sexual ocorreu com serviçais, moças e mulatas que viviam nos arredores da Quinta da Boa Vista. Sua beleza quase selvagem e o atrevimento devido à posição que ocupava venciam a timidez, as convenções, o perigo e o medo. E fazia com que todas, casadas ou não, se dobrassem aos seus encantos. Algo que ele distribuía generosamente pelo Rio de Janeiro. Era irresistível, e o título só atiçava o interesse de algumas damas. Mas, como dizem, o caçador sempre pode se tornar a caça. Essa inversão de valores ocorreu com Pedro no teatro São João, em noite de gala. A casa estava cheia e não era para menos, Noémi Thierry estava no palco. Dançava sensualmente ao lado de sua irmã.

O corpo esbelto e pequenino o seduziu. Podia desenhá-la no ar com as mãos. A princípio acreditou que fosse apenas um desejo passageiro, que logo se cansaria de seus encantos, mas se viu apaixonado pela jovem dançarina. Nos braços de Noémi encontrava alimento para sua fome. Ela e seus olhos azuis evocavam sentimentos profundos nunca antes sentidos em suas aventuras impulsivas.

Os encontros ocorriam num sobrado no Largo do Rócio. Para Noémi cantou serenatas, recitou poemas. Cobria-a de prazer, seda e joias vindas diretamente da Rua do Ouvidor. Pediu dinheiro emprestado para manter sua paixão. Seu pai era rígido com sua mesada, dava-lhe quase nada temendo seus gestos desvairados.

Noémi era filha de um artista francês. Culta, educada e podia ser muito bem sua esposa. E era esse o desejo de Pedro, fazê-la sua esposa. Num casamento de encomenda sabia a tortura que lhe aguardava. As esposas preservavam a linhagem, enquanto as amantes cuidavam dos prazeres. Na cama ensinou e aprendeu sobre os jogos do amor.

O correio da má notícia foi realmente o Conde de Parati, que colheu os pormenores do romance direto do Visconde de Magé, um mexeriqueiro de marca. Ele sabia de tudo através do criado íntimo do príncipe. Um antigo barbeiro do Paço, que não hesitava em vender a vida do príncipe para quem pagasse mais.

Tudo foi visto desde o princípio como uma aventura. Mas a francesa estava grávida, e o príncipe quase totalmente comprometido com uma austríaca, que não conhecia nem queria conhecer. Uma das filhas de Francisco I. O casamento estava sendo arranjado pelo Marquês de Marialva. Quando a notícia do bastardo chegou aos ouvidos de Dom João VI, ele quase perdeu o apetite. Mas D. Carlota Joaquina fez bem mais que se contrariar.

Pedro recebera das mãos de seu criado de quarto uma carta da mãe de Noémi informando da partida súbita. A carta chegou-lhe com atraso. Como louco pegou o cavalo e correu ao Rócio. Encontrou o sobrado onde a jovem vivia desocupado. Haviam saído às pressas. Com seus planos destruídos, Pedro se viu separado de sua amada e fora avisado no auge de sua dor que estava comprometido por procuração. O motivo estava claro, mas para onde levaram sua mulher e filho? Sim, sua mulher, casara-se com ela em segredo. Mas não ousou dizer isso ao rei. Não no meio daquela discussão acalorada.

O absurdo, a violação de sua liberdade o chocou. Fitou a pintura da moça que agora era sua esposa por procuração com desprezo. Deixou a pintura cair no chão e por fim falou:

— Napoleão teve mais sorte, ficou com a filha mais bonita de Francisco I! Que miséria a minha!

— Não seja deselegante — berrou a rainha se abanando com o leque de modo impaciente. — Aquela "mulher" não é nada diante de tua pessoa.

Era assim que Carlota Joaquina a chamava, a francesa, quase para não ferir mais os sentimentos de seu filho.

— Olhai bem para ela, pois ela será tua esposa, é com ela que terá meus netos. Não com essa francesa dançarina, que sabe lá quantos teve antes de ti — falou o rei e D. Carlota Joaquina abanou a cabeça em acordo à voz firme do marido. Estavam unidos naquela empreitada.

— Não a insultem, sou seu único amante. Era donzela quando a tomei como minha mulher — o jovem sentia a raiva dominá-lo, enquanto tentava defender a mulher amada e o filho em seu ventre.

— Se os pais não fossem alcoviteiros, as filhas não seriam putas — soltou D. Carlota sem paciência pela falta de inteligência e malícia do filho.

O jovem príncipe estava cego de amor pela francesa e não era para menos. Era realmente bela. Pele alva, cabelos loiros, olhos tão azuis quanto o céu do Brasil. Mas na vida se faz o que se deve, não o que se deseja. D. Carlota Joaquina lamentava pelo amor desgraçado do filho. Mas não demonstrava; não podia se dar ao luxo de demonstrar fraqueza. Não no mundo em que cresceu e vivia. Tinha somente dez anos quando se casou com Dom João. A noite de núpcias dele seria bem melhor que a sua, que durou quatro dias, nos quais mordeu, lançou um castiçal contra o marido, enquanto ele tentava tomar-lhe como esposa.

Não podia ter núpcias, era apenas uma criança. Algo que foi corrigido com um adendo ao contrato nupcial, após a mordida, que lhe permitiu ter relações com o marido quando tivesse quatorze anos. A noite de núpcias só ocorreu cinco anos depois quando teve sua primeira regra e se tornou mulher. Tolo quem acredita que a vida dos nobres é fácil. Sem querer, riu da desgraça de Pedro e da sua.

Seu filho tinha fibra, mas precisava aprender a ser mais malicioso. Tinha o coração mole e isso ainda o faria sofrer, e muito, nas garras do amor. Cansada da voz de seu marido, que tentava convencer o príncipe, Carlota explicou que não havia volta. Afinal, a francesa já estava longe do Rio de Janeiro, em Recife. Ela ajudou Dom João a se livrar da mulher e de um filho bastardo. Era isso ou a vergonha da dissolução do matrimônio com a austríaca.

Isso era impensável àquela altura das negociações. Quando Pedro disse que havia se casado com a francesa, D. Carlota quebrou o primeiro bibelô de louça. Dom João cobriu a boca com a mão e sentou-se no trono. A espanhola despejou sobre ele vários palavrões, bateu-lhe com o leque e por fim o empurrou.

Estavam os três muito exaltados. Pedro sentou-se na plataforma junto ao trono e Dom João teve pena do filho amado, que agora chorava com o rosto entre as mãos. Fez sinal para D. Carlota pedindo paciência. Pedro era tudo o que ele jamais foi: forte, corajoso, sedutor. O rei desceu do trono e, reticente, tocou o ombro do filho, que lhe voltou o rosto molhado de lágrimas e vermelho pela pressão que sofria. Então sentou ao seu lado numa atitude pouco comum.

— Filho — começou ele buscando as palavras certas. — Temos a responsabilidade de governar muitos. Temos poder e riquezas, mas a liberdade é bem pouca, como pode perceber — vendo o rosto triste do jovem, prosseguiu. — Nós somos o Império, um dia ele será seu. E depois de seus filhos. Filhos concebidos dentro do casamento e de nossa linhagem de sangue.

— Pai, eu a amo — disse já sem forças.

— Sim, eu sei. Não duvido de seus sentimentos nem mesmo dos dela. É uma bela rapariga — brincou olhando o filho com carinho e malícia. — Fui gentil com ela e dei-lhe um futuro melhor do que teria como tua amante — resumiu Dom João pondo-se de pé.

— Não posso ter outra... — gemeu o jovem príncipe.

— Pedro, já está feito. Aceite.

— Não! — rugiu o príncipe indignado. D. Carlota, furiosa, arremessa outro bibelô contra Pedro e quase acerta o rei que, já sentindo tonturas, sai da sala. Para ele a questão estava mais do que resolvida. Além disso, não suportava os acessos de raiva da esposa. Na verdade até tinha medo dela. Ainda podia sentir na carne a força de seus dentes. Sua mordida era perigosa.

— Terás de aceitar. Acha que não sabemos que te endividaste para tratar aquela "mulher" como uma princesa!

— Eu amo Noémi!

— Repita quantas vezes quiseres, mas isso não muda nada — berrou num rugido. — Ela tem um bastardo no ventre.

— Meu filho não é um bastardo.

— Cala-te! Não repete essa mentira! Comporte-se como homem, pare de choramingar. Esqueça a maldita francesa! — disse batendo o leque na mão.

— Chorar não me faz menos homem. Lamento o amor perdido, o filho que não verei. É fácil aconselhar quando não lhe tiram os prazeres, não é mesmo, minha mãe?

— Não ouse você a me insultar!

A mulher de sobrancelhas grossas e negras, de ar severo, observou o filho por um segundo e com verdadeira sanha o esbofeteou. O príncipe recuou e sentiu a pele arder. Ele já conhecia o peso de sua mão. Príncipe ou não, já levara palmadas da mãe. Mas aquela doeu na alma de um homem que foi afastado da mulher e filho.

— A senhora não tem moral para me exigir tal coisa — ele ia revidar.

— Basta, Pedro! Não teste minha muito curta paciência. Ultrapassas os limites de minha ira — ameaçou, com ganas de trazê-lo erguido pelas orelhas.

— A minha também chega ao limite. Aqui todos têm amantes, por que eu, o príncipe, não poderia ter meus prazeres com quem quiser?

— Tu podes, e podes bem. Mas precisa lembrar-se de teu futuro. Além disso, não é o rei, ou a rainha — cuspiu a mulher com seu forte espanhol.

— Tu ainda lamentas teu Sydney Smith?

A mulher pegou o castiçal de prata e lançou sobre o filho, que desviou-se em tempo de não ser alcançado pelo objeto.

— Como ousa!? — rugiu a mulher quase babando de raiva.

— Megera! Não é à toa que meu pai se consola com Lobato. E não é sem razão que de ti falam pelos corredores da Quinta, nos becos, nas mesas dos prostíbulos — sibilou o jovem ciente de segredos e fofocas.

— Miguel? Miguelito!

Começou a berrar D. Carlota Joaquina atrás de seu filho predileto. Pedro sentiu o coração doer com aquela demonstração cruel de amor de mãe. Nunca passou por sua cabeça que fosse fruto das aventuras de sua mãe com seus amantes. Ela nunca gostou dele mais que o necessário. Mas o amor que ela demonstrava por Miguel lançava desconfiança sobre a descendência do jovem príncipe.

Quando o jovem passou a esmurrar a porta do lado de fora, Pedro sentiu a cabeça comprimir-se, o coração acelerado.

— Por que faz isso? — disse, sem esperar resposta. — Por que me odeias tanto, mãe? — quis saber amargurado.

— Não te odeio — começou ela titubeante. — Apenas mostro o caminho que precisa seguir se um dia quiseres ser rei.

— Sou teu filho, tens algum amor por mim?

— Sim, desgraçadamente é meu filho, Pedro.

— És uma megera, minha mãe e rainha!

— Sim, posso ser, mas tua francesa aceitou um dote, enxoval e um marido para apagar a vergonha de ser tua amante! O amor de tua "mulher" é eterno, não percebe?

— Onde ela está? — berrou ainda enfurecido, não lhe permitiram sequer despedir-se dela.

— Já te disse, em Pernambuco, e a essa altura em lua de mel — cuspiu D. Carlota Joaquina.

— Mentira! Mentes para mim, por quê? Não me torture, mãe.

— Ela aceitou o dinheiro, o marido e o afastamento. Faz o mesmo — ela se aproximou do filho encolerizado, quase fora de si, e continuou. — Tenhas quantas francesas quiseres, só te lembra de não fazer filhos nelas. Ou acabará criando uma prole de bastardos.

— Noémi me ama... — gritou e por fim perdeu a voz.

— Amava os luxos, a esperança de se tornar tua esposa. Mas isso tudo passou, acostume-se à ideia, ela já é realidade.

Nesse instante, Pedro segurou a cabeça e revirou os olhos. A raiva lhe chegou ao auge. A dor e a tristeza somadas à discussão o atingiram levando-o ao limite. Teve um de seus "acidentes". Caiu ao chão, contorcendo-se, babando, D. Carlota Joaquina se aproximou e com esforço colocou entre os dentes de Pedro seu leque, para que não mordesse a língua. Foi abrir a porta e aos berros chamou os serviçais para que o acudissem.

O médico da corte, Dr. João Fernandes Tavares, atendeu Pedro e recomendou repouso. Por dois dias, ficou no leito extremamente debilitado e triste demais para recuperar o ânimo. Para agradá-lo, Dom João mandou comprar um bom cavalo e o presenteou. Quando o príncipe se sentiu mais disposto, saiu do leito e foi para os estábulos. Observou o belo garanhão negro com carinho e tristeza. Sempre lhe davam algo depois de um dos seus ataques, que quase sempre eram causados por discussões. Acariciou o dorso do animal e ao montar disse para quem quisesse ouvir:

— Para casar-me vai ser preciso uma boiada.

Dito isso, saiu em galope rumo certamente à floresta da Tijuca.

O Sétimo Sentido

EVA DESPERTOU DE UM SALTO, SENTOU NA CAMA E PERCEBEU QUE TREmia. Fora um pesadelo. Não qualquer pesadelo, o seu pesadelo, o que lhe perseguia há três anos. A escuridão do quarto era quebrada pelos números do relógio digital. E pela luz da vela que queimava no altar que ela mantinha em seus aposentos. Um vaso de cristal resguardava uma rosa branca. Seu brilho bruxuleante lançava luz sobre um retrato antigo. A moldura era adornada com rebuscados desenhos em prata. Sobre ela descansava um rosário de contas de cristal negro. O objeto era tão delicado e raro quanto o porta-retratos. Ambos vindos de, talvez, um século atrás. Relíquias do tutor, Heitor, agora morto.

A jovem mulher se levantou e vestiu um roupão de seda masculino. A peça era dois números maior que o seu. Tentou tirar da mente as imagens do pesadelo. O fogo, as chamas devorando um homem de cabelos escuros, pele branca. Tocou a cabeça e sentiu dor. Fez os exercícios de respiração indicados pelo psiquiatra. A dor recuou, mas não sumiu completamente. A cicatriz agora era um pequeno risco que o cabelo escondia, mas quando a bala acertou ficou bem feio.

Com uma última respiração, encontrou algum equilíbrio. Foi para a sacada de seu apartamento e observou a cidade à volta, caótica e barulhenta, mesmo àquela hora da madrugada.

A brisa fria a tocou como uma mordida, não se importou. Os pés descalços também estavam frios. Abraçou a si mesma e sentiu a seda negra do roupão sob seus dedos. Deslizou o rosto no ombro como se tocasse um amante. Aquele abraço era de saudade. Sob seus dedos estava uma relíquia. O corte, a seda, os detalhes na gola longa e nos punhos eram bastante antigos. Nas mangas havia sinais de desgaste, e pequenos remendos, que o mantinham inteiro. Eva acariciava os ombros como se ali estivesse seu dono. Em dado momento, fechou os olhos envolvida por lembranças.

O vento sacudia seus cabelos castanhos e longos, a barra do roupão. Pareceu uma resposta à carícia que ela buscava em sua solidão. Quando finalmente abriu os olhos havia neles um brilho melancólico.

O sol estava nascendo. Eva recuou como se ele pudesse lhe fazer algum mal. Pôde ver das sombras a luz ganhar intensidade vagarosamente.

Uma lágrima escorreu por sua face, quando se colocou novamente sob a luz do sol. Ficou de mãos crispadas sobre as grades da sacada. O sol frio tocando a face jovem e triste escorregou para o chão e deixou o pranto tomar conta de seu ser. Deixou-se deslizar até o chão e soluçou aflita. Abraçou os joelhos molhando o precioso tecido com sua dor e saudade. Reunindo forças, levantou-se e saiu da sacada. Retornou um minuto depois; nas mãos, a máquina fotográfica.

Começou a fotografar tudo o que seus olhos capturavam. Carros pela rua, caminhões descarregavam mercadorias, pessoas, pássaros, árvores, o limite entre o céu e a cidade. A luz aparecia frágil no horizonte, o céu, os prédios. Pequenos detalhes chamavam seu olhar. Seguia sua intuição e através da lente tudo parecia melhor, mais bonito, mais real. A máquina consolava a solidão, a preocupação com o futuro. Era parte dela, uma extensão de si mesma, a única coisa que lhe restou. Seu olhar ampliado, dono de um poder quase sobrenatural. Depois de alguns minutos parou. Afastou a máquina e respirou fundo.

Os olhos claros fitavam o vazio como se buscasse uma explicação, um rumo. Saiu de seu estranho torpor com uma frase.

— Mais um dia, Eva, continue.

Repetiu o conselho recebido de Heitor e respirou fundo. Fechou as portas de vidro da sacada e foi para o banheiro. Tomou um banho longo e quente. Enrolada na toalha, limpou a lâmina do espelho que estava embaçada pelo vapor. Encarou o rosto pálido no espelho por um minuto como se exigisse uma resposta. Nada mudou, cansada de seu ritual matinal foi para o quarto se vestir.

Como de costume, deu preferência a roupas práticas e despojadas: calças jeans, sutiã, camiseta de alça, malha negra, jaqueta. Gorro, luvas, cachecol; por fim, pegou a bolsa com seu material fotográfico. As chaves da moto estavam no bolso da jaqueta. Decidiu que tomaria café no Mercado Municipal. Saiu pilotando a moto pela garagem e seguiu pela cidade até chegar ao bairro da Sé.

O jornal havia solicitado fotos do mercado para uma matéria sobre sua importância histórica para a cidade. Chegou por volta das seis horas, conversou com alguns dos feirantes e pediu permissão para fotografar seus produtos. Foi bem recebida e até ganhou o café da manhã de graça.

"As fotos ficaram muito boas", refletiu olhando algumas delas com seus modelos. Homens que por toda a vida trabalhavam naquele lugar. Ao se despedir, bateu uma foto com todos juntos. Deixou-os levando consigo um pouco de sua alegria. Era formada em jornalismo, mas sua paixão era a fotografia. Não era só trabalho, era parte de sua história de vida também. Despediu-se e em pouco tempo já fazia o trajeto para o *Diário de S. Paulo*. Não era um dos grandes jornais, mas pagava bem aos jornalistas e fotógrafos *freelances*. Desejava um dia fazer parte daquele dileto grupo. Enquanto isso não acontecia, fazia bicos em casamentos, festas infantis e ajudava em um estúdio que fazia books para modelos. Mas não era o suficiente para manter o apartamento e as contas.

Virava-se como podia, mas já estava passando por dificuldades. São Paulo havia se tornado seu lar nos últimos anos. Alugou um apartamento e dividia-o com Renata, sua amiga desde os tempos de faculdade. Tudo ia muito bem, sobrava algum dinheiro e Eva conseguiu fazer uma pequena poupança. Mas tudo mudou quando Renata resolveu morar com seu ex-noivo. Elas chegaram a discutir, afinal ela queria mudar de imediato, deixando a amiga em dificuldades. A amizade acabou.

Haviam se passado cinco meses e Eva não conseguiu encontrar ninguém para dividir o apartamento e as despesas. Não estava nada fácil, teve de usar suas economias. Era caminho sem volta: se continuasse bancando o apartamento, ficaria sem nada. Não podia arriscar tudo. As contas estavam se acumulando. Tinha uma reserva, mas não estava em seus planos usá-la. Aquele era seu paraquedas, seu plano B, por assim dizer. Lembrou-se de Rodrigo, mas não podia contar com ele. Não! Não e não. Ele e todo o resto estavam enterrados no passado.

Quando entrou na redação do jornal, foi para uma mesa reservada aos temporários e lá passou as fotos para o editor por e-mail. Ele ficou com três e mais duas de uma colisão, que Eva flagrou na Paulista. As fotos estavam perfeitas. Enquanto todos trabalhavam em suas matérias e na edição das colunas, Ed, ou Edmundo, chamou-a. Foi até sua mesa e o cumprimentou. Ele cuidava da coluna policial.

— Está sabendo sobre o *Highlander*? — perguntou o homem em tom jocoso.

— Como? — disse incrédula rindo nervosamente.

Edmundo gostava de manter sua coluna sempre pingando sangue e as últimas notícias pareciam ter despertado seu interesse. Ela tinha bons instintos, isso não podia negar. Sempre conseguia chegar na hora certa, no momento certo e tirar boas fotos. Seus palpites a colocaram em perigo diversas vezes, mas jamais os dispensou. E, nos tempos difíceis por que atravessava, o melhor era usá-los.

— É como estão chamando o maluco que cortou a cabeça de três vagabundos num *flat* no Jardim Paulista ontem à noite. Sem falar na confusão no metrô ontem de madrugada — explicou Ed mostrando o jornal da manhã.

— Nossa! Noite cheia — disse, recebendo o jornal com certo receio. Não comprava jornal. Não fazia sentido, podia lê-lo na redação.

Depois de ler a matéria, Eva sentiu o estômago embrulhado e arrepios pelo corpo. Seja lá quem fosse, ficaria bem longe dele. Um dos sinos de alerta havia tocado. A matéria não exibia as fotos dos corpos, mas dava detalhes. As fotos estavam na tela do computador de Ed, juntamente com suas identidades. Eram as que a polícia tirou no local. Não eram nada bonitas. Desviou a vista do sangue e fingiu ler a matéria.

— O legista confirmou, foram realmente golpes de espada? — quis saber sem tentar se contaminar.

— Sim, e os três patetas também usavam espadas. Katanas e bem afiadas, nada daquela droga de decoração. Duas delas bem antigas; o terceiro usava um machado, pode acreditar nisso? — disse Ed quase incrédulo. — Por que alguém andaria pela cidade com um machado?

As perguntas de Ed enchiam Eva de um sentimento conhecido e que tentava esquecer todas as noites.

— Algum suspeito?

— Sim, o locatário. O corpo dele não foi encontrado. Ele foi descrito pelos vizinhos de três formas diferentes. Ninguém sabe realmente como ele se parece.

— E as câmeras de vigilância? — perguntou Eva tentando parecer natural. — Tem de haver alguma imagem dele na garagem, nos elevadores — ela racionalizava a questão como boa jornalista investigativa que era. Sem falar em alguns motivos bastante pessoais.

— Todas as imagens estão com interferência, um borrão. Foram enviadas para análise. Mas duvido que eles consigam algo. Temos um novo mistério, que tal você usar suas antenas e descobrir algumas informações? — sugeriu e viu Eva perder a voz.

— Desculpe-me, Ed. Estou tentando sobreviver, não está sobrando para pagar os informantes — confessou com pesar.

— Vamos, me dê uma dica — insistiu Ed.

Algumas vezes num passado recente, Eva lhe deu uma ou duas dicas de locais e pessoas com as quais poderia conseguir respostas para algumas matérias que tinha em andamento. As dicas aos olhos de Ed eram de informantes. Ele jamais iria imaginar que vinham do seu "dom". O tal poder foi uma resposta de seu corpo a uma situação traumática. Ele veio junto com o corte em sua garganta.

Por vezes tentava esquecer, levar uma vida quase normal. Esquecia-o até uma nova visão a assaltar. Não gostava de mentir para si mesma, escapismo nunca foi seu forte. Mas algumas vezes era preciso fugir da realidade.

— Traficantes asiáticos? — sugeriu sorrindo misteriosa.

— Não acredito. Esse negócio das espadas me parece coisa de uma gangue. Uma das minhas moscas na polícia disse-me que acharam traços de ácido. Sabe o que significa?

— Ele apagou seu DNA da cena do crime — disse Eva conhecendo bem aquele método e por que alguém o usaria.

— O apartamento ficou limpo. Ele é procurado — disse Ed realmente intrigado.

— E os três patetas? — comentou Eva se referindo aos três mortos.

— É nesse ponto que a coisa fica bem estranha. Dois deles foram dados como mortos há dois anos — disse ele mostrando as fotos. — Esse é o Gigante, e esse, o Rato. O terceiro, o homem-lenha... — começou mudando a foto na tela. — Deu para entender o apelido? Ele teve a cabeça partida em dois.

— Ed, isso é nojento — reclamou a jovem desviando a vista. — Você venceu! Vou verificar com meus contatos, se souber de algo novo te digo. Mas não prometo nada.

O telefone tocou e Ed atendeu, um segundo depois passou para Eva.

— Quer trabalhar, ou ficar de papo com esse psicopata do Ed?

Era Marco Aurélio, o editor-chefe ou, como o pessoal gostava de chamá-lo, Imperador Marco Aurélio, numa alusão sobre seu poder de vida e morte sobre todos na redação.

— Trabalhar, sempre — avisou vendo Ed sorrir, afinal ouvira o elogio. — Ed, meu conselho: cave, tem muito mais sob a terra — comentou, indo em direção ao imperador.

Cumprimentou algumas pessoas pelo corredor em suas ilhas de edição e bateu na porta antes de entrar. Hábito antigo que Marco Aurélio admirava e que fazia dela uma de suas *freelances* favoritas. Entrou, fechou a porta e esperou.

— E a vida, garotinha?

— Bem difícil. Diga que tem algo bom para mim — pediu sentando na cadeira a sua frente.

— Tenho, sim. Vou te pagar as fotos do Mercado Municipal e te jogar numa matéria de verdade, o que acha?

— Estou pronta. Manda! — disse, inclinando-se para frente.

Quando Marco Aurélio começou a falar, Eva tentou se concentrar nas suas palavras, mas sua mente foi tomada por sussurros. Segurou o braço da poltrona de couro e respirou fundo, torcendo para que Marco não percebesse que ela estava em meio a uma maldita visão. Bem, ela sabia que estava no limite, mas não imaginou ter uma maldita visão acordada e na frente da única pessoa que se preocupava se ela comia ou não. Trincou os dentes. O editor andava de um lado a outro falando e, quando pegou a pasta com as fotos e informações, ela suava. Ele a fitou por um instante e notou palidez no rosto jovem. Foi até sua mesa e voltou trazendo-lhe um copo com água. Ela estava pálida.

— Tudo bem, garotinha?

— Sim... Sim — bebeu um gole de água, tremeu e parou. — Foi só uma leve tontura. Quando posso procurá-lo?

— Hoje à tarde, três horas. Agora vamos aos conselhos que daria para uma filha. Vista algo bonito, o restaurante é caro e fino. Não ouse aparecer para ele de jeans. Entendeu?

Eva apenas balançou a cabeça afirmativamente e sentiu a onda de choque da visão passar.

— Não vá parecendo uma corça numa planície de leões. Deixe-o falar. Isso vai ser fácil, ele está com raiva. Afinal, era assessor de campanha e foi demitido porque não cedeu ao assédio da esposa do candidato — ele a olhava muito seriamente.

— Farei isso — conseguiu dizer temendo que a voz tremesse.

— Escute Eva, essa matéria é seu passaporte para um lugar fixo no jornal — avisou para ver sua surpresa.

— Agradeço a oportunidade que está me oferecendo e não vou decepcioná-lo — conseguiu dizer fazendo um esforço. — Você tem sido como um pai para mim — disse e, levantando-se da cadeira, abraçou-o.

— Tenho certeza que não vai. Agora saia da minha frente, chega dessa coisa emocional — disse após retribuir carinhosamente ao seu abraço.

Quando Eva saiu da sala, foi direto para o banheiro. Lavou o rosto, a nuca. A pele estava quente. Olhar aquelas fotos não foi boa ideia. A visão na sala de Marco foi muito confusa, mas tinha certeza de ter visto alguém que a magoou profundamente — Rodrigo. Molhou o rosto abundantemente, algo que a trazia de volta à superfície. Refeita, pegou a pasta e deu uma olhada na lista de perguntas que Marco havia sugerido. Eram boas, tinha liberdade para acrescentar as suas.

Saiu do banheiro e pegou as coisas que havia deixado junto à mesa de Ed. Despediu-se dele e foi para os elevadores. A ascensorista a olhou com antipatia e quando disse o andar percebeu o rosto da mulher se contorcer num riso sarcástico. Dois andares abaixo, um homem vestindo roupa de entregador de pizza entrou.

Um pingo de sangue caiu no chão. Ele escorreu do ombro do entregador. A caixa de pizza estava cheia de vermes. Eva ficou imóvel e não ousou olhar para os espelhos, concentrando-se nos andares que desciam. Lá eles apareciam em sua forma real. Mas ela não precisava deles para vê-los; fitá-los através dos espelhos só daria a eles um motivo para atacá-la. O corte na garganta da ascensorista era negro e dele saiam insetos. Branca como papel, boca e olhos negros. O entregador estava pela metade, certamente atingido por um carro. O sangue inundava o chão do elevador. Não os via com frequência, mas estava realmente num dia ruim.

Eva contava mentalmente, apertava a bolsa. Isso sempre a ajudava a não ouvir suas vozes, a vê-los. Apertou os dentes e não ousou fechar os olhos, isso daria sinal de fraqueza. Quando a porta do elevador se abriu, foi empurrada para fora. Caiu no chão e viu seus objetos espalhados por ele. Rastejou, enquanto eles avançavam. Tateou sua bolsa e pegou algo. A corrente entre seus dedos girou e atingiu o entregador e a ascensorista. Imediatamente seus corpos se desfizeram no ar, como uma fumaça preta.

— Malditos.

Xingou baixinho e mostrou o dedo médio para o interior do elevador onde os dois já estavam refeitos.

— Ainda consegue vê-los?

A voz foi reconhecida de imediato por Eva; era Rody, ou Rodrigo, seu ex-noivo. É, o dia estava cheio de surpresas, na maioria, nada boas. Pensou, enquanto recolhia seus pertences. Ajeitou a jaqueta e a bolsa, por fim, fitou o homem a dois passos de distância. Ele não estendeu a mão para ajudá-la. Rodrigo era tudo menos desatento. Havia algo de errado. As roupas estavam amassadas como se houvesse dormido no carro. Os cabelos estavam penteados, mas a barba de um dia o denunciou.

— É uma maldição, Rody, qual a parte que não entendeu?

Eva o lembrou sem muito ânimo, guardando a correntinha na bolsa. Entre outras coisas, aquele fora um dos motivos do rompimento do noivado.

— Desculpa-me, Eva, não quis ser rude — comentou sincero.

— Não foi, Rody, apenas diga o que deseja — perguntou pondo a pasta e a bolsa dentro do carro, do lado do passageiro.

— Bom dia, Eva, eu estou bem, e você?

— Rody, vamos cortar essa parte. Conhecemo-nos o suficiente para saber que não está aqui preocupado com meu bem-estar — soltou fria.

— Dia ruim?

— Muito. Despeja de uma vez — ele ainda hesitava e isso era mal sinal. Lembrou-se da visão, ou melhor, de pedaços dela. Nada bons. — E a Renata, como vai?

— Ela me colocou para fora do meu apartamento. Acredita?

— Sim, acredito. Conviver com você não é fácil.

— Tudo bem. Já entendi, Eva. Olha, eu não vim aqui mexer com o passado, vim comprar um favor — disse de uma vez.

Rodrigo levou Eva para perto de seu carro e abriu a mala. De dentro do veículo, tirou uma sacola de uma loja de roupas masculinas. A jovem observou o conteúdo e viu a caixa de metal. Ela possuía travas e senha para ser aberta, certamente. Não ousou tocar em nada.

— Do que se trata? — disse, recuando um passo.

— É uma peça para restauração. Não tenho onde ficar por enquanto e não posso deixá-la num quarto de hotel.

— Renata te expulsou mesmo?

— Sim. Jogou minhas roupas pela janela, trocou a fechadura. Ela enlouqueceu — disse Rodrigo aborrecido.

— Será que ela teve motivos?

A pergunta era desnecessária. Rodrigo era do tipo caçador e, não raro, traía suas parceiras. Mas dessa vez parecia ser algo diferente. Ou melhor, o jogo havia virado. Renata o traiu. Antes de descobrir que sua colega de apartamento estava com seu ex-noivo, ela assistiu à jovem advogada traí-lo pelo menos duas vezes. Seria o universo conspirando? Eles bem mereciam depois do que lhe fizeram.

— Não são drogas? Contrabando ou roubo?

— O cliente é particular e me confiou cartas e um diário pessoal, que deseja confirmar a autenticidade. Não podia me negar a recebê-las. Ele viu meu ateliê no apartamento — continuou ele. — Como dizer que fui expulso? Hum? Ele voltaria atrás no negócio — ele tentava convencer a jovem incrédula.

— Tudo bem — disse Eva, cansada das explicações.

Guardou a caixa no baú de sua moto, enquanto Rodrigo contava-lhe os detalhes finais.

— Pegarei a caixa com você na segunda-feira, talvez quarta. Tudo vai depender do que encontrarei em Portugal.

— Vai viajar?

— Sim, tenho de buscar algumas provas e não poderia levar a caixa comigo. Agora tome o adiantamento — dizendo isso, passou às mãos de Eva um bolo de notas.

— Nossa! O que é isso? — disse surpresa e preocupada. — É muito, Rody, é apenas um favor...

— Não lhe ajudei antes porque não tinha reservas, mas sei que está em dificuldades — disse olhando-a com atenção. — Bem, consegui as reservas. Vale a pena lhe tirar do buraco onde eu e a Renata jogamos você.

— Não quero esmolas — afirmou severa.

— Eva, pelo amor de Deus, aceite — pediu segurando seu ombro com carinho.

— Tudo bem, aceito — disse, e por fim pegou o bolo de notas. Guardou-o dentro da bolsa e se preparou para partir. Tinha uma entrevista para fazer.

— Não entregue a caixa a ninguém. Eu mesmo virei buscá-la — ele fez questão de dizer.

— Tome isso como certo — disse Eva, colocando o capacete.

— Deseje-me sorte. Se conseguir finalizar esse trabalho, pagarei a segunda parte.

— Vamos deixar acontecer. De qualquer modo, é o bastante pelo favor. Boa viagem, Rody.

Despediram-se e Eva saiu da garagem deixando Rodrigo sozinho no estacionamento. Ao virar à esquerda para pegar a saída, um carro negro cruzou com ela. O vidro fumê de uma das janelas foi baixado e um homem com aspecto bastante intimidador olhou pra ela e pra sua moto. Eva sumiu pelo túnel em direção à rua e desapareceu em meio ao trânsito.

Rodrigo já estava ao celular e, quando a ligação foi atendida, disse:

— Ainda não localizei a caixa, peço que me dê mais tempo.

— O tempo acabou. Nos entregue a caixa.

— Não consegui localizá-la... — a ligação caiu.

A essa altura, Rodrigo já corria. Reconheceu o veículo de imediato, entrou em seu carro e tentou dar a partida. O vidro do lado do motorista estilhaçou, cobrindo o jovem de cacos de vidros. Um minuto depois, ele foi puxado pela janela, enquanto grunhia de dor. A mão que se fechara sobre ele era impiedosa.

Foi arrastado para diante da porta da Mercedes negra e fitou seu ocupante. O homem nas sombras usava um terno de seda italiana, sapatos engraxados, e o cutucou com sua bengala.

— Onde está?

— Não sei do que está falando...

Um gesto do homem para seus seguranças, e eles socaram Rodrigo. Seguravam-no para que não caísse. O homem com uma máscara descartável sobre a face olhou-o e disse:

— O meu tempo e o seu acabam bem depressa. Agora diga onde está a minha caixa?

— Já lhe disse...

Nesse momento, uma rajada de tiros cobriu o Mercedes. O homem no interior do carro foi atingido no ombro e gritou de dor. A porta foi imediatamente fechada e o carro arrancou em fuga.

Rodrigo ficou no chão encolhido, temendo ser atingido em meio às balas. Os seguranças revidaram, mas não pareciam dispostos a vencer. Apenas deixaram o estacionamento em fuga.

O som dos tiros parou e tudo que se ouvia eram os passos de um salto alto. Ela usava um vestido negro e justo, com um corte lateral que deixava entrever a bela e torneada perna. Quando se aproximou de Rodrigo, colocou o sapato sobre seu pescoço.

— Onde está a caixa? — perguntou Lucille delicadamente.

— Eu... Não...

A resposta foi a pressão do salto contra o pescoço de Rodrigo, que grunhiu de dor e tentou empurrar o salto sem sucesso. Ela parecia pesar uma tonelada.

Nesse momento, a porta do elevador se abriu. Lucille liberou Rodrigo, e seus homens o arrastaram para o carro de onde havia aparecido. Antes que ele pudesse esboçar qualquer movimento de fuga, foi amarrado e a boca, coberta por um pedaço de fita adesiva. O corpo caiu de mau jeito dentro da mala e, quando a tampa baixou, ele sentiu que fora enganado e poderia não sair vivo e, pior, talvez Eva tivesse o mesmo fim.

A Esposa

5 de novembro de 1817, Rio de Janeiro, entardecer.

O marquês de Marialva partiu para a Europa levando um milhão de florins para impressionar os Habsburgo austríacos. Sua missão? Mostrar-lhes que a corte portuguesa no Brasil era próspera e poderosa. As negociações correram com normalidade. Leopoldina não protestou, afinal fora educada sabendo que faria tudo por seu país. O marquês assinou em nome de Pedro e o fez marido de Leopoldina. A festa para duas mil pessoas ocorreu nos jardins do Augarten de Viena. Os membros da família imperial austríaca comeram em baixelas de ouro e os convidados em baixelas de prata. A festa ficou por conta do noivo, é claro.

Foram cinco meses de viagem; trouxe dois navios de bagagem. Livros de sua biblioteca, o enxoval, presentes de casamento e três caixões, no caso de ela vir a morrer durante a viagem. Em sua companhia estavam camareiras, um mordomo, algumas damas da corte, pajens, nobres húngaros, guardas austríacos, camaristas, um capelão e alguns cientistas. Entre eles o paisagista Thomas Ender e o botânico Johann Baptist von Spix.

Quando os tiros da artilharia avisaram a chegada das embarcações, Pedro foi para a janela, fitou o horizonte e viu as velas dos navios. Seu coração deu um salto no peito. Tomou um pouco do preparado do Dr. Tavares e terminou de se vestir com a ajuda do seu criado. Não queria ter um "acidente" diante de sua esposa. Saiu ao corredor e seguiu junto com o resto da família para o porto em seu cavalo branco. O resto seguiu em carruagem. Ao chegarem ao porto, embarcaram numa galeota ladeada por dois escaleres. Do navio, Maria Leopoldina Josefa Carolina, princesa da Casa Habsburgo-Lorena, viu a aproximação de sua nova família com nervosismo, que escondeu sob a capa da realeza e da educação rígida que tivera.

O país estava em festa para recebê-la. Do convés, olhava a movimentação no cais. Continha a emoção apertando um lencinho de seda entre os dedos gorduchos. Sorria emocionada ao lado do Marquês de Marialva e de sua dama de companhia Maria Ana, a condessa Von Kunburg.

A princesa da Hungria e da Boêmia sentiu o mesmo que todos ao desembarcar naquele porto. A impressão era de estar aportando em um paraíso sujo e multicolorido. Leopoldina tinha o desejo de conhecer o que chamavam de "terra abençoada". Era sonhadora e acreditava no amor, apesar de saber que fora educada, criada para ser objeto de acordos entre países. O destino estava traçado, mas não se deixou entristecer. Era uma jovem apaixonada por um retrato, a descrição de um príncipe. Imaginava-o, desejava-o em seus sonhos como o marido ideal. E por que não o seria? Era príncipe de um país longínquo e paradisíaco, pintores o retratavam, falavam de suas riquezas e belas paisagens.

Seu destino seria menos terrível do que o sofrido por sua irmã Maria Clementina, que teve de se casar com um tio idoso e ainda por cima de modos grosseiros. Foi o mesmo que entregar uma rosa nas mãos de um primata.

Em sua jovem cabeça, Leopoldina sentia o peso da nobreza e se resignava. Sua irmã, Maria Luiza, havia sido dada em casamento por procuração à Napoleão Bonaparte, um demônio aniquilador de vidas e impérios. Apesar de ter incutido em sua educação a submissão, Leopoldina não era tola. Sabia-se dona de uma beleza inferior a de suas irmãs. Era gorda, o bócio a deixava com queixo duplo. Sobre seus ombros roliços, pesava saber que era cunhada do homem que expulsou a família de seu futuro esposo de Portugal. Mas naqueles dias era difícil encontrar alguém que não houvesse sofrido nas garras de Napoleão. Isso a consolava.

As negociações para o enlace começaram em um congresso em Viena, onde fora discutido o futuro da Europa longe das garras de Napoleão. Tronos precisavam ser restaurados, devolvidos aos seus verdadeiros herdeiros. Era o momento para fechar acordos e consolidar amizades, negócios e, claro, promover casamentos que ligariam linhagens e restaurariam o poder perdido. A Casa de Bragança devia ser fortalecida para impedir o crescimento dos republicanos em terras lusas, evitando a libertação da colônia.

O Marquês de Marialva, responsável pelos trâmites legais da união, usou todo o seu poder de persuasão para convencer a todos, inclusive a inocente Leopoldina. A união seria vantajosa, mas o acordo só foi fechado porque o Marquês Marialva declarou que a corte portuguesa retornaria para Portugal assim que os ânimos se acalmassem no Brasil. O marquês lhe vendeu um príncipe, como bem era. Os detalhes mais obscuros não foram revelados. Por fim, o marquês passou às mãos de Leopoldina um medalhão onde havia o rosto de seu futuro esposo, Pedro de Alcântara Francisco António João Carlos Xavier de Paula Miguel Rafael Joaquim José Gonzaga Pascoal Cipriano Serafim de Bragança e Bourbon.

A jovem não confessou em voz alta o que pensou, mas era visível que estava impressionada com sua aparência. Por fim, comentou que ele transmitia bondade e inteligência e que certamente era querido por seu povo. Mas em segredo escreveu à irmã Maria Luiza e confessou que seu amado era tão belo quanto um Adônis. Leopoldina apegou-se àquele casamento como sua tábua de salvação.

O fato de ter sido dada em casamento moveu seu íntimo e a fez buscar saídas para tornar-se bela e desejável aos olhos do príncipe. Mandou comprar em Paris espartilhos, tratou do bócio e até mesmo passou a comer menos doces. Se a sorte lhe sorriu oferecendo-lhe um marido, quem era ela para desdenhá-la? Resolveu que devolveria a cortesia.

Os cachos, os olhos escuros do príncipe despertaram nela sentimentos que jamais julgou possuir. Mas a maioria deles, os sentimentos, era de amor romântico, casto. Os deveres do matrimônio lhe pareciam abomináveis. Ela pertencia à Ordem da Cruz Estrelada. As mulheres dessa ordem orientavam suas vidas para a caridade e a devoção. Esculpida por seu século e educação, era uma princesa e não uma amante. Entregou-se às orações, enquanto sentia o coração disparado com a possibilidade de segurar a mão do seu futuro esposo, e os dias que passou no mar pareceram valer a pena. Ficar à mercê de seus olhos escuros... Ruborizava, sorria e ansiava por seu príncipe, até aquele momento encantado.

Leopoldina saiu de seus sonhos e viu quando a galeota se aproximou da embarcação. Vislumbrou seu esposo e não se decepcionou: ele era realmente bonito, apesar das marcas que trazia no rosto provavelmente de uma enfermidade contraída na infância. Tinha cabelos fartos, cacheados, negros e brilhantes como os olhos. O porte era esguio, elegante. O sacrifício do matrimônio arranjado e meses de viagem pareceram-lhe insignificantes diante do que teria pela frente. O sonho de conhecer a América tornava-se real, seu coração estava aos saltos dentro do peito. Naquele momento não se perguntou por quanto tempo duraria aquele sonho.

O mundo era feito de outra substância quando Leopoldina chegou. Tudo pareceu perder o verde, o amarelo, o rosa... Pelo menos para Pedro. Para ele só restou o azul de seus olhos redondos. O tom creme de sua pele delicada e roliça.

Um sacrifício a mais em nome da coroa, pensou sorrindo para a jovem esposa. Tola, inocente, casta com toda certeza e avessa a todos os prazeres que unem os amantes. Uma sensação de pesar e tristeza tomou o jovem príncipe. Sentiu a pontada do leque nas costas. Era sua mãe. Trocaram um olhar mais que revelador e insistente. A rainha não cederia, e ali, implícitas, estavam suas ameaças. Era casar ou ser deserdado.

O jovem voltou a fitar a "esposa" com um sorriso amável, a jovem de vestes finas e caras, os cachos loiros e ralos, apesar de estarem bem arranjados e adornados, não o convidavam ao toque. Tinha bochechas e queixo duplo, sem falar no lábio inferior saliente, que segundo soube era um traço de família.

Aquela jovem inocente nada se parecia com a sua Noémi. Naquele primeiro momento, tudo era estranheza e etiqueta cerimonial. Mas havia algo nos olhos azuis que o atraia; porém a visão de sua frágil beleza o desencantava. A aproximação era possível. Podiam entender-se, afinal foram usados como peças em um tabuleiro de xadrez para que seus países usufruíssem de alianças. Após as apresentações formais, ele cumprimentou a esposa.

Os sonhos de um rei fugitivo e covarde se realizavam. D. João VI estava exultante em poder finalmente unir a Casa de Bragança com a de Habsburgo. Já estavam casados. O casamento sem noivo foi realizado na igreja de Santo Agostinho, em Viena, no dia 13 de maio. Durante toda a espera por aquela que seria sua esposa, D. Pedro teve ímpetos de fugir. Sentia-se refém do sangue real que carregava nas veias. As ameaças dos seus pais queimavam sua alma, os brios de príncipe sem poderes. Seria deserdado caso insistisse na ideia de ir atrás de Noémi.

Não havia mais nada a ser feito; ela agora possuía um marido, um filho morto. A criança nasceu prematuramente e morreu. O que faria para sobreviver? Era um príncipe. O corpo foi embalsamado e enviado para Pedro, que o pranteou dolorosamente e o guardou entre seus pertences. Uma relíquia macabra de um amor desfeito.

Uma chuva de flores caía sobre a realeza, enquanto o cortejo matrimonial seguia sob os olhares de toda a cidade. Uma mistura de criados, damas da corte, músicos, arautos. Um grande teatro, uma ilusão. Tudo o que a jovem austríaca via ao seu redor era mero cenário. Quando as festividades chegassem ao fim, as serpentinas, a decoração cedida pelos comerciantes seria recolhida como no palco de um teatro, quando descem as cortinas ao final do espetáculo. A algazarra organizada percorria as ruas até a capela real. Foram recebidos pela grande orquestra regida pelo maestro Marcos Portugal. Uma tenda dourada foi montada para que os noivos e a família real ficassem envoltos na atmosfera de poder e glória. A cerimônia durou duas horas.

Rumaram para a Quinta Real, e Pedro cantou algumas árias. A emoção tomou conta da jovem esposa que, contida, explodia em alegria por ser tão bem recebida. Havia tanto luxo e beleza, inocência e mentiras.

Quando a festa chegou ao fim e o mundo silenciou, chegou a hora da união ser oficializada com a consumação do casamento. O ritual exigia uma princesa virgem e um príncipe descontente e de luto pela perda da amante e do filho natimorto.

Ambos foram amparados pelos familiares. Pedro se despiu diante do rei e Leopoldina diante da sogra e da cunhada. No quarto... Pedro se lembrava do quarto e de Leopoldina também. Havia um cortinado bordado em ouro, uma guirlanda de flores. Ela passou pelo cortinado e logo ficou diante do marido. Ele vestia um camisolão tão branco quanto o seu. Foram deixados a sós.

Deitaram-se. Apesar de tudo, ela tinha o corpo suave e macio e não foi difícil para Pedro conseguir o que desejava. Entre carícias e beijos, fez daquela estranha e esquiva figura sua esposa. Conteve-se ao máximo naquela primeira noite. Suas investidas eram repudiadas com empurrões e tapinhas. O que disseram a ela sobre os homens e mulheres? Tocou-a com o respeito devido e a fez sentir-se incomodada e plena. Quando o ato chegou ao fim, aninhou-a junto a si e fechou os olhos pensando em sua Noémi; sentia culpa e tristeza.

Pedro despertou de um salto na cama. Olhou ao lado o travesseiro vazio e cobriu o rosto com as mãos. Às vezes, podia sentir a presença dela, seu cheiro, o dos lençóis. Na Quinta da Boa Vista, nunca havia silêncio. Leopoldina em suas cartas descrevera bem seu novo lar.

As noites são mágicas nos trópicos, cheias de ruídos produzidos por seres que piam, batem asas, rastejam entre folhas secas... Não existe silêncio jamais neste lado do mundo.

A voz, o modo delicado que o acariciava quando ele permanecia no leito mais que o tempo de cumprir com seus deveres de marido. Na imortalidade não existe esquecimento, só o eco das lembranças vividas. Não como num sonho distorcido, enevoado. Não, não se engane; na imortalidade as lembranças são bem reais. Às vezes é quase possível tocá-las. Ele só queria apagar de sua memória o passado e viver o presente. Desde a mudança, o presente e o passado se misturaram e o assaltavam em forma de visões, pesadelos. Elas eram malditamente reais como seus sentidos apurados. Dolorosos como sua fome por sangue.

Peça por Favor

O dia fora cheio, mas Eva estava feliz. Um pouco cansada talvez, mas realmente satisfeita com o rumo que seu dia havia tomado. Após sair do estacionamento do jornal, foi pagar suas contas e sentiu-se leve como uma pluma. Voltou para casa e trabalhou no arquivo recebido. Quando finalizou, percebeu que tinha tudo para fazer uma excelente entrevista. Trocou as pilhas do gravador, enquanto almoçava sushi. Era uma espécie de comemoração. Quando terminou, resolveu guardar a "caixa" de Rodrigo. Não era inteligente deixar algo assim no canto da sala. Pegou a sacola e teve o cuidado de não tocá-la. Melhor não saber do que se tratava.

Guardou-a e quando voltou à sala resolveu se preparar para o encontro. Separou os sapatos altos, uma saia preta, pegou uma de suas blusas de seda cor creme com delicados motivos florais. Tomou um longo banho e, quando saiu, secou os cabelos. Escovou-os até secarem, o que os deixou lisos, mas com uma leve ondulação. Por fim, penteou-os e prendeu-os com uma delicada fivela em forma de libélula. As pequenas pedras brancas cintilavam de modo discreto e charmoso. Ainda de roupão, maquiou-se com esmero e sem exageros. O estilo *pin-up* leve valorizou seus traços clássicos. Quanto terminou de se vestir, observou-se no espelho de corpo inteiro e viu uma mulher elegante e bonita que há algum tempo não via. Gostou do resultado.

Chamou um táxi, não poderia ir de moto. Quando o carro a pegou na porta de seu prédio, pensou ver alguém a observando do outro lado da rua. O homem de roupa negra segurava uma câmera e ao vê-la olhar em sua direção desviou a lente da máquina fotográfica.

Estava enganada, pensou ao vê-lo subir a rua sem prestar atenção nela. Vinte minutos depois estava na porta do restaurante. O assessor desgostoso e disposto a denunciar um esquema de corrupção a recebeu como combinado. Seu nome era Marcos Vinicius e realmente tinha muito o que dizer. Recebeu-a como uma velha amiga; fizeram os pedidos, e Eva pediu café e torta gelada. Não estava com fome, mas não quis quebrar o clima descontraído que os cercava. A conversa a princípio girou em torno da profissão de Marcos e, aos poucos, os detalhes foram aparecendo. Eva tinha o dom de fazer perguntas delicadas, mas obter respostas mesmo que o entrevistado se sentisse desconfortável.

Desse modo, quase duas horas depois Marcos Vinicius havia lhe dado uma excelente reportagem. Ele ficou tão descontraído que chegou mesmo a segurar sua mão. Pediu seu telefone e insistiu em levá-la para casa. A contragosto, mas educadamente, Eva aceitou. Não gostava de misturar trabalho e prazer. Despediu-se do homem com delicadeza, mas não conseguiu evitar que ele beijasse levemente sua orelha ao se despedirem. Era comum aquela reação, sempre atraía de modo exagerado os homens.

Estava no portão de entrada do prédio onde morava quando esbarrou em um homem. Viu o rosto melancólico, que certamente ganharia vida e beleza quando ele sorrisse. Seu olhar castanho-avermelhado era penetrante e lhe trouxe arrepios. Percebeu que não tocara sua pele, a jaqueta de couro a isolou do contato físico. Ele se desculpou e se afastou olhando-a demoradamente até dar-lhe as costas e sumir pela rua. O coração de Eva estava disparado, a boca ficara seca. O que estava acontecendo com ela? Há semanas vinha sentindo-se estranha e confusa. Provavelmente era resultado do estresse que atravessava.

Cruzou o portão e, quando ficou de frente para a rua, percebeu o homem a fotografando. Ele desviou as lentes da câmera e, por fim, caminhou alguns passos e foi para a esquina, onde continuou fotografando o tráfego. Algo estava errado.

No *hall* de seu prédio, cumprimentou o porteiro e recebeu um recado:

— Um homem acabou de deixar este envelope. Acho que cruzou com ele... — disse o porteiro olhando o portão atrás de Eva. — O de barba, parecido com Dom Pedro — brincou o porteiro.

Pegou o envelope branco sem identificação e seguiu para os elevadores. Logo atrás dela, duas de suas vizinhas. Segurou o envelope junto à bolsa enquanto falavam. O elevador vencia um andar após o outro lentamente. Quando finalmente chegou ao seu andar, estava sozinha. As portas se abriram ruidosamente. Saiu do cubículo de metal e tentou abrir o envelope... Seu sapato estilhaçou algo. Vidro quebrado, mas de onde? Olhou em volta e viu a janela de ventilação quebrada e aberta. Estranho, estava no décimo primeiro andar. Olhou a noite que chegava suave e continuou andando pelo corredor. Pegou as chaves e entrou em seu apartamento já rasgando o envelope.

Tocou o interruptor e acendeu a luz. Nada aconteceu. Recuou para fora do apartamento e fitou o envelope na luz, abrindo-o.

"Seu apartamento foi invadido por três homens, não entre. Você corre perigo. Volte e me encontre no portão de entrada."

Quando terminou de ler o bilhete, parou — murmurou a frase escrita. — Como...? Quem mandou isso... — questionou-se Eva examinando o envelope para descobrir mais informações.

Dentro do apartamento escuro, levou a mão ao interruptor por teimosia. A lâmpada havia queimado. Fechou a porta e se viu no escuro. Antes que pudesse colocar a bolsa no sofá, foi agarrada.

A bolsa caiu, o envelope, o bilhete. Um rugido estrangulado escapou da garganta de Eva. Fora agarrada por mãos fortes e contida de encontro a um corpo sólido. A pressão esmagava seu peito, roubava-lhe o ar. Cobriram-lhe a boca, enquanto se debatia em uma luta vã. Agiam na escuridão. Alguém ia tentar amarrar suas mãos, mas não permitiu; soltou chutes no ar e acertou alguém. O grunhido de dor e a queda de um corpo a fizeram ter esperança. Acertara o alvo.

Um vulto atravessou a sala e tentou conter-lhe as pernas, rugiu de dor quando os dois pés de Eva o receberam. O homem se chocou contra a parede. Ela tinha força! Espantado com o golpe, o homem que a detinha afrouxou o abraço. Eva levantou os braços e escorregou para baixo. Novamente agarrada, dessa vez pelos cabelos, gritou alto. Voltou-se e fez das unhas armas. Cortava a carne do pescoço, olhos e rosto, ouvindo grunhidos de dor. Teve aulas de autodefesa e não seria vencida sem lutar. Pisou no pé do seu agressor e com o joelho o atingiu entre as pernas, empurrando-o para trás. Um golpe forte no rosto a jogou no chão. Sentiu o braço e o quadril doerem com o impacto. Gemeu e sentiu o gosto de sangue na boca, mas não se deixou vencer. Patinou no chão e correu, já sem os sapatos, em direção ao quarto.

Um dos homens tentou segurá-la, mas foi detido por alguém.

— Deixe-a, isso está sendo muito divertido. Não esperava tanta resistência — comentou o homem saindo das sombras.

Correu para o quarto ouvindo as gargalhadas dos invasores atrás de si. Mas não parou. Assustada, trancou a porta e pegou o telefone, mas, antes que conseguisse discar o número da polícia, a porta foi aberta com um chute. O trinco despedaçado voou pelo chão de madeira polida.

O grito de pavor escapou da garganta de Eva. Sua mente trabalhava depressa e buscava uma rota de saída, mas qual? Eles estavam na frente da única saída. Havia a janela, mas era morte certa. Onze andares. Merda! Pegou a tesoura sobre a penteadeira e se preparou para lutar.

— Você tem fibra, bonequinha. Gosto muito disso — ao dizer isso, o homem a fitou com malícia.

— Ela age como uma maldita gata louca! — disse o homem limpando o rosto e o pescoço sujos de sangue. Ele fora o alvo de suas unhas.

— Mas deixe que me apresente. Meu nome é Virgo. Vim aqui pedir que me entregue a caixa — o olhar dele era escuro e frio.

Eva fitou a mão, os dedos cobertos de sangue sobre a tesoura e logo depois observou os invasores. Parecia que tudo estava em câmera lenta. Sentiu a boca seca e tossiu uma, duas vezes. E fez os homens a olharem com curiosidade.

— Pedir? — debochou, tocando a boca ferida. — Não sei do que estão falando. Quem são vocês?

— Podemos brincar com ela, Virgo? — disse o homem, pronto para fazê-la sofrer. Ele mancava levemente.

Eva sorriu vitoriosa sabendo que aquele homem de rosto frio e olhos escuros fora o alvo de seus chutes. Havia uma promessa silenciosa em seu olhar, ele desejava lhe provocar dor.

— Não — respondeu Virgo, olhando seu subordinado com firmeza.

E quando se voltou para Eva a fitou com curiosidade. Deu um passo à frente e aspirou o ar numa atitude que surpreendeu os dois homens.

— O que é você, garotinha? Hum? Você cheira como uma flor exótica.

— Saiam!

— Não é assim que funciona — continuou Virgo, ajeitando o terno.

Só então Eva percebeu que os três vestiam ternos negros. Eles eram uma versão ruim do filme *Cães de aluguel*. Ou seria *Matrix*? O que importava? Eles invadiram seu apartamento e certamente iriam machucá-la. Precisava de uma rota de fuga.

— Você tem algo que pertence ao nosso chefe e ele quer de volta.

— Eu... Eu não tenho nada. Quem é seu chefe...?

— Não precisa se envolver com isso, apenas me entregue a caixa.

— Caixa? Não tenho nenhuma caixa...!

— Seu amigo, Rodrigo, tem outra opinião — ele fez uma pausa para observar a reação e viu a verdade. — Ele nos contou, com um pouco de persuasão, é claro, que lhe entregou a caixa.

Àquela altura dos acontecimentos, era impossível esconder o medo. O homem a sua frente sabia disso e sorriu vitorioso para continuar falando:

— Vejo que nós vamos nos entender, não é mesmo, bonequinha? Apenas seja boazinha e largue a tesoura. E juntos vamos apanhar a caixa. Onde você a guardou? — murmurou sorrindo maliciosamente.

— Peça por favor — disse, sem saber de onde veio a sua voz.

Algo a dominou. Sentia as mãos formigarem, o peito doía, a secura na boca aumentou.

Virgo teve uma reação imediata diante dela. Os caninos apareceram e ele se colocou em guarda como se estivesse diante de um animal perigoso. Eva recuou; viu-se sem saída. O coração deu um salto, o sangue gelou nas veias. Seu agressor sentiu a mudança e pareceu confuso. Todavia, agiu como sua natureza mandava. Instintivamente, deslizou a língua sobre os lábios cheios. O olhar se tornou translúcido e selvagem. Um segundo depois, ele estava colado à Eva esmagando-a impiedosamente. A mão empurrava o rosto delicado contra a parede deixando sua garganta exposta. Debateu-se tentando soltar-se da pressão e, por fim, tossiu sem ar. Por um segundo, pareceu perder os sentidos; o corpo amoleceu. Virgo a segurou nos braços e sorriu, entretanto o riso durou pouco. Logo ele sentiu um repuxão no peito e, ao fitar a mulher em seus braços, compreendeu o que ocorria. As mãos de Eva haviam se fixado sobre os pulsos do vampiro. Em cada dedo, um ponto luminoso por onde ela lhe sugava energia.

Tentou afastar-se, mas foi agarrado com firmeza. Eva agora estava de pé e, mesmo possuindo menor estatura e força, conseguiu imobilizá-lo. Os olhos da mulher mudaram de cor. Estavam luminosos como se dentro daquela pele existisse somente luz. A cena era estranha e sensual. O modo como ela o envolvia, as mãos subiram aos ombros e logo a boca buscou a dele num beijo. Os lábios se tocaram por alguns minutos. Era possível notar que Virgo sentiu prazer, o corpo relaxou. Eva o envolvia e, quando houve um pequeno afastamento, foi possível ver o fluxo de energia. Rubro, florescente, gasoso, que deixava o corpo de Virgo para ser engolido por Eva. O som de cacos de vidro se partindo não interrompeu o ataque, tampouco a exclamação de surpresa do quarto intruso.

— Nossa, garota, você está realmente faminta!

No primeiro momento, não se pôde ver quem havia falado, mas havia mais alguém no quarto. Eva estava ocupada demais, alimentando-se, para parar e tentar descobrir. Os dois vampiros se jogaram sobre ele em luta aberta.

Acontecia em uma fração de segundo. Ela agora segurava o rosto do vampiro e pareceu cansada, enjoada. O corpo caiu pesadamente junto aos seus pés descalços e miúdos. Ela tossiu e limpou a boca.

— Acho que não devia ter comido tanto.

Aquela voz novamente. Mas, dessa vez ela conseguiu vê-lo. O homem estava contra a luz, no entanto, Eva viu os olhos castanhos, o rosto bonito. Os movimentos ágeis que usava para defender-se dos dois vampiros.

— Você pode me dar uma ajudinha? — cobrou ele, empurrando um dos vampiros com a bota.

A mulher fitou Virgo, que gemia no chão sem conseguir se levantar. Ela não conseguiu ir até o fim. Passou por cima dele e foi direto para onde os vampiros lutavam. Sem medo nenhum, agarrou um deles e o arrastou consigo. Ele gritou e se debateu sob suas mãos. O segundo entrou em pânico e teve a cabeça cortada. O estranho com senso de humor observou o corpo cair e só então observou a mulher.

A consciência de Eva fora dominada por uma entidade desconhecida que habitava seu corpo, ou seria parte de sua própria natureza? Moveu-se tão rápido quanto um vampiro. O ataque foi impiedoso. O drenou num gole longo e rápido. Quando o soltou, observou-o secar como uma fruta podre. Fora rápido, talvez por ser um vampiro jovem. Ela sabia disso. Moveu a cabeça de modo confuso e pareceu meio tonta. O cheiro dos vampiros estava no ar embriagando-a. Quando se estabilizou, voltou a atenção para o quarto invasor.

— Calminha, querida — disse o vampiro, recuando ao perceber que se tornara alvo. Mas ela parecia pouco disposta a atacá-lo; se quisesse já o teria feito.

— Você não vai querer me provar, eu tenho um gosto horrível — comentou, observando-a melhor.

Era realmente bonita. Estava descalça, com os cabelos soltos emoldurando o rosto transformado. Os olhos negros pareciam enormes, a boca era convidativa e carnuda. Era de se esperar em sua espécie. Ela estendeu a mão em sua direção como se buscasse ajuda.

Foi muito rápido. Virgo saltou sobre Eva, agarrou-a e a mordeu. A mordida perfurou a carne delicada do ombro. Seu grito de dor fez todos os pelos do corpo de Pedro se arrepiarem.

— Maldito! Solta ela!

Era raiva e dor. O sangue molhou seu rosto, a blusa. Num gesto de defesa, ela tocou o braço de seu agressor. A mão sobre a pele do vampiro ficou vermelha e por fim queimada. Virgo a empurrou com força e ela caiu batendo a cabeça na parede. Com o resto de consciência que lhe restava, viu os dois homens lutando e depois sumirem pela janela. O choque e a dor trouxeram de volta a consciência da jovem jornalista.

Olhos opacos, sem brilho. Estava imersa em imagens de morte e sangue. O corpo tremia convulsivamente. No chão, sem forças, Eva arquejava baixinho. Abriu as pálpebras com grande dificuldade.

— Voltei, garotinha — disse o estranho tocando o rosto de Eva, que não teve forças para recuar. — Calma, não vou lhe machucar. Você está bem? Fale comigo? Droga!

Pouco depois, Eva se sentiu suspensa no ar. Alguém a carregava nos braços. Queria lutar, afastá-lo, mas não tinha força. A brisa da noite tocou seu rosto. Olhou para cima e viu a face de um homem desconhecido, os olhos negros, cabelos encaracolados... Ele falou algo, mas ela não entendeu. Fitou o céu, as estrelas e por fim perdeu os sentidos.

O Conde e a Condessa

O CONDE DURVAL E SUA PRIMA, A CONDESSA LUCILLE D'LORD, CHEGARAM ao Brasil no ano de 1800; viviam em Portugal desde janeiro de 1789. Durval D'Lord partiu antes dos primeiros conflitos explodirem na França pré-revolucionária. Muitos outros franceses haviam fugido dos horrores da Revolução Francesa, mas não com tanta antecedência, e se estabelecido em Portugal. Os amigos mais íntimos do conde costumavam dizer que ele parecia prever o futuro e evitar situações extremas, como a fuga da Família Real portuguesa para o Brasil em 1808.

Quando as tropas de Napoleão, sob o comando do General Junot, começaram a pilhar, queimar e matar velhos, mulheres e crianças, o conde já estava estabelecido na colônia portuguesa além-mar. A sanha francesa mudou a Europa. Quem ficasse no seu caminho seria destroçado. Dom João VI não ficou para descobrir como seria, apenas abandonou Portugal juntamente com toda a corte portuguesa, um ato inédito. Se não houvessem fugido, teriam sido humilhados e certamente mortos. O ato em si parece covarde, entretanto para muitos dos que partiram foi uma questão de sobrevivência.

O Brasil representava um novo mundo, um novo começo. Enquanto ainda na França, o conde Durval criava cavalos de raça, sendo o Alter Real o seu preferido. Ele e Dom João VI, que trouxe exemplares da raça a bordo do navio, contribuíram para a criação de uma nova raça de cavalos nacionais: o Mangalarga, o Crioulo Brasileiro e o Campolina. Mas também havia as mulas que percorriam todo o país levando nos lombos uma grande diversidade de mercadorias. Contos de reis não faltavam ao conde. Ele e sua prima viviam em uma extensa propriedade na Tijuca. Quem frequentava os saraus literários e musicais confirmava as suspeitas dos não convidados. O casarão era decorado com obras de arte e objetos de todo o mundo e com a sofisticação francesa da época. Escravos não faltavam para servir, limpar e oferecer prazer aos convidados.

Muitos diziam que o conde possuía o toque de Midas: tudo o que tocava virava ouro. Comerciava cavalos, vinhos, escravos, obras de arte. Possuía vinícolas na Itália, na França e em Portugal. Sua prima e única parenta viva, Lucille D'Lord, era viúva, mas não dependia financeiramente do primo. O comércio parecia estar no sangue dos D'Lord. Lucille, que também havia fugido da morte na guilhotina, perdera o marido e um castelo em Lyon. Para conseguir se sustentar, mantinha uma loja de roupas na Rua do Ouvidor e oferecia às clientes o melhor da moda parisiense, que ia de meias a perfumes.

Graças a ela e algumas outras determinadas comerciantes, o Brasil não deixava a desejar em matéria de luxo para os que podiam pagar. Iguais a ela existiam outras mulheres que ganhavam seu sustento e deixavam as damas da corte menos "azedas". Lucille era extremamente bela, mas muito reclusa. O conde a protegia e, de certo modo, a isolava na Tijuca. Ela foi a poucos eventos públicos e sempre que aparecia era notada por sua grande beleza e juventude.

O conde Durval era respeitado e até mesmo temido por alguns. Possuía muitos escravos, que com frequência morriam no tronco ou desapareciam sem deixar rastros. Nas senzalas, os negros cochichavam, chamando a condessa de bruxa e o conde de morte branca. Coisa que não os incomodava nem lhes tirava o sono. Na verdade, estavam muito bem ambientados com os costumes do Brasil.

Quando a corte chegou, em 1808, eles tinham casas para alugar e o fizeram com altas taxas. Era isso ou ficar na rua. Claro, o rei tomou muitos sobrados sem se importar se estavam habitados ou não. O tempo passou e pessoas foram e vieram ao Brasil. Mas o conde e a condessa continuaram a habitar sua bela propriedade e como de costume receber em seus salões o melhor da sociedade, o que significava receber o príncipe em pessoa.

Pedro estava casado com Leopoldina havia um ano e nesse meio tempo se envolveu em diversas "aventuras" das quais sempre escapava ileso, mas com a reputação um pouco maior. O conde D'Lord sempre o convidava aos seus saraus, mas Pedro nunca comparecera e ninguém sabia explicar o motivo. Na verdade, não havia nenhum em particular. Mas o mistério foi resolvido quando o portador do convite informou a Pedro sobre a beleza da condessa Lucille D'Lord.

O escravo encheu a cabeça do criado pessoal do príncipe, Plácido, com os detalhes da casa, o modo recluso que a condessa vivia. Chegou mesmo a dizer que ela parecia um raio de sol ou uma estrela de ouro. Pedro andava acabrunhado, haviam lhe tirado um amigo querido e sua distração, as filhas de Cauper.

O príncipe tinha por hábito visitá-lo em longos almoços e permanecer com suas filhas. Todos sabiam que Pedro poderia conseguir quase tudo, menos ser fiel à esposa que lhe fora imposta.

Leopoldina gostava de botânica, de livros, de matemática, de animais empalhados, e muito pouco de si mesma. A natureza não fora generosa dando-lhe beleza. Era pobre de sensualidade e malícia. Como dizem vulgarmente, não existe mulher feia e sim mal arrumada. Ela era avessa a espartilhos, não frisava o cabelo como a moda mandava, não se arrumava o suficiente para prender a atenção de um jovem garanhão. Na cama com o marido, era sempre muito contida, envergonhada. As carícias, os beijos, as exigências de Pedro a chocavam, e ela cedia de má vontade, o que era pior do que se recusar.

Quando o casamento se tornou tedioso, uma sequência de pequenas brigas ocorreram. Ele fugia para os braços das incontáveis amantes. Dom João, que punia por Leopoldina, não demorou muito para afastar as tentações dos olhos de Pedro. Promovia, oferecia cargos em Portugal, literalmente expulsava do Brasil todo e qualquer um que perturbasse a felicidade de sua nora querida.

O convite do conde chegou em boa hora. Partiram assim que Pedro conseguiu se desvencilhar de Leopoldina. Deixou-a trancada com a desculpa de ser ciumento e a proteger de vários perigos.

Quando chegaram à propriedade do conde, foram recebidos por escravos vestidos em seda e veludo e usando luvas como mandava o protocolo. Alguns deles falavam francês e outros inglês. Bem vestidos, receberam-nos e os levaram até a bela casa. O jardim era bem parecido com os melhores da Europa, pequeno, mas bem ao gosto dos franceses. Havia tochas iluminado-o e vários convidados passeavam conversando e tomando champanhe. Pedro ficou fascinado e pronto a desfrutar de tudo o que a noite pudesse lhe oferecer. Havia música e cantoria no salão principal. Quando Pedro apareceu, os convidados se curvaram e o conde o recebeu pessoalmente se apresentando.

— É uma grande honra recebê-lo em minha humilde casa.

O homem era somente elogios e cordialidade. Durval D'Lord era um homem de cabelos escuros, pele branca e até empoada. Olhos castanhos-avermelhados. Sofisticado, certamente em outros tempos frequentara a corte. Muitos boatos corriam a respeito de sua fortuna e negócios. Era traficante de escravos e algumas famílias não gostavam de recebê-lo, o acreditando inferior em posição na sociedade. Todavia, seu título e poder abriam algumas portas.

— O prazer é todo meu, conde Durval — disse Pedro, apertando-lhe a mão sem nenhum protocolo. — Não gosto muito de todo esse rapapé. Estamos num dia festivo, vamos comemorar. Soube que é aniversário de sua prima, é verdade?

— Sim, sim. Ela não queria... Sabe como são as mulheres quando se trata de esconder a idade — brincou, sorrindo para o príncipe.

— Pelo que se comenta, a Sra. Lucille jamais vai precisar esconder sua idade. Dizem que é jovem e fresca como a chuva na floresta da Tijuca — comentou o príncipe muito afável.

Andavam pelo salão e o príncipe cumprimentava a todos com amabilidade e certo recato. Enquanto andavam, Pedro percebeu a ausência do Visconde de Parati e soube por Plácido que ele e o conde eram inimigos. Uma divergência na mesa de cartas quase os fez duelar. Mas temendo a boa pontaria do conde, o visconde evitou a disputa com um pedido de desculpas formal. Depois afirmou que o rei não poderia ficar sem ele e que por isso evitou o duelo. Ninguém acreditou.

Dez minutos depois de chegar, Pedro já estava ao piano tocando para que uma bela jovem cantasse. Ele não decepcionou e, quando estava bem perto de finalizar o dueto, viu uma beleza rara descer as escadas vestida em seda e veludo verde. Era certamente a aniversariante. Plácido fora pouco generoso ao descrever a condessa. Ela era bem mais bonita do que poderia ser descrita.

O conde recebeu a prima no último degrau da escadaria. A jovem foi aplaudida pelos convidados e sorria timidamente. Pedro afastou-se do piano e se aproximou para cumprimentar a jovem aniversariante. Tomou-lhe a mão enluvada e a beijou de modo delicado.

— Vossa Alteza, quanta honra — murmurou a jovem ruborizando.

— A honra é toda minha, condessa.

— Vossa Alteza, Lucille sempre desejou conhecê-lo pessoalmente. Ao convidá-lo, presenteei minha adorada prima — disse o conde fazendo Lucille se abanar para acalmar os nervos e apagar o rubor que cobriu sua face.

— Se soubesse teria lhe oferecido a honra há mais tempo. É um grande prazer conhecer criatura tão graciosa — falou Pedro enquanto andavam pelo salão cumprimentando os convidados.

— Costumamos receber os amigos mais íntimos para saraus, mas nunca nos deu a honra.

— Se soubesse que desfrutaria de tanta beleza já o teria feito, mas nunca é tarde, não é mesmo? — comentou, ainda conduzindo-a pelo salão, fazendo as honras a sua pessoa.

— Então se sinta convidado a nos visitar quando desejar — interveio o conde Durval, ficando ao lado da prima numa atitude quase protetora e que o príncipe entendeu bem.

— Será um prazer tê-lo como convidado e até mesmo hóspede — comentou Lucille ainda ao lado do príncipe.

— Vejo que são reclusos. Não os vi na missa da páscoa.

— Lucille esteve adoentada. Evitou até mesmo ir a sua loja na Rua do Ouvidor — comentou o conde servindo-se de uma taça de champanhe.

— Uma jovem que se sustenta, creio eu — afirmou jocosamente, mas com todo respeito que cabia a sua posição. Afinal ela possuía um título.

Pedro ofereceu uma taça à jovem aniversariante, e um brinde foi erguido à condessa, que parecia uma esmeralda cintilante. A pele rosada era fresca e suave. Os olhos cintilavam de tão belos.

Música se fez ouvir no salão de baile e logo os casais se formaram, mas esperaram a aniversariante. Ela dançou com o primo de modo leve e gracioso e este a passou às mãos do príncipe. Logo os convidados tomaram o salão para desfrutarem da música. Pedro dançou com Lucille duas vezes, ele a estava monopolizando. Durval percebeu os comentários, mandou os músicos pararem e levantou um brinde enquanto traziam o bolo. Mais uma vez houve votos de felicidades e brindes com champanhe. A oportunidade perfeita para que Lucille fosse afastada de Pedro.

Aos olhos de Pedro, Lucille parecia uma estrela, cabelos dourados, pele pálida; a boca era carnuda, delicada como um botão, era perfeita. Os convidados foram levados para o jardim e logo viram fogos de artifício estourarem no céu. Os convidados, maravilhados, dançavam no jardim e comiam e bebiam das diversas iguarias ali servidas. O banquete foi servido numa tenda iluminada por candelabros e velas. A decoração era de rosas e samambaias.

Durante o banquete, Lucille falou com seus convidados, mas sempre sob o olhar atento do príncipe. Plácido estava às voltas com uma dama, que sorria de tudo que ele falava. Ninguém se opôs quando o príncipe voltou à companhia de Lucille, estavam ocupados demais comendo e bebendo.

Passearam pelo jardim iluminado e sentaram-se a pouca distância dos convidados. A noite estava fresca e estrelada e todos desfrutavam-na longe do calor dos salões.

Conversaram, sorriram e antes que Lucille percebesse Pedro a tomou nos braços e a beijou. Ela resistiu e por fim retribuiu, em princípio timidamente, depois com desejo contido. O atrevimento de Pedro era bastante conhecido, ainda mais sendo a dama tão bela. Se fosse uma donzela, a teria cortejado com menos pressa. Mas, como se tratava de uma viúva, não havia ninguém que fosse se queixar ao rei.

O príncipe a puxou para debaixo do caramanchão e a tomou nos braços. Beijaram-se longamente, mas quando ele tocou seu seio ela recuou arfante e o empurrou. Confusa tocou os cabelos e com uma expressão grave se afastou de Pedro.

Ele a segurou pela mão e a enlaçou novamente. Ela pretendia fugir como uma pombinha assustada.

— O que teme, minha condessa? — murmurou sentindo-a pôr as mãos pequeninas sobre a dele.

— Gosto de viver no Brasil... Desculpe-me. O rei, ele pode me mandar embora... Não posso retornar à França, não agora — emudeceu e se viu livre das mãos do jovem príncipe.

— O que teme? — disse Pedro contrariando-se com sua desculpa. — Fale, minha fada.

— Vossa Alteza é casado. Não posso trair outra mulher desse modo. Apenas deixe-me guardar essa doce lembrança.

O príncipe sentia no paladar um sabor jamais provado. A condessa era morna e convidativa como nenhuma outra mulher que ele conhecera. Cheirava a lavanda, a pele possuía um tom rosado, seu corpo era firme e ao mesmo tempo roliço e delicado. Tinha apenas vinte dois anos e sabia beijar muito bem.

— Sinto muito, minha condessa, ultrapassei os limites, mas algo em você me seduz. Tens o sabor de uma fruta rara e doce — afirmou estendendo a mão em sua direção.

Ela recuou e, por fim, aceitou caminhar ao seu lado rumo à mansão. O olhar de Pedro era quente e sedutor. A boca máscula a convidava a prová-la. A juventude e vigor atiçavam Lucille, que via Pedro envolto numa aura de beleza rude, selvagem. Ali parados naquela contemplação silenciosa, Pedro foi o primeiro a quebrar a imobilidade. Puxou-a de encontro ao peito e murmurou junto a seus lábios.

— Trouxe-lhe um presente.

— O que seria, Vossa Alteza? — perguntou, contendo-o com as mãos fixas sobre seu peito, o empurrando como podia.

— Meu desejo — falava suavemente com os olhos presos nos dela, quase a hipnotizando.

— O que posso fazer? — questionou-o confusa.

— Basta que o aceite — convidou-a num sussurro que ia da boca ao ouvido.

O príncipe pôde sentir o estremecimento de medo, ou de desejo, que percorreu o corpo da jovem. Dela emanava uma fragrância exótica, inebriante. Pedro percorreu seu rosto com cálidos beijos. As mãos delicadas que ela impôs entre eles afrouxaram.

— Deixe-me possuí-la — pediu num gemido rouco.

Lucille se viu atraída, presa entre os braços do príncipe e, quando ele a beijou, ela se entregou à sua fome. Ele sentiu os lábios formigarem e provou do sabor que sentia em seu hálito. O que ele não sabia é que estava sendo drenado o mais suavemente possível. Mas aquilo não podia durar sem que houvesse consequências. Aquilo era pouco para ambos. Lucille o afastou num empurrão e ficou de costas. Ela tentava dominar-se, voltar à sua aparência humana. Como previsto por Durval, o príncipe era realmente capaz de suportar sua "fome". Não ficara tonto nem desmaiara, muito pelo contrário, estava às suas costas depositando beijos sobre seus ombros.

— Venha, minha condessa, voltemos ao salão. Haverá tempo e lugar para que possamos terminar nossa "conversa", não é mesmo?

A insinuação em suas palavras deixava claro que ele a procuraria para roubar-lhe bem mais que beijos.

— Certamente, majestade.

Voltaram aos salões e ninguém ousou comentar o tom corado, saudável da condessa, que parecia mais jovem que nunca. A maioria acreditou que ser cortejada pelo príncipe era uma forma de lisonja tão grande que trazia juventude ao possuidor de sua atenção. O príncipe não parecia diferente. O brilho nos olhos escuros, o sorriso satisfeito falava bem mais que mil palavras.

Duas horas depois, muitos dos convidados já tinham partido. As senhoras se recolhido ou ido embora com seus maridos. Alguns permaneceram na mansão para jogar cartas com o conde. Pedro recusou.

— Caros amigos, vou recolher-me. Estou cansado para jogar, eu perderia. — desculpou-se de modo elegante e com um sorriso misterioso.

O conde não protestou, ele era seu convidado de honra. Não voltaria para a Quinta na madrugada, pernoitaria sob a sua hospitalidade. Um dos escravos o levou até seus aposentos. Faltava pouco mais de três horas para o dia nascer. A movimentação nos corredores só silenciou trinta minutos depois. Uma eternidade para Pedro, que já tinha um rumo certo: os aposentos de Lucille.

Descalço, Pedro seguiu destemido pelo corredor. O escravo que o conduziu até seu quarto lhe informou onde ficavam os aposentos da condessa. Diante da porta, apenas girou o trinco e entrou. O quarto estava às escuras, mas era possível ver a cabeleira loira de Lucille nas fronhas do travesseiro. Trancou a porta e cruzou o quarto na penumbra. Viu o vaso de porcelana com um lindo par de rosas e pegou uma. Aproximou-se, sentou no leito e com a rosa traçou os contornos do rosto delicado da jovem mulher.

— Acorde, minha bela. Vim te render homenagens, pôr-me de joelhos diante de ti e pedir que me aceite em teu leito, mesmo que seja por uma noite apenas.

— Vossa Alteza... — comentou ela, erguendo-se do leito em seus trajes de dormir. — Não mereço tamanha devoção — disse recebendo a rosa.

— Deixe que eu decida isso — falou fingindo-se pensativo, coçando a cabeça cacheada de modo brincalhão. — Mereces, minha condessa, mereces — dizendo isso se inclinou e a beijou.

A jovem mulher não recuou, deixou-se beijar. Pedro sentiu novamente aquele estranho frêmito de prazer tomar-lhe o corpo e a consciência.

— Saborosa como uma manga madura, ou seriam morangos? Talvez açúcar queimado, uma maçã do amor — sussurrou-lhe o príncipe, desfazendo os laços de sua camisola de seda.

Entre um beijo e outro as roupas caíram, ou foram jogadas, a condessa não tinha vergonha de expor sua nudez. E por que teria? Era perfeita! Esguia, com curvas voluptuosas. Uma delicada peça de mármore rosa que tocou como um escultor que busca as linhas exatas. A cada toque, a cada beijo sentia-se mais e mais seduzido. Seus beijos o levavam ao êxtase.

Dava e recebia carícias capazes de ruborizar a mais habilidosa das cortesãs. O que Pedro não sabia é que Lucille roubava-lhe prazer e energia. Os dedos que deslizavam por sua pele subtraiam juventude, força, energia. Uma faísca de luz branca saltava de seus lábios e adentrava na boca entreaberta de Lucille. De olhos fechados, ela deliciava-se com seu sabor. Foi difícil se conter e só pegar o necessário para dar continuidade aos planos de Durval. Concentrou-se no ato e se entregou ao êxtase junto com o príncipe.

Para o príncipe, o ato se deu do melhor modo possível. A condessa, apesar de um pouco acanhada no princípio, mostrou-se a personificação da beleza e do prazer. Poucos pudores e muita fome. Estava agora aninhada ao seu corpo; descansavam da tempestade de desejo que os sacudiu.

Ele sentiu que ela se afastava e um minuto depois estava fora da cama o convidando a segui-la. Foram para o quarto de banho. A banheira de madeira circular estava cheia de água e pétalas de rosas. Ela subiu nos degraus da plataforma que rodeava a tina e entrou na água morna. Pedro a seguiu e sentiu-se muito bem. Banhar-se em plena madrugada era novo para o príncipe, mas ele se acostumou depressa. E não reclamou quando Lucille o buscou. Sorriu e muito satisfeito a recebeu em seu colo.

O dia estava nascendo quando os dois amantes exaustos apenas deixaram-se ficar recostados um no outro apreciando o dia que nascia através das janelas do quarto da condessa. Fazia algum tempo que havia voltado para o leito. Pedro sentiu-se aliviado quando ela aconchegou-se a ele e puxou o lençol sobre seus corpos nus. Jamais estivera com uma mulher tão faminta! Por alguns minutos, temeu não a satisfazer completamente. Fazia amor com paixão, suavidade, urgência e languidez. Realmente as francesas são surpreendentes.

Uma experiência nova e certamente digna de ser repetida. Mas, dessa vez, Pedro prometeu a si mesmo ser cauteloso e manter aquele encontro em absoluto segredo. Estava cansado de perder o que lhe dava prazer por causa da falácia de muitos. Dormiram a portas trancadas até quase o meio-dia. O conde não fez nenhum comentário e recebeu ambos para o almoço com um sorriso nos lábios. Pedro nem sequer desconfiava que havia se enredado em uma teia perigosa de eventos. Ele apenas ficou e aproveitou a hospitalidade do conde.

O Ladrão de Corpos

O CORPO DE DURVAL SE DETERIORAVA RAPIDAMENTE. A BALA RECEBIDA no ombro fora retirada e o sangramento, contido. Mas, depois de cinco horas, não havia a melhora esperada. Celine já havia esgotado parte dos seus recursos para mantê-lo vivo. Ele teve uma parada cardíaca durante a remoção do projétil. O corpo não valia o esforço. Era hora de trocar o invólucro.

O ambiente lembrava uma sala de emergência, ou cirurgia, mas com algumas pequenas diferenças. Ainda havia um desfibrilador e bandejas com instrumentos cirúrgicos e um gaveteiro cheio de remédios e seringas. Um pouco atrás, uma mesa com um livro no centro e rodeado por raízes, misturas, um punhal, pequenas cuias de louça e madeira. Bem apropriado para Celine, que era uma mistura de médica e bruxa. No momento quem trabalhava era a bruxa. Vestia uma túnica negra com bordados nas mangas e barra. Cabelos castanhos presos às costas. O olhar atento sobre os elementos que manuseava; eram quase azuis. Jovem, vinte e dois anos no máximo. Mas sua segurança era a de uma veterana.

Arrumou o quarto e preparou-se para proceder com o ritual. Não era algo fácil de ser realizado, despendia muita energia. Havia limites que deveriam ser considerados quando se transfere uma alma de um corpo a outro.

O "voluntário" foi trazido por Melissa, sua assistente, e posto dentro do círculo previamente desenhado. O homem estava levemente sedado e amarrado à mesa.

Examinou-o e confirmou o estado adequado. Com um pincel, traçou sobre seu peito um círculo e símbolos ao seu redor, conjurando baixo um encantamento.

A segunda mesa foi trazida e sobre ela estava Durval D'Lord. O ombro enfaixado, a mão sobre o peito. O corpo era de um homem doente, de sessenta anos. Os cabelos estavam brancos, a pele enrugada e macilenta. Sobre sua face, uma máscara de oxigênio. Alguns preparativos foram feitos e logo os dois homens estavam lado a lado. Sobre seu peito foram marcados o círculo e os símbolos, mas estes em menor quantidade.

Todos saíram da sala e nela só ficaram Celine e Melissa. As velas estavam acesas e a luz elétrica foi desligada. Havia incenso queimando no lugar asséptico.

A voz de Celine se fez ouvir em um idioma intrincado e melódico. Havia começado. Melissa se aproximou do corpo de Durval, ela retiraria a mascara de oxigênio no momento exato para que Celine evocasse sua alma. Nesse momento, Melissa passou às mãos de sua mestra um tubo de cristal adornado por ouro e prata, desenhado com símbolos e inscrições. Ele foi posto na boca de Durval e um segundo depois, sob o comando da bruxa ali presente, a alma presa àquele corpo seguiu para o frasco de cristal.

Agora dentro do tubo de cristal flutuava uma massa gasosa e densa. Aquela era a alma de Durval. Algo amorfo e escuro.

O homem na mesa ao lado, agora lúcido, se debatia sobre o leito. As correias o mantinham contido. Quando sua boca se abriu e os olhos reviraram para trás, Melissa colocou entre seus lábios um segundo tubo. Logo a massa branca, luminosa e gasosa flutuava para o invólucro como que expulsa do corpo.

A bruxa se aproximou do corpo vazio e lhe inseriu na boca o tubo de cristal onde estava a alma de Durval. Uma segunda parte do encantamento foi pronunciada e a massa estranha e escura penetrou no corpo jovem e saudável. A princípio não houve nenhuma reação. Celine depositou o instrumento de cristal e ouro sobre uma bandeja e examinou o corpo. Deslizou a mão sobre sua face e constatou que a alma de Durval ali estava.

— Desfibrilador — ordenou.

A ajudante preparou o equipamento e passou-o às mãos de sua mestra.

— Afastar.

A descarga elétrica fez o corpo estremecer e tombar. Nenhuma resposta. Aquilo estava se tornando difícil. Maldição. Ela deu-lhe mais duas sequências de choque.

— Epinefrina.

A injeção já estava pronta. Celine a introduziu de um só golpe no peito do homem e injetou. Soltou a seringa e estendeu as mãos sobre o corpo. O encantamento foi repetido e entre ela e o corpo se criou uma espécie de bola de energia. Quando ela tocou o peito do homem sobre o coração, a carga foi transferida de uma só vez. O homem arqueou o corpo e abriu os olhos e a boca buscando ar. As velas se apagaram e a luz foi acesa quase imediatamente.

Melissa sorriu e Celine também. No mesmo instante, foi-lhe injetado soro e o peito limpo das inscrições feitas com sangue. Ele olhou à sua volta sob a máscara de oxigênio.

— Está tudo bem, você conseguiu — disse ela segurando sua mão. — Logo tudo isso terá um fim.

A maca foi levada por dois enfermeiros. Ele precisava de cuidados, mas logo poderia levantar-se e desfrutar daquele novo corpo, mas por quanto tempo? O último não conseguiu durar seis meses. Viu Melissa levar o tubo com a alma do antigo dono do corpo, agora ocupado por Durval, e a guardar em um armário com tranca. Nele havia muitos outros. Muitos já estavam quase vazios, a alma ali hospedada extinguira-se. Mas isso leva tempo, uns cinquenta a oitenta anos.

A bruxa observou o armário e saiu da sala; estava cansada. Aquele ritual começou horas atrás com ela marcando o círculo no chão. Estava resolvida a mandar pintá-lo no chão com tinta. Melissa estava se preparando para etiquetar o tubo.

— Vamos lá, rapaz — começou ela anotando, enquanto verificava seus documentos. — Ano, dia e hora. Nome, Marcelo Araújo; idade, 25 anos. Pronto, agora você pode descansar em paz.

Dizendo isso, ela fechou o armário e saiu da sala após apagar a luz.

O Estranho

Eva tinha certeza de que ouvira vozes. Parecia uma discussão acalorada que culminou no silêncio. Lembrava-se de ser carregada, a cabeça doía enormemente. Agarrou-se firme nos ombros de alguém ou em algo parecido. Não sabia dizer ao certo. Lutou com unhas e dentes para soltar-se no escuro e, por fim, sentiu o golpe no rosto e apagou em definitivo.

— Acorde.

Abriu os olhos devagar e viu luz. Fechou-os e só num segundo momento os deixou semiabertos. Eram velas, mas por que brilhavam como lâmpadas? Tentou tocar a cabeça que doía, contudo percebeu que estava amarrada. A situação era simples: estava sentada em uma cadeira com os braços amarrados atrás das costas. A posição era desconfortável; pôde sentir os pulsos doerem e os dedos dormentes. O corpo inteiro lhe doía, afinal lutara com o tal Virgo e depois com mais alguém... Mas quem?

Aos poucos, notou que a luz das velas não incomodava mais seus olhos. Tentou se mover novamente e sentiu náusea. Teve ânsia de vômito. Imediatamente, uma bacia de alumínio amassada foi posta à sua frente. Vomitou tudo o que tinha no estômago e tossiu. Quando ergueu a cabeça, alguém deslizou papel higiênico sobre seus lábios, cortando o fio de baba.

— Consegue falar? — a mesma voz forte e calma de antes. Havia um leve sotaque...

— Onde estou? Por que estou amarrada...?

— Está inconsciente, não é mesmo? — a pergunta era quase uma afirmação do óbvio.

O estranho não respondeu à sua pergunta e ainda por cima a deixou com uma dúvida a mais na mente. Confusa, tentou focalizar o homem que andava à sua frente, contudo, não conseguiu. Semicerrou os olhos e viu a parede de pedra. Ela era bem real, grossa, pedras encaixadas, coladas com argamassa. Um quadrado perfeito... Sentiu um pouco de frio, olhou a blusa semiaberta, a saia rasgada. Lembrou-se de sentir dor no ombro, no pescoço. Sangue... Fitou o ombro e o viu intacto.

— Você se lembra de alguma coisa?

— Eu... Fui mordida, alguém me mordeu... — a voz morreu em sua garganta e ela trincou os dentes. Moveu os pés sobre o chão frio e só então notou que estava descalça... Onde estariam seus sapatos?

— Não seja tola. Pare de se esforçar tanto para lembrar. Vai sentir mais dor. Não é momento para esforçar-se.

— Você me drogou?

— Não sou esse tipo de gente! — disparou aborrecido. — Agora encontre o foco e me diga o que eles queriam com você?

Ergueu a cabeça e tentou ver o homem que a interrogava de forma calma, mas autoritária. A visão estava enevoada. Via um borrão negro que a fez deduzir que suas roupas eram negras.

— Onde estou? — reclamou, repuxando os braços com força.

Teve vontade de chorar e segurou o soluço. Não podia dar tamanha demonstração de fraqueza. Desviou a vista e viu o que parecia uma garrafa de água.

— Em segurança. Agora me diga, o que eles queriam?

— Me dá água, por favor — pediu, nem sequer ouvindo a pergunta que ele lhe fizera.

Pacientemente, ele se ergueu, encheu o copo descartável e levou-o até os lábios de Eva. Ela bebeu com sofreguidão.

— Ei! Calma, você vai se engasgar — avisou puxando o copo plástico de seus lábios, molhando seu rosto nesse ato.

Com o que restou de água na boca, Eva cuspiu acertando-o no rosto. Tirava da boca o gosto de vômito.

— Ei! Puta merda, garota! O que te fiz? — falou saindo de perto dela.

— Solte-me! — exigiu ela furiosa.

— Você se comporta como um tropeiro! — reclamou Pedro, passando a mão no rosto de modo enojado.

Por fim, afastou-se e foi lavar o rosto, pois se sentiu fedido. Quando voltou, trazia outro copo com água. O levou aos lábios de Eva e a viu, dessa vez, beber com calma. Estava sedenta, era comum depois de se alimentar.

A água a fez se sentir um pouco melhor. Pelo menos tirou o terrível gosto de vômito da boca. Era como se tivesse tomado calmantes e bebido vodca ou uísque. Ela voltou a falar.

— Se estou em segurança, por que estou amarrada?

— Você ainda está faminta. Tentaria me atacar, e eu teria de machucar você. Deu para entender? É simples — o tom era informativo, enquanto amassava o copo descartável. — Não sei de que lado está. Sua espécie é bastante perigosa.

— Espécie? Já ouvi muita merda, mas essa vence todas! Por que está me tratando como um vírus ou sei lá o quê?

— Não posso e não vou me arriscar. O que fez a Lucille? É raro Virgo sair para caçar — comentou puxando uma cadeira ruidosa para sentar à frente de Eva.

— Não sei do que está falando... Eles invadiram meu apartamento...

— Deixei um recado para você, não leu? — questionou, apoiando a cabeça nos braços sobre o espelho da cadeira.

— Foi... Foi você? — a voz suave estava presa na garganta.

— O papai-noel é que não foi — debochou sem paciência.

— Mas que droga de recado era aquele? — cobrou indignada. — Por que não ficou na portaria e simplesmente falou comigo?

— Isso não é pessoal! Se houvesse recuado, teria evitado muita dor. Virgo agora vai lhe caçar, ele provou seu sangue. Acredite em mim, ele não desiste fácil.

— O que aconteceu... Depois que apaguei?

— Despachei Virgo, e sabe? Foi muito divertido.

Enquanto falava, Pedro lembrou o modo como se lançou sobre o vampiro numa carreira cega rumo à janela. Os dois atravessaram o vidro e no fim Pedro estava se segurando no parapeito e Virgo estatelado sobre um carro metros abaixo. Ia demorar um pouco até ele acordar. Com sorte, despertaria dentro da geladeira do necrotério.

— Expulsei Virgo. Posso dizer que tive sorte, aquela coisa tem quinhentos anos. Você ainda não tem competência para derrubar ele. Mas com treino acho que consegue. Nunca vi ninguém com tanta fome — comentou realmente impressionado. — O modo como secou aquele vampiro foi impressionante. — O estranho é que você não cheira como as outras de sua espécie. Eu deveria ter sentido você, no entanto, cheira como uma mortal. Será mestiça? — comentou olhando-a pensativo.

Percebendo que Eva ainda tinha sede, girou e pegou mais um copo com água, e ela aceitou. Nunca havia sentido tanta sede... Só quando ficava perto de seu tutor.

— Não consigo ver direito.

— É que Virgo é velho como queijo rançoso, isso afetou sua visão. Tem que selecionar melhor o que "come".

— Pelo amor de Deus, do que está falando?

Ele se inclinou para frente e aspirou o ar. Indeciso, chegou mais perto e cheirou seu ombro e, por fim, lambeu a pele da clavícula.

— Não me toque! — berrou a jovem assustada, tentando vê-lo melhor. — O que está tentando fazer?

— Puta merda, garota! Você ainda não fez a mudança. Mas está muito perto agora. Dá para sentir pelo gosto de sua pele. Por isso caiu. É a primeira vez que se alimenta... Não pode fazer isso ainda. — comentou, lidando com o assunto de modo sarcástico.

— Do que está falando...?

Havia um sorriso meio cínico em sua face, mas durou pouco. Afinal, as coisas agora ficavam muito mais complicadas. Quando Virgo se aproximou, a natureza dela pulou para fora e tentou se alimentar. Estava tudo errado e, pior, a mudança havia começado. Em mais algumas horas, ela se transformaria por completo. Andou pelo quarto semiescuro de um lado a outro e quando parou resolveu colocar tudo às claras.

— Mulher, você está com problemas. — Começou ele observando-lhe a face pálida, o cabelo em desalinho. Ela finalmente parecia ter conseguido focalizar seu rosto. Pedro viu todas as dúvidas, a confusão... Ela não sabia o que era. Afinal, por que teria ficado para lutar com três vampiros? Era suicídio. Além do cheiro da mudança, havia outro que não sentia há séculos: o da verdade.

— Você foi adotada?

— Eu... O que tem isso...?

— Responde e ajudo você.

— Sim, fui adotada — murmurou, sem saber se aquilo a ajudaria ou não. Sentia a cabeça zonza demais para decidir.

Pedro suspirou alto e resolveu avaliar quanto tempo tinham. Chegou a cadeira para mais perto e seus joelhos se tocaram, enquanto Eva recuava o corpo.

— Quieta, está bem? — avisou com firmeza.

Olhou seus olhos bem de perto, como um médico faria observando a beirada. Depois examinou seu pescoço, as glândulas sob o queixo. Ela recuou, estavam doloridas. De um lado e de outro, os braços delicados, mas fortes. Por fim, colocou as mãos sobre seus joelhos.

— O que está fazendo? — rugiu se debatendo. — Fica longe de mim!

Pedro a segurou com firmeza e empurrou a saia rasgada até o meio das coxas. Examinou a pele suave e lisa, enquanto ela o fuzilava com os olhos. Eva se contorceu furiosamente.

— Maldito pervertido!

— Só estava procurando marcas de mordidas... — falou se afastando dela para que não se machucasse.

— Que espécie de doente é você? Por que eu teria marcas de mordidas?

A raiva a deixou bem mais concentrada. Os olhos claros se fixaram nele. Era bonita e selvagem; a blusa de seda creme estava rasgada e deixava ver o sutiã negro. A saia marcava seu quadril redondo. A cintura era fina. Ela era o que chamavam de falsa magra. Parou a observação ao ouvi-la insultá-lo.

— Seu maldito sem vergonha! Me solta! — berrou a plenos pulmões.

O homem a olhou sem demonstrar nenhuma grande expressão e apenas limitou-se a repuxar sua saia de volta ao lugar.

— Você é uma súcuba. E para piorar ainda nasceu com o dom da vidência. Certamente sua mãe era uma bruxa poderosa. É difícil para sua espécie se manter viva.

— Eu... ?

— Vamos, diga-me, quem é seu mestre? Ele conhece Lucille, é isso?

— Não tenho mestre, não sou súcuba, não sei quem é essa tal Lucille! Agora me solte — disse com segurança, pondo os olhos firmemente em sua face ainda borrada para sua visão.

— Você tem uma marca de mordida antiga no pescoço. Acha que sou idiota?

O passado voltava. Fechou os olhos e mordeu o lábio.

— Quando tinha quinze anos, fui atacada por um maníaco. Ele atirou e acertou meu pescoço — falou a contragosto da violência sofrida.

— É, você acha que sou idiota. A marca é de uma mordida — comentou aborrecido.

— Não, não acho. Você é um imbecil!

O tapa a fez gemer e logo depois cuspir vários palavrões. Ele semicerrou os olhos e fechou os punhos junto ao corpo. Tentando não ouvir sua voz. Criatura irritante!

— Agora fique quieta, deixe-me pensar — pediu exasperado, enquanto tapou a boca da mulher com a mão para silenciá-la.

Agiu como se não houvesse feito nada demais a esbofeteando. Eva sentiu o rosto ardido, mas não sentiu gosto de sangue. Fora um tapa leve, para que saísse da quase histeria na qual mergulhava rapidamente.

— Qual o nome do seu mestre?

— Merda, eu não sei do que está falando! Solte-me!

Pedro, que até então andava pelo quarto, deslocou-se pelo espaço e ficou ao lado da cadeira. Eva sentiu o cabelo flutuar como se uma forte corrente de vento a houvesse tocado e viu um par de olhos negros a olhando com frieza. Mas havia algo mais: ele tinha a boca entreaberta e exibia os caninos. Como um tigre! Eva fechou os olhos e se encolheu na cadeira. Um segundo depois, Pedro foi empurrado para longe. Quando se chocou contra a parede, soltou um gemido de dor. Caiu no chão e sorriu; gargalhou. Eva arquejava.

— Por minha coroa! Você é uma Alpha!

Ele não parecia aborrecido, e sim assombrado. Era certo, ela não sabia o que realmente era. O gesto de defesa foi instintivo.

— Por favor... Solte-me, não me sinto bem... — murmurou deixando a cabeça pender para a frente.

— Não é tão simples. Diga o que eles queriam?

— Eu não sei... Sinto dor, não consigo ver direito...

Reclamou num gemido. Sentia o corpo arder, a boca seca, por fim o ar faltou. E quando o corpo foi sacudido por espasmos, ela pendeu para a direita e caiu ao chão. Pedro examinou seu rosto e com preocupação começou a desamarrá-la. A essa altura, ela só gemia e arfava. Estava faminta, curvava-se sobre o corpo em dores lancinantes. Logo entraria em colapso! Os olhos estavam negros como os de um demônio.

— Merda!

Pedro a tirou do chão num segundo e a levou para a cama junto à parede. Sentou com ela nos braços e a sacudiu. Tentou ouvir seu coração e o percebeu quase parando.

— Droga! Não morra!

Ele a segurava junto a si e a forçava a olhá-lo nos olhos. Era como uma boneca de pano.

— Vou me arrepender disso — disse com os olhos presos no rosto de Eva.

Curvou a cabeça e cobriu os lábios inertes da jovem com os seus. Não levou mais que dois segundos para que sentisse a pele formigar. Eva se sentiu flutuar numa nuvem de prazer e sabor. Por seu corpo corria uma espécie de onda de eletricidade. Era uma carícia cheia de alento e doçura. As pálpebras se entreabriram com languidez e viu o rosto do homem sobre o seu. O cabelo negro e macio tocando seu rosto, o perfume de sua pele. Sua boca tomando a dela com movimentos suaves e possessivos. Percebeu que correspondia, foi quando viu a luz que saía dele e atravessava seus lábios, trazendo-lhe todo aquele prazer e doçura. Era embriagador! A fome crescia em seu ventre e, confusa, tentou recuar, ele a deteve com um aperto leve.

— Estou salvando você... — murmurou junto a sua boca.

— Não preciso disso...

— Precisa, ande! Alimente-se!

Ela soluçou aflita e ele a beijou novamente, dessa vez com mais ímpeto. Ao provar de sua energia, Eva teve forças para apoiar as mãos em seus ombros e o empurrar. O cerco dos braços de Pedro em volta de seu corpo tornou-se mais forte. Seus olhares se encontraram. Não adiantava, ele estava grudado a ela. A energia fluorescente e gasosa saia de sua boca e continuava a alimentando.

Empurrou-a com suavidade e ela cedeu. Viu a veia em sua mão escurecer e sabia que tinha pouco tempo. Avançou sobre seu pescoço e a mordeu. O fluxo de sangue encheu sua boca. Havia energia e poder naquele sangue. Foi como se se alimentasse de um anjo. Pedro abriu os olhos e eles estavam tão mudados quanto os de Eva, e agora brilhavam com um brilho fluorescente e branco.

Ele não morreu; ela também não. Afastou-a depois de sorver seu sangue e a deitou no leito. Manteve-a sob sua vista, enquanto o corpo era sacudido pela mudança. Músculos e ossos, pele e sangue transformando-a em uma predadora forte e consciente. Começou logo depois que se afastaram. Ela o olhou muda pelo assombro das sensações que provara recebendo sua energia. A energia dele deslizava por suas veias, deixando um rastro levemente luminoso. Avançando rumo ao seu coração, deixava-a em êxtase, mas ao mesmo tempo a fortalecia. Formigavam-lhe os lábios, as extremidades dos dedos. Não pôde protestar quando a deitou no leito simples e limpo.

Um minuto depois, já sentia dor, ouvia sussurros nos ouvidos. Os olhos estavam arregalados e, quando as contrações chegaram, fez do corpo uma bola. Tremeu, gemeu, o corpo ficou ensopado de suor. Quando começou a se debater, ele a amarrou no leito. Ia se machucar se continuasse solta. As cordas eram repuxadas e a pele sob a pressão ficou vermelha e ferida.

Pedro a olhou e, por um instante, quis deixar o porão. Estava pronto para tudo, mas suportar uma súcuba ultrapassou os limites. Contudo ficou. Ela não sabia o que era... Lembrou-se de sua mudança, a dor, e cobriu o rosto com as mãos. A escuridão cobra um preço alto para todos os que a tem dentro de si.

A mudança a fragilizou. A força de Pedro corria por seu corpo empurrando os últimos vestígios humanos que residiam sob a carne, libertando-a para uma nova consciência. Teria poderes com os quais precisaria lidar, seria necessário manter o controle para simplesmente não sucumbir à fome. Era uma Alpha. Pedro só conheceu duas súcubas em sua existência, Lucille e Mayim. Mulheres diferentes, poderes diferentes. Não sabia muito sobre elas, mas sabia o suficiente para passar adiante. Aquela jovem precisaria desses conhecimentos assim que abrisse os olhos. A vida estava realmente rindo dele, de tudo o que protegeu ao longo dos anos.

O tempo deslizou pelo quarto e o registrou de sua passagem por aquele mundo. Foram somente as velas que morreram em poças de parafina. Três horas depois, ela continuaria viva. Sentiu frio, calor, teve visões e sussurrou palavras em um idioma que identificou como grego, num diálogo incompreensível.

Pedro trocou as velas e continuou ali, vigilante. Sentou-se na cadeira e fitou a jovem no leito. Ela se contorcia e rugia em pausas regulares. A dor era excruciante, mas ela sobreviveria. Em alguns momentos, desejou partir, deixar de ouvir os gemidos e gritos. Cobriu o rosto com as mãos e tentou esquecer seu próprio despertar. Ainda podia sentir o cheiro da terra úmida. Os insetos em suas vestes, a dor ao chegar à superfície de sua cova e respirar como imortal.

A luta que travou com o coveiro, o sangue quente invadindo sua garganta... A luta que venceu e, depois, a culpa.

— Seu nome... É Pedro... — balbuciou a jovem adormecida.

Num gesto impaciente, levantou-se e andou pelo cômodo. Ocupar-se sempre lhe trouxe benefícios. Aquela situação pareceu, agora, fora do controle. Estava ali por pena ou por se acreditar devedor?

Levou o candelabro para o outro lado do quarto, em seu passo elegante. Depositou-o sobre uma mesinha. O espelho na parede, a banheira, o armário, o biombo ficaram visíveis. Ligou a torneira e se afastou rumo ao armário. Pegou várias peças de roupa e as pendurou no biombo de desenhos orientais. De uma caixinha, tirou um pente e um broche de ouro e prata. Peças antigas que guardara ao longo dos anos.

Voltou para perto do leito e se aproximou de Eva. Tocou sua pele e fechou os olhos. Havia terminado, ela estava adormecida. A mudança havia chegado ao fim. Não queria deixá-la dormir no leito molhado de suor. Desamarrou-a, puxou-a de encontro ao peito e com delicadeza ergueu seus cabelos. Com a unha, traçou pela seda um risco, a blusa cedeu. Ao deslizar a mão sobre suas costas, sentiu algo familiar. A princípio não acreditou que fosse verdade, mas ao olhar a marca sobre sua coluna ficou paralisado. Era a marca de nascença de uma descendente da Casa Real! Subitamente tudo fez sentido. O destino movera as peças no tabuleiro e revelou que era hora de finalizar o jogo.

Abriu o sutiã e logo depois a saia, ambos caíram no chão. Libertou-a da calcinha de seda e a levou nos braços para a banheira.

A água estava morna e cheia de espuma. Olhou a face e abaixou-a lentamente. Os pés tocaram a espuma e sumiram sob a água, em seguida, as pernas, o corpo. A toalha colocada em suas costas a manteve com a cabeça fora da água perfumada. Tomou-lhe a mão e a depositou sobre a borda de louça. Viu as pontas dos dedos avermelhadas, resultado imediato do alimentar-se. Com o tempo, seria imperceptível, mas por ora ainda queimaria sua pele sensível. Observava-a avaliando o rosto, os cabelos, o corpo mudado sob a força de sua transformação. O corpo ganhou firmeza nos músculos, a pele estava mais sedosa e sem sinais. Os seios, os quadris arredondaram em linhas perfeitas. O rosto suavizou, os cabelos ficaram um pouco mais compridos. Em sua opinião de homem e vampiro, ela estava extraordinária. E parecia muito com sua mãe. A sensação de familiaridade subitamente fez sentido.

A boca pequena e carnuda ganhou um tom rosado que atraia o olhar, convidava ao beijo. Perguntou-se se ela iria gostar do tom em suas unhas. Fitou-as e admirou a transparência, o tamanho um pouco mais longo... Ele se flagrou observando os seios ocultos pela espuma branca, as pernas torneadas sob a água. Os dedos deslizavam sobre a pele do ombro numa carícia lenta. Resolveu se afastar, mas não antes de acordá-la. Pegou a esponja, encharcou-a na água e murmurou:

— Hora de acordar para sua nova vida.

A água a despertou de um salto. Segurou-se na borda da banheira e olhou à sua volta. Ainda no porão, mas dessa vez livre, percebeu sua nudez e procurou o dono da voz que a despertou.

— Aproveite seu banho e depois suba. Temos muito o que conversar.

A noite acolheu Pedro assim que deixou a casa. Sair do porão foi sábio. Ao vê-la desperta, um tanto confusa e bela em sua nudez, a fome por seu sangue precioso e viciante cresceu. Sentiu os caninos nos lábios. A pélvis repuxando, exigindo algo que não provava há bastante tempo. Prazer.

Em Ruínas

As mulheres são criaturas fascinantes. Um misto de beleza, emoção, paixão, mistérios e humores. Quando se vive o hoje, é difícil se distanciar dos padrões impostos pela sociedade. Afastar-se desses padrões abertamente gera confusão, revolta, punições e isolamento social. Enquanto vivo e carregando o peso de suas responsabilidades como herdeiro da casa de Bragança, Pedro pensou a respeito da liberdade concedida às mulheres. Não no alto dos seus dezenove anos, quando era um homem casado e com uma filha, que teria como herança o trono de Portugal e do Brasil. Não, ele só pensou nisso com lucidez após a morte de Leopoldina, quando se torturava com a culpa e o medo do futuro. Quando ele sentiu que fora injusto e cruel.

As mudanças só ocorreram tarde demais para que pudesse fazer algo a respeito. Hoje havia mais liberdade e ele sabia que sua vida tomaria qualquer outro rumo. Se bem que muitos jovens por descuido se tornavam pais aos dezenove anos ou até menos. A questão em si não era de modo algum a paternidade, e sim o compromisso feito no altar de suas responsabilidades como imperador, homem e marido. Naqueles dias, repensou, fez o que tinha de ser feito. Não tão bem, mas o fez. Não podia voltar atrás em suas decisões e aprendera isso da pior forma possível.

Hoje, ali parado na sacada do casarão de Solange, sua amiga e confidente há quase cem anos, observando o trânsito na Rua Bela Cintra, tentava se convencer que fez o melhor por Eva. Então o que o incomodava? Ter se alimentado dela? Bebido o sangue precioso de suas veias? Hábito que suprimia usando as doadoras. Elas usavam agulhas para extrair o sangue e entregavam-lhe em bolsas mantidas sob refrigeração. Tempos modernos. Não havia contato físico. Era desse modo que controlava a fera que existia dentro dele. Não era um vampiro comum, pelo menos foi o que descobriu com o passar do tempo. Sua sede era um pouco maior que a da maioria, resultado da forma como foi lançado nas sombras da imortalidade.

Quando deixou Eva na banheira, sabia que havia ultrapassado o limite da segurança. Devia-lhe algum respeito. Mas não resistiu, queria ficar e cuidar dela. Dizer-lhe tantas coisas sobre sua nova natureza, mas sabia que fazê-lo era se aproximar demais. Não a queria dependente dele, tinha planos e em nenhum deles estava a figura de uma pupila ou amante. Não saberia como fazê-lo, nunca soube, com ela não poderia se dar ao luxo de errar.

Deslizou a língua sobre os lábios e pôde sentir seu sabor. Era doce, intenso e embriagador, mas havia algo que jamais sentiu em outra de sua espécie: amor. Foi isso que o fez se afastar. Eva guardava dentro de si um amor antigo, algo que a alimentava, mas ao mesmo tempo a machucava.

O sangue de uma Alpha de linhagem real correndo por suas veias foi um presente. Sentia-se mais forte, os músculos nutridos com o sangue dos humanos tornaram-se mais fracos. Há vários anos não compartilhava a troca com nenhum igual. Sabia dos riscos, mas preferia estar isolado, era mais seguro. O poder de Eva corria em suas veias, ela sequer desconfiava o quanto era intensa. Perguntava-se se ela teria visto seu passado e até onde? Talvez não, ainda não dominava seus poderes... Melhor assim. Não queria seu escrutínio ou acusações.

— Droga! — reclamou baixinho andando de um lado a outro da sacada, braços cruzados sobre o peito. Ao longo dos séculos, foi obrigado a conviver com as críticas cruéis e, até certo ponto, justificadas pela vida desregrada que levou quando humano. Mas acreditava ter feito algo de positivo no período em que governou. Querer não é poder, isso é certo. Às vezes a vergonha, em outras a revolta. Consolava-se repetindo que era apenas um simples mortal, que não via além do que lhe era permitido. Se pudesse ter governado o Brasil com todos os recursos à disposição nos dias atuais, a história teria sido outra!

Estava nos livros de história, documentários, matérias de jornais, seus restos mortais foram até mesmo exumados! Mas quem o conhecia verdadeiramente? O homem, o marido, o imperador? Os livros não sabiam nada! Contam apenas o que foi visto por observadores, por cartas... Titilia, ela guardou todas as suas cartas, enquanto ele destruía as dela. Não podia se dar ao luxo de ter segredos. Leopoldina poderia tê-las encontrado e feito um escândalo... Lamentou por ter de queimar suas juras de amor. Agora eram somente lembranças.

O que restou aos biógrafos foi seu caráter político, as decisões que tomou como Imperador. Era visto como o governante de um país sucateado, mulherengo, sifilítico, imprudente, o causador da morte da imperatriz. A única coisa que o consolava era saber que seus sucessores fizeram coisa muito pior. Voltou aos dias atuais com um suspiro. Havia tomado sua decisão.

Deixaria Solange guiá-la, era melhor. Tinha pouco tempo agora. Enquanto ela dormia antes de a mudança abater-se sobre seu corpo, procurou suas outras doadoras e as colocou em segurança. Infelizmente Miranda continuava em poder de Lucille, talvez já estivesse morta. Ela nunca fora boa em lidar com reféns. Agora já sabia da existência de Eva através de Virgo. E certamente iria caçá-la.

O mistério permanecia: o que Eva poderia ter em seu poder que interessaria Lucille? Teria ela descoberto quem Eva era realmente? Não, a menina não estava presente durante o massacre. Iria descobrir e seguiria em frente com seu plano. Matar Lucille sempre fora prioridade, mas algo muito difícil. Possuía mais vidas que um gato. Aquela maldita já havia lhe roubado muito.

A sensação de que havia se beneficiado com o estado de Eva o torturava. Em sua defesa, afirmava silenciosamente ter agido como pedia a situação. Não era uma forma infalível, mas talvez agora pudesse dar certo. Eva precisava ser independente. Não suportava a ideia de tê-la dependente de si.

Foi desse modo que Leopoldina viveu ao seu lado. E só conseguiu magoar e isolar a mulher que lhe deu muito mais que filhos. Tentava fugir das comparações, mas tudo que possuía era seu passado. E nele houve duas esposas e a certeza de não ser suficientemente bom para nenhuma delas. Fechou os olhos e segurou no corrimão de ferro e madeira. Os olhos distantes perdidos nos ecos do passado.

Isolamento.

Elas nunca conseguiram conviver bem, mas se tivessem sido amigas, talvez as coisas teriam ocorrido de forma diferente. Para ser franco, nem ele nem seu pai conseguiram, enquanto vivos, conviver bem com a rainha. Carlota Joaquina era uma péssima companhia e um mau exemplo, mas provavelmente nem o diabo conseguiria desvirtuar Leopoldina. Sempre fora tão beata, pura de pensamentos, pelo menos os que ela expunha. Nas cartas, que hoje eram de domínio público, sua tristeza e solidão, os partos, a vida cotidiana havia sido exposta e julgada. Ela fora uma santa que tudo suportou. O que lhe faltou foi a capacidade de adequar-se, libertar-se dos pudores. Se houvesse feito isso tudo, teria sido bem diferente. No entanto, no fim, a besta se libertou no leito de morte.

Quando Carlota Joaquina se isolou em Botafogo fugindo dos boatos que a cercavam, Leopoldina ficou isolada com sua pequena corte, o que não durou muito. Suas damas de companhia logo foram mandadas embora. Elas deixavam claras suas opiniões sobre a pequena corte do Brasil e isso desagradou a muitos, incluindo Pedro, que constantemente era ridicularizado por seus modos. Diante delas era um rude, sem educação moral.

O Brasil era visto assim por muitos. Acreditavam ser um lugar inferior e de inferiores. E todo o esforço de seus habitantes em tentar imitar os hábitos europeus era tido como ridículo. Bem, mas o olhar que o povo brasileiro devolvia aos estrangeiros não era melhor. Viam-nos como inimigos, gente em quem não se podia confiar. A Leopoldina era dispensado um tratamento igual. Ela era considerada feia, de modos sofisticados demais, uma intrusa. Aos poucos, e como era de se esperar, o mel acabou e restou apenas o fel. Pedro afastou suas damas e por fim se distanciou dela.

Isolada, ela escrevia cartas que raramente eram respondidas. Ninguém a amava? Pedro naqueles dias a fitava como a mulher que teria seus filhos e nada mais. Silenciosamente sentia-se traído. Fora casado com a princesa que ninguém queria. Quantas lágrimas ela verteu sozinha, quanta dor e frustração engoliu com um sorriso triste e melancólico na face pálida? Muitas, porque o amor nunca é o que se espera dele. E ela esperava muito, queria o amor romântico onde o sexo é algo que não se comentava e nem sequer existia. O final feliz não existia e isso a chocou e magoou. Vivia certamente dividida entre o amor e o dever. Assim a vida dentro da Quinta da Boa Vista seguia seu rumo, sem que nada alterasse a cor, o aroma, os ecos do futuro.

As caçadas ao lado do marido, algo que os unia, tiveram um fim assim que sua gravidez foi confirmada. Isso foi em 1818, e naqueles dias a gravidez era vista como uma doença. À mulher cabia apenas esperar. Ao marido, afastar-se, visto que o contato sexual era tido como sacrilégio. Isso só reforçou as aventuras de Pedro, que se viu livre por mais de um ano de sua companhia no leito, é claro. Tal norma o lançou em aventuras e gerou alguns bastardos. Eles pouco importavam, quando sua esposa carregava o herdeiro legítimo no ventre. No fim, a princesa virou esposa e mãe, nada mais.

Os nomes, ela sabia o nome de algumas. As fofocas sempre atingem o alvo. E, quando ela ousava enfrentar Pedro, algo realmente desgastante e pouco aconselhável, ela usava o nome de suas amantes. Ele tinha ataques de ira e alguns deles a fizeram literalmente sucumbir às lágrimas. Mas o que seria das mulheres sem as lágrimas? Ela chorava, ele batia as portas e sumia.

Não podia sumir, tinha de ficar e encarar Eva em sua nova condição e vencer o desejo, a fome que o consumiria. Deixou a sacada onde se refugiara ao ouvir a porta da despensa se abrir. Era Eva saindo do porão em busca de respostas.

A Revelação

Quando a porta se fechava às costas de Pedro e à frente de Leopoldina, abriam-se diante de Lucille. As aventuras ao lado de Lucille continuavam. Pedro encontrou naquela mulher sem preconceitos e livre uma parceira à sua altura. A condessa não tinha pudores e aproveitava os prazeres e diversões sem nada temer.

— As francesas realmente sabiam como se divertir — dizia Pedro enquanto comia morangos e a possuía.

Saiam na madrugada para cavalgar na floresta. O conde tinha uma dama espanhola que frequentava sua casa ocasionalmente. A mulher de pele e olhos claros era excepcionalmente bela. Os cabelos negros eram lisos e ela os mantinha trançados. Quase sempre estava brincando com um baralho feito de lâminas finas de madeira. Os dedos exibiam anéis de prata com pedras preciosas. Cheirava a jasmim e gostava de vestidos negros ou vermelhos. Não era casada e todos a chamavam de Cigana.

Os passeios pela floresta da Tijuca incluíam caçada, banho na cascata Taunay e, claro, uma visita à casa do pintor Nicolas Antoine Taunay. Ele chegou ao Brasil em 1816 a convite de D. João, apaixonou-se pela floresta e comprou as terras do Conde Gestas um ano depois de sua chegada. Mandou construir uma casa simples e depois uma maior em estilo colonial. Ele sempre organizava reuniões e festas para toda a corte. E pequenas reuniões para os amigos íntimos.

Numa dessas ocasiões, Pedro notou que Cigana sumia com sua escrava pessoal. Durval comentou que ela deveria estar na cascata, seu lugar favorito na Tijuca. Ela havia lido a sorte de dois dos convidados de Taunay com suas cartas. Na ocasião, Pedro disse que preferia não conhecer o futuro, mas ficou curioso ao perceber o quanto fora precisa em suas leituras. Resolveu procurá-la e solicitar seus serviços. Fez o caminho até a cachoeira e a encontrou realizando uma espécie de ritual.

Num canto da cachoeira, ela e sua escrava ofereciam rosas brancas e amarelas, flores de jasmim. Junto às rosas, ofereceu ainda fitas amarelas, um espelho, um pente, um leque dourado. Depois, abriu a garrafa de champanhe que a escrava segurava e serviu uma taça deixando a garrafa junto às oferendas. Por fim, curvou-se e de olhos fechados fez seus pedidos. Ela simpatizava com as crenças dos negros. Não era de admirar, muitos dos brasileiros faziam o mesmo. Os padres não gostavam, mas eles não precisavam saber, bastava não afrontá-los ou simplesmente adorar seus santos pensando em seus deuses.

Quando ela se afastou, viu o príncipe e sorriu de forma contida, mas amigável. O vestido branco estava molhado até a cintura, colado ao corpo voluptuoso. Ela notou seu olhar desejoso, mas não cedeu com um sorriso. Apenas continuou se aproximando da saída da cachoeira.

— Você já começou a sentir fome? — Questionou ela enquanto a escrava a ajudava a tirar o vestido molhado. Pedro se virou em sinal de respeito. Quando se voltou ao seu sinal, ela vestia um vestido negro de tafetá.

— Só de sua beleza — comentou sem entender o real sentido de sua pergunta nem o olhar observador que lhe lançou.

— Sabe o que eles são?

Aquela foi a segunda pergunta estranha. A escrava pegou a cesta de vime e ficou logo atrás de sua senhora esperando. Seu rosto exibia preocupação, mesmo sem falar. A mulher chamava-se Matilde. Aparentava ter no máximo quarenta anos. Vestia-se completamente de branco e ostentava um turbante de seda branca. Usava joias de prata e ouro. Alguns escravos usavam peças de ouro para ostentar o poder aquisitivo de seus senhores.

— Franceses, até onde sei — respondeu Pedro sem compreender a colocação da mulher.

— Não sei quais são os planos de Durval para você, mas deve acautelar-se, Vossa Alteza — avisou e foi repreendida pela escrava. — Deitar-se com Lucille geralmente tem um preço...

A mulher segurou o braço de Cigana e a olhou nos olhos. Era um sinal claro de medo. Um aviso silencioso para que parasse o que quer que estivesse fazendo.

— Sua escrava é insolente — observou Pedro.

— Não, Matilde não é minha escrava, ela é minha mãe — comentou sem nenhuma vergonha.

O príncipe ficou confuso e teve algumas respostas.

— Minha mãe foi comprada por Dom Manuel Gonzáles. Ele se apaixonou por ela e a fez sua esposa. Um ano depois, eu nasci. Vivemos na Espanha por alguns anos e quando meu pai foi morto por um rival de negócios perdemos tudo. Minha mãe foi vendida e eu também. Tivemos sorte e fomos compradas por meu tio. Ele nos libertou e se casou comigo. Morreu há cinco anos. Foi quando decidimos vir para o Brasil. Hoje sou a herdeira dos Gonzáles. Mas prefiro ser chamada pelo nome que meu pai me chamava afetuosamente: Cigana.

— Então o conde Durval é seu amante?

— Não. Um cliente — disse com simplicidade andando ao seu lado.

— E que serviços presta ao conde, Cigana? — quis saber com os olhos semicerrados.

— Não sou cortesã, caro príncipe. Trabalho com ervas e consigo curar alguns males raros. O conde tem, digamos, intolerância ao sol. Expõe-se pouco por isso. Meus unguentos o ajudam a manter isso sob controle.

— Compreendo, Cigana, espero que me considere um amigo — disse realmente surpreso, afinal ela parecia ler sua mente.

— Quando precisar de ajuda, me procure.

As perguntas da jovem mulher o intrigaram, mas não foram suficientes para levantar dúvidas mais profundas. O que temer quando se tem tudo? Ele simplesmente continuou se divertindo com uma liberdade tão grande quanto o poder que crescia sobre ele. Tudo era permitido e o céu era o limite.

O conde Durval não fazia vista grossa. Ele apoiava o romance dos dois e tinha sempre um bom negócio a sugerir ao príncipe. Também colocou à sua disposição todo o ouro que precisasse. Ele sabia que D. João não dava o suficiente ao herdeiro do trono. Pedro vivia endividado e, pior, devia a agiotas. Certa noite, ele o chamou para conversar em particular.

— Quero que me perdoe, Vossa Alteza real...

— Homem, deixe de cerimônia, achei que éramos amigos — comentou o príncipe tocando o ombro do conde.

O escritório de Durval era mobiliado aos moldes franceses, com peças delicadas, elegantes, em ouro, pés-de-leão. Ofereceu-lhe uma dose de vinho, mas Pedro recusou; não bebia vinho. O conde sentou-se e Pedro percebeu que ele estava melindrado a falar.

— Hoje estive na loja de Lucille e fui abordado por um homem — ele continha as palavras. — Queria que intercedesse em seu favor. Afirma ter lhe cedido uma quantia... Falava para todos ouvirem e insultava sua pessoa. Eu o paguei, caro amigo — revelou o conde em tom sério. — Não podia permitir que continuasse.

— Meu caro conde, não sei o que lhe dizer. Ninguém mais tem honra ou paciência — reclamou indignado. — Estava a vender um cavalo para um amigo. Ele insistiu e ia pagar a quantia exata que tomei de empréstimo. Imagine, fui comprar um pequeno agrado para Lucille e perdi a bolsa, esse senhor se ofereceu a ajudar. E desde então me difama — explicou-se com ares de indignação.

O conde sabia que eram mentiras — Pedro também —, mas ele era príncipe e podia bem mais que só mentir. Todos sabiam que ele negociava cavalos mestiços como se fossem de raça. Fazia negócios aqui e ali para manter seus luxos e amantes, afinal Lucille jamais seria a única. Ela era apenas uma das damas da corte a qual ele visitava. Havia outras casadas ou não. A fome de Pedro parecia insaciável. Comentava-se que havia tomado posse da mesada da esposa. Ele era o marido, podia dar-lhe ordens, mas mesmo uma mulher precisa de algum dinheiro para se colocar bonita. No caso de Leopoldina, era sem dúvida essencial.

— Não se preocupe, compreendo sua infelicidade. Quero lhe fazer uma proposta, se me permitir, é claro — começou cuidadoso, mas solícito.

— Fale, meu caro conde.

— Para que não se exponha quando esses incidentes ocorrerem, me procure. Tenho Vossa Alteza como um amigo, quase filho, se me permite a audácia — disse um tanto emocionado. — Bem sabe que tive um filho e este foi tirado de mim... Hoje teria quase sua idade.

— Não se entristeça, caro amigo. Fico feliz em ter sua amizade e consideração — afirmou Pedro tocando a mão do conde num gesto consolador.

A experiência não foi agradável. A mão de Durval era especialmente fria. Ele recuou e tocou o rosto de modo nervoso, comovido. Soltou uma exclamação e quando mostrou novamente a face estava ainda emocionado, no entanto, feliz.

— O povo dessa terra não entende nossos hábitos, são imediatistas, não dão o devido valor a um favor real.

O príncipe ouviu entendendo a extensão da bondade do conde para com sua pessoa. Sorria amavelmente e o observou ir em direção à sua mesa. Quando voltou após o ruge-ruge de chaves e portinhas, trazia consigo um pequeno baú de madeira muito simples. Colocou-o na mesinha à frente do príncipe e o convidou a abri-lo. Pedro elegantemente inclinou-se para frente, tocou a tampa e abriu.

Encontrou doze saquinhos de veludo negros. Pegou um deles e verificou o interior. Conteve o espanto como pôde e fitou o conde.

— Não se melindre, meu caro príncipe — comentou amável. — Como lhe disse, o tenho como um filho. Há tempos pensava em lhe presentear pela data de seu aniversário. — Sei que receberá presentes bem mais valiosos.

— Conde Durval, não posso aceitar — disse Pedro melindrado, afinal, eram moedas de ouro.

— Por favor, Pedro, é seu presente de aniversário. Mas não sabia como agradá-lo. Já possui tantos cavalos — comentou animado. — Então pensei: darei algo que o alegre o ano todo. E aí está: são vinte contos de réis para cada mês do ano, em ouro, claro.

Dos muitos presentes que ganhara, aquele fora de longe um dos melhores. Poderia pagar outros dois agiotas e ainda manter uma boa quantia consigo. A pureza do ouro impressionou o príncipe. O conde lhe explicou que preferia manter parte de sua fortuna em ouro por ser este sempre bem aceito. Comentou também que não era ouro do Brasil, e sim parte da herança que recebeu com o falecimento de sua esposa. Segundo Durval, um dos antepassados da jovem espanhola estivera com Pizarro quando este viajou pelo Peru.

— Imaginar que eles acreditavam que o ouro era o excremento dos deuses — disse o conde com jocosidade, fazendo Pedro sorrir.

A amizade se estreitou um pouco mais. Os dois eram vistos cavalgando, jogando, cortejando damas. Durval sabia que ele frequentava a cama de outras damas e isso parecia os unir numa espécie de cumplicidade masculina. Lucille aceitou a amizade dos dois e não se queixava quando eles saiam juntos para resolver "assuntos masculinos". A liberdade que ambos lhe davam seduzia Pedro. Por algum tempo, o conde realmente foi como um pai. D. João era contido, apático e por vezes agia como uma criança. Mas tudo tem um preço. E, mesmo sendo príncipe, Pedro pagaria.

O primeiro impacto ocorreu um mês antes de Leopoldina dar à luz o primeiro filho deles. Pedro sentia-se cansado, na verdade exaurido das aventuras noturnas que dividia com Lucille e o conde. Chegou à mansão e queria apenas dormir, não tinha ânimo para sucumbir aos desejos insaciáveis da condessa. Ela o encontrou dormindo e o despertou com beijos. Ele retribuiu e delicadamente se queixou de cansaço. Ela esperou muito por aquele momento e estava pronta para agir. Foi até sua mesinha de toucador e, quando voltou, trazia consigo um pequeno frasco. Algo feito de cristal puro com tampa de ouro. O conteúdo era precioso e perigoso. Não podia ser armazenado em qualquer frasco.

— Aqui, toma, é um tônico. Ele é muito raro e caro, fará o cansaço sumir.

— Não quero vinho — disse seguro. — Meu fígado não gosta de álcool desde miúdo.

— Não é vinho. É um tônico extraído de uma criatura rara. Existem poucas vivas e com capacidade de doar um pouco de sua força. Prova, vê como é doce — incentivou ela com o frasco aberto.

Percebendo seu pouco interesse, insistiu colocando o frasco sob seu nariz. O príncipe estava recostado nos travesseiros, mas sentiu o aroma e o achou bem parecido com o que saia dos poros de Lucille. Era doce e forte, convidativo. Tomou-lhe o frasco das mãos e observou a cor.

— Qual o gosto?

— Prova e saberá — afirmou, brincando com os botões de seu casaco. Afinal estava deitada sobre seu peito.

A impetuosidade o fez levar o frasco aos lábios e provar. Lembrava um licor, mas sem álcool. Era denso e um tanto ferruginoso. Sorveu um pouco e o sabor o incentivou a beber um pouco mais. Tomou um longo gole e, lambendo os lábios, devolveu o frasco a Lucille. Ela o fechou e o observou com um sorriso curioso na face. Os olhos verdes em brechas finas e avaliativas. Ela se deleitava com a mudança que o tônico operava sobre seu amante. O tom da pele adquiriu um tom rosado, saudável. Os olhos cansados adquiriram brilho, as olheiras sumiram. Seu corpo pareceu tomar novo ânimo. Músculos e pele se retesavam suavemente trazendo o melhor de sua natureza à superfície. O frasco foi fechado e entregue nas mãos de Pedro.

— Guarde esse consigo. Tome quando se sentir fraco. Mas promete-me que não vai dar a ninguém. É forte e pode causar incômodo em quem não precisa. Compreende?

— Sim. É realmente algo raro. De que é feito?

— Já disse. É extraído de uma criatura muito rara — dizendo isso, beijou-o suavemente nos lábios.

Pedro a puxou para mais perto e a envolveu num beijo apaixonado. Entre sorrisos e carícias, despiram-se e por quase toda a noite se amaram incansavelmente. A madrugada ia alta quando Pedro deixou Lucille no leito e foi até a cozinha procurar algo para comer. Estava com muita fome e sede. Por muito pouco não a mordeu, ela o empurrou e gargalhou alto. Ele recuou e apenas sugou a carne macia e ansiou por comida.

Estava no corredor quando ouviu a voz de Durval. Falava em francês com o capataz, que trazia consigo uma escrava. De uma fresta da porta Pedro observou a cena com interesse. A escrava tinha as roupas sujas e rasgadas. Era Sabina, a escrava que Durval mantinha como amante. Ele vestia a mulher de pele morena clara com seda e renda. Enfeitava-a com colares de diamantes e pérolas. Seu trabalho era servi-lo dentro e fora da cama, segundo Lucille lhe contou. Não sentava à mesa com eles, mas ficava em sua companhia quando não tinham convidados. Pedro não se sentia ofendido com sua presença. Compreendia que ser escrava não era agradável. Mas se era tão bem tratada por que fugiria?

O capataz passou a corrente dos grilhões às mãos do conde. A mulher tinha no máximo vinte e três anos. O vestido estava rasgado e sujo, a seda manchada irremediavelmente. O pavor em seu rosto era visível, enquanto recuava tentando ficar longe de seu dono. O capataz a empurrou para o chão e lá ela ficou. Quando o homem deixou a cozinha, Pedro mergulhou um pouco mais nas sombras tentando manter-se incógnito. A mulher implorava em francês, pedia-lhe clemência.

Durval a ergueu do chão e a obrigou a se sentar a mesa. Só então Pedro viu o cálice e a adaga à sua frente.

— A tirei da lavoura, dei-lhe roupas, até mesmo joias, e o que faz? Nega-se a mim! Foge! Envergonha-me! — rugiu puxando seus cabelos com força.

Ele a fazia enfrentar seu olhar claro. O rosto dele parecia estranhamente mudado. O olhar, havia algo no rosto, as veias pareciam mais vívidas sob a pele. Agora percebia que nunca havia se dado conta do quanto ele era pálido.

Uma nova enxurrada de súplicas foi proferida. A mulher, com as mãos trêmulas e o rosto banhado em lágrimas, pegou o punhal e cortou um dos pulsos, fazendo o sangue verter sobre o cálice. Os olhos do conde se iluminaram de contentamento. Um sorriso sarcástico tomou sua boca e seus dentes pareceram maiores, pelo menos os caninos.

— Dessa vez, vou querer um pouco mais, minha pérola negra.

O conde avançou. A mão cobriu a boca da mulher; enquanto ela rugia, ele mergulhou em seu pescoço. Pedro tentou ver o que acontecia, mas foi puxado por Lucille. A condessa puxou-o pelo corredor rapidamente.

— Não deve bisbilhotar Durval. Ele não gosta que o vejam desfrutando das escravas. Compreende?

— O que ele fez a ela?

— Ele elegeu Sabina como amante. Deu-lhe um lugar em sua cama, roupas, deixou-a desfrutar de nossa companhia. Em troca, ela não soube agradá-lo, tentou matá-lo e fugiu.

— Mas por que ela cortou o pulso?

— Não faço ideia... Vamos, é tarde. Quero dormir.

Na manhã seguinte, Pedro foi informado de que o conde estava indisposto. Após o desjejum, despediu-se de Lucille e foi para a Quinta. Lá tomou algumas medidas. Nas semanas seguintes, evitou os D'Lord e mandou uma carta à amante informando do estado delicado da esposa prestes a dar à luz. Era mentira, Leopoldina estava bem e gostou de ter Pedro o maior tempo possível junto de si.

Uma semana depois do ocorrido, Pedro recebeu um homem do lado de fora da Quinta. Fabiano era uma espécie de faz-tudo. Vigiava pessoas, descobria segredos. Sempre o recebia fora da Quinta, geralmente na estrebaria onde os mais curiosos não ousavam ir sem chamar a atenção.

— A negra foi encontrada morta. Falei com um dos negros que cuidam do jardim da condessa — dizia o homem um pouco assustado. — Ele disse que os D'Lord têm hábitos estranhos.

— Estranhos como?

— A condessa deixa as mucamas doentes. E todas as mulheres que o conde escolhe terminam sumindo ou morrendo. Dizem que a condessa é bruxa — fez uma pausa e continuou. — Usa as ervas do jardim para fazer poções e tônicos. Muitas mulheres a procuram em busca dessas misturas e ela cobra muito caro.

— Continue, Fabiano — ordenou Pedro percebendo sua resistência, ou seria medo?

— Os escravos têm medo de servi-los dentro do casarão. Preferem a lavoura, o jardim, qualquer serviço, menos servir dentro da casa. Sabina não foi a primeira escrava a morrer de forma misteriosa. Houve outras que simplesmente sumiram após saírem para cavalgar com o conde.

— Descubra o que puder e seja muito discreto. Agora vá.

Nas semanas que se seguiram, Pedro ficou sabendo de várias coisas sobre os D'Lord. De fato eles tinham grande rotatividade de escravos. O conde sempre escolhia uma escrava para servi-lo. Quinze dias depois do ocorrido, Pedro os visitou. O conde o recebeu com alegria e até queixou-se de sua ausência. A conversa e a receptividade não mudaram, mas havia no ar algo muito suave, mais leve que a desconfiança, a certeza. Lucille o recebeu como se nenhum dia houvesse passado. O mesmo ardor e desejo manifestaram-se quando ficaram a sós. Como de costume, ficou para passar a noite. Deixou-a adormecida no leito, vestiu as calças e a camisa. Andou pela casa silenciosa. Não tinha ideia do que procurava. No entanto, sabia que encontraria.

O conde Durval D'Lord estava no salão principal. Ele não estava completamente iluminado. Os escravos haviam acendido somente os candelabros junto à poltrona que o conde costumava ocupar. O resto do salão estava envolto na escuridão. Estava bastante à vontade em calça e camisa. Nas mãos, um cálice de cristal e o conteúdo, denso e escuro. Aos seus pés duas de suas novas escravas. Ambas vestidas em seda e veludo: uma delas chorava baixinho, a outra continha o pranto segurando um trapo de algodão sobre uma ferida sangrenta no pulso. Próximo a elas havia uma bandeja de prata, sobre a qual estava um cálice e o mesmo punhal que vira Sabina cortar-se. O cabo de prata era desenhado.

Pedro podia ver o terror em seus olhos, o medo que as paralisava. O sangue da mulher que soluçava pingava dentro do cálice à sua frente.

Já bastava, ele ia descobrir o que acontecia ali. Avançou e colocou-se de modo que o conde o visse. As negras se curvaram escondendo o rosto no chão e irromperam em lamúrias baixas.

— Silêncio! — ordenou o conde as alvejando com seu chicote de montaria, enquanto elas se encolhiam. — Vamos, Pedro, aproxime-se — chamou sem surpresa. — Na verdade, é ótimo que esteja aqui. Já é tempo de se familiarizar com nossos hábitos.

— Hábitos? Já vi muita crueldade contra os escravos. Mas seus métodos ultrapassam o limite, conde Durval.

Indignado, Pedro agia como convinha à sua posição. Não era estúpido, sabia que o Brasil dependia da mão de obra escrava. Sem eles, a economia entraria em colapso, mas não aprovava a escravidão ou os castigos impostos aos escravos.

— Ah! O príncipe finalmente! — debochou o conde batendo palmas.

— Devo lembrá-lo que existem limites em nossa amizade. Não os ultrapasse — ameaçou Pedro pronto para fazer valer seu poder.

— Sim, claro, Vossa Alteza real — debochou o homem, sorvendo mais um gole do cálice. Parecia completamente mudado.

— O que está acontecendo aqui? — ele quis saber fitando com nojo o sangue no cálice sobre a bandeja de prata.

— Ah! Isso? Bem, eu estou me alimentando. É minha ceia — falou com os olhos um tanto febris, os lábios sujos.

— De sangue? Por Deus, homem, o que é você afinal? — quis saber achando a cena abjeta.

— O que sou? — suspirou cansado. — Tenho seiscentos anos e gosto de pensar que estive presente nos grandes eventos do mundo que chamam de civilizado — ele se divertia com o rosto surpreso do mortal a sua frente.

— Perdeu o juízo!

— Não! Não perdi, Vossa Alteza real! — gargalhou alto e fitou o jovem à sua frente com malícia.

— Sabe, quando Francisco Pizarro voltou ao Peru em 1532, eu estava entre a tripulação. Naqueles dias era espanhol, mas já bebia sangue e havia uma guerra instaurada naquela terra de ninguém. Os filhos de *Huayana Capac* lutavam entre si pelo trono e foi fácil derramar mais sangue. Dias de fartura! — comentou sorvendo mais um gole do cálice. — Hoje nem tanto. Mas deixe falar sobre Pizarro. Você vai gostar — disse como se tudo fosse normal. — Pizarro apenas se aliou ao lado mais forte e esperou que os nativos se matassem. Ah, o sangue era tão puro, doce — disse deliciando-se com a lembrança. — Agora imagine minha alegria ao ver seus rituais religiosos. Eles tinham rituais onde sacrificavam animais e homens, crianças e mulheres. Os mais belos, os mais perfeitos de sua raça — ele deu mais um gole no cálice e o lançou para Pedro.

O príncipe o recebeu nas mãos e constatou que o líquido que agora só manchava o cálice era realmente sangue.

— Prove, acho que vai gostar. Sei que sente um pouco de fome. Conviver com Lucille tem seu preço, sabe? Ainda mais agora que consome o sangue dela.

— Chega! Exijo uma explicação!

— Terá meu príncipe, terá.

O conde avançou sobre uma das escravas e a mordeu. O corpo da mulher se contorceu de dor, ela tentava lutar, mas a força do vampiro era esmagadora. Ele sugou o sangue da ferida aberta enquanto fitava o príncipe. Quando a soltou, estava morta. De pé com a boca suja de sangue, o conde fitou Pedro e falou com segurança.

— Sou um vampiro e me orgulho muito disso. Ser tocado pelo dom da imortalidade foi a melhor coisa que aconteceu em minha pútrida existência! — rugiu feroz.

A segunda escrava curvou-se no chão e gemia em sua língua nativa.

— Pedro? O que faz aqui?

Era Lucille. Ela apareceu no salão vestida em trajes de dormir. A cena a chocou e revoltou. Ficou à frente de Pedro e enfrentou Durval com aborrecimento.

— O que fez? É muito cedo para ele — disse ficando à sua frente.

— Do que está falando? — perguntou Pedro olhando de um para o outro.

— Bobagem! Ele está pronto — afirmou Durval olhando-o com um riso debochado.

O príncipe a pegou pelos ombros e a fez enfrentar seu olhar aborrecido, chocado. Ela o olhou e não havia nada escondido. Só a verdade odiosa. Traído e dessa vez por loucos!

— Sabia dessa abominação? — perguntou, sacudindo-a com força e mostrando-lhe o cálice sujo de sangue.

— Sim, ela sabia, afinal Lucille é coisa muito pior que um vampiro. Não é mesmo, Lucy?

— Cale a boca! — disse, arremessando o cálice em direção a Durval, que recuou.

O cálice espatifou-se contra a parede. O conde se deslocou pela distância que os separava e agarrou Lucille pela garganta. Pedro sentiu a corrente de ar provocada pelo deslocamento de Durval e foi empurrado para trás.

— Como ousa mandar-me calar, hum? — dizendo isso a fez lutar por ar, enquanto ele apertava sua garganta. — Sou seu senhor e dono. E já é hora de ele aprender a me respeitar também. O trono está em jogo, a autoridade de D. João está sendo posta à prova. Logo ele vai partir e Pedro vai ficar.

— Solte-a, Durval! — ordenou o príncipe fazendo o conde observá-lo com a faca em sua mão. Pedro havia pegado o punhal que as escravas haviam usado. Fora pego em uma armadilha por aqueles dois conspiradores.

— Veja só, Lucy — pediu o conde segurando seu queixo com força. — Ele a está defendendo, que coisa mais tocante!

Como se fosse um raio, Durval soltou Lucille e avançou sobre Pedro. Num gesto de defesa, o príncipe revidou ao seu toque e o esfaqueou no ventre. O conde se afastou sorrindo diabolicamente e puxou a faca de suas entranhas.

— É preciso um pouco mais que isso para me deter, Vossa Alteza.

Com espanto e surpresa, Pedro percebeu o óbvio: ele realmente não era humano. Tentou chegar à porta, mas recebeu uma violenta braçada que o lançou ao chão. Quando bateu na parede, sentiu dor, mas se colocou de pé. Sabia defender-se e não morreria sem lutar. Avançou sobre o conde e o socou. Foi como bater em um muro de tijolos. Enquanto segurava a mão dolorida, foi novamente posto no chão. O conde o segurou pelos cabelos e o colocou de joelhos.

— Sei que não gosta das formalidades da corte, mas deixe-me ensiná-lo a curvar-se diante da imortalidade — ele detinha Pedro, que rugia e debatia-se e, com um aperto mais forte, dominou-o.

— Vou mandar matá-lo por tal afronta! — rugia Pedro.

— Acreditei que fôssemos amigos — debochou o conde puxando seus cabelos, fazendo-o enfrentar seu olhar. — Eu lhe dei minha amante e você aceitou. Dei ouro e você também aceitou. É hora de pagar pelo que recebeu.

— Solte-me, maldito! Você será enforcado por tamanha afronta à minha pessoa.

— Você age como qualquer rei ou imperador. Acha que porque carrega sangue nobre é melhor que os outros — cuspiu ele junto a sua face. — No meu mundo o sangue é vermelho, nunca azul. Você não é o primeiro nobre que fica sob minhas mãos.

Ele continha Pedro só pelo prazer de vê-lo subjugado. O mortal lutando contra a fera imortal. Ria de seus esforços e apertava-lhe a garganta num golpe forte.

— Deixe-me lhe dizer de onde veio o ouro com o qual você pagou suas dívidas e presenteou suas amantes. — Peru! Atahualpa era um *Sapa Inca*, ou seja, um soberano. Ele estava voltando para Cuzco, capital do império, para assumir o trono recém-conquistado depois de uma longa guerra com seu irmão Huascar — fez uma pausa e disse. — Escute, vossa realeza, será esclarecedor. Com ele o exército de oitenta mil guerreiros — parou como que vendo o passado. — Lembro como se fosse hoje, dia dezesseis de novembro de 1532. Ele foi iludido por Pizarro e o maldito frei Vicente Valverde — ele sacudiu o príncipe. — Veja bem, foi ridículo, mas proveitoso. Atahualpa pagou um resgate à sua altura, após ver seis mil homens de seu exército serem dizimados em duas horas de luta com os espanhóis. O resgate? Uma sala cheia de ouro e duas vezes o mesmo em prata. Quando deixei o território levei comigo parte desse ouro. Mas escute o fim: Atahualpa foi condenado à morte pela fogueira, mas até isso ele negociou. Resolveu trair suas crenças e aceitou ser batizado para logo depois ser executado por estrangulamento.

— Solte-me! Por que me conta isso? — vociferou Pedro.

— Simples, quero que compreenda que diante da morte todos cedem, todos traem. E você, caro príncipe, vai ceder, mentir e trair para ficar vivo. Acredite em mim — disse, tocando seus cachos com suavidade. — Lucille, você primeiro — ordenou Durval vendo-a fraquejar.

Em seu rosto havia revolta e pesar.

— Não me obrigue, por favor — pediu ela.

— Faça! — ordenou ele com olhar ameaçador.

A escrava, que continuava no chão tremendo e grunhindo baixo, gemeu alto quando foi agarrada por Lucille. Ela a arrastou para perto de Pedro e a fez sentar-se à sua frente. Sentou no chão e segurou a mulher pelos ombros. Os dedos deslizavam sobre a pele escura e sedosa desprendendo uma espécie de pó luminoso. Fagulhas ínfimas que tinham um efeito calmante sobre a escrava, que relaxou e deixou-se ficar imóvel. Pedro observava tudo rugindo furiosamente. Lucille segurou o rosto da mulher e a beijou. Os lábios se afastaram e ele pôde ver a centelha da vida brotar do corpo da escrava para que fosse sugada por Lucille. Ela passou os braços em torno da mulher e a exauriu.

Com os olhos arregalados, Pedro viu a vida, a juventude abandonar o corpo da escrava e dar a Lucille lábios rosados, pele aveludada. O cansaço dos jogos de amor havia desaparecido e dado lugar a um frescor quase matinal. Ela parecia uma manhã de sol. A escrava, no entanto, era agora pele e osso. Uma visão assustadora.

— O que fez? Como... Você a matou — balbuciou Pedro chocado demais para entender a extensão de tudo aquilo.

— Entende agora porquê está de joelhos, meu príncipe?

Dizendo isso, Durval puxou a gola de sua camisa e o mordeu. Um rugido escapou dos lábios de Pedro, que voltou a lutar, enquanto era drenado. O sangue era sorvido em goles longos, famintos. Quando finalmente foi libertado, despencou no chão. Lucille correu até ele e o virou. Estava vivo, mas muito fraco, pálido, à beira da morte.

— O que fez? Você não pode tocá-lo ainda — reclamou Lucille tocando a ferida sangrenta no pescoço do príncipe.

— Mudança de planos. Ele vai ser imperador. D. João é fraco, covarde, já não me serve mais. Pedro vai substituí-lo muito bem. Agora não fique aí olhando ele morrer, alimente-o.

— Não, Durval... Ele vai mudar, sentirá fome de sangue...

— Sim, vai. E você só o alimentará se ele ceder às minhas ordens.

— Não, não vou alimentá-lo...

O tapa a pegou em cheio no rosto. Só não foi ao chão porque ele a segurou pelos cabelos e a fez enfrentar seus caninos expostos. Estava furioso e determinado. Havia perdido o controle hipnótico que mantinha sobre o rei D. João e não admitiria que o filho lhe escapasse.

— Você esqueceu que me pertence? — dizendo isso, mordeu-a no pulso e a soltou num empurrão. — Faça!

Trêmula de ódio e revolta, Lucille colocou o pulso sobre os lábios de Pedro. Ele tinha os olhos abertos e era possível ver que entendia tudo o que fora dito. O sangue tocou seus lábios pálidos e desceu por sua garganta. Logo ele estava sentado no chão sorvendo o sangue do pulso de Lucille. Quando ela o afastou, ele simplesmente aceitou. Não se moveu, deixou-se ficar no chão fitando o vazio. Algo dentro dele havia se partido, fora sua humanidade.

A Verdade Ainda que Tardia

Poderia ter saído às pressas da banheira, mas não o fez. Ficou durante algum tempo parada, segurando na borda de louça, fitando a espuma, a parede de pedra à sua frente. Uma calma grandiosa a envolvia. Podia sentir tudo à sua volta. A textura da esponja deslizando sobre sua pele... A sensação a fez fechar os olhos, o contato não era doloroso, apenas amplificado. Podia ouvir o tremor dos carros nas ruas, o som abafado de conversa no piso acima dela. Havia cheiro de terra, asfalto, peixe e lixo, flores e plantas. Quase sentiu ânsia de vômito.

Afundou na água tentando apagar a sensação dos lábios dele sobre sua boca. Ruborizou, o corpo desejou ser novamente tocado. Submergiu e enquanto a água deslizava pelo rosto e corpo lembrou-se da forma como envolveu seu corpo. As mãos fortes prendendo-a, apertando-a com uma pressão quase calculada. Boca e mãos tinham um ritmo, o bigode e a barba bem cuidada fizeram arrepios, percorreram seu corpo em meio a um turbilhão de sensações.

Percebeu que podia se afastar das sensações, era como se ligasse e desligasse todas elas. Lembrou-se do ataque. O modo como conteve o homem chamado Virgo... O sabor forte lembrava conhaque, talvez um licor antigo ferruginoso. O segundo que atacou era como capim ou milho. O que seriam eles afinal? E ela?

Ele a alimentou... Poderia tê-lo matado como fez com os invasores no seu apartamento. Não teve medo dela, confiou que iria parar... O fluxo de energia que literalmente roubava de seu corpo a nutria, mas também lhe dava prazer. Algo além da carne, como se as duas energias se fundissem. Viu cores e sentiu como se fosse lançada no espaço e mergulhasse em nebulosas. As visões, antes um turbilhão de imagens confusas, agora pareciam organizar-se em sua mente.

Viu-o correndo nos corredores de uma casa, vestido com roupas antigas e austeras para uma criança. O porto, o mar, a praia e a floresta. O Brasil — os negros e até mesmo os índios — pôde ouvir seu nome sendo chamado: Pedro. Num piscar de olhos, ele havia crescido, era um jovem saudável e feliz. Viu-o lutar com espadas de madeira com outro menino, um pouco mais jovem, de nome Miguel. Um rei, uma rainha, pai e mãe. As ruas da cidade passavam rapidamente. Era a visão de alguém sobre o lombo de um cavalo. Sentiu-se flutuar no ar e tocar o chão com força. Caiu do cavalo. Houve dor e insultos, gosto de sangue na boca. Viu seu rosto e logo depois o brilho das medalhas. O sorriso ao erguer um bebê do berço. A criança estendia a mãozinha para ele. Amor, puro e verdadeiro amor. No entanto, havia dor e solidão, morte e mulheres. Viu-o tossir e na palma da mão havia sangue...

Sentou de um salto na banheira, estava arfante. O coração disparado. Ainda podia sentir seu sabor no paladar. Visões e, dessa vez, com o estranho. Mas não podia ser verdade, ele não era... Não, ele estava morto há séculos. Fechou seus olhos e balançou a cabeça tentando livrar-se das imagens e de algumas certezas.

A imagem de Rodrigo veio à sua mente. Virgo o havia torturado e matado. Ele resistiu o quanto pôde, mas dobrou-se à dor e deu a eles o que queriam. Não sentiu raiva, só pena. Perdera sua vida, mas por quê? O que havia naquela caixa? Agora ela também precisava saber.

Saiu da banheira e em pouco tempo estava vestida e pronta para enfrentar sua nova realidade. Seguiu pelo corredor e viu a escada. Parou diante da porta, girou o trinco e empurrou-a. Estava dentro de uma despensa. Cruzou pelo corredor feito de prateleiras e saiu na cozinha, que era ampla e mobiliada. A primeira pessoa que viu foi o estranho, ou melhor, Pedro... Dom Pedro?

Isso poderia deixar alguém louco. Teve varias visões e, à medida que sua mente relaxava, elas vinham à tona fazendo conexões. Ali na cozinha iluminada pôde ver a face do homem que a amarrou e depois alimentou, beijou e cuidou com carinho. Ficou ruborizada e sem perceber o encarou. Começou pelos cabelos encaracolados e negros. A mente fazendo comparações com as diversas imagens de pinturas onde o Imperador do Brasil fora retratado. Bem, o que poderia dizer, elas não foram tão fiéis. Ele era mais bonito pessoalmente. A barba era aparada e com um estilo mais atual conferiam-lhe um ar mais maduro. Sem ela aparentaria no máximo vinte e cinco anos. Os olhos mortiços em tom castanho-avermelhado eram sedutores, misteriosos.

— Vamos — disse ele fazendo-a piscar e sair do transe. — Sou tão feio assim? — perguntou em tom jocoso.

— É que tive visões e vi o... Você... É? Isso é impossível.

— Acredite, nada é impossível — disse Pedro suavemente.

— É verdade?

— Quer que declare a Independência do Brasil mais uma vez? — falou usando sotaque português.

— Ai, meu Deus! — disse a jovem sem conseguir se conter.

Pedro gargalhou alto, enquanto observava seu rosto ruborizado de vergonha. Sorrir lhe fez muito bem, há quanto tempo não se sentia tão leve? Muito tempo.

— Vamos, Pedro, pare com isso. Não vê que a está constrangendo?

— Sim, vejo, mas é divertido. E então, quem me interpretou melhor, Tarcísio Meira, Marcos Pasquim ou Reynaldo Gianecchini?

— Você sempre insiste com isso, Pedro — comentou Solange.

— Todos se parecem, mas Tarcísio Meira e Reynaldo Gianecchini parecem mais com ele... Com você — falou sem conseguir tirar os olhos dele. — Mas como é possível? Você morreu de tuberculose e tinha outras doenças... — ela se calou ao ver o semblante dele mudar de alegre a sério.

— Morri de tuberculose — completou, recolhendo os sorrisos. — Venha, Eva, sente-se. Não se preocupe, é uma reação normal.

Ele agora brincava com uma caneca de louça nas mãos e, quando o fitou novamente, seus olhares se encontraram. Recuaram juntos para se ater a outras coisas. Solange, a mulher que lhe sorria amavelmente, possuía cabelos brancos, olhos claros, pela branca. Trajava um vestido azul-turquesa de mangas curtas e um casaco de lã fina e branca.

— Aproxime-se. Não lhe faremos nenhum mal — disse a senhora lhe oferecendo assento junto à mesa.

Eva sentou e os observou por um momento. Depois, desviou a vista para a decoração da cozinha. Os armários organizados, repletos de potes e frascos. Próximo à janela havia ervas secando. O perfume do ambiente era realmente muito bom. Havia um caldeirão no fogo e o aroma era de peixe e legumes. Podia identificar cada um deles.

— Meu nome é Solange, este belo homem é o Pedro. Mas acho que já se conhecem — comentou sorrindo de modo meigo.

A jovem ruborizou e desviou a vista. Ele a olhava fixamente e sorvia o líquido na caneca. O aroma do cozimento no fogo não deixou que identificasse de imediato o conteúdo. Solange fora até um dos armários e quando voltou trazia um prato e uma colher. Junto ao fogão, retirou a tampa do caldeirão e com uma concha de madeira encheu o prato. Colocou-o diante de Eva e com um gesto a incentivou a comer. Por um momento observou o aspecto da sopa. Legumes, pedaços de peixe, ou melhor, bacalhau. Sem conseguir se conter, lambeu os lábios e provou. Fechou os olhos e saboreou o alimento. Estava maravilhoso, divino. Havia também outro peixe, ou crustáceo, os legumes pareciam derreter na boca. Tomou toda a sopa e quando terminou sentiu-se muito bem.

— Estava deliciosa — afirmou, desejando mais.

— Tive medo que comesse o prato — comentou Pedro, contendo o sorriso.

— Não seja bobo, ela precisa disso, como de oxigênio — disse a senhora servindo-lhe mais sopa.

— O que eu sou afinal?

A jovem perguntou empurrando o prato vazio. Comera três deles e os dois últimos acompanhados por um pão preto e adocicado. Solange estava radiante. Adorava que comessem seus preparados.

— Vamos para a biblioteca. Lá poderemos conversar — disse a senhora já seguindo para a porta.

Solange foi à frente e Pedro um pouco depois de Eva. O corredor abriu-se em uma sala de jantar, quartos, móveis coloniais antigos, pinturas, bibelôs de louça. Lustres de cristal, objetos antigos e certamente de grande valor histórico. O piso era de tacos polidos, janelas altas, vitrais. O teto era de madeira. Estava num casarão colonial com certeza. A biblioteca era um ambiente bastante confortável, acolhedor. A decoração seguia o mesmo estilo, a diferença era que sobre o birô francês havia um notebook de última geração. Os sofás eram confortáveis e cobertos por mantas de seda, as almofadas bordadas. Nas paredes, quadros com cenas campestres, cópias dos originais certamente. Duas das paredes estavam cobertas por estantes de livros.

Sentou no sofá ao lado de Solange, Pedro atrás do birô. Sua postura era elegante, até majestosa. Como ele podia estar vivo? O que teria acontecido que os livros de história não contaram?

— O que aconteceu comigo? — perguntou, iniciando a conversa.

— Você passou por sua primeira mudança.

— Primeira?

— Sim, são três. Como deve ter notado, não é humana. Tem características humanas, mas é de uma espécie diferente. Com que idade foi dada para adoção?

— Dois anos.

— Lembra-se de seus pais? — perguntou Solange.

— Não, não me lembro — disse com sinceridade. — Mas como sabia disso?

O silêncio na sala fez Eva olhar os dois estranhos de modo interrogativo. Eles pareciam saber de algo e temer revelar.

— Bem, Pedro e eu acreditamos conhecer seus pais — disse a mulher suavemente.

Por um momento, Eva não sabia se aquilo era bom ou ruim. Solange foi até o birô, pegou das mãos de Pedro o álbum de retratos e sentou ao seu lado. Ela passou as páginas onde havia fotos muito antigas e parou em uma delas. As roupas pareciam de 1870, outras de 1900. Os olhos de Eva varriam as fotos em busca de algo que pudesse compreender e se fixaram em uma delas. Uma jovem mulher de cabelos longos, presos num coque frouxo. O olhar, o rosto, o pescoço lembravam-lhe ela mesma. Ao seu lado, um homem de aparência elegante num terno completo, rosto limpo de barba ou bigode, algo tão comum naquela época.

— São eles, minha querida — a voz de Solange era amável e contida.

— Não pode ser... Aqui diz 1900... Eles não poderiam ser meus pais.

— O nome dela era Mayim, tinha mil e duzentos anos. O homem ao seu lado era Gael. Ele tinha mil e quinhentos. Formavam um lindo casal. Ele era vampiro, como Pedro — comentou Solange, lançando um sorriso em sua direção.

A jovem tocava as fotos e percebia o quanto eram antigas e verdadeiras. Por fim, fitou Solange e viu uma verdade que até aquele momento não ousava acreditar. Ela era realmente "estranha", à sua volta havia um campo de luz branca muito forte. Viu Pedro junto com seus pais em uma das fotos. As roupas, os cabelos e barbas, aquilo fora há muito tempo.

— Acho que sabe o que somos, não é mesmo? Pode sentir se apurar seus sentidos — disse a mulher tocando sua mão.

Desde que teve entendimento, Eva se lembrava das sensações, dos pressentimentos, das visões. Da exclusão por parte dos pais adotivos. Afastou as lembranças ruins e respondeu:

— Sim. Acho que sim.

— Ótimo. Por um minuto acreditei que não aceitaria bem — comentou Pedro, que havia se levantado da cadeira e se recostado no birô de braços cruzados. — É melhor que aceite, as coisas se tornam mais fáceis.

— Já convivo com minhas visões há algum tempo — comentou tristemente. — Às vezes, quando toco as pessoas, consigo ver parte de seu futuro ou passado. Isso é comum na minha espécie?

— É isso que faz de você uma Alpha. Consegue ler as mentes mais fracas, pode projetar objetos a distância, talvez conjurar feitiços e captar impressões de objetos. E quem sabe iniciar fogo ou outro elemento. Só o tempo dirá. Sua mãe manipulava bem fogo e água — explicou Pedro com preocupação e sem revelar sua linhagem real. Uma coisa de cada vez.

— A foto de 1900 foi a última. Sabe, temos uma organização em nosso mundo, que chamamos de Confraria. Eu sou a catalogadora. Esse é parte do arquivo de sua linhagem. Acreditávamos que estivesse perdida. Seus pais foram mortos, não houve relato sobre uma criança.

A notícia era antiga, mas foi cruel descobrir que tinha pais e pouco depois saber que estavam mortos.

— Então por que acreditam que eu seja filha deles?

— Sua mãe tinha uma marca de nascença, você tem uma marca igual. Em suas costas. Ela é uma particularidade das fêmeas de sua linhagem, do seu clã.

Ele a havia despido e certamente viu a marca em suas costas. Um risco sobre sua coluna. Como um corte fino que cicatriza, como se alguém houvesse passado uma faca em suas costas e deixado a marca.

— Como eles morreram?

— Foram assassinados — respondeu Pedro muito sério. — Sua mãe era uma Alpha, o que lhe dava o direito de governar sobre todos os íncubos e súcubos. Ela abdicou desse direito para se unir a seu pai. Mas os seus inimigos não gostavam de tê-la viva como uma sombra sobre o poder deles — ele resumiu uma longa história e um conflito que levou muitos à morte e sua raça à escravidão.

— Você os conhecia? — quis saber, se perguntando como sabiam tanto. — Afinal eles viviam em sociedade como os humanos?

— Sim, seu pai salvou minha vida quando era um desgarrado. Desde então descobri a Confraria, Solange e todo o resto — explicou sem dar detalhes.

— Mas isso não explica a idade deles e meu nascimento — cobrou, os observando ainda interrogativa.

— Sim, você está certa, mas pela ótica de uma humana. Você não é humana. Os súcubos não são muito férteis, talvez ocorra duas ou três vezes em séculos. Sua espécie cresce rapidamente e mantém a juventude por muito tempo.

— Aparentemente tem vinte e dois anos, mas só se faz a mudança depois de noventa, cem anos. E como as Alphas demoram um pouco mais...

— Isso... Isso não é possível. Eu me lembraria de ter vivido cem anos — argumentou confusa e se calou.

— Acredito que tenha sido induzida a esquecer de seu passado — comentou Solange segura. — Examinei-a quando chegou desacordada e achei marcas em sua nuca. Elas foram feitas por um Mnemônico. Um mago que tem o poder de substituir memórias verdadeiras por falsas.

— Quanto mais falam pior fica — lamentou. — Não sou humana, tenho cem anos, roubaram minhas memórias, meus pais foram mortos. Minha suposta vida humana foi destruída. Deus, eu só quero acordar na minha cama e perceber que foi um pesadelo — pediu cobrindo o rosto com as mãos.

— É muito para processar, eu sei — disse Solange tocando seu ombro de modo carinhoso.

— Não se pode mudar o destino — sentenciou Pedro.

— Besteira, eu faço meu destino. Mas por que apagariam minhas memórias?

— É uma boa pergunta — comentou Solange. — O problema é que agora você surgiu para nosso mundo, e ninguém sai impune disso. Outros seres ditos sobrenaturais vão senti-la e você a eles. Precisa estar pronta para andar com segurança.

— Tenho alguns poderes, acho. Eu derrubei Pedro — disse tentando se segurar em algo.

— Sim, repelir é um poder bem útil, mas é preciso saber usá-lo. Além disso, dependendo do tamanho do objeto ou criatura que pretenda repelir, vai gastar energia e precisar repor o que foi gasto — preveniu Solange. — É jovem e ainda não se alimentou completamente, nem tem reservas.

— Posso morrer sem energia?

— Sim. Pode perder a consciência e nunca mais despertar ou se autodestruir — percebendo sua dúvida, ela explicou. — É quando usa até a última gota de seus recursos. Os vampiros podem fazer isso, os lobos, súcubos, íncubos, fadas, bruxas brancas, raposas, carpas.

— Nossa!

— Mas voltando à sua idade — retomou Solange. — Compreenda, os poderes de um súcubo só aparecem quando ela atinge quarenta anos de existência e não de aparência. Poderes esses que você já conhecia. Suas visões, as impressões que tem ao tocar as pessoas. Ver planos diferentes do nosso. Sabe, a maioria dos súcubos Alpha são necromantes.

— Falar com mortos, vê-los? — Eva era inteligente e curiosa.

— Isso mesmo, querida. Você pode literalmente falar com os mortos.

— Eles não gostam muito de mim, sabe — comentou, lembrando-se dos dois fantasmas no elevador do jornal. — Já fui agredida por eles.

— Precisa ter controle sobre eles e não eles sobre você — disse Pedro, falando depois de um longo silêncio. Agora que sabia, buscava traços de Mayim em Eva, mas sua linhagem era bem real e só lhe traria mais responsabilidades e problemas.

— Como se faz isso?

— Com treino e paciência. O que nos leva a assuntos importantes. Você vai precisar de um mestre. O treinamento fica por conta da Confraria. O mestre, teremos de conseguir — disse Solange olhando para Pedro.

— Como no filme Drácula? — em seu rosto havia uma expressão de alarme.

— É um pouco diferente — comentou Solange rindo de suas colocações. — Sabe, você se parece muito com sua mãe, o mesmo senso de humor. Mas vamos lá, um mestre para um súcubo é algo mais completo. A relação gira em torno de energia, aprendizado e sexo.

A jovem ergueu as sobrancelhas.

— As súcubos se alimentam de energia e sexo. Então o seu mestre é também seu amante e professor.

— Entendo — falou demonstrando uma frieza que não possuía.

— Não se preocupe. Vou verificar na Confraria os que estão disponíveis. Daí você pode escolher o que mais lhe agradar.

— Vai me procurar um amante-mestre nos classificados?

— Quase isso — disse Pedro muito sério.

De algum modo, Eva sempre soube. As sensações estiveram com ela toda sua vida ou pelo menos o que ela achava ser sua vida. Os palpites, os fantasmas que via. Sua relação com Rodrigo nunca foi satisfatória. Finalmente usava seus dons para se perceber em um novo mundo.

— A maioria das filhas de súcubo e vampiros é poderosa. Pedro me disse que derrubou Virgo — disse Solange mudando o rumo da conversa, não queria assustá-la desnecessariamente.

— Sim. Mas não consegui ir até o fim. Ele me atacou e mordeu — dizendo isso, tocou o local da mordida e percebeu que não havia marcas.

— Cicatrizou durante a mudança. Você ganhou um novo corpo e precisa aprender a usar seus dons — disse Pedro olhando dela para Solange.

— Isso é ruim — comentou Solange, pensativa. — Quando sair lá fora, ele poderá encontrá-la.

— Seguir-me? Como?

— O sangue os ligou, criou laços. A boa notícia é que também poderá senti-lo — disse Pedro.

— Então ele pode ter me seguido até aqui? — perguntou preocupada.

— Aqui? Nunca — disse Solange segura. — Está na casa de uma bruxa arquivista. Ele jamais poderá cruzar meus batentes. Para isso teria de ser convidado, e recebo pouquíssimas visitas — brincou Solange, fazendo Eva sorrir e seu rosto se iluminar.

— Esses laços podem ser quebrados?

— Sim, claro. Devem ser desfeitos quando encontrar um companheiro. Até lá, precisa ter cuidado; é recém-nascida e terá de escolher melhor sua comida — comentou Solange amavelmente.

— Como poderei saber a idade deles?

— Você se alimentou de forma inconsciente. A fome a guiou, mas agora que fez a mudança vai se alimentar em plena consciência. Saberá instintivamente de quem se aproximar — elucidou Pedro.

— Isso é consolador — debochou. — Vou atacar pessoas? Vampiros?

— Sim e não — começou Solange. — Você estava se defendendo. A fome ajudou, você só precisa equilibrar essa equação.

— Vai ser sempre assim? — quis saber referindo-se a dor, o desconforto da mudança.

— Não, geralmente é mais suave. No entanto, não é igual às outras... Vem de uma linhagem antiga, a maioria de grandes guerreiros — fez uma pausa e a fitou com certa insegurança. — É uma Alpha. Por isso a dor em maior intensidade, a demora em desabrochar para sua verdadeira natureza.

— Por que me ajudou? Vocês, os vampiros, não nos caçam? — quis saber com a voz rouca.

— Não é permitido caçar súcubos. Existem leis... — explicou Solange.

— Sim, e elas falharam — reclamou Pedro a Solange. — Muitos já morreram por isso. Eu não caço sua espécie. Quanto a ajudá-la, uma jovem inocente foi raptada. Acredito que tem em seu poder uma caixa que pode salvar a vida dessa jovem — disse enquanto andava pela sala para parar diante da janela entreaberta.

— Agora me diga, você tem essa caixa em seu poder?

Eva não notou, mas seus olhos emitiram um leve brilho. As palavras pareceram presas em sua garganta. Respirou fundo e piscou controlando uma onda de energia que correu em suas veias.

— Meu ex-noivo me procurou e pediu que guardasse uma caixa. Ele é historiador e faz alguns trabalhos de restauração para particulares.

Aquela parte de sua vida agora era irreal. Um mundo longe, perdido em seu apartamento bem arrumado, agora arrasado. As janelas estavam destruídas, havia sangue no chão. Pedro e Solange se entreolharam e esperaram em silêncio. Ela estava perdida em lembranças, mas sabia que poderia achar o caminho de volta. Nadar até a superfície. Engolir a dor por tudo o que perdeu. Convivia com ela há bastante tempo. A tristeza no coração. Com um gesto, ajeitou os cabelos e falou, a voz ainda rouca, mas audível.

— Ele não tinha com quem deixar a caixa. Aceitei cuidar dela até que voltasse de Portugal...

— Portugal? O que ele foi fazer em Portugal?

A surpresa e inquietação não pôde ser escondida. Pedro se afastou da janela e caminhou em sua direção. O rosto tenso, pronto para agir. Seria verdade? Ela teria a caixa com os pertences de Durval?

— Ele não conseguiu. Virgo e seus homens o pegaram pouco depois de entregar-me a caixa. Agora ele está morto — disse num murmúrio baixo. Fechou os olhos por um momento. Não queria sentir o cheiro de sangue, a dor.

— Mas o que tem na caixa? — quis saber Solange olhando de modo cúmplice para Pedro.

— Rodrigo afirmou conter um diário e cartas, que ele provaria a autenticidade.

— Não a tocou? Não viu o conteúdo? — a impaciência de Pedro era visível. Ele precisava ter certeza.

— Evitei tocá-la. Não queria problemas, Rodrigo não era muito honesto — disse a contragosto.

— Compreendo. Agora quero que me diga onde está a caixa — pediu Pedro um pouco mais relaxado.

— Em segurança. No meu apartamento — explicou sem desejar revelar o local.

Aquela caixa parecia ter firmado com ela um acordo silencioso.

— Vou buscá-la, você fica aqui com Solange...

— A resposta é não. É minha casa, minha vida, minha responsabilidade — disse, enfrentando suas ordens.

— Você foi dada como desaparecida. Terá de explicar muito se quiser voltar — tentou Pedro.

— Preciso pegar minhas roupas, meus pertences, documentos. É da minha vida que estamos falando aqui — disse aborrecida.

— A maioria de nós começa outra vida, a antiga torna-se perigosa — comentou Solange tentando prepará-la para o que aconteceria.

— Agradeço sua preocupação, mas de qualquer modo é a única vida que tenho e me lembro — afirmou amarga.

Eva a essa altura já estava de pé e diante de Pedro. Os dois se encaravam sem recuar o olhar, e Solange notou que Eva não tinha medo de Pedro, tampouco de enfrentá-lo. Isso era muito bom. Surpreendido por sua atitude, aceitou levá-la consigo. Ou melhor, deixou que ela o seguisse. Eva não se deixaria convencer do contrário. Sendo ele Imperador do Brasil ou não.

Uma Questão de Liberdade

TUDO MUDOU. VER, SENTIR, COMER, ATÉ MESMO VIVER MUDOU. APÓS O ataque sofrido na casa dos D'Lord, o príncipe se retraiu. Todos acreditaram que a mudança de comportamento devia-se à proximidade do nascimento do primeiro filho.

No dia 4 de abril de 1819, nascia Maria da Glória Joana Carlota Leopoldina da Cruz Francisca Xavier de Paula Isidora Micaela Gabriela Rafaela Gonzaga de Bragança. A menina tinha cabelos loiros e olhos tão azuis quanto os de sua mãe. O parto foi demorado, difícil, Leopoldina sofreu por seis horas. Ao final nascia a menina. Sua chegada encheu o príncipe de alegria. Chegou mesmo a se unir à esposa nos cuidados com a filha. A pequenina recebeu visitas de diplomatas e dignitários vestidos em seus melhores trajes. A ocasião merecia toda circunstância. Ganhou presentes e virou o centro das atenções.

Enquanto observava a filha nos braços, perguntou-se se viveria o suficiente para vê-la crescer. Tinha pouco de seus traços, mas era de seu sangue e reinaria um dia. Não pôde deixar de lembrar que ela era sua segunda filha, a primeira nascera de seu amor com Noémi. Beijou-lhe a testa miúda e a depositou no berço.

Saiu do quarto, mas não sem dar um beijo casto na testa da esposa que repousava no leito. Observou-lhe o rosto redondo, os ombros roliços cobertos pela rica camisola de algodão, as rendas. Era como uma grande boneca viva. Naquele momento, desejou amá-la, verdadeiramente amá-la.

Tinha rumo certo à mansão dos D'Lord. Desde o incidente, Pedro os visitava uma vez por semana para receber seu suprimento. Sua cabeça trabalhava exaustivamente buscando um modo de libertar-se da escravidão que lhe fora imposta. Não poderia confiar seu segredo a ninguém. Durval o preveniu e no íntimo ele sabia que o conde estava certo. Ninguém acreditaria nele. Naquela primeira noite em que as máscaras caíram como no fim de uma opereta. Emudeceu. Sua ignorância dos fatos, sua conduta e leviandade pesaram. Remoíam-lhe a culpa e a revolta. Como não percebeu nem viu o que eles eram?

Após beber do sangue de Lucille, foi arrastado por um mar de sensações e novas impressões. Queria gritar, lutar, matar Durval. Mas tudo o que conseguia era assistir a cada célula de seu corpo morrer e renascer mais forte e melhor. Foi conduzido para o porão. Lá, um quarto simples e sem janelas.

— Não é meu refém, mas acredito que precise de um tempo sozinho para se habituar às mudanças — disse o conde ao fechar a porta e trancá-la.

O príncipe andou pelo lugar sem nada buscar, além de um canto para se sentar. Mas seus olhos registraram a ausência de janelas. O tapete pendurado na parede, um segundo no chão. A mesinha rústica, as duas cadeiras. No canto, a jarra e a bacia de louça. Uma cela certamente.

Talvez houvesse sido o aperto em seu coração ou o sabor do sangue de Lucille o intoxicando. Mas sentiu ânsia de vômito ao ver Durval arrastá-la, afirmando estar com saudade da amante. Ela gritou e lutou, mas acabou sendo desacordada por um golpe do conde. Sorrindo, recolheu-a do chão e a pôs sobre o ombro como um fardo. Quando chegou ao seu quarto, jogou-a sobre a cama e ao sair trancou a porta.

Não dormiu, não rezou, não pediu ajuda. Estava apenas mergulhado num profundo silêncio. Como se um animal tivesse devorado sua língua. Sabia que não podia revelar o que lhe aconteceu a ninguém. Seria tomado por louco ou queimado vivo na fogueira. Nenhum padre o ouviria com lucidez suficiente para compreender o que havia acontecido...

As palavras de Cigana lhe vieram à mente. Ela perguntou se já sentia fome. Ela sabia o que eles eram. Mas por que não lhe revelou? Só então percebeu que ela acreditou que ele conhecia a verdade. Nesse estado de contemplação, percebeu que podia ouvir os sons do solo abaixo de seus pés. Seriam os vermes? Ou o pulsar da terra? Os sons dos insetos no jardim, os animais. Nunca tivera tanta consciência do espaço à sua volta. Havia mudado física e emocionalmente. No corpo, apenas sentia os efeitos do tônico, somente com mais intensidade. Quando os gritos de Lucille implorando por piedade chegaram aos seus ouvidos, os cobriu tentando não ouvir o chicote. Mas aquilo durou pouco, talvez minutos? Não sabia, o certo é que a dor a fizera sucumbir. Fora castigada por tentar atacá-lo e defendê-lo. O medo dos criados em seus quartos era palpável. Alguns choravam baixinho, outros rezavam e tentavam dormir. No fim de uma hora, a casa estava muda.

Horas depois, ao amanhecer, o conde apareceu em sua porta. Pedro o sentiu muito antes de chegar ao corredor, que levava à sua cela. Ele destrancou a porta e entrou. Deu as costas para o príncipe esperando certamente que o atacasse. Apesar de jovem e até inexperiente, Pedro sabia lidar com os inimigos quando eles se apresentavam.

— Vejo que não descansou. As acomodações não estavam à sua altura, Vossa Realeza?

— Não perca tempo honrando aquele que fez de escravo — disse enfrentando seu olhar. — É ridículo — completou frio e distante. — Agora por que não me diz o que deseja?

— Gosto disso em você, Pedro. Objetividade — começou ele sentando à mesa. — Como lhe confessei, gosto de participar das mudanças que nosso mundo tem a nos oferecer.

— O que queres? A coroa de meu pai? — questionou o príncipe sentado de modo altivo à cabeceira da mesa rústica.

— Por que me expor se posso usar a máscara de outro? — jogou sarcástico.

— Queres me fazer de teu marionete? É esse o maldito sonho que acalenta? — a voz de Pedro estava controlada, mas cortante.

O conde apenas sorriu de canto de boca, os caninos apareceram levemente. Não dividiria com ele seus planos e aspirações. Os olhos dele estavam translúcidos, semiabertos numa máscara satírica. Por fim, fitou o tampo da mesa e tamborilou os dedos.

Tirou do casaco um frasco escuro e o depositou sobre a mesa. Pedro sabia do conteúdo, podia sentir o cheiro, ver as pequenas manchas na tampa. Era o sangue de Lucille.

— Vai precisar disso como o próprio ar que respira — começou ele com os olhos baixos.

O conde parecia mergulhado em lembranças, e não muito boas, a julgar pelo modo que seus olhos brilhavam. Tentava decidir se falava ou não, pelo menos era o que parecia.

— No princípio vai parecer fome, depois virá a dor e a degeneração do corpo que foi mantido por ele. Esse é o terceiro passo — disse num suspiro cansado. — Acho que não lhe disse o que é um vampiro. Provavelmente você sequer ouviu falar disso, não é mesmo?

— Não me interessa. Na verdade, não quero mais nada que venha de um de vocês. Quero apenas esquecer que os conheci e me deixei envolver.

— Está agindo como um garotinho mimado. Deveria tentar entender sua nova condição. Vai ser útil, eu garanto.

— Quando vai me libertar?

— Hoje mesmo. Na verdade, ia apenas lhe dar umas instruções e deixar que volte para sua vida — disse de modo inocente. — As coisas não precisam mudar. Pode ter Lucille quando desejar, ainda lhe darei do meu ouro e podemos continuar sendo amigos.

O jovem príncipe o olhou com escárnio e altivez e se preparou para desferir seu golpe.

— Não desejo sua amante, seu ouro e muito menos sua falsa e interesseira amizade — falou sem medo, mesmo percebendo o olhar frio e desgostoso do conde. — Meu maior erro foi acreditar que seu título o fazia melhor e confiável. Conheço quitandeiros, prostitutas, agiotas mais leais e verdadeiros do que você, Durval.

A essa altura, Pedro estava de pé com as mãos apoiadas no tampo da mesa e fitando o conde com desprezo e raiva. Ele apenas limitou-se a ouvir o que cozinharam em seu peito por toda a madrugada. Durval ouviu cada palavra e quase se lembrou de si mesmo. A revolta temporária, afinal, quando foi transformado, o que mais desejava era poder. Para o príncipe, o poder estava em sua coroa, em sua herança de sangue.

— Entendo que prefira a ralé, que se multiplica como piolhos nesse país — começou ele escondendo seu desagrado. — Foi criado tendo gentalha como exemplo, mas não se engane. Foi arrancado do berço da civilização para habitar esse antro de nativos e índios. Acredite em mim, são bons para alimento e péssimos como companhia.

A verdadeira face do conde aparecia sem contornos. Sua opinião era clara, tanto quanto o desejo apenas imposto pela fome que o obrigava a manter os escravos próximos a si. Em outras reuniões sociais, deixou claro nas entrelinhas que a escravidão chegaria ao fim um dia. Mas que ainda estava longe. A maioria riu de sua jocosidade ao tratar do assunto, afinal ali todos desconfiavam da rotatividade de escravos em sua propriedade. Ninguém ousaria criticá-lo ou o modo como tratava seus escravos.

— A lealdade tem um preço e não o vejo capaz de pagá-lo, meu caro príncipe — disse sem se deixar abater pela revolta de Pedro. — Havia duas maneiras de lidarmos com a questão. Mas pelo que vejo escolheu a mais difícil — comentou num suspiro cansado. — Faça como achar mais agradável. Conhece o caminho até a mansão. E saiba que terei prazer em alimentar sua sede.

O conde abriu a porta e convidou Pedro a sair num gesto elegante. Era estranho que uma criatura que vivia de sangue pudesse parecer tão limpa. A peruca, as roupas, os modos. O conde Durval D'Lord o deixou partir. Na verdade, o seu cavalo o esperava do lado de fora pronto para que partisse.

Não houve contentamento com aquela pequena vitória. As coisas pareciam andar devagar e Pedro, em grande velocidade. Tornara-se mais caseiro, o sol o incomodava tremendamente. A fome aumentava e nada parecia satisfazê-lo. Certa noite, percebeu que Leopoldina o desejava em sua companhia. Estava no seu olhar quando se reuniu com ela na sala de música. Rondando sua mente, enquanto tocava a Espineta.

Vestira-se com esmero, arranjara os cabelos loiros. Os olhos azuis o rondavam numa promessa. Compreendeu seu desejo dissimulado e recatado e tomou a frente. Buscou-a em seus aposentos e se assombrou com o desejo que o sacudiu. O amor de matrimônio exigiu se satisfazer e assim foi realizado com ímpetos. Pedro deixou-se levar pela corrente e no ápice do ato desejou mordê-la. O sabor da pele, o calor do sangue nas veias. Afastou-se dela e saiu do quarto afobado, coração estourando no peito.

Saiu da Quinta, tomou o primeiro cavalo que encontrou e buscou a noite. Vagou aqui e ali sentindo sede e inquietações. Foi cortejado por uma mulata nos arredores do teatro São João. Em intimidade com a mulata, sente novamente a ânsia por algo que afronta sua natureza, sangue. Afasta-se da mulher em estado de choque e ruma para a mansão dos D'Lord, onde é recebido por Lucille.

— O que houve, Pedro?

— Tu, maldita mulher! O que me fizeste junto com aquele homem vil?

Ele entrou na casa buscando o conde, e Lucille o seguia em aflição. Os escravos sumiam pelos cômodos evitando ouvir o que certamente poderia levá-los à morte. Ali os segredos nasciam e morriam. Carregar as revelações ali ouvidas já havia custado a vida dos mais ousados.

— Jamais desejei fazer mal...

— Por que não me revelou a verdade? O que te fez calar e me entregar ao teu amante e meu verdugo? Tu, que dizia me amar! — ele havia posto as mãos sobre sua garganta e a apertava com força.

— Pedro... Me solta... Pedro vai matar-me...

O empurrão jogou Pedro do outro lado da sala e Lucille ao chão, buscando o ar que lhe faltava. A carne delicada certamente ficaria com marcas roxas.

— Conversavam? — soltou o conde, sentando-se em uma das cadeiras do salão de entrada.

O príncipe se pôs de pé e avançou para ficar diante do conde. Os cabelos em desalinho, o rosto pálido e transformado pela fome e raiva era um turbilhão de emoções. Os olhos estavam dilatados. As mãos junto ao corpo só desejavam fechar-se sobre seu rosto jocoso e superior. Quem era aquele maldito para rir dele?

— Sou teu novo pai. O teu senhor, tu me deves obediência tanto quanto Lucille. Mas, sabe, a tua ausência a fez mais dócil — comentou, olhando-a com marcada malícia.

— Quero que os dois partam para os infernos! — vociferou Pedro Bragança. A fome o cegava e era estranho, ele não temia o conde.

Um segundo depois, ele caiu no chão curvando-se sobre si mesmo em dores. Caído, fitou o conde e percebeu a mão fechada em um punho, os olhos fixos nele e compreendeu por fim que ele exercia sobre sua carne algum poder.

— Já basta, meu príncipe?

— Sim... — gemeu, com medo de ter as vísceras dilaceradas.

— Ótimo, sabia que me entenderia. Agora vamos às regras que não quis ouvir quando gentilmente te ofereci alimento.

O conde o deixou livre para ter com Lucille, ela lhe manteria com seu sangue. Ele estava obrigado a vir à mansão pelo menos duas vezes por semana para se alimentar. Caso não pudesse vir, teria de mandar avisá-lo por meio de carta.

— Virei o teu fantoche, Durval?

— Ainda não, mas em breve o será.

O conde deixou a sala. Sabia que se ficasse Pedro continuaria a insultá-lo e teria de puni-lo. Não queria ser tão cruel com ele no começo de tudo. Talvez ainda pudessem voltar à velha amizade. A raiva do príncipe não era duradora. Conhecia seu coração e nele havia uma bondade que o distanciava dos seus.

— O que preciso fazer? Pagar?

O príncipe pegou o dinheiro que tinha consigo e jogou aos pés de Lucille. Ela fitou as moedas de ouro junto aos sapatos de seda violeta e o olhou. Não acreditava na sua raiva tanto quanto o conde. Mas ela apareceria em algum tempo. Mas não a queria ver. Aproximou-se dele e tocou seu rosto. Ele o virou e não se moveu. Ela o abraçou e tocou tentando despertar nele a paixão que sempre os consumiu. A princípio, ele recuou e a repeliu, mas depois a tomou nos braços e a beijou com rudeza. Levou-a para o quarto e lá se entregaram à fome de seus corpos e corações. Lucille não ousou roubar-lhe a energia, mas quando sentiu que o êxtase os tomaria, ofereceu-lhe o pescoço. Pedro hesitou, mas a fome só crescia. Beijou, lambeu e por fim mordeu a carne, os caninos estavam um pouco maiores agora e o ajudaram a ficar diante do que desejava há quase dois meses: seu sangue. Sorveu o líquido quente com sofreguidão. Aquele primeiro gole o fez estremecer e apertar a mulher em seus braços. Um gemido fraco escapou-lhe dos lábios entreabertos. Os olhos fechados, a cabeça despencada para trás. O corpo entregue ao amante. A cabeleira loira como um véu cobrindo-lhe as costas nuas e suadas. Voltou a fitá-lo quando ouviu sua ordem.

— Toma-me — começou ele rouco de prazer, afastando-se de sua carne e sangue. — Alimente-se.

Ainda mergulhada no prazer da mordida, encostou a cabeça junto à dele e fechou os olhos. Tentou fugir de seu abraço, mas ele a segurou pelo rosto e a beijou. Houve retribuição da carícia e logo ela aceitou dele o que precisava para se manter bela e viva. Quando se afastaram, ambos estavam plenos de prazer e contentamento físico. Minutos depois, deitados no leito imersos em paz e silêncio, Pedro a questionou.

— Por que ele te mantém cativa?

— Minha espécie é rara e somos caçadas, escravizadas ou mortas por nosso sangue — relatou, fitando o cortinado de renda que adornava o leito.

— O que tu és? — perguntou voltando o rosto para o dela.

— Uma súcuba. Sobrevivo da energia de minha espécie ou da dos vampiros. Fui vendida, Durval me comprou, me deu sua proteção e um título.

— És escrava dele? — quis saber Pedro indignado.

— Sim, sou. No início, acreditei que seria somente sua, mas ele não ama nada nem ninguém. Foi muito difícil ele me obrigar a mentir. Usa-me para conseguir favores e segredos.

A mulher secou uma lágrima e sentou na cama. Pedro a seguiu e passou a observar sua beleza loira, os olhos claros.

— E quanto aos boatos, são verdadeiros?

— Depende do que tu ouviste — afirmou suavemente, imaginando do que se tratava.

Os escravos os temiam e mesmo com todas as ameaças e castigos houve quem falasse e perdesse a vida por fazê-lo.

— Dizem que faz suas escravas ficarem doentes — insistiu ele.

— Quando me recuso a fazer algo, Durval me castiga. Ele se nega a me alimentar. Isso me deixa faminta e predisposta a atacar os escravos. Ele faz o mesmo quando não lhe dou meu sangue — afirmou, acreditando ser uma boa justificativa.

— Mas por que os mata? — havia em sua voz curiosidade genuína.

— Tu chegaste aqui faminto, o que sentiu, Pedro?

— Parecia que ia morrer ou enlouquecer. Nunca senti tanta fome em toda minha vida.

— É exatamente como me sinto.

— Sei que se alimentava de mim. Não me matou, por que não pode fazer o mesmo com os escravos? — era uma conjectura lógica e digna de resposta.

— Tu és diferente, tens mais força. Demorou muito para que se sentisse extenuado. Só então te alimentei com meu sangue — disse fitando-o com seriedade.

— O que acontece agora? — quis saber Pedro.

— Por algum tempo, vai conseguir saciar sua fome com meu sangue. Mas com o tempo vai precisar de mais e mesmo assim continuará com fome. Então haverá uma escolha, vida ou morte.

— Vou morrer, é isso?

— Sim, se Durval não transformá-lo em vampiro, você morrerá e depois se tornará algo pior que um vampiro — lamentou ela com os olhos baixos, tristes.

Algumas coisas já estão escritas, outras ajudamos a escrever. O mundo sempre estará em passo de mudança, crescimento. Nada está realmente parado se analisarmos a questão, tudo está em movimento. Quando Napoleão varreu a Europa conquistando, as peças do tabuleiro se moveram, mas a mesma força que construiu destruiu.

Os movimentos por liberdade e direitos iguais cresciam e a história prova que jamais se silenciarão. D. João aprendeu isso quando sua autoridade foi desafiada. Em Portugal, os liberais, os maçons junto com comerciantes insatisfeitos com a mão de ferro da Inglaterra pediam aos berros por uma constituição.

A Inglaterra era não só uma pedra no sapato, mas uma trave no olho dos portugueses. Eles pediam a reestruturação do país, do comércio com a volta da corte para Portugal e os ingleses fora. A sangria tinha de ter um fim. A coisa atravessou o mar e chegou ao Brasil com força e o Grão-Pará, na Bahia e no Maranhão, uniram-se às tropas revolucionárias portuguesas. Para fazer pressão, passaram a obedecer as cortes de Lisboa desafiando a corte do Rio de Janeiro. A casa estava uma bagunça. Era uma forma de mostrar a revolta sobre os pesados impostos que pagavam.

Pedro apoiava os liberais, D. João, o absolutismo, e Durval...? Bem, ele queria a coroa, não para usar, mas para manipular. Para ele o absolutismo estava muito bem, obrigado. Mas estava pronto para adaptar-se ao que viesse. Os interesses eram muitos e logo a questão era: quem vai voltar para Portugal? O pai ou o filho?

A tensão crescia junto com o ventre de Leopoldina, que estava grávida novamente. Mas a corda do violino quebrou do lado mais frágil. Leopoldina abortou o que seria o segundo filho do casal, um menino que recebeu o nome de Miguel. Pedro não era mais o mesmo à medida que se via mais cativo de Durval e do sangue de Lucille; seu ânimo piorava. As brigas com a esposa cresciam e sempre terminavam com algo se quebrando.

Apesar de calma e submissa, Leopoldina era uma mulher forte e inteligente. Ela percebia as escapadas de seu esposo, o perfume exótico que suas roupas e seu corpo exalavam. Pedro a evitava novamente devido à gravidez, mas às vezes era inevitável. Deixá-la trancada não era mais subterfúgio plausível.

— Onde estava? — cobrou assim que Pedro entrou no aposento.

— Saí para cavalgar, minha querida esposa.

Pedro se inclinou para beijar-lhe a testa, mas Leopoldina buscou seus lábios. Ele se afastou. Nos últimos meses evitava contato com ela com receio de contaminá-la de algum modo. A cada dia que passava, tornava-se mais dependente do tônico. Ela fechou os punhos para conter a raiva e a frustração de ser rejeitada.

— Não sabia que os cavalos usam perfume.

Em sua voz estava impregnada toda a sua desconfiança e raiva. Amadurecera sob a força dos aborrecimentos, mas era difícil saber se sentia raiva ou apenas se culpava pelo fracasso daquele casamento. Pedro, que já havia se afastado do leito, resolveu não dormir em sua companhia. Melhor que buscasse seus aposentos.

— Sei que lhe devo respeito, meu príncipe e esposo, mas não acha que é tempo de acabarmos com esse jogo?

— Você sempre será minha esposa. O que importa o que são as demais?

— Quando busca outras mulheres deixa claro, na Europa e no Brasil, que não satisfaço suas expectativas. Daí em diante é um passo para que eu seja julgada.

— Leopoldina — começou ele tenso. — Não fale disso, tens o teu lugar no meu mundo, ao meu lado — ele tentou agradá-la com o que sabia ser fonte de orgulho para ela. Seus deveres de esposa coroada.

— Mas não o teu coração e amor — disse com a voz rouca pela amargura e tristeza.

— Não posso te oferecer o que me foi roubado. Contenta-te com meu respeito, com minha devoção para contigo. Honra tua posição de esposa e deixa que eu receba a carapuça que bem me serve. Tu és a mãe de meus herdeiros. As amantes que tomo são apenas para o prazer que não tenho contigo.

Ela recebeu suas palavras como um soco no estômago. Apesar de ser a sentença mais verdadeira, as palavras tinham um sabor amargo para ela e para o príncipe. Fizeram-no lembrar-se das palavras de D. João ao convencê-lo que deveria deixar Noémi e seu filho partirem para que casasse com Leopoldina.

— Quando busca outra mulher joga os votos do nosso matrimônio na lama. Respeito? Não seja hipócrita, Pedro.

— Acho que já basta — avisou-a com a voz firme. — Não vim discutir, vim apenas dormir junto contigo. Vejo que é uma bravata sem glória. Deixo-te com votos de uma boa noite.

O soluço da mulher o parou no meio do caminho, mas ele não se voltou, apenas continuou sabendo que a magoara mais uma vez. Seu coração estava praticamente morto e, mesmo assim, ainda era disputado. Havia muita tensão no ar da Quinta da Boa Vista. Sabia que Leopoldina desejava ardentemente voltar para a Europa. Portugal exigia uma tomada de decisão. Uns queriam o absolutismo, outros que o Brasil voltasse a ser colônia de Portugal. No fim, o que restou foi o caos e as intrigas palacianas. O caos só deixou mais óbvia a fragilidade do rei. As intrigas que cresciam em torno de D. João contra si o deixavam doente. Agora seu pai desconfiava de suas intenções. Diante desse clima insustentável, resolveu ir à cidade, e o que encontrou o espantou: havia agitação militar nas ruas. A fogueira onde arderiam estava sendo armada. Como de costume, foi recebido com entusiasmo. Sua presença de espírito e carisma contagiava a todos com esperança de mudanças. O povo queria sangue novo, como se diz.

Pedro sentia-se frustrado e queria desesperadamente tomar decisões para que os ânimos se acalmassem. A insatisfação do povo era uma lâmina nua nas ruas. Ele a sentia na pele, afinal tinha contato direto com eles. Cansado de assistir à inércia de D. João, cavalgou até o Largo do Rossio, no Rio de Janeiro. A situação não foi diferente do que imaginou, o regimento estava reunido, pronto para seguir suas ordens. Pedro contava com uma grande arma a seu favor, seu carisma pessoal. Ele possuía o respeito do povo que o via quase como igual, um brasileiro como eles mesmos o eram. A queixa era somente uma, a constituição. Ouviu-os e, diplomático como de costume, comprometeu-se a voltar com uma palavra do seu pai e rei.

Não seria fácil, todavia não era impossível. No caminho de volta à Quinta, foi abordado por um dos criados de Durval com um bilhete:

O Brasil lhe pertence, você será o Imperador. A constituição deve ser assinada.

— Maldito — rugiu entredentes. — Diga a seu senhor que se limite a seu papel de verdugo.

Dito isso, continuou a cavalgada só parando na Quinta da Boa Vista. O maldito certamente agia nos bastidores. O clima era bem parecido com o narrado pelos sobreviventes da Revolução Francesa, medo e lágrimas. Todos temiam que o povo na sanha de conquistar o poder instaurasse o regime de terror. Ninguém queria perder a cabeça. O rei havia se trancado em seus aposentos em choque pelas notícias trazidas pelos seus conselheiros e ministros. Não queria ser visto por ninguém.

— Pai, abra a porta, sou eu, Pedro — disse o príncipe batendo na porta.

D. João estremeceu dentro do quarto, estava no leito coberto de suor, tremendo, enquanto apertava a cabeça. O medo e a insegurança o dominavam, mas ao ouvir a voz do filho ele saiu de sua lamentação. Quando finalmente abriu a porta, puxou o filho para dentro e bateu a porta, fechando-a novamente.

— Pai, é preciso tomar uma decisão. O povo, os soldados, os conselheiros, as malditas cortes, todos esperam uma resposta.

— Uma constituição é sinal de revolta, meu filho! — bradou agitado.

— Não perderá seu poder; ganhará força e o respeito deles.

— É o começo do fim, depois disso o que virá? O que me exigirão? Minha cabeça!

— Os tempos mudam, meu pai, é preciso saber se conduzir para manter o poder que tens — aconselhou Pedro, segurando-o pelos ombros.

O que se sabe é que Pedro saiu do quarto do rei com a promessa de que a constituição seria assinada. Afinal ele já havia dado sua palavra que o rei assinaria. A constituição não estava pronta, mas ele a jurou e o resto da família o seguiu. Mas era preciso que houvesse brasileiros na Assembleia Constituinte em Lisboa. Mas aqui o caldo sempre entorna e queima muitos.

Os ânimos exaltadíssimos tornaram a reunião de votação um campo de guerra. Havia implicações, uma delas a exigência de que o dinheiro brasileiro fosse devolvido aos cofres. A coisa toda já estava armada.

D. João parecia reticente, indeciso, bobo, um comilão de galinhas, mas em se tratando de ouro tudo mudava. Bem, a reunião acabou com o uso de violência e medidas drásticas. Decretos anulados, intervenção dos soldados e Pedro como regente do Brasil. Aqui nada se entende, tudo é simplesmente vivido.

Conta-se que, em meio à poeira do caos, D. João tenha dito a seu filho, agora regente:

— Pedro, deixo contigo o Brasil, melhor que seja para ti, que me hás de respeitar, do que para algum desses aventureiros.

Ele estava certo. Seu governo parecia caótico e deixado nas mãos do destino, mas se pararmos para olhar em algum momento tudo fez sentido.

É preciso lembrar que, muito antes da morte da rainha, D. João já dirigia os negócios do reino. Quando foi comprovado que ela não tinha mais lucidez para reinar ou cuidar de si mesma, ele despachava em seu nome e achava essa condição muito incômoda, jamais sonhou ser rei, entretanto o destino quis diferente. Quando D. Maria faleceu, ele teve de assumir o trono e isso o desequilibrou por algum tempo. Não perdeu a lucidez, todavia perdeu a paz de espírito. Tomar decisões nunca fora de seu gosto. Olhando de perto ou longe, era possível ver que sua vida era infeliz, tediosa e cheia de sobressaltos. Era como um cavalo no centro de um celeiro em chamas.

De um lado, a esposa infiel e conspiradora; do outro, o reino de Portugal e de forma constante o governo do Brasil. Mas como diz o ditado: é o olhar do dono que engorda o porco. Sua permanência na colônia, sem data de retorno, sem falar que os ingleses tomaram parcialmente Portugal, deixava claro que a falta de medidas firmes e efetivas para controlar Portugal deu margem à revolta que se seguiu. A inquietação de qualquer povo deve ser vista como um sinal de fumaça e logo depois fogo.

O Brasil era um paraíso onde as ideias da revolução demoraram a chegar. Isso deu a todos a falsa ilusão de que nada mudaria, o que foi um grande engano. A saída da família real de Portugal reduziu o país à colônia e elevou o Brasil a reino. A política de D. João era a de apagar incêndio. Como foi o caso da Revolta de Pernambuco, em 1817. Os ideais liberais eclodiam mesmo sendo parcialmente sufocados. Pedro sabia que a mudança era inevitável, mas desconhecia o fim da história.

Os peões se moviam no tabuleiro de xadrez independentemente de o rei se mover ou não. Em agosto de 1820, a revolução do Porto, em Portugal, gerou um governo provisório e executivo que levava o título de Regência. A confusão já estava formada e atravessaria o mar rumo ao Brasil.

Só restou a D. João, depois de muito observar para ver como ficava, aceitar o que seu governo gerava. Qualquer um que vinha da Europa podia sentir na pele o tipo de alienação que essa terra gerava nas pessoas. A porta só era fechada depois que o ladrão saía. A corte só acreditou na gravidade da situação quando ela já batia à porta. Bem, pelo menos parte da corte, a arquiduquesa Leopoldina, vinda da Europa, conhecia bem os sons dos canhões e temia a lâmina afiada da guilhotina. Ser quem era tinha um preço. Pedro não se iludia, só fingia, talvez por ter crescido na colônia em vez de no reino; sabia até onde o povo podia ir. E não aceitou voltar a Portugal. Amava o Brasil e tinha os olhos no futuro. A palavra *independência* já rondava sua mente, bastava somar dois e dois.

A arquiduquesa, agora mãe de dois filhos, viu-se presa no Brasil em definitivo. Ela sonhava em voltar para a Europa para fugir do calor, dos mosquitos e da melancolia que se instalara em sua vida matrimonial. Seu amado Pedro, seu marido, não era mais seu, e sim de muitas outras. O que seria de Pedro? Regente, capitão da nau desgovernada chamada Brasil. D. João? Bem, ele despediu-se do Brasil, que amava, e rumou para a Europa. Entenda-se, naqueles dias qualquer viagem poderia ser a última. E foi, pelo menos para ele e depois... Ainda é cedo para irmos adiante.

Houve lágrimas de Leopoldina e risos de Carlota Joaquina, que nunca gostou dos trópicos apesar de tê-los desfrutado muito bem. A rotina foi quebrada em mil pedaços, a inquietação era palpável e pode-se dizer que o tempo voa mesmo que você não esteja se divertindo.

A Caixa

Quando saíram da casa de Solange, Eva percebeu que não iriam de carro. Ele simplesmente começou a andar pela rua e, em dado momento, olhou por sobre o ombro buscando-a. Ela notou sua avaliação e tentou agir o mais naturalmente possível. Pedro observou-lhe as roupas, a sapatilha baixa que usava. Pelo olhar neutro, ela acreditou que estava dentro do limite de algum padrão que somente ele conhecia.

— As roupas ficaram bem em você — comentou Pedro, aparentemente tentando conversar.

— O... Obrigada — gaguejou. Lembrar que ele era Dom Pedro I não ajudava seu cérebro a reagir normalmente. — Realmente ficaram bem. Eram de Solange?

— Pertenceram a uma das minhas doadoras. Martha. Ela morreu ano passado — comentou com um tom de voz mais baixo.

— Doadoras?

Pedro, apesar de ter provocado aquela conversa, subitamente se achou desconfortável para responder, mas por fim cedeu e falou. Caminhavam lado a lado e o rumo parecia o metrô.

— Sou um vampiro, mas não mato pessoas. Faço isso somente em casos de extrema necessidade. Mas também não ache que eu seja do tipo bonzinho. É apenas uma forma de não deixar rastros e evitar problemas — comentou deslizando a mão pelos cachos negros.

Ele parou de falar quando sentiu a aproximação de algumas pessoas esperando o sinal fechar para atravessarem a rua. Quando a luz ficou vermelha, ele tocou o braço de Eva e a conduziu soltando-a somente quando estavam novamente na calçada. Pedro voltou a falar no mesmo tom baixo e compreensível.

— Geralmente me alimento de doadoras voluntárias. Acertamos um preço e recebo as bolsas com sangue. — Tenho cinco delas.

— Não tem medo que elas os denunciem? — perguntou e depois se arrependeu, afinal os mortais aceitavam qualquer tipo de comércio, inclusive os ilegais.

— Elas são contratadas pela Confraria. Seguimos as regras e tudo fica bem.

— Sem contato físico? — disse, percebendo os dois pontos importantes para ele dentro de seu esquema de alimentação.

— Não é imprescindível no meu caso. Só necessito de sangue — disse sem dar muitos detalhes. — Já no caso dos súcubos e íncubos, é indispensável. É preciso tocar a vítima ou doador. No entanto, também não é necessário matar.

Por um segundo observou seu rosto sobre as luzes amarelas da cidade. Ela possuía uma beleza simples, mas muito sedutora. Fitou os lábios rosados e desejou prová-los mais uma vez. As lembranças das carícias que trocaram o rondavam. A sensação de tê-la junto dele despertou desejos adormecidos e destruiu seu controle. Quando ela o abraçou voluntariamente, quebrou os muros que muitas horas de meditação haviam construído.

— Do mesmo modo que fizemos? — quis saber desviando a vista.

— Sim, do mesmo modo. Apesar de sua natureza, você ainda caminha na luz — comentou quando estavam na entrada do metrô.

— Há distinção entre trevas e luz?

— Sim, sempre. Se andar nas trevas, se matar, vai perceber que não conseguirá parar quando desejar. Sua natureza exigirá até a última gota de sangue ou até a última fagulha de energia. Saber conter-se é a filosofia almejada por muitas criaturas, inclusive os mortais.

— Sim, álcool, cigarro, sexo, jogo — Eva deu exemplos. — Ficar na luz — pensou em voz alta.

O ambiente iluminado tirou Eva de seus pensamentos e a deteve em seus passos. Mexeu no cabelo de modo que ele deslizasse por sobre seu rosto.

— O que está fazendo? — disse Pedro parado e tentando não rir.

— Eu estou tentando...

— Não chamar a atenção? — completou olhando-a risonho. — Pare, o resultado está sendo o inverso — dizendo isso, segurou-a pelo braço. — Olhe para mim — ordenou. — Observe meu rosto.

A jovem fez o que ele pediu e viu a barba bem aparada num desenho moderno. O rosto bonito, a pele limpa que exibia veias muito finas. Os olhos castanho-avermelhados eram realmente atraentes e convidativos.

— Eles irão ver o que desejar, entende? — ele ainda a segurava, agora pela mão. Tentava passar confiança e o fez de modo carinhoso.

— Acho que sim — falou, afastando-se dele e de seu olhar.

Conheceu um lado dele bem duro quando despertou no porão amarrada. Mas quando era gentil e carinhoso como agora, ela se intimidava muito mais.

— Se tem alguém aqui que deveria disfarçar sou eu. Minha pele é muito mais pálida que a sua. Definitivamente chamo mais atenção que você. Então tente não se exibir — brincou, fazendo-a rir de sua piada. — Contudo, alimentei-me do seu sangue e isso me deixa mais humano.

— Por isso Durval mantinha Lucille? Para manter a aparência humana?

Eva sabia que estava se arriscando, mas resolveu que valeria a pena. Quando se alimentou dele, fora a primeira vez, um momento de poder e união extraordinária. Ela havia absorvido sua energia e suas lembranças mais íntimas. As lembranças vinham como em ondas lentas. Havia de tudo, amor, alegria, ódio, medo, dor, paixão, morte. Por que se abrira daquele modo para ela? Por que deixou-a chegar tão perto? Até agora não conseguira compreender. Talvez porque fossem diferentes dos mortais. Ou porque ele se sentisse sozinho. Sim, apesar de suas doadoras, Pedro mantinha uma distância respeitosa delas. Era um homem... Vampiro, um imortal muito só. Não havia outro vampiro próximo a ele, Solange sempre estava por perto, mas era somente sua amiga.

— É, você realmente é uma Alpha — comentou em tom de deboche.

Dito isso, afastou-se dela, que parecia ter se tornado o receptáculo de seu passado. Nada melhor para fazer seu interesse morrer. Alguém conhecer seu passado.

A jovem Alpha viu o vampiro afastar-se em direção à cabine onde eram vendidos os tíquetes. Voltou trazendo-os e entregou-lhe um deles, guardando os demais consigo. Foram para a plataforma e em pouco tempo entraram no vagão. Seguiram em silêncio durante todo o trajeto. No desembarque, Pedro segurou discretamente Eva. Ela se conteve e viu um homem observando-a com muito interesse, mas, ao ver Pedro ao seu lado, recuou e seguiu seu caminho.

— O que foi isso?

— Os chamo de traficantes, mas o nome correto é um mercador — disse e a soltou. — Eles compram e vendem sangue para diversas espécies. O seu é um dos mais procurados. Como lhe disse, sua presença era desnecessária. Você precisa aprender a se defender e se camuflar antes de sair de casa.

— Não pode estar falando sério — falou Eva, achando a colocação absurda. — Quer que me esconda? É isso?

— Até que saiba se defender sozinha, sim. É mais seguro. Fique calada, eu resolvo isso — disse fazendo-a olhar à frente deles.

Eva olhou o rosto de Pedro e tentou compreender o que acontecia. Só compreendeu ao ver dois homens se aproximando deles. Eles tentaram ser simpáticos, mas Eva não teve vontade de sorrir e adotou uma postura defensiva. Costas retas, olhos frios. Algo dentro dela pareceu despertar. Como quando atacou os vampiros dentro de sua casa.

— Como vai, velho amigo? — perguntou o homem com cara de fuinha molhada se dirigindo a Pedro.

O mortal era calvo e tinha a pele gordurosa. Os olhos eram grandes, testa grande também. Vestia camiseta, jeans, jaqueta e botas em estilo militar. Seus olhos brilhavam, olhavam para Eva como se fosse um maldito doce em uma vitrine. Ela apertou os punhos e não desfez a expressão fria, perigosa.

— Corta o papo de vendedor, Rato. O que você quer?

— Não é óbvio? — comentou o homem olhando Eva e sem perceber passando a língua nos lábios. — Estamos interessados em umas amostras. Qual é o seu preço?

— Seu babaca — rugiu Eva, dando um passo à frente.

— Calma boneca — disse o segundo homem, também dando um passo à frente.

O homem que certamente fazia a segurança do Rato fitou Eva com curiosidade. Vestia-se completamente de negro, usava um alargador de orelha, tinha o nariz furado. Exibia na mão uma cicatriz em forma de meia lua.

— Perdeu o faro, Rato? Não deu para perceber que ela tem companhia? — dizendo isso, puxou-a para mais perto dele. — É minha propriedade — disse Pedro, sem se importar com o olhar surpreso e aborrecido de Eva.

— Quando mudar de ideia, sabe onde me encontrar. E quanto a você, belezinha, quando quiser ganhar dinheiro, me liga — dizendo isso lhe apontou um cartão pessoal.

— Vamos — disse Pedro puxando Eva consigo.

Ao passar pelos dois homens, Eva os tocou e sussurrou-lhes algo. Pedro ouviu e balançou a cabeça com aborrecimento. Não precisou se voltar para ver o que aconteceu. Rato e seu sócio começaram a se despir e mesmo sob as exclamações de surpresa e confusão ao redor deles, não pararam. Quando os seguranças do metrô chegaram, os dois estavam nus e nem sequer sabiam porquê o haviam feito.

— Chamar a atenção não é uma boa estratégia — ele a censurou.

— Ser sua "propriedade" também não. Lucille era escrava de Durval, ele a tratava de forma repulsiva e cruel. Não me admira ela ter feito o que fez.

— Não a considero minha escrava e não gosto de falar do passado — avisou-a com cara de poucos amigos. — Sei que o compartilhou comigo, mas, por favor, não insista.

— Eu não pedi por isso — queixou-se Eva, sentindo seu aborrecimento com ela.

— Acho que me esqueci de dizer que você é um alvo fácil. Os outros vão sentir você. E terá de lidar com isso. Não criei as regras, garota. Apenas tento dançar num ritmo parecido com a música.

— Sente-se culpado, é isso?

— Culpa? Ela desapareceu um mês depois de me tornar imortal. Estou apenas tentando dar-lhe uma chance de sobreviver.

— Você não me deve nada — retrucou segura.

— É verdade. Mas devo ao seu pai e à sua mãe. Eram meus amigos e não vou deixar a filha deles ser escravizada.

— Eu não... — um minuto de reflexão a fez ver que fora idiota.

— Compreenda, é importante que saibam que pertence a alguém, pelo menos por enquanto. Nos últimos duzentos anos, as regras não mudaram. Só pioraram — tentou ser conciliador. — Quando souber se defender, poderá resolver esse tipo de assunto como quiser.

— Você já usou os serviços deles?

Pedro lhe lançou um olhar frio e nada respondeu. Apressou o passo e apenas continuou andando pela rua. Quase a ignorando.

— Não se esforce tanto. É óbvio que não gosta de minha presença — disse Eva caminhando um passo atrás dele.

Ele parou no meio do caminho e a esperou.

— Tente entender, Lucille e Virgo são perigosos, você não sabe usar seus poderes. Se eles aparecerem de novo, terei de defender nós dois novamente.

— Sempre cuidei de mim mesma. Posso me defender sozinha — disse, ultrapassando-o na calçada.

Estavam próximos ao prédio de Eva quando Pedro a deteve. Ele colocou a mão sobre sua cintura e a puxou delicadamente para a sombra da árvore mais próxima. Estava colada a ele e pôde sentir o peito forte, o quadril junto ao seu. A mão dele sobre sua cintura era algo muito íntimo. A luz dos postes era menor e poderia sumir na mancha escura.

— O que está fazendo...? — quis saber, agitada com sua proximidade.

— Te ensinando a sobreviver.

Dito isso, ergueu-a no ar com uma facilidade espantosa e galgou o muro próximo, sempre nas sombras onde poderia disfarçar sua passagem. Eva soltou um gritinho baixo e segurou a mão forte que a prendia. Antes que pudesse analisar bem a sequência dos seus movimentos, Pedro os colocou no telhado do prédio vizinho. Soltou-a rapidamente e a deixou se acostumar com a altura e a ideia de estar sobre o telhado.

— Por que não entramos pela portaria? — quis saber confusa.

— Não é seguro. Virgo não deve estar muito longe — revelou Pedro olhando as redondezas. — Seu cheiro está no ar.

— Cheiro? Mas eu estou limpa e...

— Os súcubos exalam um odor característico. Agora que fez a transição ele é evidente. Mas não se preocupe, Solange sabe fazer uma poção que o disfarça.

— Não sinto nada — disse sentindo o cheiro de sua camiseta, enquanto Pedro a olhava quase rindo de sua inocência.

— É um aroma mais sutil. Como uma flor exótica, uma mistura de carne e sangue diferente da dos humanos — enquanto falava ele se aproximava. — Quer sentir?

— Acho que sim — disse erguendo os olhos para encará-lo.

Quando ele tomou sua mão e levou-a para dentro de sua camisa, colocando-a sobre sua pele na altura do pescoço, a palma ficou rosada e luminosa. Ela se alimentava depressa, ansiosa. Viu quando ela fechou e abriu os olhos lentamente. O modo que mordeu o lábio. Ele interrompeu o contato e ainda segurando sua mão a fez sentir a fragrância.

— Sentiu?

Eva aspirou o cheiro com certo receio e sentiu o tal falado aroma. Ele estava certo, era uma mistura de flores exóticas.

— É agradável — disse feliz.

— Acreditou que não fosse?

— Pelo modo que falou, me senti um caminhão de lixo atraindo urubus.

Pedro não aguentou a colocação de Eva e gargalhou alto. Ele ficava muito mais bonito quando sorria. Os livros de história não estavam de brincadeira, Dom Pedro era realmente muito interessante.

— E você? Pode senti-los? — perguntou, olhando a noite à volta deles.

— Se forem vampiros, sim. Mas você se alimentou de Virgo, é provável que o sinta. Quer tentar?

— Sim — respondeu, pronta a aprender mais alguma coisa. Afinal ele fazia parecer divertido.

— Feche os olhos e respire fundo — comentou ficando à sua frente. — Agora lembre o momento que começou a drená-lo.

A jovem estremeceu e mergulhou no episódio vivido. Via claramente as imagens e isso a perturbou. Abriu os olhos e foi sacudida por uma tontura. Atento, Pedro a segurou antes que caísse de bunda no chão.

— Vá mais devagar, sua percepção mudou. Vê as coisas mais claramente. Deixe que as imagens venham, não force sua mente. Apenas controle a velocidade — aconselhou, soltando-a para que tentasse novamente.

Fechou mais uma vez os olhos e viu o apartamento, o ataque, a mordida. As sensações e a dor a assaltaram com força. Despertou de um susto. Ainda rápido demais, mas conseguiu sair de lá sozinha e respirando. Foi como mergulhar a cabeça numa tina de água fria.

— Ele não está longe... — disse, tentando entender o que viu nas imagens. Mas o certo é que Virgo realmente vinha em sua direção.

— Venha.

Eva se aproximou dele e mais uma vez Pedro a segurou pela cintura e, de um salto, a levou para a sacada de seu apartamento.

O cenário era de destruição; a porta de vidro estava entreaberta. A impressão que Eva teve é que um enorme trator havia esmagado sua vida e casa. Objetos queridos estavam quebrados, destruídos, móveis revirados.

— É, pelo visto Virgo voltou ao seu apartamento para procurar a caixa. — Comentou Pedro olhando a casa revirada.

— Ele não a encontrou. Está bem guardada — afirmou e se abaixou para pegar um bibelô do chão.

A visão encheu sua mente com imagens de estranhos. Eles puxavam gavetas, cortavam almofadas e o seu sofá. Reviraram móveis. Viu Virgo remexendo seus pertences. Mas eles e seus homens foram interrompidos pela chegada de uma jovem e seus comandados. Não era Lucille. A invasora era jovem e possuía cabelos castanhos bem como os olhos. Beirava os vinte e cinco anos, não mais. Vestia preto dos pés à cabeça e não temia Virgo.

Ela o lançou contra a parede apenas com um gesto e o fez cair sobre os objetos que agora estavam reduzidos a pedaços e cacos no chão. O vampiro não ficou para discutir, fugiu para salvar sua vida. Dois de seus homens foram capturados e levados embora. Certamente seriam interrogados.

— Eva...? Acorde — exigiu tocando seu rosto, enquanto segurava sua mão tentando abrir os dedos fechados sobre a palma. A visão chegou ao fim, ela soltou o objeto quebrado. Mas já era tarde, sua mão estava cortada.

— Não toque em mais nada — ordenou Pedro, passando um lenço sobre o corte.

— Virgo esteve aqui novamente, mas não foi o único. Foi surpreendido por uma mulher.

Quando ela terminou de narrar a visão, Pedro pegou a mala jogada junto ao guarda-roupa e começou a recolher alguns objetos pessoais de Eva.

— Sabe quem eram eles?

— Não disseram o nome dela — explicou Eva, sentindo dor na mão. Saiu do transe e percebeu que se machucara.

Todo o apartamento fora vasculhado, nem a cozinha escapou. No quarto, a coisa era pior. Havia roupas espalhadas, gavetas jogadas pelo chão. O colchão fora retirado da cama.

— Eva?

Pedro percebeu sua tristeza. Ver seu apartamento destruído lhe custou a voz. Mas não era momento de paralisia emocional. Ela não poderia ficar mais ali. A melhor solução era mantê-la com Solange. Andava pelo quarto recolhendo suas roupas e as colocando na mala.

— O que está fazendo? — perguntou, secando as lágrimas que escorreram por sua face.

— Tem de desaparecer por algum tempo, Eva. Sinto por seu apartamento. Você não merecia isso. Mas, acredite, cedo ou tarde sua vida ia mudar. Quer me ajudar? Temos pouco tempo.

Rapidamente, ela selecionou peças e objetos, seus documentos, e quando fechou a mala sentia-se um pouco melhor. Felizmente não teve mais nenhuma visão. Só então viu Pedro parado diante de seu pequeno altar, a rosa jogada no chão entre os cacos de vidro. O porta-retratos e o terço de cristal negro nas mãos de Pedro. Aproximou-se e percebeu seu olhar melancólico sobre a foto.

— Eu o conheci — revelou com serenidade. — Heitor me libertou do cárcere que Lucille me condenou e ajudou-me a fugir. Graças a ele estou vivo e lúcido. Ele era vampiro — dizendo, entregou-lhe a foto. — Agora sabemos quem a mordeu.

— Heitor jamais me tocou. Quando fui atacada, ele me defendeu, morreu para que ficasse viva... Eles o queimaram vivo.

— Estava com ele? — o vampiro perguntava e a observava com atenção, como se quisesse saber até onde ela lembrava.

— Sim. Deixaram-me sangrando no chão, acharam que eu estava morta. Depois o arrastaram para o mastro e atearam fogo.

Eva ia cruzar seu caminho mais cedo ou mais tarde. Suas lembranças logo voltariam. As coisas só ficavam mais complicadas. Ela precisava recuperar suas lembranças o quanto antes.

— Onde está a caixa, Eva?

A jovem guardou a foto e o terço e foi para o corredor onde havia os armários embutidos. As roupas estavam jogadas no chão e poucas cruzetas restavam penduradas. Felizmente eles não conseguiram chegar à caixa.

— Quando aluguei o apartamento, descobri esse pequeno esconderijo.

A jovem afastou os sapatos, as caixas reviradas e tocou a parte do piso onde os sapatos estavam. Com um estalo, uma portinha se abriu e exibiu uma fechadura. Eva deslizou os dedos pela moldura do armário e puxou a chave. Quando abriu a fechadura, metade do piso recuou e expôs um compartimento secreto. Eva puxou a sacola onde a caixa estava e entregou-a a Pedro.

— Vamos, só estaremos seguros longe daqui.

Havia um problema. Eva não conseguiria saltar sozinha, ainda mais levando uma mala. Não poderiam pegar o elevador, então Pedro resolveu levá-la, mas ela se recusou.

— Primeiro a caixa. Não sei o que tem aí dentro, mas não vou permitir que esses canalhas a peguem.

— Tudo bem — concordou Pedro, levando a caixa primeiro.

Eva o observou saltar pela sacada e sentiu calafrios. Será que poderia fazer o mesmo? Um minuto depois, voltou e pegou a mala, a próxima seria ela. Enquanto esperava, ouviu alguém no corredor, fora do apartamento. Silenciosamente foi para a sala e viu uma sombra debaixo da porta; quando a chave girou, correu. Entrou no quarto e se escondeu do lado oposto da sacada, onde a cortina a ocultava. Tomou uma respiração mais profunda e sentiu um odor conhecido; era Virgo. Teve vontade de saltar da sacada do mesmo modo que Pedro fez, mas teve medo. Continuou abaixada e imóvel; podia ouvir seus passos sobre os cacos de vidro, chutando os objetos, enquanto caminhava até a cama e finalmente até a janela. Um segundo depois, a porta de vidro da sacada se espatifou, a cortina protegendo Eva parcialmente da chuva de cacos. Mas quando foi puxada, gritou alto e se debateu.

— Sentiu saudades? — quis saber Virgo, puxando-a pelo aposento.

— Me solta! — rugiu debatendo-se com força. Lembrou que podia controlar sua mente e tentou. — Solte-me agora e se jogue pela janela.

O vampiro a observou com o olhar vago e afrouxou as mãos. Quando ela tentou se afastar, ele gargalhou.

— Vim preparado para você, bonequinha — murmurou junto a seu rosto e mostrou as luvas.

Prendeu-a junto ao seu corpo. Foi quando ela notou que a única parte de seu corpo livre era o rosto. No pescoço havia um lenço escuro de seda, que combinava com o terno completo. Ele segurava suas mãos para trás do corpo. Estava sozinho e parecia haver se recuperado.

— Seu sangue me fez muito bem. Você é mais forte que Lucille, mas não conte a ela que disse isso — brincou. — Foi muito proveitoso ser sua vítima, agora a sinto onde quer que esteja.

— Não posso dizer o mesmo — reagiu Eva. — Você tem gosto de queijo estragado!

— Mentirosa. Mas isso não importa, porque eu gostei e quero mais — ele se inclinou e tentou mordê-la.

— Não!

— Solte-a Virgo — ordenou Pedro vindo da sacada.

— Pedro! Que bom vê-lo. Nós dois temos alguns assuntos pendentes — comentou, puxando Eva para trás junto com ele.

— Pode contar com isso — respondeu Pedro pronto a lutar.

— Foi você que a ajudou a trocar de pele?

Virgo deu um apertão no braço de Eva, ela aguentou firme e não gemeu de dor. Fitava Pedro mordendo o lábio, bancando a forte. Mas bem atenta às revelações de Virgo.

— Sim, foi. Algum problema?

— Revivendo os velhos tempos? Entendo. Vai tomá-la como sua? — o vampiro fechou a mão sobre a garganta de Eva, pressionando-a junto ao peito. — Lembra quando dividíamos bonequinhas iguais a ela?

— Quem vive de passado é museu, Virgo — soltou Pedro para ver o vampiro gargalhar.

— Ah! Você sempre foi muito sensível — debochou. — Vamos, não seja tão orgulhoso. Volte para Lucille, entregue o que lhe roubou e quem sabe ela deixe você ficar com Eva. Eu me contento em ficar com sua outra bonequinha, a Miranda — cogitou, como se fosse a coisa mais natural do mundo.

— Maldito verme! — insultou Pedro pronto a lutar com Virgo.

— Me solta! — rugiu Eva, cansada da proximidade com o vampiro.

— Não se preocupe, vou deixar Pedro ser o primeiro — sussurrou Virgo junto a seu ouvido.

Eva sentiu uma espécie de onda de energia correr por sua espinha. A natureza do súcubo saltou para fora com um grito. Pedro viu seus olhos tornarem-se luminosos, a pele ficar pálida. Quando Virgo foi repelido, Pedro afastou-se para não ser atingido e aproximou-se de Eva que, apesar de usar seus dons de súcubo, estava consciente.

— Maldita! — cuspiu o vampiro se erguendo do chão.

— Maldito você, que se escondeu atrás de uma mulher — rugiu Eva pronta para avançar sobre ele.

— Você não é uma mulher! É só mais um súcubo. Se quer saber, só um meio demônio nessa terra de mestiços — cuspiu raivoso, confundindo Eva.

— Podemos dizer o mesmo de você. É vergonhoso — provocou Pedro com sua espada já desembainhada.

— Veio pronto para lutar, quanta honra — disse Virgo puxando a espada do casaco. — Eu também.

As espadas se cruzaram e houve um minuto de enfrentamento, no qual eles mediram forças e se afastaram com empurrões. As lâminas se chocavam com estilo e golpes perfeitos. Ambos eram excelentes espadachins. Virgo girou e tentou um golpe ousado em direção ao pescoço de Pedro, mas ele desviou em tempo de fazer um corte no peito do seu oponente.

— Sabe, isso não vai acabar aqui.

— Não tenha tanta certeza disso — comentou Pedro naquele balé gracioso e mortal.

A luta tornou-se mais violenta, os golpes mais poderosos e precisos. As lâminas exigiam mais sangue. Eva recostada contra a parede assistia ao confronto aflita, quando o som da porta sendo chutada ecoou pelo apartamento.

Três homens entraram e depois deles uma jovem vestida de negro. Os olhos dela se cravaram em Eva e depois em Pedro. Parecia conhecê-

-los. Virgo e Pedro não pararam a luta. Na verdade, antes que pudessem reagir, suas espadas foram arrancadas de suas mãos e lançadas longe.

Após a breve exibição de poder, Celine sorriu para Virgo e Pedro.

— Como vão, rapazes?

— Já estive melhor, bruxa — cuspiu Virgo sem medo.

— Virgo, alguém já lhe disse que poderia ficar de boca fechada? — disse a jovem erguendo a mão e movendo os dedos.

O vampiro caiu ao chão de joelhos e rugiu de dor. Uma agulha invisível perfurava seus lábios, lhe costurando a boca. Nos últimos dois pontos, ele já grunhia. Eva havia desviado a vista para não ver o ataque repugnante. A jovem mulher os fitava com ar superior e sem dispensar à sua vítima um olhar que fosse.

— Deveria se portar como Pedro — começou a mulher. — Ele sabe que não é inteligente provocar uma bruxa, não é mesmo, meu querido?

A mulher se aproximou e ofereceu-lhe a mão para que a beijasse. Pedro tomou-lhe a mão e a levou aos lábios, beijando-a educadamente. Seus olhares se encontraram e Eva viu um brilho desejoso por parte da jovem.

— Como vai, Celine? — perguntou Pedro soltando-lhe a mão.

— Já estive melhor — disse, olhando Eva com muito interesse. — É seu bichinho de estimação? — a bruxa se aproximou de Eva, que recuou ficando atrás de Pedro. Ela tocou de leve seu casaco e ele sorriu satisfeito, vitorioso. Afinal ela o usava como muro de proteção. E quando Celine fez menção de tocá-la, ela recuou para o lado oposto. Não queria ser tocada por aquela criatura. Podia imaginar as imagens que saltariam dela para sua mente.

— Não vai me apresentar sua nova amiga?

— Claro. Eva, essa é Celine.

Sem se importar com o que a mulher pensaria dela, apenas acenou. Celine ficou intrigada com seu comportamento.

— Arredia. Não a está educando, Pedro?

A voz de Celine era suave, porém cheia de autoridade. Andava pelo cômodo e os esquadrinhava atenta aos detalhes, às emoções.

— Ela fez a transição há pouco tempo. Está se adaptando.

— Vai fazer dela sua cria? — perguntou ela, parando junto a Pedro.

Olhava-o nos olhos, a mão pálida pousada sobre seu peito forte. As unhas vermelhas traçando o desenho de seu casaco. A atração era visível, mas somente por parte de Celine. Pedro segurou sua mão com carinho e, beijando-a novamente, a libertou.

— Não sou um porquinho no mercado.

A voz de Eva interrompeu a conexão. Foi como se a melodia de uma música houvesse sido interrompida no riscar da agulha sobre o disco. Celine a olhou com frieza e Pedro com repreensão.

— Bem, vamos ao que interessa. Tenho pouco tempo e não vou desperdiçá-lo com a pessoa errada — afirmou fitando Eva, que se mantinha atrás de Pedro.

A bruxa observou Virgo no chão a encarando com verdadeira animosidade. Devido à rápida cicatrização dos vampiros, Virgo agora exibia uma imagem realmente grotesca. A boca não poderia ser aberta, os pontos a selavam e qualquer tentativa implicava em rasgar a carne. Celine retribuiu o olhar ameaçador com um sorriso soberbo.

— A trégua acabou. Há um mês a caixa que nós buscamos foi vendida a uma casa de leilões que teve a delicadeza de não revelar e muito menos de profanar o conteúdo das duas urnas — ela parecia satisfeita. — A caixa foi arrematada por um colecionador de antiguidades fascinado pelo Brasil e por Portugal. Bem, ele não viveu muito para desfrutar da relíquia. Lucille o encontrou e esse verme aí — falou mostrando Virgo — arrancou seus olhos e depois a língua.

A mão de Eva apertou o casaco de Pedro, atemorizada com as revelações de Celine.

— E a caixa? — perguntou Pedro fingindo nada saber.

— Estava na mão de um jovem restaurador, Rodrigo, se não me engano — disse Celine agora com o olhar preso em Eva.

— E?

— O nosso padre aqui o fez confessar. Não é mesmo, Virgo? — disse, erguendo seu queixo para olhá-lo nos olhos, enquanto puxava sua pele.

Fios de sangue brotaram, mas ela não o soltou. — Vocês ficariam impressionados com a capacidade de Virgo em torturar as pessoas.

— E a caixa? — insistia Pedro em fingir desconhecimento do assunto.

— Nas mãos de uma amiga do restaurador. Bem, é a segunda vez que Virgo vasculha esse lugarzinho — disse, olhando o apartamento com nojo. — Acho que ele e você estavam buscando o mesmo.

— Acho que não — afirmou Pedro.

— Fale, Virgo, o que deseja vasculhando esse pardieiro? — comentou, esperando uma reação que veio.

— Minha casa não é um pardieiro — retrucou Eva firme. — Esse bastardo destruiu minha casa porque acha que tenho essa maldita caixa.

Eva havia saído detrás da proteção das costas de Pedro e enfrentava a mulher mais jovem, que sorria cinicamente. Só restou a ele balançar a cabeça de modo desanimado.

— Vejam só, a dona do cortiço se apresenta.

A provocação da bruxa surtiu efeito. Eva falou demais e se expôs diante de seus olhos mais que atentos.

— Não ligue para ela — começou Pedro tentando remendar o estrago. — Virgo me encontrou através de Eva e destruiu sua casa.

Pedro puxou Eva para trás. Estava perto demais de Celine. As duas mulheres se encaravam, pareciam prontas a se atracarem. Aquilo era novo em Celine, nunca se deu ao trabalho de enfrentar uma rival à unha. Mas parecia bem disposta. Mediam-se e Eva não recuou. Os punhos estavam cerrados junto ao corpo, os olhos cintilando com seu poder.

Eram bem diferentes. Celine vestia renda e veludo. Estava maquiada, penteada, cheirando a Chanel nº 5. Seus sapatos altos eram adornados com pequenos cristais. Enquanto Eva vestia jeans e calçava sapatilhas.

— Onde encontrou essa coisinha? — debochou, fitando Eva de alto a baixo.

— Ele não me encontrou...

— Chega, querida.

Ele queria provar algo e pareceu conseguir, quando a colocou ao seu lado. Celine fitou as mãos de Pedro presas as da jovem súcubo com frieza. Sentiu-se afrontada, mas manteve a postura altiva. Com os braços cruzados, ela rodeou o casal, parou e sussurrou junto ao ouvido de Pedro, mas com os olhos presos em Eva:

— A quem acha que engana?

— Ninguém, principalmente você, Céu...

O tapa estalou na face de Pedro e provocou uma reação instintiva em Eva, que estendeu a mão e fez Celine voar pelo quarto e se chocar contra o guarda-roupa. O som de vidro se partindo foi suave diante do grito furioso que a bruxa soltou. Aquele era um aviso claro de perigo. Vinha chumbo grosso pela frente.

Eva tinha os olhos luminosos, o poder da Alpha transbordando. Os homens de Celine tentaram atacá-la, mas foram detidos por empurrões.

Tudo aconteceu depressa demais. Eva sentiu que era arrastada rumo à sacada, mas algo a tirou das mão de Pedro. Gritou e se viu flutuar no ar. Procurou Pedro e o viu grudado à parede.

— Canalha! — rugiu Celine já de pé e avançando para ver Pedro e Eva dependurados no ar como dois insetos na teia de uma aranha. — Perdeu o direito de me chamar de "Céu" quando me esnobou — disse, revelando o motivo do tapa.

— Já lhe disse mil vezes, tenho por hábito não me deitar com as filhas de meus amigos.

— E com as de seus inimigos? — soltou ácida.

Dependurada, Eva lutava para soltar-se e só sentia a pressão aumentar sobre seu corpo.

— Você traia sua esposa e até sua amante. Teve mais bastardos do que pode lembrar. E quer que eu acredite que tem escrúpulos? — cobrou a jovem mulher, rindo amarga.

— Em uma época em que não havia exames de paternidade e muita fidelidade, é fácil culpar o galo do terreiro vizinho — disse Pedro grudado à parede. — Não acredite em tudo que lê. E quanto aos meus bastardos, reconheci todos que pude — disse muito sério.

— Que se dane seus malditos escrúpulos! — gritou a bruxa apertando a mão e fazendo Pedro e Eva sentirem dor.

— Tirem Virgo daqui. Joguem ele numa lixeira. Eu vou cuidar desses dois e mais especialmente dessa "coisinha" — sugeriu Celine sorrindo friamente, enquanto apertava Eva contra o teto.

Dois dos três homens que acompanhavam Celine arrastaram Virgo para fora do apartamento. Ele estava imobilizado pelo poder da bruxa e se limitava a resmungar e mover os olhos. Eles certamente o lançariam na primeira lixeira que encontrassem.

— Ei, bruxa! — provocou Eva. — Melhor me soltar.

— Ah! A porca fala!

— Eva, fique calada! — bradou Pedro, temendo que Celine a ferisse.

A pressão aumentou um pouco mais e Eva abraçava o corpo como se sentisse dor ou algo parecido.

— Pedro...

— Eva, pelo amor de Deus, fique quieta! — reclamaram Pedro e Celine sem paciência e ao mesmo tempo.

— Não me sinto bem... Vou... — dizendo isso ela vomitou sobre Celine.

A bruxa gritou enojada e perdeu a concentração, libertando Pedro e Eva de seu poder. Eles despencaram no chão. Um dos homens que a seguia entregou-lhe uma toalha recolhida dos destroços de Eva. Ela gritava olhando o corpo, as roupas e os cabelos sujos de vômito. Antes que pudesse se recuperar do choque, Pedro arrastou Eva consigo e sumiu pela sacada.

Antes de perder seu apartamento totalmente de vista, Eva viu Celine se cobrir de chamas. Pensou estar tendo um delírio. Só teve certeza que era real quando viu fumaça no ar. Celine, para limpar-se, deixou que o fogo consumisse suas roupas sujas e limpasse seus cabelos. Afastou-se dos trapos incendiados completamente nua e aceitou o *blazer* oferecido por um dos homens.

— Você vai desejar ter morrido quando eu colocar minhas mãos sobre você, Eva — disse, sorrindo de modo maligno. — Queime!

Imediatamente os móveis, o chão, tudo entrou em combustão. O apartamento se transformou em uma pira funerária. O alarme soou, os *sprinklers* foram acionados no corredor. A sirene do corpo de bombeiros zunia subindo a rua quando Celine entrou no carro, pouco se importando com a multidão na rua.

Venenos e Poções

A FAMÍLIA REAL HAVIA PARTIDO E INICIAVA-SE UM PERÍODO DE ADAPTAção. Haviam se passado treze anos que a corte portuguesa desembarcara na colônia. A mudança foi inevitável e, até certo ponto, bem-vinda, quando Napoleão os escorraçou, mudou o Brasil para sempre. A Quinta da Boa Vista não era mais a mesma; o país jamais seria o mesmo. A rotina foi feita em pedaços e até mesmo as brigas e intrigas da corte faziam falta a Pedro. Ele parecia melancólico; claro, isso nunca durava muito. Precisava lidar com problemas urgentes. A regência governativa não era uma tarefa fácil.

O rei mandou encaixotar o tesouro. Ele não deixaria nada para trás; iria deixar o Brasil, metaforicamente falando, do jeito que encontrou. Desse modo, mandou encaixotar o ouro, diamantes e pedras preciosas. Como se não bastasse, tomou uma medida que seria uma cruz arrastada séculos à frente. D. João limpou os cofres do Banco do Brasil, criado para financiar as despesas da corte. Talvez por isso ele não tenha tido nenhum arrependimento ao desestabilizar um país que pretendia timidamente ser independente. Uma vingança pessoal ou apenas ambição? Uma pergunta sem resposta até mesmo para Pedro, que encontrou os cofres vazios. Ele sentiu-se castigado como um garoto. Ficaria no Brasil, o governaria, mas não sem sujar as mãos. Um preço alto para seus desejos serem satisfeitos.

Lamentar não os levaria a lugar nenhum. Bem, o banco já não ia bem, emitia papéis que não podia cobrir e, três meses depois da partida do rei, quebrou. E não era só isso, a lista de problemas só crescia. Gastava-se mais do que se arrecadava em impostos. Para pagar as dívidas seriam necessários dois anos de arrecadação de impostos.

Mas havia outros problemas, como a população dividida, os regimentos insatisfeitos, sem falar na crescente rivalidade entre brasileiros e portugueses em solo brasileiro. Pedro começou a reforma de dentro para fora. As despesas domésticas antes onerosas foram cortadas sem pena. Para manter a Quinta, ordenou aos escravos que fizessem hortas para ter a comida na mesa, além de plantar capim para alimentar os cavalos. Fez mudanças nos estábulos também. Reduziu o número de animais pela metade e vendeu todos os outros, obtendo algum lucro.

No dia nove de janeiro, quando disse que ficaria no Brasil, Pedro não fazia ideia da armadilha que o esperava. A guerra na Bahia começou um mês depois, as revoltas estavam o deixando louco. Seria um ano bastante intranquilo. O povo brasileiro não aceitava mais o domínio português. Havia muito o que resolver.

Em julho de 1821, escreveu ao pai:

De parte nenhuma vem nada. Os que comem da nação são muitos e não há dinheiro para fechar suas bocas. Não sei o que fazer, isso se falarmos somente de gastos. Ainda falta citar a maldita corrupção e os desmandos na administração do dinheiro público. O banco está desacreditado. Foi dilapidado por aqueles que o administraram. A colônia chamada Brasil é para todos os que aqui vivem vista como uma fonte inesgotável de recursos, que todos têm direito a subtrair seja pela força, seja na surdina. Nem portugueses nem brasileiros sentem a necessidade de tratar o Brasil como sua pátria e fazer dela um país melhor. Temo que isso seja um mal moral, que jamais será erradicado de seu seio.

Peço a Vossa Majestade que o quanto antes me faça partir. Sinto que esse emprego seguramente me matará pelos contínuos e horrorosos painéis que tenho, uns já a vista, outros muito piores para o futuro.

Comecei a fazer economias, principiando por mim. Cortei meu salário, coloquei todas as repartições públicas no Paço Real onde morávamos e nos transferi em definitivo para a Quinta da Boa Vista. Sei que jamais gostou que eu vendesse cavalos, mas é um negócio que conheço bem. Vendi um pouco mais de mil deles e fiquei com apenas 156 cavalos e mulas. Os escravos plantaram sob minhas ordens milho para os animais, também começaram a lavar as roupas da família que aqui ficou. Isso não é a solução, mas aliviará a pressão.

Havia, ainda, os problemas de ordem alimentar. As visitas à casa dos D'Lord ainda eram necessárias, mas Lucille agora estava longe de ser a amante tão desejada que fora um dia. Pedro mantinha com ela uma relação fria e apenas forçosa. Isso mudou o comportamento de Lucille, que a cada encontro se retraia um pouco mais. Em uma dessas visitas, após entregar-se ao prazer e à fome, resolveu falar e pôr um ponto final naquela tortura.

— Existem outras como eu no Brasil — disse, quando o viu afastar-se dela no leito.

Estavam nos aposentos de Lucille. Faltava pouco mais de três horas para o dia nascer. Pelas roupas em desalinho e o cheiro de bebida, Pedro vinha da hospedaria da Corneta, de sua amiga Maria Pulqueria, o lugar preferido de desordeiros, soldados e até mesmo do atual príncipe regente. Mas como estava de farda, certamente havia antes passado a tropa em revista. Durval havia viajado e só voltaria dentro de vinte dias. Foi resolver negócios urgentes na Bahia. Lucille estava isolada, o conde a proibiu de receber quem quer que fosse em sua ausência. Claro que o príncipe era a exceção. Mas até mesmo Pedro andava distante, só vinha até ela quando a fome o tocava ou a amostra chegava ao fim. Evitava-a. Mas, pelo que sabia, naquele primeiro momento em que o país se ajustava à ausência do rei ele vinha fazendo a política da boa vizinhança em jantares e bailes. Todos queriam agora um lugar próximo ao príncipe regente. Lucille estava cansada de sua prisão dourada. Sentia falta das festas, da adoração. Vinha recusando convites há meses, obrigada por Durval. Ele andava com receio até de sua sombra, algo estava acontecendo. Mas o que seria?

— O que disse? — perguntou o príncipe saindo do leito onde há pouco tempo estavam unidos.

— A esposa do comandante Jorge de Avilez — disse secamente.

Ao ouvir a revelação, voltou-se para Lucille com espanto. Os cachos caindo pela testa. Precisava visitar o barbeiro, seus cabelos estavam crescendo rápido, suas unhas também estavam um pouco maiores e deixaram sobre sua pele alguns arranhões, que ele lambeu com prazer. Ele mudava e bem depressa.

— D. Joaquina? — ele conciliou o nome à pessoa.

— Ela mesma.

— Por que está me dizendo isso? — quis saber com desconfiança, enquanto abotoava a camisa.

— Estou farta de ser tratada como um objeto — reclamou enrolando-se no lençol para sair do leito com alguma dignidade.

Pedro observou-a por longos minutos e, por fim, baixou a vista. Calçava as botas. Sabia do que se tratava sua reclamação, mas não podia nem faria nada a respeito.

— Vai negar, Pedro? — quis saber, olhando a madrugada através da janela.

— Conhece todas as respostas. Trago comigo os mesmos grilhões que tu usas. Como acha que devo me sentir?

— Quando me toca, deixa claro que não me deseja mais — lamentou rouca de emoção.

— Confiei em você e veja onde estou! — rugiu furioso. — Cativo de uma fome sem fim — reclamou, pondo a jaqueta.

— Tu não compreendes que fui obrigada a te trair. Meus sentimentos são verdadeiros. Sempre te quis meu...

— Está satisfeita agora que sou? — disse aborrecido. — A cada dia você se torna mais parecida com a Dina — comentou comparando-a com Leopoldina, a Dina.

— Não me compare com aquela gorda melancólica! — rugiu furiosa.

Rapidamente Lucille se viu presa à parede e com as mãos de Pedro sobre ela com força. Os olhos dele estavam mudados como os de Durval, a pele parecia muito branca, podia ver as veias em seu rosto. Os lábios estavam entreabertos e os dentes de fora. Pareciam um pouco maiores.

— Não ouse insultar minha esposa, a mãe de meus filhos — dizendo isso, soltou-a.

Ele pôde sentir a fera, o vampiro dominar seus atos, sua ânsia por sangue. Teve ímpetos de lhe rasgar a garganta. Afastou-se e esperou por seus gritos, que não vieram, surpreendentemente.

— Procure Joaquina, alimente-se dela a partir de agora. Posso ser um maldito demônio, mas ainda não virei cortesã e muito menos uma puta do Largo do Rossio!

Nos últimos anos, Pedro havia mudado bastante. Estava mais forte e seguro. Seu sangue o transformara em um homem muito desejável. Sempre fora galanteador, mas agora tinha uma espécie de poder sobre as mulheres casadas, ou não, que as fazia ceder com um simples olhar. Atraia-as como o mel às moscas, a luz às mariposas. Seu corpo recebia os poderes vindos do sangue de Lucille. Beleza, força, aparência saudável, sem falar no vigor constante que espantava até mesmo as mais insaciáveis damas. A fila de amantes era grande, mas era isso ou matar uma delas com seus ardores.

— Acredita realmente que será tão fácil sair do teu leito? — perguntou incrédulo.

— Tu jamais serás fiel a quem quer que seja. Acha que não sei das mulheres que continua a seduzir? — questionou aborrecida. — Não será difícil fazê-la compreender o que precisas.

— Tu devias lembrar que o que tens nas veias me envenena dia após dia! Sempre teve meus "apetites", mas o que tem nas veias é fogo líquido em meu corpo. Quando não o satisfaço torno-me agressivo, perco a lucidez.

— Posso suportar seu "apetite", esquece o que sou? Que me alimento de desejo? — cobrou exigindo uma coisa que nem mesmo o matrimônio conseguiu fazer, controlar Pedro.

— As coisas mudaram entre nós, Lucille. Não posso mandar em meus sentimentos, obrigá-los a ser o que foram. Assistiu à minha queda, isso eu jamais te perdoarei — foi muito sincero. — A verdade é que quando te toco só consigo odiar Durval. E se realmente pensas isso nada aprendeu com teu amante e senhor, o conde Durval. Tu serás surrada e eu morto. É o que queres? Nossa desgraça e morte?

— Ele não precisa saber. Só não quero que me toques mais — afirmou magoada, mas firme.

— Tenho uma família para cuidar e um país para governar — soltou em tom de desculpa.

— Não és mais o mesmo — soltou numa reflexão audível.

— Sim. Mudei e acho que mudarei mais um pouco até que chegue a minha hora — aproximou-se dela e tocou o rosto delicado. — Acho que é hora da verdade. Disse-me que já tentou fugir, por ventura nunca tentou matá-lo? — notou o estremecimento de medo correr pelo corpo da amante. — Posso matá-lo?

— Muitos já tentaram, mas até agora nenhum deles conseguiu — disse sem dar detalhes.

— Isso não quer dizer que seja impossível. Fala-me, ele tem alguma fraqueza? — aquela ideia vinha consumindo o príncipe desde que foi atacado pelo conde.

— Ele teme o sol — disse num murmúrio baixo como se temesse ser ouvida. — Sim, o sol.

A revelação deixou Pedro paralisado, lembrava-se de algo ou alguém. E era verdade, lembrava-se de alguém que poderia lhe ajudar.

— Infelizmente isso foi antes de Cigana chegar ao Brasil. Durval pagou a ela uma pequena fortuna para que lhe permitisse andar à luz do dia. Demorou dois meses, mas ele conseguiu, ou melhor, ela conseguiu. Hoje ele é quase indestrutível. Agora chega, não quero vê-lo morto — afirmou e saiu de sua presença, secando uma lágrima.

A discussão terminou por ser proveitosa. Só agora percebera que deveria ter procurado Cigana. Ela os conhecia e às suas fraquezas. Saiu do casarão o mais depressa que conseguiu e só parou diante da casa onde Cigana vivia junto com a mãe. Não as via há bastante tempo, um ano ou mais. O casarão ficava em São Cristóvão e não muito longe do palácio onde D. Carlota Joaquina residia, enquanto no Brasil.

Bateu à porta sem se importar com o adiantado da hora. Um negro vestindo uma túnica branca apareceu na soleira da porta. Ao identificá-lo, abriu a porta e se curvou.

O príncipe foi introduzido no salão de entrada da casa de dois pisos e admirou os móveis rústicos em estilo espanhol. Os vasos com flores e rosas. A casa tinha uma atmosfera leve e perfumada. O aroma era de lavanda. Foi levado à saleta de visitas e notou o tapete, as almofadas no chão. As cadeiras lembravam divãs feitos de seda. Havia ali um toque do oriente, dos pagãos, mas era realmente confortável e de bom gosto. Ali o cheiro era de canela, cravo e outras especiarias.

Ao que parecia, estavam acostumados a receber visitas fora de hora. Não sentou, tampouco aceitou o vinho do porto que foi trazido por uma das escravas vestida em linho branco e joias de ouro e prata.

Sons de passos na escada o fizeram aproximar-se do corredor. Era Cigana. Vestia um lindo vestido negro adornado por fitas e laços brancos. Recebeu-a curvando-se ligeiramente e percebeu o ventre crescido. Estava grávida. Sentaram-se na sala de visitas à luz das velas espalhadas em candelabros de modo a iluminar o melhor possível. Não mudara muito, apenas o rosto parecia um pouco mais redondo, os olhos mais brilhantes que o normal. O cabelo negro estava preso numa trança que pendia sobre o ombro e chegava até o quadril.

— Vejo mudanças — começou ela. — A transformação começou e avança a passos largos — disse por fim sentando-se num dos divãs. — É o que realmente deseja, Vossa Majestade?

— Não, Cigana, quero apenas ser eu mesmo. Pode me ajudar?

— Vou precisar saber o que aconteceu. Pode me contar? — perguntou de modo meigo e compreensivo.

Sem medo da verdade, Pedro fez de Cigana sua confidente. Tudo o que desejava era se livrar da dependência do sangue de Lucille, do poder que Durval exercia sobre ele. Ao fim de sua narrativa, sentiu que tirava parcialmente um peso dos ombros.

— Quando conversamos na Tijuca, na cachoeira, acreditei que soubesse o que Durval e Lucille fossem — falou, após ouvir sua história.

— Infelizmente não — disse Pedro num suspiro cansado. — O que me diz, pode me ajudar?

A mulher o levou pela casa até um quarto amplo e cheio de ervas no piso inferior. Deveria ser o local onde atendia seus doentes. O fogo estava aceso, mas em brasas; ela o avivou com o atiçador. Foi para perto da grande mesa no centro da sala e abriu um livro antigo de capa surrada procurando por algo. Assim que encontrou, reuniu os ingredientes, enquanto andava ao longo das prateleiras e móveis que cobriam as paredes da sala.

Cigana era realmente uma bruxa. O lugar cheirava a flores secas, ervas e até mesmo açúcar queimado. Não havia nada de sombrio, mas de misterioso. Grandes e grossas velas iluminavam o lugar. Pediu, por fim, que Pedro sentasse num banquinho alto e com sua permissão passou a examiná-lo.

Examinou-o como Dr. Tavares faria, mas observou coisas diferentes, como, por exemplo, suas unhas, os olhos, a pele, a boca. Coletou sangue, uma mecha pequena de cabelo. Fez uma poção com pós e óleos e levou-a ao fogo. Enquanto o preparado fervia, Cigana o convidou a sentar-se, havia duas cadeiras na sala.

— Quando Durval o mordeu, ele sugou seu sangue até que ficasse na fronteira entre a vida e a morte. Quando Lucille deu-lhe seu sangue substituiu sua humanidade pela do vampiro que ambos são.

— Ela me disse que é um súcubo — comentou Pedro confuso.

— Sim, é, mas de um tipo diferente. Lucille é uma vampira de energia, Durval de sangue. Não posso dizer qual deles é o mais perigoso. Tudo que sei é que são perigosos e o transformaram em escravo — ao dizê-lo notou o aborrecimento de Pedro.

— Energia?

— A vida humana está no sangue, como diz a Bíblia. Temos quatro humores, o sangue é um deles. Claro, é um conceito medieval da medicina Hipocrática. Mas havia alguma verdade neles — ela confundia Pedro, que dos livros mantinha alguma distância, ainda mais em se tratando de um tema tão restrito como a medicina.

— Seja mais clara, por favor — pediu Pedro, tentando realmente compreender suas palavras.

— Os humores correspondem às forças que mantêm a vida. O sanguíneo, o linfático, o colérico e o melancólico. O sangue é o único que podemos ter acesso. Durval alimenta-se de sangue, dá e toma vida, força. Lucille alimenta-se do *Animus,* ou seja, do espírito. Ela suga através dos lábios ou até mesmo da pele nua com os dedos ou os lábios. Isso significa que não posso te devolver parte do seu espírito roubado. Sua humanidade se perde, logo só restara o vampiro.

As palavras foram pronunciadas de forma branda, mas eram como golpes de espada sobre Pedro. Ele levou as duas mãos à cabeça como se quisesse esmagar o crânio. Cigana percebeu sua aflição e desespero. Tocou seu ombro com delicadeza e passou para ele um pouco de paz e lucidez. Os dedos dela emitiram uma suave luz azul sobre sua pele. Imediatamente ele relaxou na cadeira. Podia pensar com clareza novamente e falar sem que rugisse de raiva.

— Então logo serei como eles? — o jovem regente perguntou, olhando-a preparar-se para completar a poção que colocara no fogo.

— Existem alternativas, mas não são aceitáveis. Todas o levarão para longe dos que ama, da vida que conhece como "vida". Compreende? — quis saber, observando-o andar pelo aposento.

— Eu já não vivo, Cigana. Minha vida é uma miséria — afirmou cruzando os braços sobre o peito forte. — Quais seriam?

— Conheço o conde há cem anos. Ele nunca tocaria em você se não tivesse certeza do que o futuro lhe reserva. A Independência do Brasil é uma consequência lógica de acontecimentos. Pode demorar um ano ou dois, mas vai acontecer e vai colocar você em um trono. Nasceu para ser imperador, a força que habita seu ser é a de um general, de um imperador. De certo sabe disso, não é mesmo, Pedro?

— Sim. A inquietação de um povo, as imposições de Portugal.

Desde pequeno sempre fora o mais forte. Miguel sempre fora mais fraco. Ele corria livre pelos arredores da Quinta da Boa Vista, enquanto todos se recolhiam temendo o calor. Lembrar-se de sua infância pareceu arrancar-lhe um pedaço de si mesmo.

— D'Lord pretende governar o Brasil, usá-lo como mero marionete, enquanto toma as decisões — fez uma pausa. — Já o vi fazer isso antes. Ministros, reis e rainhas também. Mas sua influência nunca acaba bem, veja os mil dias que Ana Bolena reinou e como foi morta — disse, com revolta controlada. — Queria controlar Henrique VIII.

Pedro ouviu as revelações com espanto controlado. Durval exibiu seu poder, o atacou. Mas a ideia da imortalidade o incomodava, não acreditava ser real. Precisava de provas plausíveis.

— O conde é um péssimo conselheiro. Não estive presente, pois nunca gostei da Inglaterra, mas um amigo próximo, Bertrand, me confidenciou que ele fez Maria I, a sangrenta, indicar no leito de morte sua meia-irmã Elizabeth I como sua sucessora. O conde tinha planos de controlar a rainha virgem. Felizmente ela tinha bastante força de espírito para afastá-lo e reinar conforme seu julgamento.

O dia nascia e Pedro afastou-se da janela. As revelações de Cigana agora eram como pedras que só erguiam um muro compacto e inexpugnável entre ele e o conde. Ela notou sua aversão à luz e suspirou profundamente.

— Ele quer o seu poder. Intrigas palacianas é o modo que Durval vive e respira. Esteve bem próximo de seu pai através da pessoa de seu valete de quarto. Felizmente isso chegou ao fim, mas não sem prejuízos para alguns — revelou Cigana num sussurro e esperou por uma palavra de Pedro.

— Sim, ele quer governar o Brasil. Já deixou isso bem claro — respondeu Pedro sem perceber.

— Espero que não permita, caro príncipe — respondeu a mulher mentalmente.

— Ele não reinará através de meu poder. Isso eu prometo — respondeu seguro e frio.

— É, seus sentidos já mudaram. Sua audição e acredito que seus reflexos também. Pode ouvir meus pensamentos e possivelmente os dos que o rodeiam. Com um pouco de treino, acho que conseguirá muito em breve.

— Como... Como fiz isso? — quis saber impressionado.

— Existem três modos de sobreviver ao que aconteceu. O primeiro deles é se tornando um vampiro. O processo já começou, mas só o sangue de Durval fará de ti um imortal.

A palavra e o conceito não o seduziram, ele estava muito além disso. Por que desejar algo que só o colocaria eternamente diante de seus problemas? A perspectiva de fugir deles não cruzou sua mente. Só o fato de estar eternamente casado, eternamente preso aos problemas de um país sem identidade, sem dinheiro. De uma colônia repleta de pessoas de todos os lugares acreditando que estão em lugar nenhum? Um fardo pesado que ele decidiu aceitar por amor a um lugar que aprendeu a chamar de lar.

— Se isso não ocorrer, você vai morrer e levantará de sua cova. E provavelmente sem consciência. Será o que alguns povos chamam de "morto-vivo". O sangue de Lucille não mudará sua natureza. Se continuares a beber dela, logo seu corpo envelhecerá. Tudo que recebeu como a força e os dons sumirão. Será um homem decrépito.

— Um bom fim. Morrer de velhice — refletiu alto.

— Beber do sangue de uma súcuba não o faz imortal. Ficará preso no seu corpo por muitos anos até que desapareça nas cinzas do que foi. Nunca presenciei tal coisa. Pouco se sabe das vítimas dos súcubos, já que a maioria é morta e não cultivada como você foi.

— Não existe volta, é isso?

— Infelizmente não. Existe uma poção que permitirá que viva mais uns anos, mas quando morrer será necessário alguns procedimentos com seu corpo. Decapitação ou cremação. Ou levantará de seu local de repouso.

— O que pode fazer por mim? — perguntou diante de um futuro tão infeliz.

— Existe uma poção para alimentar vítimas de súcubos — disse ela de forma amável e respeitosa. — Ela vai substituir o que retira do sangue de Lucille por algum tempo. O único problema é que demora um ano para ficar pronta seja qual for a quantidade.

— Um ano! Não, não suportarei tanto. Hoje mesmo ela mandou-me procurar a esposa do comandante Jorge de Avilez, a Joaquina. Durval me fez ameaças caso resolva me rebelar contra seu poder — explicou, infeliz e tenso.

— Lamento muito, Pedro. Conheço Joaquina, ela é muito discreta. Por sorte está sem doador — percebendo o espanto de Pedro, explicou. — É o nome dado a quem oferece alimento a uma súcuba. Vou propor a troca, não se preocupe, é tudo sigiloso.

— Por que um ano? Não pode apressar a poção? — quis saber, olhando sua mesa repleta de potes e ervas.

— Infelizmente não. Durante todo o ano terá de me trazer amostras do sangue de Lucille. Uma de cada mês e sempre colhida no primeiro dia de lua nova.

— Tenho uma amostra comigo, isso não é problema — insistiu, mostrando o frasco para Cigana, esperançoso.

— Desculpe-me frustrá-lo, mas compreenda. O sangue das súcubas muda todos os meses. O primeiro dia de lua nova marca essa mudança. Para que a poção funcione, precisa dessas variações. Senão seria o mesmo que beber o sangue de um mortal.

— Isso me alimentaria? — quis saber com preocupação.

— Sim, mas por pouco tempo. Mas não curaria suas feridas e males — explicou, tentando descobrir se ele seria capaz de alimentar-se de mortais. — Para saciar sua fome, é necessário o sangue de uma súcuba, bruxa ou fada. Coisa bem rara hoje em dia.

— Fadas? Fala sério? — quis saber realmente surpreso.

— Sim, elas existem, mas hoje em dia são raríssimas. Mais fácil localizar um unicórnio que uma fada — brincou Cigana, sorrindo.

— Pode me alimentar? — quis saber, olhando-a com interesse.

— Sou uma bruxa, branca, posso alimentar um vampiro ou um iniciado, que é seu caso — respondeu sem medo.

— Poderia fazer isso por mim, querida amiga? — pediu, segurando sua mão e a beijando com carinho e desejo.

Desejou-a desde que a viu ao lado de Durval. Mas o modo como lhe falou, a distância respeitosa que lhe impôs e seu tórrido relacionamento com Lucille o impediram de ir adiante naquela conquista. Mas agora, livre da sedução da mulher que o condenou à escravidão, sentiu-se inclinado a conquistar Cigana.

— Seria um prazer e honra fazê-lo, mas estou grávida — revelou carinhosa. — Essa é minha última chance de conceber. Não quero colocar a vida de minha filha em perigo — disse, tocando seu rosto bonito com carinho.

— Compreendo, fui um tolo em sugerir — desculpou-se com seu charme tão espontâneo.

— Está tudo bem dizendo isso, foi verificar a poção sobre o fogo. Observou o príncipe e viu a tristeza, a inquietação. — Vou fazer o que estiver ao meu alcance para ajudá-lo. De certo modo, me sinto culpada. Deveria ter insistido, avisado do perigo que corria se aproximando daqueles dois.

— A culpa não é sua. Fiquei curioso. Deveria ter feito mais perguntas; em vez disso, queria saber se era uma cortesã — lembrou com certo arrependimento e vergonha.

— É um hábito comum quando uma mulher da minha posição não tem um marido — explicou sem nenhum ressentimento. — Joaquina vai ajudá-lo até que consiga uma bruxa disposta a alimentá-lo. Conheço algumas em São Paulo. Você precisa se afastar do sangue de súcubos para que a poção funcione.

— Vou querer um pouco mais que a poção, Cigana. Quero matar Durval. Não posso continuar cedendo às suas exigências. Tenho tido sorte, meus ideais para o país são os mesmos que ele anseia. Mas até quando isso vai durar eu não faço a menor ideia.

Ele estava certo, Durval jamais o libertaria. Se o fizesse, seria através da morte.

— Não será fácil, ele é muito velho. Na sua espécie, quanto mais velho mais poderoso é. Lucille também não é flor que se cheire, apesar de não conhecer ninguém que saiba sua idade. Esse segredo ela guarda com muito cuidado.

— Pensarei em Lucille depois. De imediato preciso eliminar Durval. Não vou deixá-lo vivo depois das ameaças que me fez. Terei minha vingança. Mas para isso preciso de sua ajuda, diga-me, como posso matá-lo?

O pedido tinha uma urgência que não podia ser ignorada. Cigana jamais gostou de escolher lados dentro do mundo onde bruxas e vampiros circulavam. Mantinha-se o mais neutra possível. No entanto, sabia que era chegado o momento de tomar uma decisão. Não podia virar as costas para o príncipe. Ele não teria a quem recorrer. Claro, isso também a colocava em perigo. Durval saberia que fora ela a ajudá-lo com seus conhecimentos. Enfrentar um vampiro de quase mil anos não seria fácil.

— Posso ajudá-lo, mas terá de me prometer que cuidará de minha mãe e filha se algo me acontecer — impôs a condição sabendo que ele teria poderes para tanto.

— Tem minha palavra de honra e de príncipe regente. Nada vai lhe acontecer, teremos cuidado.

— A questão do sol está parcialmente descartada. Tenho mantido Durval abastecido de uma poção que permite a ele caminhar sob o sol como qualquer mortal. Todos os meses ele manda seu criado pessoal buscar a poção — explicou desanimada.

— Não pode fazê-lo perder tal poder? — quis saber, apoiando as mãos dobre a mesa.

— Ele saberia ao tomá-la, isso eliminaria o elemento surpresa. Sem falar que Durval viria atrás de mim. Ele não é um bom perdedor — comentou se referindo à sua agressividade.

— O que resta?

— Decapitação, desmembramento e o fogo. Mas todos esses métodos são difíceis de serem realizados. Ele tem a força de vinte homens, seus sentidos conseguem perceber medo e traição com grande facilidade. Dificilmente o venceria numa luta de espada. É rápido e forte demais para ser contido por correntes, barras de ferro.

— Pode ser envenenado? — quis saber Pedro com um brilho maroto no olhar.

— Sim, mas o veneno terá de passar despercebido por seus sentidos aguçados — explicou, sem se lembrar de um veneno capaz de fazê-lo. Sua especialidade era curar e não matar.

— Acho que conheço um especialista em venenos — comentou Pedro um pouco mais animado. — Dr. Tavares. Ele traduziu para o português o livro *Tratado dos Venenos e Seus Antídotos*, escrito por Gael Orfita.

— Temos uma chance de sucesso. Mas agora voltemos à poção, que é o mais urgente. Precisamos começar com uma amostra do mês de janeiro. Daí em diante seguir com o processo — explicou, abrindo uma gaveta para tirar um pote cheio de formigas mortas.

— Não sei se poderei suportar tanto — confessou Pedro, recuando mediante a visão do pote.

— É necessário, para sua segurança, de sua família e a minha. Durval pode ser especialmente cruel quando confrontado — comentou com os olhos baixos.

Dizendo isso, foi ao fogão e lançou as formigas nas brasas. Uma fumaça vermelha subiu e envolveu o pequeno caldeirão de ferro. Ela estendeu as mãos e conjurou a poção com algumas palavras. O fogo se tornou azul e envolveu o caldeirão que borbulhou e tremeu sob a força das palavras repetidas por Cigana.

Quando ela voltou para perto da mesa trazendo o pequeno caldeirão, Pedro recuou devido à fumaça que subia do seu interior. Cuidadosamente passou o líquido por um pedaço de gaze limpa, encheu um frasco de prata e o entregou nas mãos do príncipe.

— E agora? — perguntou cheirando a mistura.

— As regras — disse, explicando como usá-la. — Comece a tomar amanhã ao acordar, em jejum. Lidar com Lucille é uma questão de tática. Não precisa manter contato íntimo com ela para conseguir o sangue ou alimentá-la. Deitar-se com ela é opcional.

— E agora desnecessário — afirmou guardando o frasco consigo. — Voltaremos a falar sobre Dr. Tavares.

— Estarei pronta a ajudá-lo.

Quando Pedro deixou a casa de Cigana, sentia-se mais animado. Havia uma esperança e ele a pegaria com ambas as mãos. Lutaria até o fim por sua humanidade. E havia realmente muito por que lutar. A independência do país era uma delas.

A mulher o olhou partir e tocou o ventre. A sorte fora lançada, nada mais podia ser feito.

Vampiros, Bruxas e a Primeira Mulher

A ATERRISSAGEM FOI DIFÍCIL, MAS PEDRO CONSEGUIU ACERTAR O ALVO e poupar a si mesmo e Eva de uma queda de vinte andares. Agarrada a ele, sentiu o impacto sobre o solo firme. Ambos gemeram, enquanto rolavam no chão áspero. Ele protegeu seu corpo o quanto pôde, ela terminou sobre o corpo de Pedro arfante e com os olhos presos sobre sua boca e olhos. Por um segundo, pareceu que ele a beijaria, mas, em vez disso, levantou-se num impulso, puxando-a junto consigo. Soltou Eva e eles se afastaram. Caminhou até a borda e viu os homens de Virgo procurando-os metros abaixo. Nada falou, apenas seguiu para a porta de metal que dava acesso ao telhado.

Quando Pedro puxou o trinco de metal, Eva recuou; parecia furioso. Mais um pouco e arrancaria a porta das dobradiças. Conteve uma exclamação de assombro que certamente o aborreceria, observou o trinco torcido no chão com verdadeira inveja de sua força e o seguiu. Entraram no prédio, Pedro à frente; quando chegaram ao fim daquele primeiro andar, um quartinho de ferramentas apareceu no canto esquerdo. Ele abriu a porta e puxou sob um pedaço de lona a caixa e sua mala. Desceram as escadas em silêncio, cruzaram o *hall* sem que ninguém os notasse. Na verdade, antes que os olhassem, as pessoas viravam o rosto na direção oposta. Aquela reação era trabalho de Pedro, usava seus poderes para que não chamassem a atenção dos que os viam. Assim em suas mentes nada ficaria registrado. Celine tinha o dom de sondar as mentes humanas em busca de quebra de padrões para localizar o que buscava.

— Quem é Miranda?

Desde que ouviu o nome da mulher que estava em poder de Lucille e Virgo teve curiosidade em saber quem ela era. Quando viu parte de sua vida, pelo menos os momentos mais dolorosos e felizes, não havia nenhuma Miranda. Ele também ficara perturbado, tenso; aliás, ficou assim desde que Virgo falou o nome dela.

— É uma de minhas doadoras.

— Não quero nada que tenha nessa caixa. Fique com ela e faça a troca.

— Muito obrigada.

— De nada, acho que faria o mesmo se fosse comigo. Mas se posso dar um conselho, acho que não deve dar a caixa a Lucille. Entregue a caixa a Durval e deixe que eles dois se matem. Se um deles sobreviver, você enfrenta.

— Quando você fala é como se ouvisse meus pensamentos — o olhar de Pedro estava semicerrado, congelante.

— Sinto, não tive a intenção de ser... Não li seus pensamentos se é isso que insinuou — falou chateada.

Continuaram andando em silêncio até que Pedro se fez ouvir.

— Enfrentar uma bruxa como Celine não é inteligente. Viu o que ela fez a Virgo, por que aceitou sua provocação?

Finalmente ele colocava para fora o que realmente o incomodava. Pareciam gasolina e fogo.

— Não sou de levar desaforo pra casa — disse simplesmente.

— Da próxima vez que desejar se matar, me avise, assim posso sair do recinto — falou ao chegarem à rua.

— Aquela barata cascuda me insultou várias vezes antes que revidasse. Acho que até demorei em revidar — justificou-se Eva.

— Você aceitou a provocação de modo infantil. Sem falar que agora ela tem certeza de que estamos com a caixa. Se estivesse sozinho, ela ainda estaria em dúvida.

— Ela já sabia — defendeu-se Eva.

— Virgo não falaria — rebateu Pedro.

— Isso é ridículo. Afinal, o que importa se ela sabe ou não? Estamos sendo perseguidos do mesmo modo — disse, angustiada com as censuras de Pedro. — Mas se formos contar, acredito que você tem mais inimigos do que eu — a indireta o fez suspirar alto.

— Uma trégua de cinquenta anos foi quebrada — disse, com pouca ou nenhuma vontade de falar do assunto.

— Só não foi por minha causa. Mas estou surpresa, sempre achei que vocês vampiros fossem meio eunucos... Digo, vocês não fazem sexo, fazem?

Pedro estancou na calçada e Eva esbarrou nele e caiu no chão soltando a mala. Imediatamente, foi ajudada por um homem que estava a poucos passos dela. Quando estava pronta a aceitar sua mão, Pedro empurrou a mão do homem, que recuou. Ele colocou Eva de pé e lançou um olhar gélido ao homem, que se afastou de imediato e sem olhar para trás.

— Você é sempre tão desastrada? — reclamou, examinando-a para ver se não tinha se machucado.

— E você, é sempre tão rabugento?

— Se houvesse tocado nele seria mais um a nos seguir — comentou Pedro, decidido a culpá-la por algo.

— Veja bem, eu não tenho culpa por exalar um aroma irresistível e ser maravilhosa.

Ela exibiu-se um pouco e simplesmente empurrou a mão forte e limpou a roupa; pegou sua mala e continuou andando. Pedro a seguiu observando seu rosto iluminado pelas luzes dos postes e logo estava ao seu lado. Realmente não tinha culpa de ser bonita e exalar um perfume tão doce, pensou observando-lhe o modo com que caminhava.

— Por que acha que somos eunucos? — insistiu, ficando ao seu lado naquela caminhada.

— Bem, a cascuda da Celine é louca por você e parece que você não a satisfez.

A jovem explicou, mas na verdade aquele era um bom momento e motivo para saber se ele era realmente capaz de satisfazer outro sexualmente, fisicamente. Celine reclamava de algo que acreditava que ele pudesse lhe oferecer. Ou ter oferecido. O certo é que, enquanto a alimentava, o desejou. Sorveu sua energia e sentiu o corpo másculo e viril a pressionando. O modo que a abraçava junto dele... Fora um gesto que deixava claro que poderia ir além. No fundo, sabia que ele não era um eunuco.

— Pensou isso por que não me tornei amante de Celine?

— Bem, ela é bonita e você... Você pelo que a história conta nunca dispensou um rabo de saia. Entrou para a história por vários motivos, nem todos bons. Teve o grito do Ipiranga, a dor de barriga, e sua fama de mulherengo.

— Volto a dizer, não acredite em tudo que lê. Nesse país existe uma força invisível que tenta denegrir a imagem dos que se destacam. Nunca se perguntou por que o povo se sente tão inferiorizado e não sabe votar? Ou por que temos de ter um jeitinho brasileiro? Ou sermos tropicais?

— Bem...

— Bem, má garota — disse, cortando-a. — Tenho orgulho do país que ajudei a criar. Mas me envergonho do modo que cada candidato eleito pelo povo o trata. Vocês merecem mais que isso. Lutar e morrer ainda vale — afirmou sem usar de demagogia.

Parou ao vê-la observando-o com sincera admiração. Foi quando notou que agia como Dom Pedro, e não Pedro, o vampiro. De todo modo ainda não respondera a pergunta de forma satisfatória.

— Não somos eunucos — esclareceu com segurança. — Nada nos foi cortado. Mas é preciso a companhia apropriada para que sejamos despertados para tais atividades. E, sim, é possível gerar vida. Vampiros e súcubos, vampiros e bruxas, bruxas e íncubos, lobisomens e bruxas, súcubos.

— Lobisomens de verdade? — quis saber admirada.

— Sim, de verdade, não os de jeans e peito nu sob a neve, como nos livros de Stephenie Meyer — falou se referindo à saga *Crepúsculo*.

— Você leu os livros e viu os filmes? — quis saber sorrindo.

— Não exagera, garota. Existem lobisomens com garras, presas e fome de carne — afirmou sério. — Bem, temos alguns que são modelos fotográficos e já desfilaram para a *Calvin Klein,* vai ver ela se inspirou em alguns deles para escrever o livro. Mas o ponto não é esse — parou de falar ao ver Eva o olhando. — Essas combinações podem gerar frutos, mas é coisa que demora e muitas vezes não acontece. Mas a satisfação, o prazer existe — falou com os olhos semicerrados e fixos sobre Eva.

— Desculpe-me, não quis ofendê-los...

— Apenas não fale do que não sabe. Pode ofender alguém maior e mais forte que você e ser posta à prova.

Nas entrelinhas, estava clara uma ameaça velada de que ele poderia muito bem lhe mostrar o quanto era "saudável".

Eva sustentou o olhar por um minuto e desviou a vista. Quando o táxi parou junto à calçada, Pedro a pegou pelo braço e a empurrou para dentro. Ela não tentou soltar-se, sabia que ele não a largaria. Agia como um guarda-costas de madame. Conteve a raiva e prometeu a si manter distância dele. Horas estava sorrindo, em outras a empurrando. De qualquer modo, ele notou que havia sido rude. Ela olhava para a frente e o rosto ficava oculto sob os cabelos escuros e sedosos.

— Sabe, o vômito não pode ser usado como arma letal — desdenhou ele e depois riu relaxando um pouco.

— Comi demais e fui posta de ponta-cabeça. Mais do que natural vomitar. Ela estava nos esmagando... — disse, tentando em vão explicar-se e fazer Pedro parar de rir. — Bem, pelo menos ela nos soltou.

— Sim, seu truque deu certo. Ela ficou tão enojada que perdeu os poderes — ele gargalhou e descontraidamente tocou a ponta de seu nariz. — Agora precisa se cuidar, a lista de seus inimigos está crescendo rapidamente. Terá de aprender a se defender o melhor possível com Solange para poder andar com segurança nas ruas.

— Não poderia me ensinar? — tentou sem saber ao certo o motivo.

O semblante dele perdeu os ares joviais, ficou tão sério como se estivesse em um velório. Escolheu as palavras certas e quando falou o tom era seguro e distante.

— Não é possível. Tão logo resolva meus assuntos com Lucille e Durval eu sairei de São Paulo. Solange saberá treiná-la e ensiná-la a sobreviver. E conseguirá alguém para que possa se alimentar adequadamente.

— Compreendo — respondeu sem deixar que a voz tremesse de raiva.

Não devia ter nem sequer perguntado. Estava mais do que claro que a considerava um peso morto. Nem sequer se conheciam, por que bancou a oferecida? De qualquer modo, seria bom saber que ele deixaria a cidade, assim teria a certeza de que não se encontrariam mais. Logo estaria livre e poderia seguir seu caminho. Só não sabia qual era. Subitamente lembrou-se da fila interminável de amantes que passaram pela vida daquele homem. Tinha de compreender que ele a tocou e beijou para salvá-la, alimentá-la e nada mais. Não era a primeira vez que pensava sobre isso. O que ficava era um gosto amargo de desapontamento. Algo dentro dela clamava por mais.

Nesse momento, sentiu um calafrio correr por seu corpo e, sem saber ao certo o motivo, voltou-se no banco e olhou para trás. O trânsito atrás deles parecia o mesmo, mas Eva notou um carro negro e luxuoso bem perto. O arrepio novamente, mas dessa vez junto com uma imagem. O estacionamento do jornal, o lugar onde Rodrigo lhe entregou a caixa. Era o mesmo carro.

— Tem algo errado...

— Apenas fique quieta uns minutos, ok?

O vampiro pegou o celular e fez uma ligação. A audição aguçada de Eva lhe permitiu ouvir a voz de Solange com clareza.

— Vocês estão com problemas. Durval deu fim na trégua e abriu uma busca para você.

— Quanto? — quis saber quanto sua cabeça valia.

— Um milhão.

— Só? — disse surpreso e decepcionado. — Tenho mais do que isso na Suíça.

— Pedro, não é hora para vaidade. Onde está? Precisam ir para um lugar seguro até negociarem — sugeriu a mulher com sabedoria.

— Estou com a caixa, Sol, não vou pedir penico a Durval. Vou acabar com ele — disse com convicção.

— E quanto a Miranda?

— Vou tirá-la das mãos de Lucille antes disso.

— Ótimo. Agora procure um lugar seguro para você e Eva passarem a noite, lembre-se...

A conversa mudou de linguagem e Eva nada mais entendeu, mas pôde perceber que Pedro e Solange o faziam porque falavam dela. Acho ambos bem rudes em fazê-lo, afinal não era uma criança, tinha direito de saber o que estava acontecendo. Ele desligou o celular e a fitou.

— Não quis ouvir, mas foi impossível... Tem um carro... — calou-se ao receber um olhar no mínimo glacial de Pedro.

Chateada, ajeitou-se no banco e olhou pela janela do táxi em silêncio. A tensão estava visível no corpo de Pedro. Ele cobriu o rosto com as mãos e logo depois as deslizou pelos cabelos cacheados. Só então notou que o taxista olhava pelo retrovisor com certa insistência. Seguiu seu olhar e só então percebeu que estavam sendo seguidos.

O veículo parou no semáforo, dali para frente seguiria direto para o hotel. Mas Pedro não deixou, falou com o taxista que, seguindo seus comandos, tomou outro rumo. Por fim, conseguiu despistar temporariamente o veículo negro que os seguia.

— Quero que leve nossa bagagem para esse endereço e que seja levada para o quarto nº 202 — dito isso, passou três notas para as mãos do motorista, que o olhava quase hipnotizado.

— Você o hipnotizou?

— Só deixei claro que se tentar ficar com nossos pertences morrerá dolorosamente. Ele fará o solicitado, sem problemas. Venha, ande mais depressa, eles estão perto.

Pedro a puxou pela mão e correu, entrando na primeira rua que se apresentou saindo da Avenida Paulista. Precisavam de um lugar seguro para esconder-se até despistá-los. Se fossem para o hotel, perderiam tudo.

— Por que não disse que estávamos sendo seguidos?

— Eu tentei, mas você me mandou ficar quieta.

A sinceridade de Eva era um dos pontos fortes em seu caráter. Pedro tinha de reconhecer que ela o avisara, mas não estava disposto a fazê-lo naquele momento. Sua cabeça trabalhava a toda traçando uma rota de fuga. Seguiu para a praça Alexandre Gusmão, dali poderia levar Eva para um lugar seguro. A boate Abismo não estava longe, lá poderia lhe conseguir proteção por aquela noite e dia.

— Venha, tempo de aprender alguns truques — disse, puxando-a pela mão. — Observe-me — pediu.

Ela o olhou e o viu sumir diante de seus olhos e reaparecer metros à frente, às suas costas, à sua frente; a velocidade que usava fez seus cabelos flutuarem no ar. Eva arregalou os olhos e esperou sorrindo.

— Conseguiu me ver? Acompanhar meus movimentos?

— Sim, mas como conseguiu fazê-lo tão depressa? Parecia o Flash.

Ele fingiu não ouvir a comparação no mínimo cômica e continuou dando-lhe instruções.

— Pronta?

Passou o braço por sua cintura antes que respondesse e a levou consigo. Ela soltou um gritinho e segurou seu braço. Sorria, mas conseguiu acompanhar seus passos e logo a velocidade que ele usava.

Ele a soltou e a observou tentar sozinha. Faltava equilíbrio e logo ela caiu, felizmente, sobre a grama. Levantou de imediato e, limpando as roupas, tentou novamente; pelo menos não lhe faltava garra. Numa dessas tentativas, por muito pouco não se chocou com uma árvore. Pedro a alcançou e explicou sobre a que distância poderia parar em certa velocidade. Mais cinco minutos e ela já conseguia seguir Pedro sem que ele a guiasse e até mesmo parou ao mesmo tempo que ele. Aprendia rápido.

— Ótimo, conseguiu, o resto é prática. Agora precisamos ir, mas lembre-se: obstáculos, precisa vê-los antes. Se não conseguir, me chame — dizendo isso olhou-a e moveu-se.

Eva seguiu Pedro e nos primeiros minutos se sentiu tensa. Na praça fora fácil, mas ali havia muitos obstáculos. Pessoas, postes, lixeiras, carros. Do modo que se moviam, passavam-se pelo vento. Os mortais não percebiam que eles se moviam nas sombras. Ao ver Pedro correr pela parede de um prédio, arregalou os olhos. Evitou um grupo de pessoas na calçada e quando desceu cruzou a rua. Ela o seguiu e ao parar estava no meio da pista. Os carros avançaram e os faróis literalmente a cegaram. Os olhos ainda estavam sensíveis da mudança. Buzinas e gritos se fizeram soar. Mas num piscar de olhos ela sumiu. Pedro a agarrou e levou consigo.

— Sinto muito, meus olhos...

— Está tudo bem.

Ao chegarem em ruas menos movimentadas, soltou-a para que pudesse correr sozinha. Vinte minutos depois, eles pararam diante de uma boate. Ela a conhecia, estivera ali uma vez com Rodrigo. Gostava de dançar, mas o ambiente era muito pesado, pessoas demais, sons demais. Estancou na rua e Pedro a puxou com ele.

— O que estamos fazendo aqui?

— Logo verá, venha — parou na lateral do prédio. Aquela não era a entrada para os clientes. Parecia uma entrada clandestina. — As regras da casa, a boate é uma fachada, um refúgio neutro para quando pessoas como você e eu precisam se esconder por um tempo. Veja ali em cima, na parede — apontou para um símbolo pintado na parede. — Ele significa abrigo, proteção.

— Em que idioma?

— Nenhum que os mortais conheçam — começou ele com ares de mestre. — É a *première langue* ou a primeira língua — o francês dele era perfeito, Eva percebeu. — Solange no tempo oportuno vai ensiná-la, sem ela estamos indefesos. Existem lugares na cidade onde somente ela é admitida para sermos compreendidos e ouvidos. Qualquer outro idioma é tido como insulto à nossa espécie.

A jovem súcubo desviou a vista do símbolo; era desconhecido, mas estava bem ali como se fosse uma pichação elegante. Notou que Pedro a admirava.

— O símbolo significa refúgio. Você vai entrar comigo, é minha protegida, entendeu? — ela abriu a boca. — Se negar, vai ficar sob custódia do mestre desse distrito.

— Custódia? Eu não fiz nada.

— Acho que não vai querer isso. Tonny é velho, feio e pouco paciente. Sem falar que as acomodações são péssimas e pode ser adotada por qualquer tipo asqueroso que vai querer mais que seu sangue.

Ele estava sendo realista e ao mesmo tempo cruel, assustando-a de propósito para mantê-la sob controle.

— E onde estão as leis?

— No livro das espécies. Mas segundo soube ele vive fechado — revelou. — Então? Vai ficar quieta? Isso é muito importante, Eva. Lá dentro tenho de seguir as leis. Se cometer um erro, haverá consequências. Quer ser escravizada? É o que deseja?

— Não, claro que não — confessou num murmúrio baixo.

— Apenas observe, vai aprender uma ou duas coisas. E não toque em ninguém.

— Mais alguma coisa que possa me ferir nesse mundo de loucos? — perguntou estressada.

— Relaxe, está tensa. Precisa demonstrar que está satisfeita.

— Vai à merda — disse emburrada vendo-o sorrir de sua raiva.

Aquilo era brincadeira, Eva não precisava parecer nem ser. O destino de sua espécie era incerto e por vezes cruel. Havia uma lenda sobre como o clã dos íncubos e súcubos havia se tornado escravo. Não era um conto de fadas, mas prendia o expectador. Entretanto, Eva ainda não estava pronta para ouvir como sua raça se rebelou guiada pelo rei Elisandro, seu tetravô.

Pedro levantou a portinhola e colocou o olho no leitor ótico. Um minuto depois, a porta se abriu e eles entraram. O som da música os pegou em cheio. Eva sentiu uma onda de energia chocar-se de encontro ao seu corpo. A sensação a encheu de prazer, sentia aromas e sabores bons e ruins. Ali humanos e seres sobrenaturais se misturavam num balé sensual e ritmado. A batida da música tocava sua pele, as mãos se iluminaram, mas ela as escondeu.

— Está gostando? — quis saber Pedro, sentindo Eva diminuir o passo e deixar-se envolver pela música eletrônica.

— É maravilhoso!

Ele sabia que sim, aquele era o lugar onde um súcubo se sentia em casa. Música, a massa humana se movendo, alimentando seus sentidos. Agitava os mais velhos, imagine um súcubo de apenas um dia de vida. Pedro soltou sua mão e a deixou livre para dançar.

Balançou a cabeça de modo desanimado, mas não podia ser tão cruel com alguém que teve a memória apagada, o tutor e amigo queimado vivo e que não sabia que era herdeira de um legado.

Apenas ficou parado no meio da pista observando Eva dançar. Movia o corpo ao som da música de Lennox Hortale e por alguns minutos se deixou enfeitiçar por ela. Sabia exatamente o que ela sentia. Quando se tornou vampiro, os primeiros dias, meses e anos eram repletos de descobertas. Lucille se tornou sua mestra e o guiava a seu modo por um universo de descobertas nem sempre boas. Ao admirar Eva, perguntou-se se ela encontraria um bom tutor. Solange saberia escolher alguém à altura de Eva. Como princesa, merecia o melhor. Só não sabia por que isso o incomodava.

Os sentidos sensíveis de Eva captavam a música de forma límpida. Podia sentir até mesmo a intenção do DJ ao mixar a música. Olhou-o e desejou absorver a música direto de seu cérebro. Seria delicioso, no meio de tantas criaturas sobrenaturais, não se importou quando seus olhos brilharam. Ao seu redor as reações eram as mesmas. Durante muito tempo, desejou apenas dançar sem sentir sua cabeça explodir com o mar de sensações que absorvia das pessoas e agora estava ali. Sentindo-se livre e viva, aproveitando cada pensamento, a energia arrepiava sua pele... Havia prazer em cada onda. O corpo delicado sentia o ritmo e o convertia em movimento. Deslizava as mãos pelo corpo e cabelos. Olhos fechados, lábios entreabertos.

Parado no meio da massa de corpos, Pedro só tinha olhos para Eva. As luzes faziam-na multicolorida e bela. Sentindo-se observada, abriu os olhos e viu Pedro, sorriu e se moveu em sua direção.

Aproximou-se sem parar de dançar e o convidou. Ele saberia? Houve um breve minuto de hesitação. Ele segurou a mão estendida e a puxou para perto de si. Movia-se com desenvoltura a rodeando. O corpo forte e másculo seguindo a melodia e envolvendo-a com movimentos insinuantes. Por fim, colou-a contra o peito, as mãos sobre sua cintura a embalando, enquanto ela se entregava.

As mãos dele sobre sua cintura a apertavam junto a si, as dela sobre a dele aceitavam o contato. Repousava contra seu peito e o envolvia com os braços elevados. Num balé provocante e ritmado, ele ergueu as mãos e braços e acariciou os de Eva até chegar aos seios, à cintura.

Num movimento rápido virou-a para si, os olhos estavam dilatados, os lábios entreabertos. Ficaram parados no meio da pista e quando Pedro se inclinou para beijá-la tudo parou. Só havia o desejo, seus corações batendo, o hálito doce de Eva, a textura de sua boca... Pedro foi puxado para trás.

Um vampiro de olhos e cabelos descoloridos o puxou pelo ombro interrompendo o contato. Pedro se voltou e encontrou o rosto conhecido de Fred com frieza.

— Milagre você por aqui, Pedro.

O vampiro olhou o casal e por um segundo algo o deteve. Pedro segurou a mão de Eva e a levou consigo para fora da pista; o momento fora arruinado. Junto ao bar, Pedro buscou alguém.

— Rubro? — falou Pedro em tom baixo para o ajudante do *barman*, que apontou os fundos do bar.

Fred aproveitou e pediu uma dose de vodca ao jovem. Eva notou que o *barman* não era vampiro, seria um lobisomem? Não saberia dizer, mas não era mortal. Havia algo além da capa humana, um brilho suave no olhar, o movimento do corpo. Era um predador, mas nada nele cheirava a sangue. Energia, sim, alimentava-se de energia como ela mesma. Era um íncubo, o primeiro macho de sua espécie que via.

— Viu o Tonny? — perguntou Pedro, cumprimentando o *barman* e só então percebendo a observação de Eva ao macho de sua espécie. O jovem também parecia paralisado, preso como uma mosca na teia daquela poderosa aranha. Por um momento, teve ganas de pegar o jovem pela garganta e lhe mostrar como respeitar uma fêmea. Só então lembrou que era comum falarem mentalmente. Mas estariam fazendo isso? Sem conseguir afastar a atenção que Eva e o jovem *barman* dividiam, Pedro fez o que sabia. Fechou a mão em sua camisa e o puxou quebrando o contato.

— Acorda, ela tem dono — rugiu junto a seu rosto com os caninos longos e alvos à mostra.

Eva arregalou os olhos e tentou puxar Pedro, mas ele parecia uma rocha encravada na terra. Tocou seu ombro para que libertasse o jovem que atendia pelo nome de Marcos, mas ele não se moveu. Estava chamando a atenção de todos sobre eles. Eva não sabia que havia feito algo errado. Estava apenas pensando quando ouviu o jovem *barman* lhe falando mentalmente. Ficou tão surpresa por descobrir mais aquele poder que se esqueceu de Pedro e onde estavam. Ele foi atencioso e se colocou ao seu dispor. Elogiou sua beleza e perguntou se ela não queria alimentar-se dele. Afirmou que ela estava pálida e precisava comer.

Um homem de cabelos e barba ruivas se aproximou e os separou de imediato. Olhou Eva por um instante e voltou sua atenção para Pedro.

— Acalme-se, ela está em segurança.

Marcos se afastou lançando um último olhar para Eva, que lhe acenou gentilmente.

— Ensine sua pequena a comportar-se — disse o homem condenando seus modos. — Se tem macho Alpha, não se meta em confusões, mocinha.

Rubro segurou a mão de Eva sobre o balcão e olhou nos seus olhos. Ambos piscaram e foram invadidos por visões. Quando ele afastou a mão, Eva teve a estranha impressão de que eles já se conheciam.

— Tonny?

— Sozinho no porão, a caverna está cheia de morcegos. O conde está à solta caçando com seus cães. Quem deve a ele já se escondeu, o que não é o seu caso — o ruivo falou, notando Fred ouvir a conversa.

— Se vai pernoitar, agora só tem lugar no porão — comentou Fred olhando maliciosamente para Eva e Pedro. — Ouvi dizer que até a bruxa da filha do conde saiu às ruas. A coisa deve ser séria — debochou Fred, sorvendo um gole de sua bebida.

O *barman* e Pedro se entreolharam e Rubro depositou um copo de tequila no balcão e piscou o olho para Pedro.

— Ela está precisando.

— Sim, está. Obrigado, Rubro.

Eva pensou em dizer que não sabia se conseguia beber, mas Pedro colocou o copinho em sua mão e não aceitou a negativa de seu olhar.

Aceitou e tomou a bebida de um gole. Achou que fosse se engasgar, mas o que se seguiu foi espantoso. O sabor do álcool do agave-azul. O açúcar do abacaxi deslizou por sua língua. Era delicioso e a encheu de energia. Colocou o copo sobre o balcão e quando Rubro estendeu a mão numa clara mudança de humor, ela hesitou. Mas depois cedeu e recebeu o beijo na mão olhando-o com respeito e carinho.

— Foi uma honra servi-la.

— Obrigada, Rubro — sussurrou, apertando-lhe os dedos.

— Quem é ela? — quis saber Fred com os olhos presos em seu corpo.

— Alguém que você não conhece nem precisa conhecer — afirmou Pedro com frieza já se afastando do bar. Eva o seguiu de imediato. Não gostou do modo que o vampiro os observou. O certo é que nem todos sabiam que Pedro era o Dom Pedro e que Durval o caçava. O vampiro de cabelos claros ficou no bar observando-os partir. Eva o olhou e não gostou do modo como sorriu pelas suas costas. Voltou-se antes que esbarrasse em alguém e se viu sair do ambiente da boate.

Estavam em um corredor que os levou direto para uma porta de duas folhas, guardada por dois seguranças. Eram da mesma altura e tamanho, vestidos com ternos negros e camisas cor de chumbo. Eram gêmeos idênticos e pareciam ter saído de uma reunião em Wall Street. Pedro aproximou-se, tirou do bolso uma carta de baralho e a mostrou para os dois homens.

— Deu sorte, Tonny está sozinho. E ela? — perguntou um dos seguranças fitando Eva com muita atenção.

— Minha pupila.

A porta foi aberta e eles entraram. O ambiente era silencioso, piso brilhante, cadeiras de veludo. Num canto estava uma mesa em estilo quase medieval. Tampo pesado, madeira pura, pinos de cobre e ferro. Uma bandeja de prata com copos e um balde de água com duas garrafas dentro. Pela cor, era sangue. Havia livros de registro, objetos de usos desconhecidos e moedeiros repletos de moedas de ouro e prata com efígies rebuscadas e desconhecidas para Eva.

— Aproxime-se, meu imperador — brincou Tonny sorrindo e afastando o segurança que ficava com ele dentro da sala.

Quando Pedro caminhou até a mesa, o homem se levantou e o abraçou calorosamente. Fitou Eva e, com um lenço de seda que tirou do bolso do *blazer*, protegeu a mão para só então cumprimentar a súcubo.

— A seda isola o contato. Não quero que tenha um colapso recebendo cinco mil anos de lembranças e sangue — dizendo isso, beijou a mão de Eva delicadamente.

— Isso foi tocante, Tonny — disse Pedro, enquanto olhava Eva de modo censurador. Afinal já avisara para não tocar ninguém. Mas ela continuava oferecendo a mão em cumprimento.

— É um prazer — murmurou Eva sem saber o que dizer para o vampiro.

— Mas o que o traz à nossa humilde casa?

— Quero permissão para a noite e o dia — revelou Pedro pondo sobre a mesa uma moeda de prata.

A resposta veio em um idioma desconhecido a Eva.

— Já soube das novidades? O nosso querido conde abriu um contrato, um milhão para quem encontrar o que ele procura e sua cabeça.

Tonny era vampiro, fora tocado pelo dom negro na meia idade. Como Pedro havia dito, era feio. Bem, rosto rude, sobrancelhas grossas, corpulento. Olhos e cabelos escuros e a julgar pela energia que o rodeava era muito velho. Vestia um terno leve e sem gravata e sorvia um cálice de sangue. Nos dedos grossos ostentava anéis de ouro e pedras.

— *Alguém em especial?* — quis saber, recebendo o cálice de sangue que Tonny ofereceu.

— *Roger passou por aqui e conversou com aquele rato, o Fred.*

O sangue era fresco e doce, sangue de súcubo. Tonny não relaxava em sua alimentação. Matá-lo era quase impossível quando mantinha uma dieta tão nutritiva.

— *O encontrei lá embaixo* — disse Pedro, bebendo sem constrangimento.

Eva andava pela sala admirando os móveis, os objetos de arte, os quadros. Parou junto ao gramofone e observou o disco, *A dama das camélias*.

— *Então já sabe com quem contar. E quanto a ela?*

— Quero um casulo para ela.

O vampiro gargalhou e chamou a atenção de Eva, mas ela logo desviou a vista ao se sentir também observada.

— Não seja imprudente. Ela acabou de mudar, não vai conseguir mergulhar na inconsciência só porque você não está conseguindo lidar com suas emoções e com as dela.

Tonny chegou ao âmago da questão, isso irritou Pedro, que resolveu mudar o plano.

— Quero uma suíte então, ela precisa ficar em segurança.

— Sim, claro, sendo filha de quem é. Mas me diga, Pedro, como acabou sendo a "babá" da filha de Gael?

— Acho que é carma — comentou Pedro deixando o cálice vazio sobre a mesa.

— Veja por esse ângulo, pode sair hoje e me fazer um favor ou dois. Mate Roger e te dou imunidade dentro do Pavilhão.

— Nunca me disse, por que o odeia tanto. — quis saber Pedro curioso.

— Matou uma das minhas doadoras — revelou com os olhos vagos.

— Joana?

— Sim, eu sei, elas são descartáveis, mas eu a amava e não pude exigir reparação. Agora é hora da sua limpeza, poderia me ajudar com esse saco de lixo?

— Será um prazer. Mas e meu probleminha?

— Considere resolvido — dito isso abriu a gaveta e dela retirou uma chave. *— Acho que isso vai servir.*

— Fica no porão? — perguntou Pedro achando a chave diferente das usadas nas suítes do lugar.

— Não, é um lugar especial, a ocasião merece. Vocês merecem o melhor, afinal estou recebendo o imperador e a princesa — comentou o vampiro sorrindo com malícia para Pedro.

— Onde fica?

— Milo vai levar vocês até lá, não quero atrair curiosos.

Despediram-se e o segurança levou Pedro e Eva pelo corredor. Pedro nunca tinha estado naquela área do prédio. Paredes limpas, piso de mármore, decoração luxuosa e simples que levava a um corredor com cinco portas. A chave que Pedro recebera tinha o número dois, o segurança os deixou a sós e partiu. A porta se abriu e o casal foi apresentado a uma suíte em tons suaves de amarelo e dourado. Sala de TV, quarto, banheiro espaçoso, sofá macio. Flores, champanhe, chocolates, no frigobar uma garrafa de sangue, outra de Tequila. É, Tonny tratava bem seus clientes.

Eva andou pelo quarto, sentou na cama e esperou que Pedro dissesse alguma coisa, mas ele nada falou. Quando percebeu que se preparava para sair, ela disse:

— O que nós estamos fazendo aqui?

— É um lugar seguro para passar a noite e o dia amanhã. Preciso sair e finalizar alguns assuntos.

— Vou com você — disse Eva ficando de pé.

O vampiro riu gentilmente de sua atitude corajosa e ao mesmo tempo dependente e tocou seu ombro para que sentasse.

— Não posso te levar comigo. Minha cabeça está a prêmio, alguns desafetos estão me procurando. Isso é bom e ruim, vou poder me livrar deles sem consequências em uma luta justa — explicou e num gesto de carinho colocou uma mecha do cabelo sedoso de Eva atrás de sua orelha.

— Posso lutar... E não quero ficar sozinha.

— Descanse um pouco, está precisando — aconselhou afastando-se dela e da cama. Uma combinação perigosa.

— Sei me defender — insistiu ela olhando nos seus olhos castanhos.

— Sim, sabe, mas vai ficar — sua voz era como uma carícia. Olhava-a com seus grandes olhos castanhos e fez seu coração disparar. — Volto antes do amanhecer.

Dizendo isso, Pedro saiu do quarto e resolveu trancar a porta. Não teria trancado, mas diante de seu comportamento achou melhor prevenir. Ao ouvir a chave girar, Eva não acreditou. Foi até a porta e girou o trinco, mas de nada adiantou: estava presa.

— Droga, Pedro! Me solta!

Tarde demais, ele já havia partido.

Antes do Grito

O POVO ESTAVA CANSADO DE SER EMPRESADO ENTRE A REGÊNCIA E PORtugal. Pedro deixou o Rio de Janeiro em março de 1822 rumo à Vila Rica para conter a revolta criada pelo tenente-coronel Pinto Peixoto e pelo juiz Cassiano Esperidião de Melo e Matos. A suspeita era de separação da província do restante do Brasil, e Pedro não queria perder nem um pedaço de seu país. A essa altura, ele já contava com a visão clara e fria de um jurista, filósofo, matemático, mineralogista, que esteve na Alemanha, Bélgica, Itália, Áustria, Hungria, Suécia, Dinamarca e em Paris, onde testemunhou a fúria da população na Revolução Francesa. Lutou contra Napoleão, enquanto a corte fugia para o Brasil. O homem que seria visto anos mais tarde como "O Patriarca da Independência", José Bonifácio de Andrada e Silva.

A vida de Pedro havia mudado radicalmente; as viagens pelo interior do país eram imprescindíveis. José Bonifácio, agora seu conselheiro, e Leopoldina uniram-se para ajudá-lo a governar o Brasil. Podemos dizer que Bonifácio influenciou o príncipe regente de forma benéfica, pois o afastou de algumas más influências. Plácido de Abreu, o barbeiro, já havia se distanciado, mas não o suficiente. E Francisco Gomes da Silva, o Chalaça, era o mais difícil de ser despachado. Ele prestava ao príncipe alguns serviços visíveis e invisíveis, de acordo com a alcunha recebida, Chalaça, ou seja, zombeteiro, piadista, gozador. Suas funções ao lado do príncipe iam além da de secretário. Estava bem mais inclinado a alcoviteiro, recadista, fofoqueiro e um faz-tudo. Sua presença foi somente amenizada pois Pedro precisaria de seus serviços por mais uns anos.

Isso foi tolerado por José Bonifácio, não era possível mudar tudo do dia para a noite. Mas sua presença trouxe benefícios maiores e mais urgentes à regência de Pedro. Nos salões, apresentava-se como um homem extremamente culto, austero e focado. Sua companhia envolveu Pedro num manto de segurança e credibilidade, que apagaria até certo ponto a imagem irresponsável que Pedro possuía perante a sociedade.

José Bonifácio foi nomeado ministro uma semana depois de Pedro ter dito publicamente que permaneceria no Brasil, o famoso Dia do Fico. Leopoldina, que não se deixava alienar, pelo menos em questões políticas, tinha as melhores informações sobre Bonifácio; ela sabia que era crucial que Pedro contasse com seu apoio. O momento era de mudanças e ela não desejava ver cabeças rolando. Conhecia bem a inexperiência do marido para questões de estado. Sua rudeza para alguns assuntos era notória. Antes de aceitar o cargo, sim, afinal José Bonifácio tinha outros planos. Em 1820, ele pediu a D. João VI autorização para voltar ao Brasil e descansar. O mundo já havia lhe oferecido aventuras por demais. Queria se estabelecer em Santos com a esposa Narcisa Emília O'Leary, a irlandesa com a qual teve suas três filhas. Mas o destino queria um pouco mais dele. Bem, ele não decepcionou.

— Então, meu futuro ministro, quais são suas exigências?

Os dois homens haviam se fechado no gabinete, onde Pedro despachava assuntos pessoais, para falar em reservado. Não queria que Bonifácio sofresse influências dos demais ministros. Precisava ter alguém em quem confiar quando estivesse fora, alguém que velasse por sua esposa e filhos e pelo país que tentava até então administrar.

— Existem assuntos pendentes no Brasil que não podem ser ignorados nem por mim, seu futuro ministro, se entrarmos em concordância, nem por Vossa Alteza — começou a falar com tranquilidade.

— Fale abertamente. Como disse, estamos tendo uma conversa de "homem a homem" — disse o regente sentado à sua frente em posição bastante à vontade.

— Tu sabes bem para onde segue o barco, não sabes? — quis saber olhando seu regente com curiosidade.

— Não eis o primeiro a lembrar-me disso. A palavra anda nas cabeças de muitos — comentou Pedro tocando a testa. — O tempo e as cortes estão contra mim e todos os brasileiros. Mas só farei isso quando for o último recurso, pois, como bem sabe, temos poucos recursos. É preciso fazer deste país algo mais que uma colônia.

— Sim. O povo precisa sentir-se unido sob uma única regência, mas com direitos constitucionais.

— Nunca fui indiferente aos ideais liberais. O absolutismo é figura de um tempo que desaparece lentamente — ponderou. — O que tens em mente? Sei que é um homem de ideias avançadas, mas aqui tudo anda conforme é possível.

— Concordo e acredito que podemos fazer muito se o Brasil cortar os laços com Portugal. As exigências se tornaram maiores e acredite-me, tu podes ser destituído do teu lugar de regente. É o que deseja? Voltar para Portugal sem nenhum peso na consciência, somente como filho do rei?

— Nunca. Já disse que ficaria e ficarei — exaltou-se um pouco. — Sinto-me dividido entre dois mundos, mas não deixarei que um sufoque o outro. Amo essa pátria e não lhe voltarei as costas — afirmou seguro. — É disso que tens medo, que ao primeiro chamado ou ameaça de meu pai, volte com o rabo entre as pernas?

— Tu me chamas para ser teu ministro e é o que serei. Teu ministro no Brasil, sendo regente ou imperador — assegurou. — Tua palavra para mim vale. Tenho ideias que acho lógicas, prudentes e que acredito possíveis de serem postas em prática para o bem de todos.

— Então as façamos possíveis, meu ministro.

Dito isso, apertaram as mãos e, ao saírem da sala, José Bonifácio era ministro e acima de tudo um conselheiro. Leopoldina recebeu a notícia com grande alegria. Era o começo de algo novo e a sorte estava lançada.

Olhando bem para o ministro, podia-se perceber que não era alto. Naquela época a média de estatura dos brasileiros estava entre um metro e sessenta a um metro e setenta. José Bonifácio ficava nessa média, mas seu porte aristocrático dava-lhe bastante altivez e até o deixava mais alto à primeira vista. Olhos pretos e pequenos, mantinha o cabelo preso e ocultava na gola uma trança bem ao estilo francês; era, sem dúvida, uma de suas excentricidades.

Mas ele não era somente ministro. Tornou-se a figura paterna que Pedro sempre desejou ter e agora desfrutava sem medo. Apesar das qualidades, ele possuía hábitos bem parecidos com os do príncipe, todavia contidos. Talvez isso os tenha aproximado. José Bonifácio tinha amantes, dois filhos bastardos e gostava de beber e dançar lundu. Comentava-se que havia participado de alguns duelos e não seria de admirar, porque era exímio espadachim. Tinha seus segredos e os conservava muito bem guardados.

A amizade se estreitou enquanto no Rio de Janeiro o príncipe o visitava em sua casa no centro sem marcar audiência. Tinha nele um amigo para as coisas simples e complexas, mas jamais ousou revelar a estranha relação com os D'Lord ou com a curandeira conhecida como Cigana. A Chalaça ou, como Pedro o chamava, Nhô Chico, foi dada a incumbência de ir à casa da Cigana apanhar, em segredo, os frascos da poção que tomava. Era preciso até que a poção feita com o sangue de Lucille ficasse pronta. Continuou a visitar Lucille e passou a conversar brevemente com o conde. A esperança de se livrar de Durval e Lucille fez com que elaborasse um plano ousado, mas de aparente facilidade, e que poderia trazer consequências mínimas. E, para executá-lo, colocou-se mais amigável.

Era o primeiro passo para se libertar da presença constante de Durval. Numa dessas noites, encontrou o conde no salão servindo-se de uma escrava. Sugava-lhe o pulso com avidez, enquanto a mulher o olhava com nervosismo. Ele o fazia abertamente, quando não recebia visitas. Pedro em outros tempos teria ignorado sua presença e ido procurar Lucille. No entanto, aquela era uma boa oportunidade para pôr seu plano em andamento e demonstrar indiferença aos seus hábitos. Entrou na sala e buscou assento. O conde afastou a negra e o observou limpando os lábios.

— Que tal um gole? — sugeriu o conde empurrando a escrava em sua direção — Lucille ainda não lhe ensinou?

— Acho que posso fazer isso sozinho — comentou, estendendo a mão para a escrava.

A mulher de pele escura trajava um vestido de linho a gosto da época. Os dois seios estavam comprimidos pelo espartilho, que a deixava extremamente sedutora. No pescoço havia um lenço encobrindo certamente uma marca de mordida. Os cabelos estavam perfumados e penteados no alto da cabeça por um laçarote. Estava descalça e sorriu quando o príncipe a sentou em seu colo. Sedutor como era, envolveu a jovem com galanteios, beijos na orelha, no pescoço e, por fim, no colo desnudo. A escrava sorriu e afastou o lenço oferecendo ao príncipe sua veia. Não era a primeira vez, mas não fez disso um hábito, apenas um meio para um fim. Beijou a carne delicadamente e um minuto depois sugava o corte. A mulher deixou-se estreitar pelo abraço forte.

O conde assistiu à cena com os olhos semicerrados. Pedro ergueu os olhos e pôde ver a inveja, o toque de ressentimento. Quando afastou os lábios do pescoço da jovem escrava, lambeu a pele e depois a beijou na boca. Um pouco confusa com o carinho, a intensidade do desejo que fora tomada não conseguiu arrumar o lenço em volta do pescoço. Habilidoso, Pedro o fez em seu lugar e depois a libertou. A mulher abaixou-se ligeiramente e saiu da sala.

— Então não está mais frequentando o leito de Lucille? — quis saber quase surpreso.

— Não. Acho que perdi o desejo, algo se quebrou, talvez o encantamento que sentia por ela — confessou ajeitando-se na cadeira próxima com ar entediado e tranquilo.

O criado pessoal do conde entrou na sala e serviu-lhe vinho. Pedro recusou, era abstêmio e já havia feito uma grande concessão aquela noite, alimentar-se diante de Durval.

— É, em algum momento ia acontecer — comentou após sorver o sangue no cálice, misturando-o ao vinho. — Mas D. Joaquina lhe serviu bem, não é mesmo? Pena que a perdeu.

— Jorge de Avilez acreditou que poderia me fazer dizer amém às vontades das cortes. Bem fez ele em demitir-se.

— E tu o expulsou — comentou Durval.

— Digamos que limpei a casa. Estou farto dos desmandos das cortes. — comentou Pedro sem reserva.

— Mas agora está sem alimento?

— Não, Lucille ainda é bondosa ao ponto de me alimentar.

— Mas me diz, Pedro, como soube que ela era um súcubo?

O sorriso de Pedro foi tranquilo e cheio de malícia. Durval estava seguro de que seus planos corriam muito bem. Não se importaria que usasse outra súcuba, contanto que continuasse se alimentando de sangue. O príncipe parecia bem adaptado à sua situação. Melhor do que poderia esperar. Sempre soube de seu potencial, ele seria um imortal de grande poder.

— Sempre a achei bastante bonita. O marido não lhe merece e a deixa sempre sozinha e faminta — soltou cheio de si. — A seduzi, ela cedeu depois de algumas investidas. E, bem, quando ficamos a sós, ela tentou se alimentar, e eu mostrei que podia. Desde que fizéssemos uma troca.

— Estou satisfeito contigo, Pedro — falou ficando de pé. — Será um vampiro único — por fim, aproximou-se e tocou seu ombro. — Mas quando te sentires generoso, alimenta nossa Lucille. Lembre-se, agora somos uma família — dito isso, deixou o cálice sobre a mesinha e se preparou para deixar a sala.

— Vou empreender algumas viagens pela província, não gostaria de acompanhar minha comitiva?

O conde parou em seus passos surpreso. Fitou Pedro com um sorriso e depois de uns minutos de avaliação mútua aceitou. Não queria se afastar do Rio de Janeiro e deixá-lo. Queria mantê-lo sob seu olhar até que pudesse pôr em prática seus planos. O sangue oferecido por D. Joaquina estava no fim. Cigana continuava buscando uma jovem bruxa que pudesse libertá-lo completamente da necessidade do sangue da súcubo. Enquanto isso, Pedro viajava pelo interior do país com destino a São Paulo reforçando sua imagem de regente e fechando alianças.

Com José Bonifácio e Leopoldina auxiliando-o e mantendo-o informado das notícias de Portugal, sentia-se mais seguro para desenvolver laços e apaziguar os ânimos. Àquela altura, o país estava dividido entre dois grupos políticos, um deles contava com João Carlos Oeynhausen, presidente da junta provisória de São Paulo e opositor às ideias do grupo político ligado a José Bonifácio. Como sempre, sua boa estrela brilhou e por onde passou Pedro foi bem recebido, aclamado e festejado. Os habitantes das cidades por onde passava nunca tinham visto um membro da família real.

A viagem pelo interior do país mostrou-se por si só uma grande aventura. Mas apesar de todo o entusiasmo e a necessidade política da jornada, a saúde de Pedro enfraquecia. Comia mal, dormia pior ainda e ficava ao relento sujeito a sol, chuva e frio. Tinham sorte quando paravam em uma pequena fazenda onde se podia ter um teto sobre as cabeças e um pouco de feijão e toicinho para saciar a fome. Ele sentia falta do sangue de Lucille. Durval levou consigo um pequeno estoque, que Pedro recebia e reduzia substituindo pela poção feita por Cigana.

Ao chegar em Vila Rica, não houve necessidade de combate. Os revoltosos que fora caçar se curvaram diante de sua pessoa. Fez dos inimigos aliados, como é o caso de Pinto Peixoto; já Melo de Matos foi preso. O conde invejava silenciosamente Pedro que, sem usar nada além de sua presença e ideias, conseguia unir o povo e o trazer cativo em seus ideais. A jornada foi vitoriosa, mas alguns se perguntavam por que Pedro mantinha a estranha figura do conde próxima à sua pessoa.

Ele explicava que D'Lord era um admirador do Brasil e sempre ajudaria suas causas financeiramente. Deveria ser tolerado, por vezes ignorado e nunca provocado. Era o melhor modo de lidar com D'Lord, ouvia seus conselhos e tomava as decisões que achava mais acertadas. Logo poderia livrar-se dele. Por enquanto, bastava tê-lo por perto e se acreditando no poder.

Ao término daquela pequena campanha, Pedro retornou à capital em apenas quatro dias e meio. Uma façanha e tanto e ajudada por Durval, que deu aos cavalos milho e uma poção de gosto doce, que aumentou a resistência física deles. Ao chegar, colocou a Quinta em polvorosa e logo estava banhado, alimentado e rumando ao teatro. Ao seu lado,

Leopoldina; aquela saída era mais para acalmar os ânimos do que para ver o espetáculo. Ele conseguiu repetir a mesma emoção, a mesma força demonstrada no Dia do Fico. O público que lotava o teatro delirou de alegria. Pedro finalmente tinha o respeito de seu povo.

No fundo Pedro sabia que aquele era o primeiro passo de muitos numa longa caminhada. Quatro meses depois, ele partia e dessa vez rumo a São Paulo. Durante os meses que ficou no Rio de Janeiro pôde verificar o andamento de seus planos. Dr. Tavares já pesquisava a melhor solução para ser ministrada ao conde. Cigana conseguira localizar uma conhecida que possuía três filhas, as três casadas. A resposta da carta a desanimou, mas ao ler a última página sentiu as esperanças voltarem. Uma das três filhas de Escolástica estava separada do marido. A jovem casou aos quinze anos com o alferes Felício Pinto Coelho de Mendonça e desde então sofria imensamente. Ele era cruel, violento e a espancava constantemente. Ainda a esfaqueou duas vezes. Ela vivia atualmente com os pais e lutava para se separar do marido. Ao ser consultada, disse que estava disposta a ajudar em troca de proteção, pois temia que o marido a matasse.

"— Meu filho, o alferes Francisco de Castro Canto e Melo, está prevenido para receber suas respostas por meio de carta."

Antes de responder, Cigana mandou recado a Pedro. Ao anoitecer, ele a visitou e ficou encantado com a pequena Celine. Cigana havia dado à luz uma menina de olhos azuis, cabelos escuros, pele rosada. Uma preciosidade. Estava com três meses. Segundo Cigana informou, assim que a desmamasse a mandaria para viver na Europa. Não se sentia segura no Brasil para mantê-la consigo.

— Ela é bonita? — quis saber e recebeu um olhar de censura de Cigana.

— Pedro, é hora de pensar na tua sobrevivência. O que importa se ela é bonita ou não? Vai apenas alimentar sua necessidade — comentou sem querer dizer-lhe a verdade.

— Minha querida amiga — suspirou ele cansado. — Estou farto de nada amar além do Brasil. Conhece minha história, por mais que tenha tentado não consigo amar Leopoldina.

— Não sou a mais indicada para descrever a jovem Domitila, não a conheço. A mãe nada falou sobre seus dotes físicos. Mas seu irmão, o alferes, pode lhe dar mais detalhes sobre a paulista — brincou Cigana, risonha.

— Tem toda razão. Amanhã mesmo vou procurar o alferes — comentou animado.

— E o conde, o que pretende fazer? — perguntou Cigana, guardando a carta de Escolástica em uma caixa de madeira e prata.

— Dr. Tavares me fez um preparado. Segundo ele tem poder para derrubar vinte homens, talvez mais. Provoca paralisia imediata e morte.

— Tens um plano?

— Sim. Vou colocá-lo em prática antes da viagem para São Paulo. Acredito ter conseguido sua confiança. Talvez não perceba minhas verdadeiras intenções — comentou Pedro.

— Vai cortar sua cabeça?

— Sim. Mas não quero te envolver nisso. Já fez e faz o suficiente, minha querida amiga — dizendo isso Pedro beijou-lhe a testa.

Conversaram alguns minutos mais, enquanto Pedro tinha nos braços a pequena Celine. Adorava crianças e aquela pequena lhe lembrava alguém, mas não sabia exatamente quem. Jamais ousou perguntar a Cigana quem era o pai da menina.

— Sabe o que andam a dizer de nós dois? — perguntou ela enquanto bordava. Estava um tanto preocupada.

— Sim — comentou, observando o rosto da pequenina que estava quase adormecendo. — Nhô Chico me confidenciou que acreditam que somos amantes. É minha maldição, sabes? Ser o maior galanteador do Brasil. Bem, não sou de todo inocente, mas respeito minhas amigas.

— Fico feliz em saber que isso não te aborrece. Mas devemos evitar nos falar em público — comentou mais tranquila.

— Se o fizer farei por ti, pouco me importa o que digam. Estou farto de só ter fama e não deitar na cama — comentou olhando-a fixamente.

Gostava de sua companhia. Possuía grande carinho por sua pessoa. Nunca se ligara a um homem, nem mesmo com o pai de Celine. Temia apaixonar-se e se perder. Não era isso que o amor exigia? Perder-se, entregar-se sem prever as consequências? Mas naquele caso ambos corriam perigo. Fingiu não ver sua insinuação.

Nesse momento sua mãe, Matilde, apareceu na sala. Precisava levar a menina para dormir. A mulher sorriu para o príncipe e se curvou ligeiramente. Pedro retribuiu o sorrio e entregou-lhe a neta. A mulher, que sempre vestia roupas de linho branco, ostentava um colar de ouro em um estilo muito particular. Quando ela partiu, Pedro voltou-se para Cigana, admirando sua beleza.

A gravidez não tocou seu corpo como na maioria das mulheres. Fora gentil e não estragou as curvas, apenas avolumou seus seios. Deixou seu olhar mais claro e brilhante, quando ainda grávida. O vestido negro que usava a deixava mais pálida, mas muito atraente. O colar de pérolas deslizava pelo decote e acariciava o colo macio. O cabelo estava penteado numa trança frouxa. Ao seu redor, o perfume que se sentia era de jasmim. Os lábios possuíam um tom levemente rosado que Pedro não cansava de admirar.

— Bem, mas não foi por falta de desejo que não nos tornamos amantes, não é mesmo? — comentou Pedro, se lembrando de como a quis desde a primeira vez que a viu.

Seus olhares se encontraram, ela baixou a vista e sem querer espetou o dedo com a agulha de bordado. Soltou uma exclamação de dor fitando o dedo ferido.

Pedro imediatamente aproximou-se e segurou-lhe a mão. Na ponta do dedo delicado, um pingo de sangue. Ele levou o dedo aos lábios e o sugou, enquanto a olhava nos olhos. Cigana não desviou a vista e quando Pedro cobriu sua boca num beijo cálido não o repudiou. Isso deu a ele força para estreitá-la entre os braços. Intensificou aquele beijo faminto e morno sem medo de recusa. As mãos delicadas de Cigana tocaram seus ombros, o rosto. Pedro a libertou parcialmente e observou seu rosto. Estava corada, os lábios entreabertos, rubros pela força de sua paixão.

— Eu... É melhor... Melhor que vá embora — disse ela afastando-se um tanto nervosa, deixando o bordado cair ao chão.

— Cigana, espere — pediu ele segurando-a pelo pulso. — Sinto muito, acho que te desrespeitei, minha amiga.

— Não, está tudo bem — tentou tranquilizá-lo, mas era visível que sentira algo muito forte por ele.

Para provar que tudo estava bem, ela aproximou-se dele e tocou seu rosto com carinho. Por fim, segurando seus ombros, beijou-o levemente nos lábios. Pedro tocou seu rosto e correspondeu com suavidade.

— Deixemos as coisas como estão. Não quero te perder como amigo — os olhos dela estavam rasos de lágrimas. Doeu dizer-lhe aquilo.

O coração de Pedro estava disparado, o sabor de sua boca o deixava tonto de desejo. Podia sentir a suavidade de sua pele nos dedos. Desejava-a e muito. O corpo reclamava o seu, mas era preciso deter-se. Ela havia recuado, por algum motivo sentia-se incapaz de se entregar a ele. Talvez fossem as lembranças do pai de Celine. Só lhe restava partir.

— Jamais, minha Cigana — dito isso, beijou sua mão de modo reverente e saiu.

O que fez? Perguntou-se Cigana assim que ficou sozinha. Devia tê-lo repudiado... Agora estava ali temendo por sua vida. Se ele soubesse o mataria. Conhecia Durval, sua força e o quanto era cruel. Sim, o conde Durval D'Lord amava-a, dobrava-se aos seus pés. Suplicava sua atenção e deu-lhe o que mais desejava: uma filha. O homem; o vampiro sumia diante dela. O que restava era um homem apaixonado, que lhe jurava amor. Cobriu o rosto com as mãos e soluçou aflita.

Fazia uma hora que Pedro e Durval jogavam na sala de jogos do casarão na Tijuca. Dali mais uma semana, viajariam rumo a São Paulo para acalmar os ânimos, fazer alianças. Ele o consultou sobre alguns dos cabeças da cidade e ouviu detalhes importantes sobre os homens que poderiam se tornar seus aliados ou adversários políticos.

O clima entre Pedro e Durval era de camaradagem, andavam dividindo mulheres e prazeres. Pedro chegou trazendo duas belas negras bem ao gosto de Durval. Se ganhasse, ficaria com as duas; se perdesse, pagaria por ambas.

Lucille, sentada não muito longe, tinha nas mãos um livro de poesias. Ao redor deles, os escravos haviam colocado candelabros. Vez ou outra Lucy, como Pedro e Durval a chamavam carinhosamente, incomodava-se com as exclamações exaltadas de ambos. Descontava batendo o pé no assoalho de madeira polida.

— Vai acabar machucando o pé, minha bela — disse Pedro sorrindo para Durval.

— Sim, vai. Se não gosta de nossa companhia, vai-te daqui. Estamos jogando a sério — falou Durval sendo um tanto rude.

— É cedo e não tenho sono — explicou o motivo de sua presença na sala em sua companhia.

— Falta-te exercício, não é mesmo? — debochou Durval, afinal Pedro afastara-se de seu leito nos últimos meses.

— Tenho sede, dá-me outro cálice de vinho, Pedro — pediu manhosa lhe estendendo o cálice.

— Serve a ti mesma, não vê que estamos a jogar, mulher? — reclamou o conde.

— Vou te fazer esse afago — comentou Pedro pondo suas cartas na mesa. — Tenho sede, queres algo, meu caro amigo?

— Traz-me vinho, estou sedento — falou o conde olhando as suas cartas com atenção.

Foi para junto do balcão onde havia comida e bebida e serviu os três cálices. Entregou o de Lucille e finalmente o do conde. O seu deixou junto aos seus ganhos sobre a mesa. Durval procurou sua garrafa de prata no casaco e não a encontrou. Fitou o cálice e falou:

— O que me serviu, Pedro?

— Vinho — disse, sorrindo para suas cartas.

— Tem cheiro de rosas — comentou. — Maria! — berrou e fez Pedro semicerrar os olhos.

Chamava a escrava que o servia ultimamente. Gostava de tomá-la diante de Pedro. Durval acreditava que tinha sentimentos em relação à escrava desde que se alimentou dela em sua presença. Ele nunca deixava de provocá-lo. Quando a mulher chegou, aproximou-se da mesa e curvou-se diante da presença de Pedro.

— Por que se curvou? — perguntou ele tirando uma carta do baralho.

— Eu... — a escrava não sabia o que dizer.

— Durval, não a atormente, vamos jogar — disse Pedro compreendendo suas cruéis intenções.

— Fale! Por que se curvou?

O conde rugiu espantando a escrava e Lucille, que se sobressaltou. Ele segurava a escrava pela garganta forçando-a a ajoelhar-se ao seu lado.

— Ele é o príncipe... — murmurou a mulher sem ar.

— Tola, aqui ele é igual a você — disse e a empurrou sem pena.

Tomou o cálice de vinho, o sorveu num gole longo e depois atirou-o contra a parede. Desde o começo da noite Lucille percebeu que algo o incomodava. Mas como de costume ele fingia nada sentir. Sentir era sinal de fraqueza e isso ele nunca se permitiria. Ou pelo menos não demonstrava abertamente.

— Não precisa me lembrar que sou teu escravo, D'Lord — comentou Pedro fitando os cacos do cálice.

— A negra acha que é tua amante. Não posso permitir, tu já tens tantas, por que ia desejar mais alguma? Hein?

Por um minuto, Pedro percebeu o tom de deboche na voz do conde. Mas a que ele se referia? Seus olhos se encontraram com os de Lucille numa interrogação. A mulher continuou imune à provocação e passou a página de seu livro.

— Não acredite em tudo que falam de mim, caro amigo, são mentiras. Admito, tenho amigas e amigas. As verdadeiras, sempre respeitarei — disse Pedro lembrando-se de Cigana, algo que não gostava de fazer na presença de Durval. Mas foi impossível não pensar no modo delicado que o rejeitou, mesmo o beijando com tanto desejo. Tinha receio de seu poder, não sabia se ele conseguia ler seus pensamentos. Mas era tempo de parar de ter medo. A escrava, ainda aos seus pés, mantinha a cabeça abaixada.

— Maria, pegue a faca e venha até aqui — ordenou Pedro.

A escrava hesitou por um minuto e logo depois seguiu as ordens de Pedro. Quando se colocou ao seu lado, ele lhe mostrou o seu cálice de vinho e ela compreendeu o que fazer. Cortou o braço e deixou que seu sangue o preenchesse. Pedro lambeu seu braço e a viu se afastar cobrindo o corte com um lenço.

— Se tratá-las com carinho, fica mais fácil — dizendo isso, ele passou o cálice para Durval com um sorriso.

— Você é um maldito galanteador, Pedro — dizendo isso, ele pegou o cálice e sorveu o sangue e o vinho.

Quando afastou o cálice, gargalhou. Pedro o seguiu e Lucille também. Durval a olhou por um momento, parecia distante. Fitou a mão, a mesa, as cartas e, por fim, o cálice. Pegou-o lentamente e cheirou. A essa altura, Pedro já havia deixado as cartas sobre a mesa e o fitava com muito interesse.

A pele de Durval tornava-se acinzentada, os lábios e unhas roxas. O veneno estava agindo. Tocou a garganta e tentou se apoiar na mesma, mas despencou no chão. A escrava o olhava com frieza e nenhuma surpresa. Só então percebeu que fora enganado por todos, era vítima de uma armadilha. Não conseguia falar, mover-se, todo esforço parecia gigantesco. Seu criado particular apareceu na porta e ao vê-lo caído avançou em sua direção. Fitou Pedro e Lucille e por último a escrava. Mario ficou de pé e puxou sua faca, mas não teve chance de usá-la, Lucille o atacou e o drenou ali mesmo. Quando terminou, fitou Durval e falou:

— Não se preocupe, vou cuidar do que era seu — a ameaça o fez arregalar os olhos furiosamente.

Lucille e Pedro, com a ajuda da escrava, carregaram Durval para o porão do casarão. Era lá que ele repousava em um quarto feito de pedra maciça e sem janelas. Geralmente ocupava um caixão de madeira para descansar, mas ultimamente um quarto, afinal não precisava mais temer o sol. Quando viajava, entretanto, utilizava uma caixa de metal com trancas elaboradas. Quando Pedro revelou seu plano para Lucille, ela imediatamente se propôs a ajudá-lo. Ninguém mais do que ela queria libertar-se dele.

Maria, a escrava, havia se tornado a sombra de Pedro dentro do casarão. Ela ouviu a conversa dele com Lucille e quando ele estava pronto para partir ela se colocou à sua disposição para ajudá-lo a matar Durval. Ela colocou o veneno na taça e a marcou para que o príncipe a identificasse. Um pequeno risco na borda perceptível somente ao toque.

O conde Durval D'Lord, o vampiro, jazia imobilizado, os olhos abertos, e aparentemente entendia tudo o que ocorria ao seu redor. Pedro estava pronto a cortar sua cabeça, mas Lucille não permitiu.

— Eu preciso dele — disse ela detendo sua mão.

— Já falamos sobre isso, Lucille, vou matá-lo, há muita coisa em jogo. — Pedro insistiu, pondo a espada sobre a garganta de Durval.

— Não vou deixar. Se fizer isso, não lhe darei as duas amostras que faltam — ameaçou feroz. — Sem ele, como me alimentarei? — perguntou, empurrando-o. — Você conseguiu outra para lhe oferecer sangue. Acha que sou tola?

O príncipe regente afastou a espada da garganta de Durval e fitou Lucille, enquanto pensava em sua maldita exigência. Não gostava da ideia de manter um inimigo vivo, ainda mais um igual ao conde. Mas a ideia de não ter contato com Lucille era boa demais para recusar.

— Espero que ele seja suficiente, Lucille, porque não pretendo mais ter contato com você — explicou fitando-a com seriedade.

— Não se preocupe, Pedro, agora tenho tudo o que preciso — afirmou observando o corpo de Durval. — Para todos, o conde voltou à França e não sabe quando poderá retornar.

— Faça o que achar melhor. Só certifique-se de que ele não saia desse caixão. Caso contrário, nós teremos de lidar com bem mais do que podemos — disse antes de deixar o porão.

Estava feito. Pedro andou pelo casarão e sentiu toda a tensão se desfazer. O veneno o manteria naquele estado por muito tempo. Sem sangue fresco, a droga jamais sairia de seu corpo. Com Lucille se alimentando dele não iria durar muito. Logo Durval seria uma pilha de ossos. Teria sido melhor ver sua cabeça rolar, mas precisava ficar livre de Lucille, tentar viver a vida que lhe restou. A poção estava quase pronta. Podia agora seguir seu próprio caminho. Saiu do porão levando a escrava consigo. Ela agora estava livre, assim como ele mesmo.

Fora de Controle

TRINTA MINUTOS DEPOIS DE DEIXAR EVA TRANCADA DENTRO DE UMA das suítes da boate Abismo, Pedro entrava no Parque Trianon. Não era um lugar bem frequentado àquela hora da noite, mas o ocultaria dos vampiros que agora o perseguiam. Bastou afastar-se uma quadra da boate para ser abordado. Matara alguns dos interessados na recompensa de um milhão ao longo do caminho, agora era seguido por Roger e Fred, que se uniram para disputar o prêmio oferecido por Durval.

Ocultou-se entre as árvores e preparou-se para mais um confronto. Tinha um corte superficial no ombro que sujou suas roupas. Pedro tinha a espada desembainhada e esquadrinhava com os olhos a escuridão ao redor dele, ouvindo os sons, filtrando o que lhe interessava. Um minuto depois, resmungou algo de modo furioso. Saiu do esconderijo onde descansava e correu para o caminho pelo parque ouvindo mais do que gostaria.

— Afastem-se!

Eva rugiu com a mão estendida. A camiseta estava rasgada no ombro, mas não havia sangue. A pele estava muito pálida, os olhos luzindo dentro da escuridão do parque. Estava cercada por três vampiros. Um deles avançou e ela o empurrou. O vampiro voou pelos ares e chocou-se contra uma árvore. O som de ossos partindo garantiu a ela que ele não levantaria de imediato.

O segundo que se atreveu foi recebido do mesmo modo, só que dessa vez o empurrão foi mais fraco. O vampiro avançou junto com seu comparsa, todavia, antes que a tocassem Pedro cortou suas cabeças. Quando os corpos caíram no chão, ela respirou aliviada, no entanto não teve coragem para se aproximar.

— O que faz aqui, Eva? Como saiu da boate?

— Pedi para Milo abrir a porta... Eu toquei nele e no seu irmão — revelou como havia fugido.

— Perdeu o juízo? — disse o vampiro aproximando-se dela, que não recuou. — O parque está cheio de vampiros, está no meio de uma guerra, Eva.

— Eu sei, vim ajudar...

Com grande esforço, Pedro se conteve e a puxou pela trilha.

— Volte para o casarão, é mais perto que a boate. Fique com Solange. As coisas vão ficar ruins por aqui. Não posso lutar e te manter segura.

— Não irei a lugar nenhum.

— Escuta aqui, garota — disse segurando-a pelos ombros com força. — Não estamos lutando com regras, aqui e agora é matar ou morrer.

A voz de Pedro estava baixa, mas cheia de aborrecimento e frustração. Ela o havia decepcionado, arruinado seus planos e colocado ambos em mais perigo.

— Eles estão armados e desejosos por provar do seu sangue, é isso que deseja? Virar o jantar desses canalhas? — falou sem paciência.

— Já disse, não irei. E me solta — reclamou com a voz trêmula. — Você não é meu dono, merda — rebateu perdendo a paciência e o empurrando.

— Oficialmente sou seu tutor. Conheci seus pais e vi sua mãe grávida. — Explicou, repuxando-a para mais perto dele.

— Me solta, posso me defender.

— Puta merda, garota! Estou tentando manter você viva. Vá agora! — exigiu, soltando-a quase num empurrão.

Com aborrecimento, Pedro a viu ficar imóvel, oculta entre as árvores e ressentida com ele. Que se danasse, ela estragou tudo!

Eva tinha certeza que poderia ajudá-lo. Sabia usar dois de seus poderes e os usaria; não ia entrar para aquele mundo como uma covarde. Mas no fundo sabia que estava ali por causa de Pedro. Temia perdê-lo como perdeu Heitor. Foi isso que a fez sair da segurança da boate.

— Isso não é um pedido, Eva. Eu estou lhe dando uma ordem direta. Vá agora ou enfrente as consequências.

Ordenou como Dom Pedro I, o homem que estava acostumado a lidar com ministros, soldados, generais e revoltosos. Em seu rosto estava estampada a face do imperador, não a do vampiro. Ele percebeu e se censurou severamente. Dom Pedro havia morrido em Portugal e estava enterrado no Monumento do Ipiranga. Mas infelizmente dava sinais claros de vida. A culpada por suas aparições era Eva. Ela o arrastava para a superfície, dava-lhe vida e alento. Entreolharam-se e por um segundo aquela faísca se acendeu novamente. O ar de decisão e revolta estampado no rosto daquela mulher o fascinou. Todas cediam, todas cederam a ele. Por que ela seria diferente? Talvez ela o fizesse, mas não sem antes lutar e enlouquecê-lo. Enfrentava-o sem pensar no que poderia advir dele.

O momento era péssimo, mas mesmo ali diante da luta quase eminente ela o arrebatou sem esforço algum. Sua beleza estava no conjunto. No modo que o fitava decidida, no jeito que o cabelo escorregava por seu rosto quase ocultando seus olhos. O corpo tenso, pronto para lutar, como o empurrou no porão. Ela estava pronta a dar-lhe uma surra se permitisse.

— Você não é mais o imperador do Brasil — murmurou Eva, quebrando o silêncio que cresceu entre eles. Arrependeu-se da frase dita e baixou a vista, mas a ergueu ao ouvir sua voz rouca de raiva, ou era desejo?

— Para você ainda sou o imperador.

Dizendo isso, cravou a espada na grama e avançou. O abraço e o beijo vieram rápidos como o ataque de um leão. Eva resistiu a princípio e tentou empurrá-lo, Pedro a apertou com força junto a si e não a deixou escapar. Um gemido escapou de seus lábios parcialmente livres e só o excitou mais ainda. Sabendo-se subjugada, cedeu à pressão de seu abraço e das carícias da boca exigente e hábil. Pedro a guiou até o tronco da árvore e pressionou seu corpo contra o dela. A essa altura, Eva tinha as mãos nos ombros largos, sentia o quadril firme pressionar o seu. De onde tirara a ideia de que ele era um eunuco? Não admira ele ter ficado tão sentido... Era perfeito!

— Vai-te daqui, Eva — gemeu ele libertando-a parcialmente, mas ainda tendo nas mãos as madeixas sedosas dela. — Vai, por tudo que é mais sagrado.

— Desculpe-me, mas vou ficar e lutar ao seu lado — disse segurando as mãos dele agora sobre seu rosto.

Quando Pedro a libertou, pôde ver em seu olhar morno uma mensagem clara, desejava-a e muito.

— Súdita insubordinada.

Afastou-se dela enquanto podia, puxou a espada da terra e se preparou para lutar.

— Acabou o tempo, hora de lutar — disse, olhando o parque ao redor deles.

Eva seguiu o olhar de Pedro e os viu, sete deles se esgueirando nas sombras. Fazendo delas seu caminho, movendo-as, saindo delas como se fossem portas para o mundo. Sentiu que podia fazer o mesmo e o fez, moveu-se e ocultou-se na sombra da árvore para depois voltar num piscar de olhos para perto de Pedro.

— Tente ficar atrás de mim. E não os deixe chegar perto demais, entendeu? — pediu, olhando-a com preocupação.

— Sim — disse, passando-lhe confiança.

— Ótimo, hora de lutar.

Diante dos inimigos, Pedro sempre se portou como deveria, mostrava coragem e altivez. O sorriso no rosto era como um escudo protetor e de certo modo incomodava os adversários. Como enfrentar um homem que vai à luta com um sorriso de vitória, sem nem sequer saber se sairá vivo?

Estavam cercados, mas isso não lhe importava. Ao seu lado, Eva mantinha-se ereta e firme, como se lhe imitasse o ar de superioridade.

O ataque começou impiedoso. Eles caíram sobre Pedro e Eva com espadas e facas. O barulho das espadas ecoava por entre as árvores, nas alamedas vazias e escuras. Enquanto empurrava os vampiros para longe de si, Eva pôde ver Pedro lutar. Os movimentos da espada eram exatos e dificilmente erravam o golpe. Cortava sem piedade corpos, braços e cabeças. Estocadas e golpes curtos feriam e derrubavam para que finalizasse com a decapitação.

Quando cinco estavam abatidos, os outros recuaram tentando se recuperar e examinar melhor o inimigo.

— Vejo que trouxe sua namoradinha — disse Roger saindo das sombras. Movia a espada de modo habilidoso e exibia a lâmina afiada. — Prometo cuidar dela após sua partida.

— Por que não tenta, seu palhaço? — respondeu Eva estendendo os dedos em sua direção.

O empurrão o derrubou e Pedro sorriu. Eva continuava com as mãos luminosas e os olhos mudados pela energia de sua natureza. Alguns dos vampiros recuaram, afinal, ela era um súcubo. Restava saber quem seria a caça e o caçador. Podiam estar em menor número, mas ela poderia drená-los um a um se quisesse.

— Aconselho-o a não mexer com Eva, ela não gosta de receber ordens — disse Pedro por experiência própria.

— Quando acabar com você, ela será a próxima sendo súcubo ou não.

— Você já estava na minha lista, Roger, mas quando Tonny me pediu que levasse suas orelhas para ele achei a ideia fascinante.

— Por que aquele maldito velhote não veio me enfrentar? — debochou, rindo junto com Fred ao seu lado, que agia como papagaio de pirata.

— Tonny tem estilo, quer fazer as coisas do jeito certo. Então quero que saiba que vai morrer. Sentencio-o à morte pelo assassinato de Joana e Sara.

— Por que se apegam às prostitutas de sangue? Uma hora alguém vai sugá-las até o fim — debochou cruelmente.

— Talvez sim, talvez não. O importante é que não seja um verme como você — cuspiu Pedro, cansado de aturar Roger.

As doadoras não gostavam dele, evitavam-no. Costumava descumprir as leis, beber além do permitido, exigia contato, coisa que muitas delas achavam humilhante. Durante um jogo de cartas com Pedro, perdeu alta soma, quis uma revanche e a teve para perder mais ainda. Para se vingar, matou uma das doadoras do adversário e a jogou na sua porta. Com Tonny não foi diferente, devia-lhe dinheiro e para não pagar raptou Joana e o obrigou a liberar do débito. Tonny fez tudo que ele pediu e no fim a matou. Sabia que ninguém o puniria por matar uma doadora.

— Detesto estragar seus planos, mas não vim aqui para morrer. Quando entregar sua cabeça para Durval, vai me pagar seu peso em ouro.

— É o que veremos.

O aço tiniu quando as espadas se encontraram. Pedro imprimia à luta um ritmo mais pesado e violento. Estocou Roger e cortou seu rosto. Ele tocou a face ferida e avançou com golpes altos e firmes. Abriu a guarda e foi novamente estocado no ventre, mas dessa vez o segurou pelos cabelos escuros e chutou sua espada para longe.

— Morre hoje por seus crimes contra Joana e Sara — dizendo isso, cortou sua cabeça. Segurando-a pelos cabelos, lançou aos pés de Fred que assistia à luta acreditando que Roger a venceria.

O avanço de Pedro foi detido quando Fred caiu no chão, o corpo pendeu sem vida para um lado e a cabeça para o outro.

Um grupo de homens se aproximava. Eva sentiu aroma de sangue quente, ouviu corações batendo. Aqueles homens não eram vampiros, e sim lobisomens, uma mistura de mortal com sobrenatural numa química explosiva. Mas como se mata um deles?

O homem que matou Fred andou até ficar seis passos de distância de Pedro e Eva. Era jovem, no máximo vinte e cinco anos, cabelos claros, olhos azuis. Vestia-se formalmente, terno completo em cor de chumbo, gravata de seda. Mortal, sim, natural nunca; havia nele a presença de algo sobrenatural.

— Você não é humano — disse Eva sentindo a energia dele tocá-la invasivamente, não convidada. — Afaste-se — reclamou ela tocando a têmpora.

O homem sorriu e pareceu continuar o ataque. Em resposta, Eva revidou, estendeu a mão e o fez vacilar, cair de joelhos.

— Fique longe de mim! — rugiu Eva com os olhos mudados.

Pedro se aproximou de Eva, mas não precisou apoiá-la, a dor que sentiu fora substituída pelo ataque que empregava agora em Durval.

Tocou o nariz com a mão trêmula e viu sangue. O segurança puxou uma arma do casaco e apontou para Eva, mas seu chefe o impediu de imediato.

— Ninguém toca nela! Ouviram? — Durval falou já de pé, segurando um lenço contra o nariz, olhando seus comandados aceitarem sua ordem. — Está tudo bem; eu entendi, pequena.

— A casca pode parecer nova, mas por dentro o que existe é um espírito velho e podre — revelou Pedro semicerrando os olhos.

— Deixe que ela decida o que pensar por si mesma. Aqui o mais jovem tem cem anos — falou, olhando para a súcuba demoradamente.

Atrás dele havia um homem alto e corpulento. Por incrível que possa parecer, era maior que Virgo. Pele escura, olhos claros como o mel e na face um aviso claro de perigo.

— Achei que tivesse honra, Pedro.

— Não cobre aquilo que não possui, Durval. É vergonhoso — rebateu Pedro atento aos homens que o rodeavam.

— Sei que tem a caixa em seu poder — insistiu Durval. — Entregue-a e lhe prometo uma morte piedosa.

— Não sou detentor da caixa. Mas por que veio? Afinal, colocou minha cabeça a prêmio.

A curiosidade de Pedro fez Eva pensar: o que realmente trouxe Durval àquela caçada?

— Sua nova amiga, a filha de Mayim e Gael.

Os olhos de Pedro se estreitaram e Eva baixou a mão, enquanto a luz de seus poderes se apagava temporariamente. Fitou o homem com interesse.

— O que quer de mim? — perguntou Eva.

— Muito pouco, confesso, mas o suficiente para que possa decidir de que lado do jogo quer ficar — disse ele olhando Pedro de modo vitorioso. — Pedro já revelou como seus pais morreram?

— Sim — mentiu, afinal não conhecia todos os detalhes.

— Muito me admira que lute ao lado do homem que traiu seu pai e mãe. Sabe, Lucille encontrou a porta aberta e fez o que Pedro não teve coragem de fazer.

— Você não sabe o que aconteceu aquela noite, Durval. Não crie fantasias — explicou Pedro com segurança.

As revelações fizeram Eva olhar Pedro e esperar.

— Você está do lado errado do muro, pequena — prosseguiu Durval envenenando Eva lentamente. — É apenas uma criança em nosso mundo e se aliou ao assassino de seus pais.

— Chega de mentiras, Durval — ordenou Pedro.

— Se é tão verdadeiro, por que não lhe disse a que linhagem ela pertence, ou porque teve as lembranças apagadas, por que Heitor morreu defendendo-a?

— O que ele está dizendo, Pedro? — a essa altura ela olhava Pedro intrigada e confusa.

— A verdade — insistiu Durval.

— São mentiras entremeadas com verdades. Conte a ela como matou Heitor.

Aquele jogo era como uma bola sendo rebatida de um lado a outro. Durval nada falou, apenas semicerrou os olhos claros numa atitude evasiva.

— Quando Heitor me ajudou a fugir da cela que vivi por cinco anos prisioneiro de Lucille, tirei do poder dela uma caixa. Nela havia alguns bens muito preciosos para Durval. Temendo perder a única coisa que poderia matá-lo e a Lucille, passei a caixa para Heitor — disse Pedro. — Durante anos a caixa ficou em segurança. Só que ele e Lucille descobriram quem era o portador e o perseguiram. Heitor pediu minha ajuda, mas cheguei muito tarde — revelou Pedro tristemente. — Não sei quem chegou primeiro, mas sei quem queimou Heitor, e esse alguém foi Durval.

— Lucille chegou primeiro e torturou Heitor, e depois você — disse dirigindo-se a Eva. — Quando invadi a casa, você tinha sido drenada e estava morta. Heitor recusou-se a falar, então o queimei — ao falar deu um sorriso maligno.

— Maldito desgraçado!

Eva caiu no chão de joelhos segurando a cabeça. Estava sendo assaltada por visões. O passado voltava e com ele suas lembranças.

— Eva? — chamou Pedro mais do que preocupado.

Não responderia, estava muito longe dali, perdida nas lembranças de seu passado. Lembrou-se de sua mãe com ela nos braços, o pai. As imagens que por anos ficaram represadas fluíram numa torrente vertiginosa. Reviveu a tortura, viu Lucille, Heitor e por fim Virgo.

Lutou, chutou, mas se viu mordida pelo vampiro; fora ele que a atacou e drenou. Viu-se caída no chão sem forças, Heitor lutando contra vários vampiros. O fogo consumindo sua carne...

Com um grito de dor lancinante, Eva despencou no chão. Pedro foi para seu lado e a tomou nos braços. Estava gelada, olhos arregalados, ela segurou a mão de Pedro e tentava falar, fitando Durval.

— O que fez a ela? — rugiu Pedro.

— Digamos que abri um baú de lembranças que estava há muito tempo trancado. Ela vai ficar bem, eu acho.

— Desgraçado, você pode matá-la! Pare as visões — exigiu Pedro.

— Tem sorte de eu precisar dela viva. Acha que me importo se ela virar um vegetal? — debochou.

— Vou acabar com você, miserável.

A espada foi para baixo do pescoço de Durval, que puxou das vestes uma arma e disparou sobre Pedro. O projétil o atingiu no estômago e ele caiu ferido junto de Eva.

— Acho que consegui sua atenção. Então me escute — falou, aproximando-se de Pedro. — Quero minha caixa. Traga-a para mim amanhã ou vou reivindicar direitos sobre sua "amiguinha". Pelo que soube, ela ainda não tem mestre — Durval sorriu. — Mas não se preocupe, a tratarei como a princesa que é.

Dito isso, Durval fez mais uns dois disparos. Pedro caiu no chão inconsciente. Havia sangue sobre o peito e na cabeça. Durval abaixou-se e recolheu Eva, que tinha os olhos revirados e tremia imersa em visões.

— Calma, minha pequena, tudo vai ficar bem — sussurrou junto ao seu ouvido e beijou sua testa.

Amor, Liberdade, Independência ou Morte

PEDRO PARTIRA DO RIO DE JANEIRO RUMO A SÃO PAULO. AO LONGO DO trajeto, a reação do povo fora a mesma do caminho traçado até Vila Rica. A comitiva era pequena, apenas cinco homens, mas ela aumentou à medida que percorria o caminho rumo ao seu destino.

O príncipe regente mostrava-se um homem simples, prático, autêntico. Agia como um soldado, um homem de modos até grosseiros, surpreendendo seus súditos, que o viam quase como um igual. Estavam em Santos quando o desejo, seu companheiro diário, o sufocou. Estava há algum tempo sem companhia feminina. O cansaço não conseguia fazê-lo dormir. A fome por prazer lhe consumia os miolos.

Literalmente saiu para caçar e achou algo que o surpreendeu: uma linda mulata. Ela tinha tudo para satisfazê-lo, menos vontade. Cercou-a na rua com galanteios que foram ignorados. Cansado de sua indiferença, agarrou-a, envolveu-a e beijou-lhe a boca. A mulata se soltou, desferiu no príncipe uma bofetada e fugiu. Seduzido ele gargalhou alto e seu interesse só cresceu. Procurou informações sobre a beldade e descobriu que era mucama de estimação de uma das famílias mais importantes da cidade. Tentou comprá-la, mas nada conseguiu. O episódio entrou para a história e jamais saiu da lembrança de Pedro.

A ausência de Durval fez muito bem a todos. Lucille assumira seus negócios e parecia estar em paz com o novo arranjo. Francisco, o alferes, agora servia Pedro diretamente. Tornaram-se amigos de imediato e assim Pedro teve uma descrição de Domitila.

Segundo seu irmão, ela possuía a pele muito macia, branca, cabelos claros e olhos esverdeados e era da mesma altura dele, que era da mesma altura de Pedro. Presença elegante de gestos contidos, olhar misterioso e, por vezes, traquina, mas que ultimamente só exibia tristeza. Após o ataque sofrido pelo esposo, havia se tornado uma criatura silenciosa e um pouco melancólica, constantemente assustada com a possibilidade de perder os três filhos. O marido a difamava e tentava ficar com os filhos. Nisso o alferes não fez cerimônia, foi direto ao ponto.

— Vossa Alteza — começou ele com voz baixa. — Não sei a natureza dos assuntos que tem com minha mãe, mas peço-lhe que interceda a favor de Domitila. Esse maldito Felício tem caluniado minha família. Só não o matei... Porque não quero manchar o nome dos Castro Canto e Melo.

— Acalme seu coração. Sinto que poderei intervir e livrar sua irmã desse maldito sem honra — disse Pedro incitado.

A marcha seguia rumo a São Paulo, mas estava certo de que pernoitariam na casa da família do alferes Francisco. Pedro estava ansioso e faminto. O emissário responsável por lhe trazer a poção feita por Cigana estava atrasado um dia. As amostras de sangue de D. Joaquina estavam no fim. Precisava das duas para se manter sob controle. Estava tudo muito quieto em vias de encontrar-se com a mulher que o libertaria do sangue das súcubas; Pedro apelou para o improviso. Ainda acampados já ao anoitecer, deu mostras de que ia atender as suas necessidades fisiológicas no mato. Ninguém o seguiria naquelas circunstâncias. A uma boa distância do acampamento, observou o mato e começou a correr. Havia deixado para trás um pequeno sítio onde deram descanso aos animais e comera toucinho frito e farinha. Mas no chiqueiro havia porcos. Usando os poderes que o sangue de Lucille lhe dera, chegou à fazenda em dez minutos.

Rodeou os animais no chiqueiro e atacou o menor que encontrou. O animal guinchou de dor ao ser cortado pela lâmina. Pedro o havia puxado para o mato. O sangue quente molhou sua face e peito enquanto se alimentava. Terminado o banquete, ficou de pé e sentiu um tiro passar de raspão por seu ombro. Era o dono dos porcos. Completamente nu, Pedro correu para se esconder. Mais disparos se fizeram ouvir, mas nenhum o atingiu. Lavou-se num pequeno riacho que cortava as terras do sítio e se vestiu. Tinha pouco tempo agora. Correu e quando chegou ao acampamento encontrou metade dos homens dormindo e Francisco rondando o mato à sua procura. Quando tocou seu ombro dentro da escuridão, ele saltou e fez um disparo que por muito pouco não lhe acertou o pé.

— Calma, homem, o que houve? — perguntou Pedro jocoso.

— Vossa Alteza sumiu, fiquei com receio de que algo houvesse ocorrido.

— Ah! Sim, ocorreu. Estava a obrar, estou desarranjado das tripas — disse tocando o ventre.

— Possivelmente o porco — sugeriu o alferes se referindo ao toucinho ingerido na última refeição.

— Como sabes do porco...? — disse Pedro se aproximando dele com rapidez. — Me seguiu, é isso?

Sem perceber, Pedro estava muito perto de Francisco, as mãos sobre seu casaco, quase o erguendo do chão. Os olhos mudados sobre seu rosto. Podia ouvir seu coração, o sangue sendo empurrado por suas veias. Estavam em meio à escuridão e o jovem não pôde ver a mudança na face do príncipe. Os olhos mudados, a ponta dos caninos. O cheiro do medo misturado ao perfume da noite que os rodeava atiçou Pedro ao ataque. O coração batia alucinado no peito exigindo sangue. Sentiu-se subitamente fraco e o soltou. Afastou-se meio que cambaleante rumo ao acampamento para parar na orla da mata. Precisava ter certeza de que havia voltado ao seu estado natural. Esteve bem perto de atacá-lo. Carecia se alimentar adequadamente o mais breve possível ou terminaria por matar alguém.

— O toucinho que comemos... Foi ele que me desarranjou — balbuciou meio tonto saindo da mata rumo à fogueira.

— Ah! Sim, o toucinho. Sem dúvida que foi — dizendo isso, o jovem o seguiu e procurou lugar para dormir. Trocaria de guarda com outro soldado antes do amanhecer.

Chalaça e padre Belchior o aguardavam com faces preocupadas, ansiosas. Ele cruzou por eles e ajeitou as calças dando a falsa impressão de que estava ainda se arrumando quando foi interrompido.

— Oras! Por que estão todos a me olhar? Não se pode mais nem cagar em paz! — bradou Pedro em tom jocoso indo para perto de seu leito arranjado por Chalaça.

Os homens sorriram e Pedro deitou no chão duro para sonhar com a linda Domitila. Teria de se conter muito em sua presença. Se ao menos conseguisse uma jovem bem disposta aos assuntos da cama. O cansaço por fim o venceu e ele adormeceu.

A casa de campo dos Castro Canto e Melo era simples, mas muito limpa e organizada. Eles tinham nobreza no sangue e lhe foi informado por Cigana que todos sabiam ler e escrever. Certamente tiveram tutores. Isso não animava Pedro, havia casado com uma mulher culta e ela o entediava. Como era corriqueiro, a presença do príncipe regente causou alvoroço, mas Pedro como sempre pediu que esquecessem a cerimônia e o tratassem como um igual. Todavia as apresentações formais foram feitas pelo coronel reformado João de Castro Canto e Melo, que apresentou a esposa Escolástica, João, José, Francisco, Maria Benedita, Anna Cândida e Domitila de Castro Canto e Melo.

O primeiro olhar foi tímido e se misturou com sua reverência elegante e discreta. Era bela e se o vestido não o enganava era voluptuosa. Desejou-a de imediato. Nhô Chico foi muito comedido em sua descrição. Sua irmã, ou melhor, todas elas eram realmente bonitas. Todas com aquela cor cremosa de pele. Cabelos negros ou castanhos, olhos claros como as águas do mar. Tinha um sorriso enigmático e sedutor. O vestido de algodão simples não lhe fazia jus. Merecia seda de todas as cores e joias para adornar o colo levemente generoso.

Com esforço, manteve a compostura e continuou a conversar com seu anfitrião, que o convidou ao seu gabinete. Os homens seguiram-nos, enquanto a família se dispersou pela casa. Foram cuidar para que os hóspedes tivessem tudo do melhor.

O dia correu o melhor possível. Após longo banho, Pedro e os demais almoçaram e tiveram um merecido descanso. À tarde foram convidados a conhecer a propriedade com o coronel Castro. Após o jantar, Pedro informou a Francisco que gostaria de conversar com a senhora Escolástica assim que possível e em particular.

— Sou um homem muito direto e não vou fazer rodeios. Cigana lhe informou de minhas necessidades, não é mesmo?

— Sim, Vossa Alteza. Minha filha e eu estamos dispostas a ajudá-lo. Pedimos apenas uns pequenos favores... Cigana deve ter lhe informado.

— Todos eles serão atendidos. Nhô Chico me falou das difíceis provas pelas quais sua filha foi exposta. Vou tomar todas as providências para que sua família seja resguardada não só de Felício, mas de todo e qualquer detrator — fez uma pausa. — O que o coronel João sabe sobre nosso acordo?

— Meu marido nasceu nos Açores, ele compreende o que sou e o que devemos fazer para proteger nossa família — disse com segurança. — Quando Domitila casou, acreditamos que nosso genro cuidaria bem dela — a voz da mulher tremeu. — Ele quase a matou... — um soluço escapou da garganta da mulher. — Tudo que desejo é que minha filha seja feliz.

— Ela terá minha proteção. Não a forçarei a nada que não deseje — afirmou sendo sincero. Contentar-se-ia somente com seu sangue, mas sofreria por não possuí-la.

— Muito obrigada, Vossa Alteza — falou enquanto Pedro a conduzia à saída, afinal estava ansioso por falar a sós com sua filha.

Cinco minutos depois, Domitila apareceu no gabinete. Havia trocado o vestido simples por um de cambraia azul marinho. Um xale fino cobria seu colo e ombros, algo que não agradou Pedro.

— Vossa Alteza.

— Para você sempre serei Pedro — falou tentando quebrar sua timidez.

A jovem tremia levemente e não conseguia encará-lo por muito tempo. Estava nervosa, reação normal diante do príncipe. Para acalmá-la, ele sentou na cadeira próxima e ergueu seu rosto com delicadeza.

— Conversei com sua mãe e deixei claro que não fará nada que não deseje. Sei dos sofrimentos que passou e jamais a forçarei a nada. Preciso da força que corre em tuas veias. Do calor de seu sangue — comentou num murmúrio rouco. — Mas preciso saber se queres realmente me alimentar — perguntou com sinceridade.

A jovem torcia as mãos no colo, quando Pedro tocou uma delas com a delicadeza da asa de um pássaro. Lentamente levou seus dedos aos lábios e buscou seus olhos claros. Ela entreabriu os lábios como se fosse dizer algo, mas o olhar morno de Pedro a emudeceu. Dessa vez não conseguiu desviar a vista, fora enredada pelo encanto do príncipe. A mão era delicada, perfumada e adornada com pequenos anéis de ouro e prata. O toque foi quente e a fez tremer. Notou o tremor que a sacudia levemente, mas não lhe soltou a mão nem a deixou afastar-se de seu olhar. Manteve-a cativa num encanto poderoso. Ele mesmo sentia-se refém de seus sentidos. Um arrepio de puro desejo correu por seu corpo.

— Compreendo vossa...

Ela se interrompeu ao ver Pedro erguendo as sobrancelhas num aviso mudo de que deveria chamá-lo pelo seu nome.

— Pedro.

O som não foi mais que um sussurro. Ela puxou delicadamente os dedos e notou certo aborrecimento do príncipe, que queria manter o contato.

— Darei o que necessita. E agradeço qualquer interferência de sua parte para que possa manter meus filhos... É muito difícil viver sob ameaças de morte. Ele deseja matar-me... Vivo aqui escondida temendo que me encontre.

— Isso não acontecerá, Domitila. A partir de agora, conta com minha proteção. Então seca as lágrimas e me escuta com o teu coração bondoso. — argumentou ele querendo explicar-se.

— Sim — disse esperando por suas palavras.

— Quero que veja em mim um protetor, um amigo e quem sabe um homem, que só deseja teu bem — disse fitando seus lábios.

Duas batidas na porta anunciaram a entrada da mãe de Domitila. Certamente haviam perdido a noção do tempo. Eles ergueram-se e Pedro beijou-lhe a mão mais uma vez, e ela se foi ter com a mãe. Ele precisava de um banho frio.

Na manhã seguinte, já estavam de partida. Pedro falou mais duas vezes com Domitila, mas à vista de todos em uma caminhada pelo pomar do sítio. Apesar de vir de uma família simples e pouco culta, ela conseguia conversar com desenvoltura e elegância. Não lhe via defeitos, só qualidades. Roubou-lhe um lencinho perfumado, um laço de fita e os guardou como amuletos de sorte dentro do bolso interno do casaco. Antes de partir, recebeu a caixa que havia dado à Escolástica. Voltou com os frascos cheios. Guardou-a com extremo cuidado e colocou Nhô Chico como responsável pela preciosa carga.

Ao anoitecer provou o delicioso elixir e só muito depois da poção, porque não queria tirar da boca o gosto daquela que estranhamente já amava. Estava apaixonado por aquela paulistinha de olhos esverdeados e boca tão pequena. Ardia de desejo e sabia que teria de vê-la bem depressa.

Entrou em São Paulo acompanhado pela guarda de honra que lhe foi oferecida pelas cidades do Vale do Paraíba. A cidade estava enfeitada para recebê-lo e teve disposição, para na igreja da Sé, acompanhar um *Te-déum*, um hino católico usado em eventos solenes como a chegada do príncipe regente. Finalizada a reza, Pedro seguiu rumo ao Palácio dos Governadores para um cansativo, mas necessário, beija-mão, coisa que ele detestava, no entanto achou de bom tom ver quem se curvava diante dele de livre e espontânea vontade.

Para quem vivia em 1822 e não conhecia São Paulo, ela realmente parecia grande. Possuía quase sete mil habitantes. O interessante eram as ramificações daquele coração, que um dia seria tão grande quanto o amor de Pedro pelo Brasil. Crescia a zona rural, a oeste e a leste. Pedro olhava tudo como um administrador e começou a trabalhar em ritmo acelerado. O sangue de Domitila corria por suas veias e lhe dava força e ânimo de dez homens. A jornada dele começava às oito horas da manhã e quase sempre terminava às duas da madrugada. Pedro era como um homem com mil braços, bocas, olhos e ouvidos que viam e ouviam tudo.

Conversava abertamente, sem evasivas, não pedia conselhos, e sim informações. Recebidas, ele decidia e despachava as ordens. Sua presença fez aparecer pessoas de todos os lados querendo um minuto que fosse de sua atenção. Eles vinham de todos os lugares como peregrinos atrás de um santo que operaria todos os milagres possíveis. Santos, Itu, Campinas, Sorocaba. Salas cheias, calor e muita conversa. Sua agenda estava lotada e nas horas vagas tentava comer, dormir e adaptar-se à mudança na alimentação.

Recebeu uma carta de Cigana, ela desejava saber como se sentia após a mudança. Relatou o excesso de energia, a redução da fome e a necessidade de comida. O corpo estava saudável e forte. A exaustão que lhe acometia vez ou outra sumira. Cansava-se normalmente naqueles primeiros dias. Bem, o que falar de seus demais apetites? Eles iam bem e muito bravos. Teve de buscar companhia com uma jovem mulata e confessou tê-la quase exaurido. Sorte ela ter levado uma amiga, isso deu a ele um dia de tranquilidade abaixo da linha da cintura.

O que ninguém desconfiava é que Pedro havia começado com Domitila uma intensa correspondência secreta. Pequenos versos que suplicavam e prometiam amor. Cansados da distância imposta pelos seus papéis na sociedade e a agenda lotada do príncipe, os dois enamorados marcaram um encontro casual.

Correu como combinado, Domitila cruzou com o príncipe em sua cadeirinha de arruar. Reconhecendo-a de imediato, apeou do cavalo e a cumprimentou como de costume elogiando sua beleza.

— Sabe o perigo que corremos quando sai para passear, minha senhora?

— Não compreendo...? — disse surpresa e quase arrependida de ter saído de casa.

— Felizmente estava com parte das cortinas de tua cadeirinha fechada. E o sol não sumiu no horizonte, humilhado pelo brilho magnífico dos seus olhos.

— Quanta gentileza a sua, Vossa Alteza — ela conseguiu dizer, ruborizada. — Sou apenas uma simples mulher, nada mais. Veja o sofrimento que imponho aos meus escravos, forçando-os a carregar-me.

— Sofrimento? — brincou o príncipe. — Duvido, eles estão aí a suar graças ao sol. Tu és mais leve que uma pena — comentou com os olhos presos nos dela. — Só existe um modo de descobrir.

Dizendo isso dispensou os dois negros e, para provar que ela nada pesava, ele ajudado por sua guarda de honra a carregou.

— Vossa Alteza é muito forte! — comentou rubra de vergonha da atenção a ela oferecida na frente de todos que sempre murmuravam sobre sua pessoa.

— Acredite-me, nunca mais Vossa Excelência terá negrinhos como esses.

O episódio rendeu risos e encheu o coração de Pedro com uma alegria pura e vibrante. Ao se despedir, entregou-lhe um bilhete. Era um convite para juntar-se a ele no dia 29 de agosto, dali dois dias. A resposta veio vinte e quatro horas depois. Pedro estava quase indo à sua casa, quando o escravo apareceu com a resposta.

Cheio de contentamento, incumbiu Chalaça de preparar tudo o que fosse necessário. E, na manhã daquele dia, o príncipe parecia o próprio sol de tão radiante. Trabalhou o dia todo na câmara dos governadores e ao anoitecer se recolheu no velho casarão. Era um lugar muito simples, sem luxos, mas abrigou ele e sua comitiva com certo conforto.

Quando a cidade adormeceu, o movimento nas ruas quase que se extinguiu. Vultos deslizavam pelos becos, o tempo havia esfriado. Uma cadeirinha de arruar deslizava pelas ruas silenciosas com as cortinas cerradas sem revelar sua ocupante. Mas à medida que se dirigiam para o centro, ficava claro que seguiam rumo ao casarão que hospedava o príncipe regente. Como combinado, alguém esperaria o visitante na porta dos fundos, por onde entravam e saiam escravos.

Nhô Chico recebeu a visita sem nada falar. Guiou a figura coberta dos pés à cabeça com capa e capuz. A figura moveu-se silenciosamente pelos corredores e, por fim, foi introduzida nos aposentos do príncipe.

Chalaça saiu e fechou a porta a suas costas. Como de costume, ficaria no quarto ao lado, caso o príncipe necessitasse dele. Serviu-se de uma garrafa de vinho e sentou para esperar.

— Deixe-me ajudar — disse Pedro desamarrando o laço da capa e empurrando o capuz que ocultava aquele lindo rosto.

Domitila de Castro Canto e Melo apareceu com um sorriso tímido nos lábios, os olhos presos no rosto de Pedro. Trajava um vestido em tom verde pálido que só realçava o olhar. O fio de pérolas era muito delicado e dispensável no realce do colo alvo e gracioso da jovem à sua frente. A cintura estava marcada pelo espartilho, mas ela parecia bastante à vontade com a peça, algo que Leopoldina repudiava. Comparações? Sim, ele fazia. Um hábito ruim.

Num canto do quarto havia uma mesa com jantar para dois. Domitila aceitou o convite e sentou-se à mesa onde comeu muito pouco. Estava nervosa, mas se comportou bem com os talheres e taças. Conversaram amenidades, sorriram e da janela do aposento vislumbraram o céu nublado após o jantar.

Ali parados, analisando-se mutuamente, cuidadosamente, com receio das palavras e dos gestos que podiam estragar o encontro, esperaram. Mas não muito. Pedro tomou as rédeas da questão e começou a falar.

— Por que aceitou meu convite? — quis saber segurando sua mão com carinho.

— Não tinha forças para recusá-lo — revelou com a vista baixa, mas logo a ergueu e enlaçou Pedro com seu olhar claro. — Não vim aqui somente pelos favores. — Uma questão delicada.

— Diz-me então por quê? Sabes quem sou, dos meus limites. Não posso te oferecer muito — confessou brincando com os dedos dela entre os seus.

— Sou uma mulher sem honra. Não era o que desejava, mas foi o que a vida me deu — comentou fitando os dedos sobre o parapeito da janela. Não sou bem-vista na cidade. As mulheres falam sobre mim. Dizem coisas horríveis ao meu respeito. Sem saber a verdade, elas me julgam. Muitas delas também sofrem, mas preferem isso a se tornarem o que me tornei — disse com a voz muito baixa. — Nunca mais terei o respeito das pessoas, mas a opinião delas não vai me impedir de viver esse momento de felicidade. Pode compreender?

— Sim, posso. Não é fácil tentar agradar a todos. É impossível — disse, conhecendo bem sua dor. Ele perdeu a mulher que amou e um filho para dar satisfações à sociedade. — Somos iguais. Sabes o que dizem de mim? Atos bem ruins e muitos deles nem sequer pratiquei. Tenho alguns filhos bastardos, mas nem todos são meus. Todavia, é mais fácil culpar o príncipe, assim o marido traído jamais virá buscar satisfações.

— Somos dois malditos — afirmou Domitila olhando sua boca, o rosto que desejava tocar.

— É, parece que sim. Só nos resta aceitar nosso fardo — disse ele puxando-a para junto de si — ela não resistiu ou recuou.

— Então eu aceito. Prefiro ser maldita a ser infeliz — disse timidamente.

Não havia como fugir. Pedro a envolveu num abraço poderoso e a beijou, a princípio vagarosamente, mas à medida que a estreitava junto a si a boca tornava-se mais exigente e faminta. Afastaram-se da janela. Pedro novamente a enlaçou, as mãos percorrendo o corpo delicado. Despiu-a vagarosamente, os dedos habilidosos puxavam os laços e fitas, depositando beijos a cada peça que caia ao chão. Foi como despir uma escultura de mármore. As mãos percorreram os ombros, o colo, os seios sob a combinação. Desenhou-a com a ponta dos dedos, mas quando chegou ao quadril a viu recuar. Conteve-a e ajoelhou-se à sua frente e de modo reverente beijou-lhe a cicatriz na coxa, no ventre. Roçou o bigode e a barba na pele delicada provocando arrepios, gemidos, sussurros.

Ela retribuía tocando-lhe os cabelos, os ombros e quando se viu erguida no ar pelo príncipe rumo à cama tremeu. Ele notou o medo que se fechava sobre ela. Havia sido muito agredida pelo marido e agora mostrava o quanto. Ele a colocou no leito e puxou o lençol para que se cobrisse. Lágrimas rolavam de sua face.

— Sinto muito... Eu estou com medo... Achei que conseguiria.

— Não precisa se desculpar, jamais lhe tocarei com violência. Só fará aquilo que desejar, minha Titilia — murmurou Pedro, tocando seu rosto e lágrimas.

— Titilia? — repetiu ela sorrindo.

— É como te chamo, minha mimosa — falou beijando-lhe o ombro, o pescoço, perdido no seu delicioso aroma de alfazema.

Ela segurou seu rosto e o fitou com tanto carinho que Pedro se sentiu culpado. Não estaria ele terminando de desgraçá-la? O que seria dela? Recebeu seus beijos sobre a face e a puxou para si. Ela relaxou e se deixou levar. Recebeu os afagos suaves e doces com imenso prazer.

Continha-se ao máximo, não queria assustá-la com seu desejo. Eles mereciam mais tempo e assim foi. Lidava com uma borboleta de asas de cristal. Reverenciou o corpo feminino com beijos deixando um rastro de fogo sobre a pele de Domitila. Nua no leito, ela arqueava o corpo enquanto recebia seu toque. Ao sentir a carícia das unhas sobre seus ombros, compreendeu a urgência de seu desejo. O seu corpo latejava de desejo a essa altura. Acomodou-se sobre ela e enquanto beijava-lhe a boca afundou em seu corpo morno. Silenciou seu gemido e a apertou de encontro ao peito, sussurrando junto ao seu ouvido. Moviam-se lentamente, prolongando o prazer. Abriu os olhos. Sentia algo os envolvendo, seu corpo experimentava uma sensação de formigamento. Havia sussurros e risos. Ao redor deles havia uma bolha de luz esverdeada. Contemplou a mulher sob seu corpo e viu a imagem de uma ninfa. Era Domitila, mas ela estava diferente. O corpo parecia... Era como se sob a pele corresse luz e não sangue. O cabelo flutuava ao redor de seu rosto e ombros. Nos lábios rosados e cintilantes o sabor era doce. Sua pele exalava o aroma de alecrim. Eles flutuavam naquela bolha de êxtase. Cigana o havia prevenido sobre o que sente e demonstra uma bruxa quando está plena de prazer.

O corpo parece feito de luz. Pode envolver o amante numa espécie de bolha de prazer. Se for atento, poderá ver sua verdadeira imagem.

Beijou-a um milhão de vezes e quando o gozo se aproximou foi como se voassem sobre a borda de um penhasco em queda livre. O mergulho e a elevação. Estremeceram juntos imersos na grandiosa onda de êxtase que os tomou ambos. Foi algo duradouro, e não o frêmito efêmero que encontrou com tantas acreditando ser o prazer. Aquela emoção chegou a ser divina. Ficaram juntos, abraçados saboreando o momento. Os corpos relaxados, os corações se acalmando, o som leve de suas respirações. Aninhada ao corpo de Pedro, o ouviu perguntar:

— É sempre assim?

— É a primeira vez que ocorreu. Minha mãe falou-me sobre o "êxtase", mas jamais havia acontecido comigo. Foi você quem o libertou em mim — sussurrou junto à sua boca.

— Espero poder te dar muitos mais iguais a esse — disse beijando sua testa. Esfregou o nariz em sua orelha e depois beijou seu pescoço. — Minha Titilia.

Ela sorriu e por fim gargalhou baixo junto ao ombro de Pedro. Ele tinha a mão sobre sua cintura e a prendia junto a ele.

— Por que ri?

— Na igreja ouvi as mulheres falando que tu és muito perigoso. Dizem que tens poderes estranhos. Que nunca dorme nem se cansa, que tem mil olhos e ouvidos — comentou sem notar o olhar de Pedro mudar. — Por fim, uma delas disse que és um demônio — murmurou sorrindo daquela tolice.

— E tu, no que acreditas? — perguntou, enquanto ela acariciava seu rosto, a barba e o bigode.

— Concordo com elas, Vossa Alteza é muito perigoso. Veja meu caso — começou Domitila muito séria. — Ia apenas te alimentar e estou aqui nua em tua cama.

— Então acreditas que sou um demônio?

— Não, tu não és um demônio. Na verdade é um Demonão — falou e ergueu a sobrancelha desenhada maliciosamente.

— Agora entendo, entendo bem — disse rindo e puxando-a para que ficasse sobre seu corpo.

Os cabelos longos e lisos cobriam a nudez de Domitila, enquanto Pedro a olhava cheio de desejo, quando ela o tomou com um movimento dos quadris. Segurava sua cintura e assim a puxou de encontro ao peito. Trocaram beijos e juras de amor sob o véu dos cabelos negros de Domitila. Já imersos no prazer da união de seus corpos, eles amaram-se por horas até abraçarem-se no leito e em silêncio desfrutarem do muito que ficou em seus corpos, mentes e corações.

O dia ainda não havia nascido quando Pedro deixou a cidade de Santos. Não conseguiu dormir durante a noite. Tudo começou com um desarranjo intestinal. Já havia se recolhido aos seus aposentos e tomado a poção e logo depois a amostra de sangue. Quinze minutos após, sentiu uma forte cólica e correu para o reservado.

Após breve trégua, desconfiou da poção e do sangue. Não sabia definir qual deles o estava sentenciando a quase despejar as vísceras fora. A cólica o deixava trêmulo e suado. Nhô Chico ouviu sua inquietação e foi ver o que se passava. Percebendo sua dificuldade, ofereceu-lhe um chá de boldo.

— Algo está muito mal, Nhô Chico — disse examinando os frascos com a poção feita com Cigana.

Despejou o conteúdo no pires da xícara de chá e notou a cor diferente. A poção que Cigana fazia era azulada, nunca negra como o líquido que fitava agora. O conteúdo da última caixa que recebeu era escuro, quase negro. Fitou a caixa e só então viu a ponta de um papel, preso na tampa:

Tu já tens demais.

Furioso, Pedro esmurrou a mesa. Fora envenenado! O mensageiro trouxe a caixa três dias atrás. Era Durval, podia sentir nos ossos. Ele fugiu e descobriu sua ligação com Cigana. Teria a matado? Como conseguira fugir de Lucille? Onde estaria agora? Muitas perguntas para pouco tempo. A dor voltou. Fora envenenado para morrer lentamente?

Caiu ao chão, teve um de seus ataques epiléticos. Chalaça correu em seu socorro e colocou entre os dentes um pedaço de madeira. Segurou-o e evitou que se ferisse, enquanto se debatia. Exausto pelo ataque, dormiu uma hora mais, talvez duas, no máximo. Chalaça ficou no quarto tomando conta de seu sono, cochilando sobre a mesa e o observando com preocupação. Faltava uma hora para o dia nascer quando o viu levantar e pedir água para seu asseio matinal. Lavou-se, vestiu suas roupas e se preparou para seguir viagem. Tomou chá, comeu pão e até aquele momento as cólicas e a vontade de evacuar lhe deram uma trégua.

O dia prometia ser quente. À medida que se afastaram do litoral de Santos, o calor aumentava. Viajavam com Pedro a guarda de honra, o padre Belchior, o coronel Marcondes, o secretário itinerante Luiz Saldanha da Gama, Chalaça e os criados João Carlota e João Carvalho.

Pedro estava com vinte e três anos e se perguntava quantos mais viveria. Graças a um descuido de Lucille, Durval havia escapado. Não acreditava que Cigana estivesse viva, o conde era muito cruel; se estivesse, a estaria torturando. Olhou à sua volta e seus sentidos aguçados só pressentiram perigo e morte. Felizmente no dia 5 havia enviado Francisco para o Rio de Janeiro. Estava preocupado com a ausência de notícias de Leopoldina e Bonifácio, sem falar na resposta de Cigana. Deveria ter desconfiado que ela não mandaria a poção sem uma missiva.

Em Cubatão fizeram uma parada e trocaram de montaria. Tudo ia bem, menos seu corpo. Havia se servido de uma porção do sangue de Domitila e aquilo minimizou a dor, mas não as fez sumir e, quando o efeito acabou, a cólica e o distúrbio intestinal voltaram. Ele precisava parar e recuperar-se, melhor ali que no meio do nada. Ficaram na estalagem de Maria do Couto. Ela gentilmente ofereceu ao príncipe um chá de folha de goiabeira, infalível contra diarreia.

A piada de Durval não poderia ter sido mais grosseira. O chá aliviou por algum tempo as dores e o deixou apto a seguir viagem. O desafio agora era a subida pela Calçada do Lorena, uma estrada sinuosa de oito quilômetros de extensão, três metros de largura e com cento e oitenta curvas. Um caminho dos infernos à beira de precipícios.

Era preciso subir com cautela, o caminho era íngreme e os animais se extenuavam com facilidade. Somente ao cair da tarde Pedro e sua comitiva chegaram ao alto da colina do Ipiranga.

Numa nuvem de poeira, chegou o alferes Francisco de Castro Canto e Melo. Pedro nem sequer teve tempo de falar com ele, pois nos seus calcanhares vinham mais dois mensageiros. As mensagens vinham de sua esposa e José Bonifácio.

Pedro abriu primeiro a carta da esposa. Ela pedia prudência e que ouvisse os conselhos de José Bonifácio e que Deus o guiasse o melhor possível. A carta do ministro não trazia boas notícias. Portugal queria o controle total do Brasil e para isso iria usar a força militar. O sonho de independência seria esmagado por sete mil soldados portugueses que já haviam chegado à Bahia e logo desembarcariam. As opções eram somente duas: partir para Portugal e aceitar, assim como seu pai, ficar prisioneiro das cortes, ou proclamar a independência e ficar se fazendo imperador ou rei.

Algo na carta de Leopoldina lhe chamou a atenção:

Senhor meu marido, o pomo está maduro, colhe-o já!

Havia mais duas cartas, uma de Cigana e outra do cônsul britânico no Rio de Janeiro. Ele relatava que em Lisboa já se falava em afastá-lo da regência graças a seus atos de rebeldia. Pedro estava farto de tudo aquilo. Apeou e andou pela relva entregue a um silêncio furioso. A comitiva havia parado e os homens também apearam. Andava pela estrada resmungando coisas e quando se voltou todos o olhavam esperando ansiosos, curiosos.

— Para Portugal não passo de um "rapazinho", um "brasileiro". Pois sim! Eles verão o quanto o rapazinho pode! — por fim explodiu. — É tempo! Independência ou morte!

Todos o olharam atônitos, mas exaltados.

— De hoje em diante estão quebradas as relações de nossa pátria com Portugal! Proclamo o Brasil separado para sempre de Portugal!

— Viva o Brasil! Viva a liberdade!

— Laços fora! — ordenou puxando-o do seu chapéu.

E assim as fitas azul e branca que eram o símbolo da dominação portuguesa foram jogadas ao vento. Pisoteadas pelos cavalos e botas.

— Alferes, vá e diga à minha guarda o que acabo de fazer. Diga-lhe que estamos apartados de Portugal.

Entre idas e vindas, Pedro desceu a colina sem dar tempo de sua guarda o anteceder em alas. Seu temperamento impulsivo, corajoso e firme estava livre e ninguém mais o deteria por amarras, nem mesmo Durval. Chegando próximo à venda onde se achava agora uma pequena multidão de curiosos e parte de sua guarda de honra, Pedro repetiu seu gesto para deixar claras as suas intenções.

— Caros compatriotas! — começou ele exaltado. — Estamos para sempre separados do governo português!

Mais vivas encheram o ar, a liberdade era sem dúvida contagiante, mesmo que fosse paga com o sangue de muitos.

— Será nossa divisa de agora em diante: Independência ou Morte! — e, desembainhando a espada e a apontando para o alto, disse: — Pelo meu sangue, pela minha honra, pelo meu Deus, juro fazer a liberdade do Brasil!

Os militares lhe seguiram o gesto fazendo o metal sussurrar e suas vozes bradarem solenemente o juramento ali feito e cumprido.

— Juramos!

— Brasileiros — os chamou a todos. — Nossas cores de agora em diante serão o verde e o amarelo em lugar do azul e branco. Viva a liberdade!

Tudo passou bem depressa. Lembrava-se das emoções irem se dissipando, do caminho que fez até o Palácio dos Governadores. Estava abatido, empoeirado e tudo que desejava era a companhia de Titilia. Escreveu um breve bilhete e despachou por um escravo de confiança. Fechou-se no quarto e esperou. Trinta minutos depois, um homem entrou nos seus aposentos. Puxou a espada e apontou-a para o desconhecido.

— Sou eu Pedro, tua Titilia.

Baixou a espada e a viu tirar o chapéu onde havia ocultado os cabelos. Desfez-se da capa que a cobria e deixou o corpo à mostra. Vestia calças, cinto, camisa, botas. A silhueta era a mesma que suas mãos conseguiam desenhar mesmo a distância. Correu até ele e o abraçou. Beijou-lhe a face abatida e começou a despi-lo das roupas.

— Vou cuidar de você — murmurou junto ao seu ouvido. Examinou-o rapidamente, olhando os olhos e a língua, as mãos — Foste envenenado, não resta dúvida.

— Acho que sim, Titilia — disse fracamente.

No bilhete que lhe enviou, falou do ocorrido e pediu sua presença com urgência. Domitila observou uma das garrafinhas com o resto da poção e teve certeza. O veneno poderia tê-lo matado se não fosse seu sangue correndo em suas veias. Observou-o atentamente e decidiu: livrou-se do colete e abriu a camisa para deixar o ombro livre. Sentou em seu colo e passou o braço pelos seus ombros. Ele parecia muito distante. O corpo estava enfraquecido, perdera muito ao longo daquele dia.

— Pedro, escuta-me — pediu erguendo sua cabeça para que a olhasse. — Quero que se alimente, vamos — ordenou.

— Não é necessário — respondeu confuso.

— Está perto de perder a consciência. Se dormires não saberei dizer se despertará.

Finalmente a olhou; aproveitando a oportunidade, Domitila com a unha fez um risco em sua carne. O sangue apareceu na ferida e pôde ver a fome motivá-lo. Segurou-a com força e mergulhou na ferida. Primeiro lambeu e depois sugou o alimento precioso. O corte era pequeno demais para saciá-lo. Pedro ficou surpreso em sentir seus caninos crescerem e ao cravá-los na carne macia de sua amante encontrou o que lhe faltava. Ela gemeu e apertou seus ombros, deixou que bebesse de sua veia. Fechou os olhos e lânguida desfrutou do prazer daquele contato. As mãos dele a embalavam contra ele. Queria mais que sangue. Finalmente afastou-se de sua carne ferida e lambeu o corte instintivamente, algo lhe dizia que aquilo pararia o sangue e fecharia os furos.

— O que fez? — perguntou infeliz.

— Curei o homem que amo — falou e o beijou desejosa.

Ele retribuiu o beijo e começaram a se despir. Logo estavam na tina de banho. Pedro acariciava Domitila, seus ombros roliços, e beijava-lhe o pescoço, as costas. Ela tinha os cabelos presos em um coque frouxo, fios soltos escorregavam sobre a pele leitosa e macia.

— Sabe o que fiz hoje? — perguntou ele com a mão em seu joelho sob a água perfumada.

— Ouvi rumores — comentou apertando a bucha de banho sobre os ombros.

— Que lástima, nunca consigo te surpreender — reclamou ele deslizando as mãos pelos cachos úmidos do cabelo.

— Libertou minha pátria. Isso faz de ti o imperador ou rei? — quis saber ela, virando-se para olhar seu rosto úmido.

— O que preferes? — perguntou, pondo o queixo no seu ombro quando ela se voltou para frente, colando seu rosto ao dela.

— O imperador — afirmou, sentindo o poder da palavra.

— Então que seja, sou teu imperador — murmurou de encontro ao seu ouvido já buscando sua boca.

Dizendo isso, deslizou a mão por sua cintura e ventre para acomodá-la sobre seu colo. Sua vitalidade e ânimo haviam voltado, ele estava bem novamente. Isso enchia Domitila de alegria e logo de prazer. Segurou-se nas bordas da tina e sorriu. As mãos de Pedro se fecharam sobre sua cintura de modo firme, prendendo-a junto a si. Os gemidos, os sussurros se intensificaram. A água e a espuma transbordavam no chão de madeira e certamente vazariam para o piso inferior. As palavras escapavam sorrateiras de seus lábios e quando ele menos esperou gemeu junto ao seu ouvido que a amava. Alcançaram o êxtase juntos.

Uma hora depois, já estava vestido e pronto para ir ao teatro da cidade. Sabia que a cidade carecia comemorar, proclamar seu ato a todos, e certamente homenageá-lo, saber quais seriam seus próximos passos. Não pôde recusar-se mesmo estando como estava antes de Domitila chegar. Fitou-se no espelho junto com Domitila e sorriu ao vê-la naqueles trajes. Abraçou-a por trás e fitaram-se juntos no espelho.

— Quero que venha para o Rio de Janeiro. Tu és minha agora. Sabe disso, não sabe? — falou satisfeito.

— Não sei, meu imperador, sou? — ela o questionou.

Num gestou seguro, voltou-a para ele e a fez enfrentá-lo. Olhou-o por algum tempo e depois segurou seu queixo.

— Não banque a ingênua comigo, Domitila. Sabe que o que sinto por ti vai além de uma aventura passageira. Amo-te e tu? O que sente por mim? — ele exigiu saber.

— Te amo com todas as forças do meu ser — ao dizer isso, beijou-o longamente. — Mas não fiz planos, não posso, tu és o imperador, tens uma imperatriz. O que sou diante dela além de uma mulher apartada do marido, sem honra...

— Não repetirá isso nunca mais, está me ouvindo? — exigiu sacudindo-a levemente. — Quando te tomei a primeira vez não sabia o que sentia ao certo, hoje sei que não posso viver sem tua presença. E enquanto isso durar será minha e de mais ninguém. Toma consciência disso, não tens como fugir. Sou teu imperador. Responde — exigiu.

— Sim, é meu imperador e amante.

A Troca

Pedro despertou de um salto na cama. O quarto estava silencioso, fitou o lado da cama como se esperasse que Eva estivesse ali adormecida ou desperta o olhando. Mas ela não estava, fora levada por Durval. Olhou o peito nu e encontrou a pele perfeita, intacta do ferimento à bala assim como sua cabeça. Deslizou a mão pela testa só para conferir e cobriu o rosto com as mãos num gesto muito seu. Sentiu o desânimo e a tristeza tocá-lo rudemente.

Não sabia ao certo quanto tempo ficou caído inconsciente dentro do parque à mercê de seus inimigos. Aquele estado de morte ilusória enganaria um mortal, jamais uma criatura sobrenatural. Lembrava-se dos disparos, seu corpo sendo arrastado pela grama, a ferida no braço... Uma mordida, um maldito o sugava roubando-lhe o sangue forte e precioso. Os disparos atingiram o ladrão e salpicaram sua face de sangue. Viu Milo e seu irmão Manolo, um deles o tirou do chão e o carregou até a limusine de Tonny. Quando as portas se fecharam, o sol nascia no horizonte. Viu-o por alguns minutos junto com Tonny, que falou algo sobre como era fácil abrir a porta e se entregar ao sol.

O carro já estava em movimento rumo à boate. Tonny não lhe fez perguntas óbvias, sabia que ainda sofria os efeitos dos disparos e do roubo de seu sangue. Estava abatido e trêmulo, porém lúcido e infeliz demais por saber que Eva estava nas mãos de Durval. Foi quando a sentiu, a mortal, no banco da frente. Pele sedosa, cabelos escuros, boca rosada, o coração batendo agitado; era medo. Afinal, estava diante de um vampiro faminto. Quando Tonny fez um gesto de "sirva-se", Pedro tomou a doadora num movimento rápido. Os caninos cravaram-se sobre a pele frágil sem demora, assustando-a. A mortal não esperava o ataque e lutou tentando se libertar. O vampiro faminto fez mais pressão como um cão preso ao osso, que luta para defender sua posse. Tonny a tranquilizou com um olhar e tocou o ombro de Pedro, que afrouxou o abraço. A mulher suportou os puxões e o abraço faminto com coragem e alguns gemidos. Quando se viu livre, afastou-se, pegou na bolsa uma toalha e ainda tremendo recebeu um rolo de notas. Era o pagamento e ele a fez secar as lágrimas, descer do carro e sumir dentro do estacionamento onde estavam para evitar a luz solar sobre seus passageiros.

Ele se lembrava do peso no estômago, o coração pulsando rápido demais, a letargia e a inconsciência.

Na noite anterior, havia se alimentado somente de uma caneca de sangue, sentia-se saciado pelo sangue sorvido de Eva. Fora isso, nada mais. Algo que pesou diante do ferimento à bala e de ter sido atacado por um oportunista.

Quando Tonny entrou na suíte, Pedro já saia do banho. Ele lhe trazia roupas limpas e um saquinho de veludo.

— Por Roger — disse explicando o ouro, a moeda corrente dentro do mundo sobrenatural.

O olhar de Pedro caiu sobre o pagamento. Enquanto se vestia pensou quem salvaria primeiro: Miranda ou Eva. Aquele era um desses pensamentos ruins, que chutamos logo que se formulam. Precisava salvar ambas, se ainda houvesse como.

— Roger teve o que bem merecia. Fique com seu ouro — falou, pondo a camiseta preta e a jaqueta logo depois.

— Vou deixar de crédito na boate — resolveu Tonny, que não ia aceitar um não como resposta. — E a pequena?

— Nas garras do conde.

— Uma troca? — quis saber o vampiro.

— Talvez um pacto com o diabo — resumindo Pedro, que via poucas alternativas.

Pegou sobre a mesa a arma e a caixa de balas.

— Achei que fosse precisar. Essa belezinha foi projetada para provocar dor e morte. Você escolhe — falou, se referindo às balas de fósforo e com núcleo de prata.

— Não estavam proibidas.

— Você ainda é um fora da lei, meu caro imperador, as leis não se aplicam. E, eu nunca vi essa arma, se me questionarem — comentou Tonny risonho. — Vá lá e acabe com ele. Essa merda já foi longe demais.

— Obrigado, Tonny.

— É sempre um prazer, Pedro — dizendo isso, retirou-se.

Milo e seu irmão gêmeo, Manolo, tiveram a presença de espírito de recolher sua espada. Lembrar-se-ia depois de lhes recompensar. Da boate até o hotel não encontrou nenhum interessado em receber o prêmio por sua cabeça. Mas ao chegar ao hotel identificou no saguão um vampiro, era jovem e parecia desarmado. Certamente estava apenas o vigiando. O problema é que sua presença ali significava que descobriram o quarto e provavelmente a caixa. Os ventos estavam de revés.

Não foi detido. Subiu e quando abriu a porta do quarto esperou por tudo, até mesmo a desordem. As suas roupas, bem como a mala de Eva, haviam sido reviradas. Eles buscavam a caixa ou seu conteúdo. No ar havia um perfume conhecido e sobre a mesa um bilhete. Nele estava impregnado o perfume francês e a sua caligrafia era inconfundível.

Traga a senha e vamos conversar. Deixei algo no banheiro para provar minha intenção de diálogo.

Lucy.

Ele correu ao banheiro e encontrou Miranda, amarrada, amordaçada e muito fraca. Haviam drenado seu sangue quase ao limite da morte. Pegou o telefone e chamou a limpeza. A Confraria mantinha um serviço de ajuda para casos como aquele. Dez minutos depois, dois homens chegaram e cuidaram de Miranda. O médico prestou-lhe socorro e informou que dentro de duas horas poderia levá-la.

— Não abrirei um chamado para denunciar os maus tratos por ela sofridos. Mas devo avisá-lo que não receberá outra até que o prêmio por sua cabeça seja retirado.

— Estou ciente das implicações.

Pedro os pagou e partiu deixando-a em boas mãos.

Uma hora depois, Pedro entrava na mansão onde Lucille ficava quando no Brasil, em São Paulo. Havia seguranças, cães, vampiros e até mesmo alguns lobisomens a seu serviço. O ouro de Durval a mantinha há muitos séculos. Foi recebido sem surpresa e conduzido aos seus aposentos, prova de que ela realmente queria manter com ele uma conversa "íntima". Ela nunca desistiria.

Encontrou-a sentada em um dos sofás que mobiliavam a suíte majestosa. Ela sabia viver em grande estilo. Desde a construção à decoração, havia sempre a preocupação do estilo sofisticado e clássico. Objetos de arte, quadros de pintores franceses e muitas rosas amarelas. Aquela era sua cor, o amarelo e o ouro.

Vestira-se para ele, é claro, acreditava que ainda podia arrastá-lo para seus braços. Tinha de admitir, ela tinha muita fé em si mesma. Bem, com seu tipo de beleza era algo presumível. Lucille sempre fora bonita. Sua pele era de um tom quase marfim, o cabelo loiro fazia dela quase uma ninfa, a juventude eterna que seu corpo exalava há mais séculos do que poderia contar, era um convite irrecusável. Foi difícil dizer que não estava deslumbrante. Trajava um vestido de seda de costas nua em tom ouro velho. Os sapatos de veludo negro a deixavam mais alta do que era realmente e exibia as pernas leitosas e bem torneadas, os pés delicados.

Sabia-se admirada e gostou disso. O olhar de Pedro era o único que desejava sobre si. Não sorriu, mas manteve uma expressão de amabilidade. Era preciso se esforçar e manter a megera sob controle para conquistar aquele que elegeu como seu par.

— Qual o seu preço?

— Podemos conversar? — disse, mostrando-lhe o sofá próximo ao seu.

— Desculpe-me, Lucille, não estou com ânimo para suas investidas — começou Pedro. — Já passamos por isso antes. Basta — finalizou.

— Fui benevolente e libertei sua amiga — comentou como se houvesse lhe feito um favor.

— A que preço? — disse Pedro em resposta. — A vida de Helena, meu quarto no hotel revirado, a caixa roubada, Miranda à beira da morte?

— Mandei que a entregasse intacta — argumentou séria e até parecia verdadeira.

— Me esclareça, por que a mudança de comportamento? — fez uma pausa proposital. — Há três dias mandou seus capangas me caçarem em um dos meus locais de repouso. Sabe que infringiu leis e regras. Mas você o fez, mesmo correndo o risco de ser punida — ele parou e fitou seus olhos verdes faiscando de uma emoção que preferiu não ver como culpa ou raiva. — Sequestrou uma de minhas doadoras, matou outra no metrô, ameaçou-me. Matou o mortal portador da caixa e quase fez o mesmo com uma jovem, que nem sequer sabia o conteúdo dela.

— Resolvi mudar. Se eu quero seu respeito devo merecê-lo, não concorda?

O vampiro deslizou a mão pelos cabelos de modo impaciente e conteve-se para não fechar os dedos sobre sua garganta e acabar com aquela tortura.

— O que deseja, Lucille?

— Preciso do código para abrir a caixa, o conteúdo como bem sabe é frágil e precioso — disse sem se abalar por suas palavras e dúvidas.

— Não tenho motivos para ajudá-la. A lista de suas ofensas contra minha pessoa é extensa — insistiu ele.

— Sei que Eva está em poder de Durval e que sua cabeça está a prêmio. Poderia entregá-lo a Durval e conseguir uma trégua, afinal, como bem sabe, tenho um termo da Confraria que me protege dele. Mas isso não o impede de atacar minhas crias — resumiu ela. — Quero vê-lo morto tanto quanto você.

A proposta era realmente tentadora e sua ameaça bem real. O silêncio entre eles parecia uma espada nua.

— As notícias voam — debochou Pedro tentando ganhar tempo.

— Quero pouco da caixa, nada mais que umas poucas gotas.

— Vai dar-me as amostras? — quis saber Pedro, duvidando dela.

— Sim, vou. Tem minha palavra.

— Você nunca teve honra para usar sua palavra como fiadora — disse calmamente.

O comportamento de Lucille era surreal. Era estranho tê-la ali tão calma e conversável. Ela levantou-se do sofá e o convidou a segui-la até a outra sala, onde a caixa repousava sobre uma mesa de tampo de mármore. Pedro examinou a caixa e percebeu que ela não fora forçada. Ele já sabia a combinação para abri-la. Os números estavam ocultos nos quatro cantos da caixa. Riscos finos, invisíveis aos olhos, mas claros para o toque de alguém atento.

Pedro e Lucille negociaram, um acordo foi fechado. No fim, todos ganharam o que precisavam. A caixa foi aberta e revelou uma maleta menor e mais antiga. Pedro tinha as chaves para abri-la, as guardou por longos anos. Até que se perdera com a morte de Heitor. As tirou do bolso e abriu a maleta. O forro de veludo estava um tanto envelhecido, o vermelho desbotado, mas seu conteúdo permaneceu intacto.

Ali estavam resguardados dois frascos iguais como tubos de ensaio com rolhas como tampas, lacradas com uma resina bastante forte para manter o conteúdo intacto. Um deles continha sangue, o outro um pedaço do coração de Durval mantido em um líquido translúcido e denso, que manteve aquela relíquia macabra intacta.

Um frasquinho foi preenchido com parte do sangue de Durval e entregue a Lucille. Ela o recebeu e o guardou em uma pequena caixa. Não tinha interesse pelo pedaço do coração.

— As amostras e todo o resto são seus agora. Já tenho o que preciso. Agora peço que me escute com atenção. Há algo que preciso lhe revelar.

Como acordado, Pedro se deixou ficar e a ouvir. Sentou-se à mesa, onde a caixa fora aberta e agora repousava a valise, e esperou. Lucille sentou e pareceu hesitar.

— Quando nos conhecemos séculos atrás, eu sabia que o amaria por toda a vida. Minha espécie sabe quando é chegado o momento, o macho certo — falou num tom muito baixo. — Talvez por isso Durval tenha conseguido aprisioná-lo em sua teia. Foi minha culpa, do amor que sentia por você.

— Por que não esquece o passado? Pode haver alguém melhor, já parou para pensar nisso?

— Sim, muitas vezes. Mas nenhum outro apareceu. Minha vida toda foi um deserto de emoções, salpicado por experiências que muitas vezes eram mais frustrantes que a própria solidão — disse bem-humorada. — Com o tempo você se acostuma a perder, a sofrer. Não é da natureza, mas é recebido e processado como realidade.

— Não precisa falar-me essas coisas. Nós tivemos nossos momentos, mas eles ficaram no passado.

— Eu era a mentira verdadeira. Seguia as ordens de Durval, mas na cama eu era leal a você.

Como poderia doer depois de tantos anos? Havia alguma importância para suas vidas agora imortais? A informação foi ouvida e pouco entendida. Pedro levou a mão ao queixo e nada falou.

— Você tinha Leopoldina, Domitila e as outras. Um império tropical para governar, enquanto eu fui esquecida. Já servira como armadilha, de nada mais valia. Mas dentro de meu peito o amor estava vivo, me devorando.

— Era por isso que me torturava? E me negava seu sangue, na época meu único modo de manter-me vivo? — quis saber curioso.

— Amou tantas mulheres, não aprendeu nada sobre amor e ódio, vingança e desejo? — perguntou ela. — Domitila não lhe ensinou como uma mulher ama e pode ser inoportuna?

— Lucy — pediu, chamando-a pelo apelido de alcova. — Estamos aqui sangrando os dois pelo passado?

— Temos um filho, Pedro.

— Chega! — bradou ele ficando de pé e apoiando as mãos na mesa para fitá-la com ódio.

Dois vampiros entraram no aposento de armas em punho e fizeram Pedro de alvo. Lucille os mandou partir com um gesto.

— Apenas me escute — pediu ela tocando-lhe a mão.

Pedro puxou a mão e andou pelo quarto um tanto aturdido.

— O passado dói tanto em mim quanto em você. Não podemos pôr em tamanho ou medida — disse ela baixando a vista.

— Eu só queria morrer, mas você me negou até mesmo isso — cobrou ele tocando o peito. — Quando agonizei nos braços de Amélia eu estava pronto para ir para o inferno. Mas você me mostrou que havia algo pior.

— Eu te amava... — gemeu Lucille, realmente frágil.

— Amor? — cobrou ele ficando a poucos centímetros de seu rosto. — Você não sabe o que é isso — cuspiu ele.

— Eu o amei e ao nosso filho — murmurou trêmula.

— Um bastardo e mestiço. Algo pior que nós dois?

— Sim, e nosso filho — rugiu ela, ferida e orgulhosa como somente uma mãe podia ser.

— O que fez com ele, o matou? — ele foi cruel.

— Sou uma maldita destruidora de vidas — retrucou ela sarcástica, má e furiosa. — Ninguém sabe melhor do que eu destruir algo quando deseja. Fui criada para isso, é meu dom, sugar vida — murmurou por fim. — Mas essa obra de amor, eu tentei preservar ao custo de minha vida. Havia vida dentro de mim quando o gerei de suas sementes mortais e frágeis. Elas encontraram em mim abrigo — comentou meio que distante e tocou o ventre.

— O que aconteceu, fala! — exigiu ele segurando Lucille pelos ombros.

— Procurei Cigana — os olhos deles se encontraram e nos de Pedro havia perplexidade. — Ela confirmou o que já suspeitava. Tentou me ajudar, mas não havia como. Nós duas éramos prisioneiras do mesmo algoz, Durval.

— Conheço a história de Cigana e Durval.

— Não! Não conhece — berrou Lucille. — Ele a chantageava, obrigou-a a fazer a poção que permitia que andasse à luz do dia. Ele tinha em seu poder cartas que a levariam à fogueira por bruxaria. Tolerava-o, mas quando ele ficou apaixonado, entregou-lhe as cartas incriminadoras e a libertou de sua chantagem. Tentou conquistar seu amor, mas era tarde, ela já o amava, Pedro. Você foi a maldição de muitas.

— O que houve com a criança? — quis saber aturdido.

— Não a matei. Aproveitei seu desprezo por mim e aceitei sua distância para que não notasse meu corpo mudar. Seria uma gravidez como qualquer outra, você era mortal, ou quase. Mandei que procurasse D. Joaquina por isso. Em mais algumas semanas perceberia meu estado. Te alimentar mataria o bebê.

— Por que não me disse?

— Para ouvir você duvidar da paternidade?

— Teria sido o normal quando também era amante de Durval — explicou Pedro ainda bem lembrado daqueles dias obscuros.

— A última vez que ele me tocou foi quando o atacou e quase o levou à morte — disse num fio de voz. — Mas eu já estava grávida — soluçou infeliz.

Ela enterrou a cabeça nos braços e chorou convulsivamente. Pedro ouviu seu pranto e por fim tocou seu ombro um tanto reticente. Ela se lançou nos seus braços e chorou como no passado, como somente uma mulher ferida pode chorar. Quando a dor diminuiu, ela voltou a falar secando o rosto com as costas das mãos.

— Tentei fugir, mas ele descobriu minha fuga. Manteve-me presa durante a gestação, enquanto viajava ao seu lado promovendo a Independência do Brasil — fez uma pausa. — O menino nasceu no dia que retornou de sua viagem a Minas Gerais.

Tinhas os olhos vagos como se pudesse ver o pequenino nos braços.

— Os cabelos eram escuros como os seus, disse tocando seu peito — Mas os olhos eram verdes como os meus. Chamei-o de Serafim. Era forte e saudável e tinha nosso sangue. No dia seguinte, ele foi arrancado dos meus braços — murmurou arrasada. — Tive de aceitar ordens de Durval para mantê-lo vivo. Imagine minha alegria quando você disse que planejava envenená-lo — disse com os olhos brilhando.

— Por isso não me deixou matá-lo — afirmou Pedro entendendo sua imposição.

— Sim, seu escravo pessoal estava morto. Ele o ajudou a tirar o menino de meus braços. Só restava Durval, interroguei-o por dias e nada revelou. O veneno sumiu de seu corpo e em uma noite ele atacou os escravos que o vigiavam e fugiu.

— Por que matou Cigana?

— Ela se negou a dizer onde o menino estava — disse, justificando seu ato de vingança.

— Não, não pode ser!

— Durval deu nosso filho para ela. O menino ficou escondido até que pudessem viajar com segurança. Ela morreu e não me revelou onde ele estava. Só descobri depois, ao torturar uma de suas criadas, que nosso filho estava o tempo todo na senzala com os negros. Após a morte de Cigana, ele foi com Celine para a Europa. Você lhes deu proteção contra Durval — disse ela quase enlouquecida.

— Ele está vivo?

— Você deve perguntar isso a Durval, quando lhe devolver sua imortalidade — disse afastando-se de Pedro. — Em todos esses anos ele me disse que a criança havia morrido durante a viagem. Eu jamais acreditei, por que acha que matei Mayim e Gael? — a súcubo estava amarga, fria. — Você os defendeu e quase foi executado por isso. Mayim sabia do seu filho e nunca lhe contou por haver prometido à Cigana não fazê-lo.

— Foi por isso que me colocou em uma cela por cinco anos? — quis saber magoado. Jamais compreendeu seu ódio por ele.

— Prendi-o porque não suportava sua ausência e a do meu filho. Tinha esperança de novamente engravidar e me libertar da dor. Mas apenas não aconteceu — explicou aos prantos.

— Somente quando existe amor entre um vampiro e uma súcuba uma criança pode vir a nascer.

Aquela era uma velha máxima sobre o encontro de duas espécies que se fizera provar com muitos casais. Aquele menino nasceu porque em algum ponto Pedro amou Lucille, como amou Amélia, Domitila e até mesmo Leopoldina em algum tempo. Ou apenas por ele ainda ser humano. Pedro saiu da casa o mais depressa que pôde e foi para a rua, ele precisava de ar.

O Acordo

O ANO DE 1822 ESTAVA MARCADO PARA SER DE MUDANÇAS NA VIDA DO Brasil e na de Pedro. A decisão de permanecer no Brasil contrariando as cortes, a nomeação de José Bonifácio como ministro, a expulsão das tropas de Jorge de Avilez do Rio de Janeiro, o controle das rebeliões em Minas Gerais, as viagens que empreendeu a São Paulo e finalmente a quebra dos laços com Portugal com a proclamação da independência marcariam para sempre o destino do país e de seu monarca.

Quando Pedro deixou São Paulo, pesava em seu coração o afastamento de Domitila e a certeza da morte de Cigana. Um dia depois de ser envenenado, um mensageiro chegou com as notícias. Matilde, a mãe de Cigana, escreveu-lhe informando o ocorrido. Achou a filha morta, com o pescoço dilacerado após muito lutar contra um lobo. A mulher de pouca instrução afirmava que fora Lucille a causadora do ataque. Nos últimos meses, Cigana informou-a que a súcubo havia recebido a visita de um antigo amante, Antoine. Ele, segundo Cigana, era um lobisomem.

Na carta recebida no dia 7, Cigana informava que Durval a havia visitado. Estava fraco, envelhecido, mas vivo e cheio de ódio. E pronto a se vingar de Pedro e Lucille. Só não acabou morta porque o expulsou de sua casa usando seus poderes. Logo depois, Lucille a visitara. Queria o veneno que ele utilizara para deter Durval. Ao ser informada de que

Cigana não fabricara o preparado, Lucille duvidou e deixou bem claro que devia parar de fornecer-lhe a poção, ou a mataria.

Quando chegou ao Rio de Janeiro, recebeu Matilde em particular e sentiu-se culpado pela morte de Cigana. Se não tivesse procurado seus serviços, ela provavelmente ainda estaria viva. Só lhe restava cumprir a promessa que lhe fez, cuidar de sua mãe e filha. Pedro providenciou uma escolta e colocou-as para viajar na companhia de um soldado que também iria para Paris. Teriam proteção toda a viagem e mais além. Mas Matilde deixou claro que, ao chegarem em Paris, o pai da pequena Celine as receberia de braços abertos.

As notícias para Pedro eram bem ruins. A liberdade tão plenamente vivida se perdera. O sangue de Domitila não conseguiria mantê-lo livre da fome do sangue da súcuba. A poção que Cigana vinha preparando ao longo do ano estava perdida. O laboratório foi destruído, nada restou do trabalho de Cigana. A vingança de Lucille era óbvia demais para ser ignorada.

— Conheço a magia do meu povo. As poções que minha filha fazia eram especiais. Ela estudou com grandes e antigas bruxas da Espanha e França. Suas poções estavam além de meu conhecimento e escritas no seu livro — explicou a velha senhora. — Conheço poções ensinadas pelos orixás.

Pedro havia perguntado a Matilde se ela saberia fazer a poção que a filha fabricava. A resposta o deixou triste e pensativo. Mas e quanto ao livro? Lembrava-se dele, estava sempre no centro de sua mesa, rodeado por raízes. Por um momento, sentiu o coração apertado. Amou-a? Sim, ela que foi a única a se recusar a ele. Uma amiga única e bondosa como jamais sonhou encontrar em uma mulher.

— Onde está o livro?

— Foi roubado. Sabe, ela pressentiu que ia morrer, deixou tudo organizado. Disse-me que não ia ver Celine crescer — disse a mulher com certa conformação. — Só restou isso — Matilde entregou-lhe um pedaço de papel. — Achei no chão junto ao corpo de Cigana.

Ele recebeu o pedaço de papel amarelado e o reconheceu de imediato. Cigana mostrara para ele o quão complexa era a poção feita do sangue de um súcubo. Após a partida de Matilde, um plano arriscado começou a se formar na cabeça do imperador do Brasil.

A coroação de Pedro ocorreu no dia 1º de dezembro. Assim que chegou de São Paulo foi aclamado. A cidade enfeitou-se, houve tiros de canhão disparados pelos navios de guerra e pelas fortalezas na Baía de Guanabara. A cidade estava cheia e as ruas ocupadas por uma multidão de pessoas. Os novos símbolos nacionais foram exibidos em verde e amarelo, e exaltavam o Brasil acima de tudo, um ramo de café e tabaco, a abóboda celeste, a cruz da Ordem de Cristo sob um campo verde. Por coincidência, o escudo da família Bragança também era verde. O amarelo, claro, era o do ouro do Brasil e da casa de Lorena representando Leopoldina e suas raízes. Estava realmente tudo em casa, como se sempre fosse e tivesse de ser. A guarda de honra passou a ser chamada de Dragões da Independência, algo mais de acordo com os novos tempos. Foi um momento de glória e emoção jamais visto. De algum modo, as pessoas sabiam que nada mais seria o mesmo e que ali se escrevia a história de um novo mundo. De um novo país.

Como sempre, Pedro, após receber as honras no palanque feito para sua aclamação como imperador, preferiu seguir até a igreja a pé junto com a multidão. Aquele era seu mundo e povo, o dia estava nublado e ameaçava chover, mas ninguém sairia dali. Depois dos cânticos na igreja, rumou para o Paço Imperial onde se seguiu o beija-mão. Estava parcialmente feito e foi repetido em dezembro com a coroação. Nessa data houve mais luxo, Pedro apareceu calçado em botas de montaria até os joelhos e com esporas. Trajava calças, camisa, casaco, manto azul que lhe cobria ombros e peito, sobre ele uma túnica verde. Tudo nele mostrava a ruptura com o azul e branco de Portugal.

Apesar da festa e da comemoração, muitos sabiam que aquela ruptura traria guerra e morte. A independência custaria sangue e vidas, mas havia uma mensagem, digamos, subliminar. Muitos esperavam que Pedro fosse um monarca com direito a uma constituição e logo depois república, não necessariamente nessa ordem. Pedro já havia convocado a constituinte em junho daquele mesmo ano, mas ela só vingou no ano seguinte e, bem, não durou muito. Uns queriam monarquia absoluta com Pedro dando todas as ordens, outros queriam que seus poderes se submetessem à constituição. Nesse fogo cerrado, as coisas só se avolumavam em disputas e bate-bocas. A constituição era o estopim de muitas explosões e gerava crises antes mesmo de ser elaborada no papel. E este papel foi o culpado: alguns queriam que Pedro jurasse sobre leis que nem sequer haviam sido escritas. Era um maldito tiro no escuro ou no pé.

Jose Bonifácio era a favor do veto absoluto, ou seja, de que Pedro pudesse anular, mudar qualquer coisa na constituição. Era uma faca de dois gumes e todos sabiam disso. Pedro tentou pôr ordem na casa e apareceu no dia da abertura dos trabalhos. Olhando de fora e com olhos atentos, era fácil perceber os sinais de que tentava ser conciliador. Não usava coroa e quando discursou deixou claro que desejava uma constituição que beneficiasse a todos.

— Uma Constituição que, pondo barreiras inacessíveis ao despotismo, quer real, quer aristocrático, quer democrático, afugente a anarquia e plante a árvore da liberdade de cuja sombra deve crescer a união, tranquilidade e independência do império que será assombro do novo e velho mundo. Façam uma constituição digna do Brasil e de seu imperador.

Não adiantava jogar água, o incêndio já queimava e ia demorar para ser apagado. Cabeças rolaram e a de José Bonifácio foi uma delas. O motivo? Muitos, mas o principal foi o comércio de escravos. Ele queria um país independente e livre da escravidão. Ideias certas, hora e país errados. O Brasil não sobreviveria sem o trabalho escravo àquela altura do campeonato. Pedro não gostava, mas sabia que era impossível seguir o modelo de outros países naquele momento. Havia muitos interesses envolvidos e o peso de todos eles. A constituição é pouco lembrada, para muitos um simples papel; para o país, sua identidade.

Para piorar a ideia de independência, o grito de Pedro não se espalhou por todo país. Ele ficou engasgado na garganta do Maranhão e do Pará. Eles estavam ao lado dos portugueses. O Brasil estava dividido. A guerra se arrastaria por algum tempo como uma serpente, que a muitos mordería o calcanhar. Sorte Pedro contar com o apoio da Maçonaria, afinal ele era grão-mestre maçom.

A essa altura dos acontecimentos, Lucille já havia se recusado a receber Pedro várias vezes. Sim, ela se deu ao luxo de não receber o imperador do Brasil. Ela sabia que a fome de Pedro crescia a cada dia, ele precisava de seu sangue.

Ele só pensava em recuperar o livro da Cigana e passá-lo às mãos de D. Escolástica ou até mesmo Domitila. Precisava ver Lucille e descobrir a verdade.

O garanhão negro que servia de montaria ao imperador parou ao puxão das rédeas de seu cavaleiro. Acabara de chegar à Quinta da Boa Vista. O casarão no alto da colina tinha como paisagem a Baía de Guanabara. Árvores e palmeiras, a baía iluminada pela lua cheia. Mas Pedro não estava com tempo para fitar aquela paisagem deslumbrante. O amanhecer não tardava a chegar, o coração estava descompassado. Os sintomas de sua fome o atormentavam dolorosamente. Chalaça ficara para trás, não tinha condições emocionais de esperá-lo. Estava profundamente aborrecido, na verdade furioso, com o desenrolar dos acontecimentos da noite. Fora humilhado, desprezado e ameaçado. Uma afronta sem tamanho!

Quando desceu do cavalo, soltou um grunhido de dor e segurou as costelas doloridas sob a camisa e a casaca. A queda cobrava seu preço! Uma noite realmente desastrosa. Enquanto retornava do casarão dos D'Lord o cavalo se enfureceu e o jogou ao chão. Na queda, batera de encontro a uma árvore e possivelmente teria quebrado uma costela. Os animais sentiam a mudança em sua natureza. Alguns ficavam assustados, outros enfurecidos. As quedas tornaram-se uma rotina. O problema era estar sem o sangue de uma súcubo.

Entrou na Quinta acordando dois negros que dormiam nos batentes de entrada, mas rapidamente se desvencilhou de seus serviços. Não queria ser visto por ninguém naquele estado, além disso, estava com sede, muita sede. Foi para seus aposentos e se trancou. Feito isso, tirou a casaca coberta com a poeira da estrada, que parecia entranhada em sua pele. Se não estivesse tão exausto, tomaria um banho, todavia tudo o que desejava era meter-se no leito, e na escuridão acolhedora esquecer todos os problemas que lhe rondavam a mente.

Ser imperador estava lhe custando muito caro. Moveu-se mais rapidamente e sentiu um repuxão, rugiu de dor. Finalmente foi para diante do espelho e tocou as costelas sob a camisa, viu a pele roxa e sanguinolenta. Foi para sua escrivaninha e abriu a gaveta. Lá escondia uma garrafa com sangue de D. Joaquina, a última; Cigana as preparava para que durassem meses, anos. Bastava adicionar um pouco de alecrim. Abriu a caixa trancada com chave e se deparou com o vazio. Alguém havia mexido em seus pertences! Roubaram-lhe! Havia um bilhete.

É melhor beber na própria fonte.

L.

— Maldita! — rugiu, empurrando o tinteiro e, os papéis de sua mesa no chão.

O corpo se enrijeceu e provou de mais dor. Tocou a pele e sentiu o osso. Estava realmente quebrada. Tinha os dentes trincados, desferiu sobre a mesinha um soco. Grunhiu de dor e respirou com dificuldade.

O espelho não muito longe deu a Pedro uma visão de si mesmo. O rosto pálido, os olhos dilatados, os dentes crescidos. As veias do rosto saltadas formando uma máscara horrenda. Cobriu o rosto com as mãos e num acesso de fúria passou a destruir o quarto, quebrando objetos e móveis.

Os murros na porta o fizeram parar arfante, desgrenhado, com ares de um animal selvagem.

— Seja quem for, vá embora!

A voz soou profunda e feroz. Ele não se reconhecia, perdia a humanidade a cada novo alvorecer, seu corpo definhava lentamente... Como se deixou cair em tal armadilha? — pensou confuso e subitamente sentindo-se tonto. Acreditou em Lucille, esse foi seu erro.

— Majestade, alguém quer lhe ver — era Chalaça e sua voz trêmula transmitia todo seu medo.

— Fora ou o matarei!

A porta que jazia trancada pelo lado de dentro se abriu das trancas. Do mesmo modo, as portas se abriram para dar passagem a uma dama vestida em seda e veludo púrpura. Ela tinha um leque preso ao pulso delicado por uma pulseira de contas de cristal. Entrou perfumando o ambiente com a fragrância de uma flor muito exótica.

— Rameira! — rugiu incitado.

— Vejo que ainda acha que é meu soberano — começou a mulher com altivez e cinismo.

— Como ousa! — disse Pedro entre dentes.

— Vim terminar com seu sofrimento — comentou lasciva.

— Não, você veio facilitar meu intento de matá-la! — respondeu ele aproximando-se dela e segurando-lhe o pescoço.

Dom Pedro era a imagem de uma fera, um homem no limite da selvageria. Nu do peito para cima. A marca roxa era grande e denotava um ferimento grave. Quanto tempo mais viveria? — perguntou-se Lucille observando-lhe o belo corpo. A cintura bem delineada, o quadril coberto pela calça negra e justa deixava suas formas másculas evidentes. Os olhos negros estavam dilatados e muito escuros. Os cabelos anelados despenteados conferiam-lhe algo de sedutor. Amava-o, mas amava muito mais atormentá-lo, além do mais, ele precisava compreender que ela era sua senhora e ele seu servo.

— Saia, Nhô Chico! — ordenou a mulher parada no meio do quarto em desordem, enquanto fitava Pedro com indisfarçável desejo. Ele reconhecia sua fome, o modo como o desejava beirava a obsessão.

A porta bateu e Chalaça desapareceu. Ele ficou no corredor. Não poderia deixar que os negros ou a imperatriz vissem Dom Pedro naquele estado e acompanhado de Lucille.

Pedro voltou a olhar o rosto de Lucille e soube que quanto mais brutal se tornava mais ela o queria. Doentio. Sua fome não tinha precedente. Mas talvez fosse a solidão, a ausência de seu antigo amante ainda queimava em seu coração como fogo.

Lucille D'Lord fitou o imperador do Brasil e, sedutora, travessa, sorriu.

— Adoro estar sob suas mãos — dizendo isso, acariciou-lhe os punhos fortes.

— Rameira! — disse, soltando-a num empurrão. — Melhor que não se aproxime, tenho ganas de quebrar-lhe o pescoço — relevou fitando a distância com as mãos crispadas.

— Isso seria um desperdício, não acha? E de que adiantaria, não é mesmo?

— O que deseja, bruxa maldita?

— Quero sua atenção, o amor que dispensa a Domitila e até mesmo a sua esposa, aquela mulherzinha sem graça, sem cintura e de unhas sujas; é ridículo.

— Cala-te! Não ouse julgar as mulheres que me rodeiam. Amo Domitila e devo respeito à mãe dos meus filhos...

— Respeito? Não me faças rir, Pedro. Tu respeitas Leopoldina? — debochou com direito. — Nunca a respeitaste, aliás não respeita ninguém. Afinal, também trai a tua Titilia, ou vai negar?

Lucille ria às gargalhadas, enquanto Pedro tentava manter a calma, controlar a dor. Tinha medo de cair aos seus pés num ataque. Era orgulhoso demais para concordar com Lucille, mesmo certa. O tempo o ensinaria grandes verdades.

— Eu deveria te bastar, sabe? Mas tu tens uma doença comum; fome. Tens fome de viver, é prova que serás um excelente imortal. Não terá remorso ou medo, só a mais genuína e voraz fome. E eu te alimentarei eternamente. Durval profetizou sua vinda. Eu apenas aproveitei, ele queria poder, eu me contento com tua força — falou, lançando um olhar ao peito onde a marca da fratura estava exposta.

— Jamais serei como tu ou ele novamente! Queres que implore? — ele deu um passo à frente e fitou a mulher, que não se abalou.

— Não. Quero apenas que seja honesto consigo mesmo e admita que não consegue viver sem minha presença — sussurrou ela as últimas palavras numa insinuação cruel.

— Difícil quando te odeio — murmurou olhando-a nos olhos com frieza cortante.

— Nós precisamos um do outro, sabe disso. Pare de agir como um menino mimado, como o imperador dos mestiços nessa terra de ninguém. Vamos viver pacificamente — sugeriu ela tocando seu rosto frio e pálido — Tem poucas horas antes que teu pulmão comece a falhar.

— O que precisa, Lucille, mais ouro? Aconselho a procurar em outro lugar, o Brasil não vai bem das pernas — cuspiu, sentindo a febre crescer no seu corpo. Precisava comer. E com Lucille tão perto era difícil manter o controle.

— Tenho ouro. Sabes bem disso, mas o que desejo e preciso só tu podes me dar — insistiu ela. Não ia desistir dele.

— Por que libertou Durval? — ele precisava saber.

— Não o libertei, ele matou um dos meus criados e fugiu. Bem, estou fazendo minha parte, chamei Antoine para farejá-lo, logo o encontraremos e daremos um fim àquela carcaça pútrida — cuspiu com raiva.

— Idiota! Como pôde ser tão displicente? — rugiu aborrecido.

Fitou-a com nojo e, segurando a costela, deu-lhe as costas. Sentia-se pressionado. Respirou fundo, tentando evitar o ataque que o rodeava. Nesse momento, sentiu a aproximação de Lucille e não se moveu. Ela o abraçou delicadamente e beijou sua pele.

— Diga, admita que precisa de mim. Posso te dar tanto — disse com os olhos semicerrados de malícia. — Estou tão faminta quanto tu.

De certo que estava. Os mortais que consumia não lhe davam o suficiente. Precisava dele, de seu corpo preso entre dois extremos, nem mortal, nem vampiro.

— Tu és uma destruidora de vidas — disse entre dentes.

O imperador se virou e fechou a mão sobre a garganta delicada e a encostou na parede. Ela fechou os olhos e quando os abriu novamente estavam florescentes. Lucille estava faminta. No próximo segundo os lábios duros de Pedro cobriram a garganta da jovem mulher e quando as presas se cravaram sobre a carne, que cedeu, o sangue inundou sua boca. Ele semicerrou os olhos e sugou com força, enquanto a apertava entre os braços. Ela tentou abrir suas calças, mas ele a impediu. Teria o que precisava e nada mais. Teria de buscar o alento do sexo com outro.

Quando afastou os lábios sujos de sangue da garganta de Lucille, sentiu suas mãos nos ombros, sobre o rosto. Ela precisava cobrar o favor. De olhos abertos, puxou-o e lambeu o sangue e num beijo lento passou a se alimentar. Pedro sentiu a energia sendo drenada e se permitiu alimentá-la. Um equilíbrio frágil os unia. Deu-lhe o suficiente e por fim a afastou, quando ela buscou sua língua num beijo sôfrego.

— Já te dei o suficiente.

Afastou-se dela, que o fitou ansiosa por seu corpo. Fitou o peito e as costelas no espelho e viu a pele restaurada, os danos internos curados, o estalo dos ossos se colando. Mas até quando? Vestiu a camisa e voltou-se para olhá-la. O sangue dela o curava, nutria e mantinha vivo.

— Te procurarei a cada lua nova para que possamos nos alimentar. Isso te basta?

— Sabes que preciso mais que isso. Minha espécie precisa de prazer e energia...

— Tens um amante, de mim terás só o necessário. Agora saia!

— Terei de suplicar?

— No primeiro dia de lua nova, tem minha palavra. Agora te vai daqui!

Verdades e Mentiras

Eva despertou de um salto. Estava acomodada sobre um sofá estilo Napoleão III, em veludo negro, e semicoberta por uma manta de seda. Aparentemente havia dormido ali. O segundo susto ocorreu quando percebeu não estar sozinha como supunha. A luz de um abajur foi ligada e ela viu Durval sentado num canto em uma poltrona inglesa cor de cobre. Observava-a antes na escuridão como um lobo pronto para atacar, agora como um vampiro faminto à luz do abajur.

Era estranho, o corpo mortal não conseguia encobrir totalmente sua essência. O predador estava ali, detrás do olhar, da carne frágil e da ausência das presas. Um vampiro muito poderoso e velho.

— Onde estou? — perguntou Eva tossindo, com a garganta seca.

— Em minha humilde casa — revelou com um gesto de mão, mas com os olhos presos nela.

A resposta fez Eva olhar à sua volta. Humilde era modo de dizer, porque naquela sala, e provavelmente no resto da casa, reinava o luxo e a sofisticação de um colecionador de arte.

A decoração da sala, a começar pelos móveis do século dezoito e dezenove, era requintada. Numa olhada rápida, Eva reconheceu um par de cadeiras inglesas *Regency*, uma cômoda francesa. Nas paredes, o acabamento era veneziano, o console e o espelho certamente franceses.

Fácil perceber que ele colecionava antiguidades. Fácil quando se tem mais de mil anos. O lustre de cristal tinha um encanto singular e cintilava como mil luzes quando aceso.

— Vejo que conhece a doce arte da decoração e do bom gosto — comentou amável.

— Tenho dois antiquários, sempre soube que o tempo tornaria coisas do cotidiano peças valiosas. Mantive depósitos e cofres com objetos, móveis, até mesmo vestuário dos séculos que por mim passaram. Hoje tais relíquias são como ouro em pó.

— Tem muito bom gosto, mas onde estou?

— Já lhe disse, em minha casa.

— Por que motivo?

— Alguém do seu nível deveria saber. Toquei sua mente, logo, espero que lembre quem é, e a que clã pertence. Eu tenho algumas certezas. Vi sua marca de nascença.

— Por que todos falam disso?! — comentou agastada e impaciente.

— Querida, você tem, como dizem, sangue azul. Pertence à realeza. Pedro não lhe disse? — fez uma pausa. — Vejo que não — comentou Durval recebendo o silêncio como resposta. — Será um prazer atualizá-la. Você é filha da rainha Mayim. Ela era soberana de seu povo, os íncubos e súcubos, mas jamais quis a coroa. Abdicou em favor de um regime democrata e fez muitos inimigos.

— Eu não entendo... — depois de se descobrir um ser sobrenatural, realmente acrescentava ao seu currículo certo tom dramático.

— Sua mãe escolheu o amor. Para ser rainha, tinha de se unir a um íncubo, um macho de sua espécie. Em vez disso, ela preferiu casar com Gael, um vampiro. Abdicou da coroa e tentou civilizar seu povo — falava abertamente, sem rodeios. — Sabe, vocês são umas coisinhas perigosas quando querem — afirmou olhando-a nos olhos. — Ela poderia ter mantido a coroa, mas achou que era hora de mudanças. Talvez fosse, ou seja — disse com os olhos fixos em Eva. — Porque você tem responsabilidades e logo elas baterão à sua porta — anunciou em tom de sentença.

Eva recuou quando ele tentou tocar seu rosto. Durval riu de seu repúdio, o olhar luminoso, e voltou a falar.

— Mayim sabia que se tornar rainha naqueles dias seria enfrentar os inimigos que colocaram seu clã em extinção. Hoje são raros os súcubos Alpha. Antes eram comuns; antes, refiro-me há oito séculos.

Durval podia ver Eva reagir como uma mortal que não era, mas em seu caso tolerável. Fora induzida a ser mortal. Mas por quê?

— Por que meu clã foi extinto? — perguntou por fim se interessando em sua história.

— Uma guerra. Seu ancestral, Elisandro, era um íncubo de grande poder e foi desafiado por um clã rival, o Gama.

— Sinto-me numa aula de física.

— Não seja obtusa, sua espécie domina a energia e se denomina por conceitos similares. Heitor não foi um mestre-amante tão ruim que não tenha lhe falado sobre as potências e poderes de sua raça.

Eva o surpreendia com seu silêncio, esperava mais perguntas. Imaginou que lhe fizesse mais perguntas. As marcas em sua nuca foram obra de um Mnemônico. O choque que provocou ao atacar sua mente talvez não tenha sido suficiente para trazer tudo à tona.

— Se eram da mesma espécie, por que lutaram? — ela poderia teorizar sobre as causas. Poder e mais poder, não era por isso que todas as raças lutavam?

— Poder e hierarquia. Elisandro desejava que os demais clãs se curvassem diante dos Alphas, algo que não aconteceu e gerou os primeiros conflitos. A Confraria tentou impedi-los de se matar, mas foi impossível. Do conflito à guerra, vítimas caíram de cada lado. A família de Elisandro foi mascarada e isso só o deixou mais intolerante. Lutaram por um século antes que percebessem que estavam se destruindo — a voz de Durval estava contida e séria. — Dizem que os Betas se extinguiram, era uma espécie dentro da sua. Eles eram possuidores de rara beleza. Cabelos e olhos azuis — comentou meio que saudoso. — No fim a guerra destruiu quase parcialmente os dois lados, só restando uns poucos de cada lado que capitularam com Elisandro, que foi envenenado e morto — andou pela sala com as mãos atrás das costas e continuou. — Daí em diante, a Confraria puniu os dois lados, mas já ocorria coisa pior; fora dos clãs, os íncubos e súcubos foram escravizados por seu sangue e poderes. O comércio de escravos cresceu e as leis não detinham as espécies, que dependiam da sua própria espécie para sobreviver. Há cem anos a Confraria passou a punir com a morte quem as escraviza.

— Você escravizou Lucille. Por que não está morto? — disse Eva aborrecida ao descobrir que pertencia a uma espécie extinta.

— Tomei-a como minha escrava em 1800, a lei ainda não existia. Hoje ela é livre. Claro, a palavra escravidão foi substituída por "uniões". Assim que nascem algumas súcubas, são prometidas em casamento a vampiros com fortuna para pagar o dote. Mas muitos íncubos vendem suas filhas e escravas de clãs menores. A verdade é que sua família provocou a queda de sua espécie. É recorrente afirmar que sua espécie se tornou humana demais para serem chamados de sobrenaturais.

Era sem dúvida nenhuma um insulto e tocou Eva, que se sentiu profundamente ofendida. O sentimento era novo, podia sentir a revolta, o sangue fervendo nas veias.

— Por que se deu ao trabalho de contar-me tudo isso e por que me tirou da proteção de Pedro?

— Proteção? Ele tem a cabeça a prêmio — disse debochando. — Não pode tutelar ninguém, lhe fiz um favor e salvei sua linda e preciosa cabecinha real. Acreditei que gostaria de saber o motivo pelo qual ele não revelou sua verdadeira origem.

— E qual o motivo?

— Pedro foi acusado da morte de seus pais.

Ela ficou imóvel e Durval pôde ver claramente que se continha. As perguntas borbulhavam em sua mente, a insegurança, a surpresa.

— Foi encontrado na cena do crime. Na época, eu estava na Rússia e não acompanhei os detalhes. Mas assim que cheguei a Paris fiquei sabendo de sua prisão e logo depois soltura. Falta de provas. Mas por que será que ele não lhe contou tudo isso?

Ele lançava sementes de desconfiança na mente e coração de Eva. Restava saber se sua mente seria terreno fértil.

— Você ainda não me revelou por que matou Heitor — aquela questão mudou a expressão confiante de Durval.

Estar em um corpo mortal limitava seus poderes. Deveria ser desconfortável em certos momentos tentar esconder suas emoções quando a matéria se fazia tão frágil e reveladora. Estava claro que não esperava sua reação controlada diante do passado que descortinou aos seus olhos.

— Heitor era um guardião, um vampiro que assume responsabilidades por ouro. Quando ele se tornou o guardião da caixa, eu e Lucille o localizamos, mas em tempos diferentes. Quando eu cheguei à casa onde moravam no interior de São Paulo, havia uma menina de quinze anos drenada até a morte por um vampiro. Você estava morta — reforçou. — Heitor havia sido torturado cruelmente por Lucille e Virgo. Faltavam-lhe dentes e dedos.

— Não pode falar quando fez pior. Você o queimou vivo! — rugiu Eva olhando-o com raiva.

— Quanto tempo acha que um corpo dura, quando o habito?

— Me poupe de sua higiene de assassino. Tem o que merece — cuspiu, sentindo-se de algum modo vingada. — Você não passa de um parasita, por que acredita que merece algo melhor que isso? Está roubando corpos porque não admite estar morto. Mas acredite-me, você está.

Eva falou realmente nauseada com seus atos. Aquele corpo pertencera a um jovem mortal, e ele o roubou. Era pior que ser um vampiro.

— Aquele maldito sempre protegeu Pedro. No fim, negou-se a me libertar dessa maldição — reagiu ele. — Queimaria-o mil vezes se fosse possível. E para seu conhecimento um corpo por mim habitado dura seis meses, às vezes menos — cuspia as palavras de modo furioso. — Logo tudo entra em colapso e sou obrigado a procurar mais uma casca pútrida e mortal para nela habitar! E tudo isso graças a Lucille e Pedro! — descontrolou-se, mas um segundo depois se conteve e continuou. — Nunca mais terei meu verdadeiro corpo.

Avançou e ficou diante de Eva, que não recuou, apenas o olhou nos olhos com frieza. A dor era dele, que a carregasse com dignidade. Afastou-se passando a mão nos cabelos lisos e claros.

— Sabe por que aceitei a trégua? Para esperar por esse momento. A caixa está em poder de Pedro e logo ele aparecerá para trocá-la por você — disse sorridente.

— Achei que estava me protegendo e não me raptando — acusou Eva irônica.

— Você tem a escolha. Não a joguei num porão nem a amarrei com cordas — debochou rindo sarcasticamente.

Ele estava lendo sua mente, ou conhecia os métodos de Pedro? Subitamente ficou com receio de pensar e olhou para ele se perguntando se podia ler seus pensamentos. Durval não deixou transparecer um sim ou não.

— Escolho partir, a conversa acabou. Obrigada por me atualizar — disse ficando de pé e indo em direção à porta.

Nesse exato momento, a porta se abriu e Celine apareceu à sua frente e ao vê-la desperta sorriu maligna.

— Estou quase terminando, minha querida — disse Durval fazendo Eva voltar-se em sua direção. — Terá de escolher um mestre-amante para lhe manter viva. Assim que tiver minha imortalidade de volta posso suprir suas necessidades se assim desejar.

Bem, aquilo era um convite, mas por que soou tão ridículo? Eva não conseguiu conter o riso. E por isso recebeu uma estrondosa bofetada no rosto, fitou Celine pronta a derretê-la com o calor de seus poderes. Por muito pouco não se atracaram, Durval teve de ficar entre elas e as empurrar uma para cada lado. Elas se equilibraram e se olharam como inimigas mortais.

— Mas deixe que lhe apresente minha filha, Celine. É graças ao seu amor que estou vivo — disse, evitando que se atracassem novamente e mantendo ambas sob controle.

— Eu não tinha reparado, mas você é bonita, na verdade parece muito com sua mãe. Sabe, ela cuidou de mim depois que minha avó humana morreu. Anos depois ela me entregou ao meu verdadeiro pai, Durval — explicou a bruxa.

— O que querem de mim?

— Para alguém de linhagem nobre você é bem obtusa — debochou Celine servindo uma dose de uísque ao pai.

— Pedro em breve nos encontrará para fazer a troca. Então relaxe — aconselhou, sorvendo um gole da bebida. — Sabe Eva, você conhece pouco do nosso mundo. Mas tentarei lhe passar algum conhecimento útil, enquanto esperamos Pedro — disse, sentando-se e cruzando as pernas de modo elegante.

Apesar de o corpo ser jovem, os modos e gestos eram de um homem refinado e muito elegante. Algo que destoava da casca humana.

— Não preciso que me ensine nada — disse. Havia sentado-se no sofá e mantido a calma.

— Aposto que deseja saber quem matou seus pais — comentou Celine quase maldosa.

Eva nada respondeu, eles o fariam de qualquer modo. Por que lutar, melhor seguir a corrente e descobrir o que pudesse.

— Bruxas e súcubos podem ser amigas. E era assim com Cigana e Mayim. Eram boas amigas, mas essa amizade era mantida em segredo. Naqueles dias falar dos súcubos não era muito bem visto. De qualquer modo, elas eram próximas como irmãs. E a vida já havia dado muitas voltas. Pedro havia se transformado em um vampiro e vivia em Paris com Lucille e Antoine, o cachorrinho dela, lobisomem. Virgo pelo que soube estava na Sibéria caçando um lobo em especial. Um desafeto de Lucille — ele fez uma pausa para sorver a bebida. — Ele se adaptou bem à vida de sangue e prazer. O que desejo que entenda é que para um vampiro um súcubo é algo muito bom. Não sei se sabe, mas um vampiro só pode desfrutar novamente do sexo com uma bruxa ou súcubo. Com mortais, as coisas não funcionam satisfatoriamente. Se é que me entende — ele riu.

— Inocência? — perguntou Celine, impaciente com o silêncio que Eva mantinha, irritando-os.

— Pelo contrário, sei bem o que um vampiro busca com uma fêmea de minha espécie. Só não preciso dos detalhes — esclareceu Eva.

— Isso é o que você acredita? Que sabe de tudo? — disse Durval com os olhos semicerrados. — Não mesmo. Lucille e Pedro mataram sua mãe e pai por dois motivos. Lucille queria descobrir onde estava a caixa e seu filho.

Houve uma mudança perceptível no rosto de Eva, era surpresa.

— É exatamente o que pensou, Lucille e Pedro tiveram um filho, um menino. Acho que agora sabe por que Pedro teve um motivo para matar Mayim e Gael.

— Não, eu não sei — reclamou Eva em busca de mais respostas.

— Quando o filho de Lucille nasceu eu o dei a Cigana para que o criasse longe do Brasil. Cigana se apaixonou pelo menino e ia criá-lo como filho, afinal era apaixonada por Pedro — disse com amargura.

— E você por ela — afirmou Eva tentando feri-lo.

— Sim, mas nessa vida nada tive do que amei. Só o ouro. Então quando encontrar com Pedro pergunte a ele por que matou seus pais.

— Ele não matou meus pais.

— Matou com a ajuda daquela vagabunda da Lucille! Do mesmo modo que ela matou Cigana! — rugiu ele enfurecido com o rumo da conversa. A cordialidade chegava ao fim. — Ele vem deixando uma trilha de corpos e você não quer enxergar por quê? Imagine a decepção de Pedro ao descobrir que Mayim sabia da existência de seu filho e nunca lhe revelou a verdade? — ele rodeava Eva agora. — Doeu e muito, e foi o suficiente para que os matasse.

— Do mesmo modo que Lucille matou minha mãe e roubou o livro que é meu por direito. Mas nós o recuperamos, não é mesmo pai? — disse Celine tocando seus ombros numa atitude consoladora. — Você caiu em um ninho de serpentes, querida, espero que saiba lidar com nosso veneno.

— Nada tenho com seus problemas.

— Não? — falou cínica. — Conte a ela, pai.

— Foi Pedro quem a encontrou morta. Não sei o que ele fez, mas a trouxe à vida e a levou para um hospital. Ele poderia tê-la deixado sob a tutela do seu clã. Mas não, ele preferiu jogá-la no mundo dos mortais. À mercê de sua própria sorte — cuspiu. — Vingança, querida, vingança. Pense nisso. Mas agora chega. Entrem — Durval chamou olhando a porta ainda fechada.

Dois homens entraram na sala. Eram lobisomens, Eva pôde sentir o cheiro deles, os corações e logo a força deles sobre seu corpo. Eles não eram afetados por seus poderes e isso a colocou indefesa.

— Segurem-na.

A ordem fez Eva lutar um pouco mais. Mas ao ser contida com força gemeu de dor. Os homens que a seguravam eram lobisomens, seguravam suas mãos a obrigando a absorver parte de sua energia. Isso a sufocou. Tossiu e se debateu furiosa, mas foi dominada, obrigada a esperar que Durval se aproximasse dela.

— Vou lhe mostrar quem sou e descobrir onde está minha caixa. Quem sabe assim você colabore comigo sem que eu tenha de fazê-la sangrar.

Ele segurou a cabeça de Eva com as duas mãos. De imediato, ela foi sacudida por uma força invisível e jogada em um transe forçado. Por que não continuaram conversando? Tinha de ser do modo mais difícil? Ainda pensou, sendo arrastada para dentro das lembranças de Durval. Mas havia um peso naquele contato pelo qual não esperava. Sentiu gosto de sangue na boca e um grito escapou de sua garganta.

Parou de se debater e foi erguida por um dos homens. Os olhos e corpo imóveis. Estava presa dentro das lembranças de Durval.

Passeava por séculos de existência daquele ser imortal. Sua vida miserável na Europa, o confronto com o vampiro, sua morte e transformação. Os muitos que matou e amou, as guerras que lutou, as viagens, os crimes, as matas onde correu como um animal selvagem caçando nativos. Finalmente a civilização, a riqueza que conquistou com o ouro. Seu desejo por Lucille, suas manipulações políticas e Pedro. Seu contato com Cigana, o amor que por ela nutriu.

A falsa amizade que mantinha com Pedro, as viagens pelo Brasil. O cárcere que impôs a Lucille grávida, o modo que tirou o menino dos braços da mãe. O ataque de Lucille e Pedro, a prisão de seu corpo, a fuga, a perseguição que impôs a Pedro e à antiga amante. A captura, onde caiu nas mãos de Lucille. A troca de corpos, que evitou que morresse. O passar dos séculos, os muitos corpos que roubou até o atual. Eva viu tudo em uma fração de segundos, mas agora também sabia onde estava o filho de Pedro.

O jovem alto, bonito que atendia pelo nome de Serafim não era vampiro e muito menos íncubo. Era apenas mortal.

A Imperatriz e a Marquesa

No princípio houve a necessidade de esconderem o que sentiam um pelo outro, mas com o passar do tempo tudo ficou em segundo plano diante do amor que o casal de amantes sentia. O poder que ambos possuíam, o modo como o usavam, tornou cada encontro único. E capaz de desafiar a sociedade, a vida e a morte, mesmo diante de tantas limitações como a distância, a esposa, os filhos, o país. Pedro e Domitila foram além movidos por um amor que por muitos foi tido como paixão. Aos olhos do mundo, foi o que pareceu. Mas o certo é que dentro de quatro paredes havia mais que sexo, sangue, poder e prazer. Havia longas conversas, risos, música, dança e a delícia de serem apenas um homem e uma mulher vivendo uma grande aventura, a da liberdade. Era o que poderiam ter, pois havia muitos inimigos os espreitando. Mas qualquer um que ousasse humilhar Domitila pagaria o preço. Pedro era zeloso com quem amava.

Após confessar seu amor, Pedro teve de voltar para o Rio de Janeiro, mas não podia mais ficar longe de Domitila. Precisava dela por vários motivos e não demorou muito para que ela se mudasse e passasse a viver em uma casa modesta no bairro de Mata-Porcos. No início os encontros se davam sempre ao anoitecer, escrevia bilhetes e cartas às escondidas. Para não levantar suspeitas, cobria Leopoldina de cuidados e atenções.

Precisava conviver bem com as três mulheres de sua vida. Sim, não podia esquecer-se de Lucille, afinal tinha feito um acordo que vinha mantendo sem deslizes.

Amava Domitila e a cobria de presentes, devia obrigações a Leopoldina e dava-lhe um filho atrás do outro, e com Lucille? Trocavam favores, mas não frequentava sua cama. Ela bem que tentava, mas Pedro tinha por lei jamais voltar aos braços de uma mulher que o humilhara. Assim ela estava sempre alimentada, mas faminta de atenção.

Apesar de certas limitações, o céu era o limite, e talvez aquele amor de sangue e desejo fosse bom por isso, por ser proibido. Ninguém arrancaria Domitila dos seus braços. Faria dela alguém que todos admirariam e respeitariam. Daria a ela poder para que nada nem ninguém pudesse tocá-la mesmo que ele morresse.

Nos bilhetes e cartas, o amor deles explodia.

Meu Bem,

Cumprindo com o prometido, e com os deveres não só de amante, mas até de amigo: dou-lhe parte que passei bem, mas sonhei alguns sonhos que me mortificaram, todos relativos à nossa Pátria.

À noite lá irei, e o mais cedo que puder, para ter o gosto de gozar da sua tão amável companhia, e que até se faz precisa para a existência.

Deste seu desvelado amante.

O Demonão.

À medida que o amor crescia, eles se livravam das inibições. Logo Domitila ganhou um palacete ao lado do muro da Quinta da Boa Vista. O local foi escolhido porque havia uma passagem secreta que os ligava, dando a Pedro toda a discrição e liberdade necessária. Ela passou a se mostrar e a imperatriz a se esconder. A diferença entre elas era um abismo. Um terrível quadro que Pedro fingia não ver nem ouvir.

A sociedade, o povo, o pai de Leopoldina, todos sem exceção os condenavam. Alguns por trás de sorrisos, outros com olhares severos, que eram prontamente ignorados pelo imperador ou respondidos à altura. A conduta de Pedro seria julgada e jamais esquecida. Sua relação com Domitila e com sua irmã, Maria Benedita, foi amplamente alardeada. O que se falava é que ele mantinha as duas como amantes, a irmã mais velha, Benedita, ficaria grávida dele e Domitila, a mais nova, pouco depois. O menino fruto desse interlúdio foi assumido pelo marido de Benedita. Elas não imaginavam que Pedro dependia das duas para se manter vivo. Domitila não conseguia alimentá-lo sozinha, sem a poção seu sangue era apenas um paliativo. Benedita o ajudou, mas recebeu por isso em ouro; todavia quando ficou grávida não mais pôde fazê-lo, deixando Pedro faminto.

Lucille, que agora o vigiava dia e noite, ficou furiosa ao ser informada de sua nova doadora e tomou providências. O incidente entrou para a história. Maria Benedita descia a ladeira da Glória em sua carruagem quando esta foi atingida por dois tiros. O inquérito foi rapidamente arquivado por ordem de D. Pedro. Afinal a culpada era Lucille D'Lord, mas todos acreditavam ser Domitila com ciúme da rival que não era ninguém menos que sua irmã.

Ser a favorita de um imperador tem seu preço, mas também tem seus bons momentos. A ação movida pelo ex-marido de Domitila que se arrastava nos tribunais foi rapidamente resolvida e a favor de Domitila. O casamento foi anulado em quarenta e oito horas. Todas as acusações a ela feitas foram prontamente retiradas e postas sobre o homem que a esfaqueou e quase matou. O marido foi acusado de adultério e maus-tratos. Para a época foi uma decisão surpreendente; como não culpá-lo por espancar uma jovem de dezoito anos e esfaqueá-la? A questão se resolveu com Feliciano prometendo jamais voltar a importunar sua ex-mulher. Graças a isso ele recebeu uma promoção, foi nomeado administrador da feitoria do imperial de Periperi. Mas não acabou aí. Um mês depois Feliciano cometeu a infelicidade de falar mal de Domitila e ainda criticava o seu relacionamento com o imperador. O conteúdo da carta chegou ao conhecimento de Pedro. Enfurecido, ele pegou um cavalo e cavalgou por sessenta quilômetros e aplicou em Feliciano uma surra da qual jamais esqueceu.

Após o incidente com Maria Benedita, Pedro teve de renegociar seu acordo com Lucille. Sabia como acalmá-la e o fez sem hesitar, afinal precisava manter todos em segurança.

O mais estranho é que ninguém via que Leopoldina tinha como rival Domitila, e ela tinha Lucille como adversária. Nesse jogo de cartas invertidas todos sofriam. O novo acordo acalmou Lucy e a fez maldosamente avisar Domitila que agora ela também fora traída.

Pedro foi recebido com frieza e logo eles brigaram. Furiosa, Domitila fez voarem pela sala alguns bibelôs de porcelana, mas quando os quadros tremeram na parede o imperador achou por bem sair e lhe mandar missiva logo que o dia nasceu.

Meu amor, minha Titilia,

Eu já não namoro ninguém depois que lhe dei minha palavra de honra, e assim não mereço teus ataques. E quanto a dizer-me que não lhe dei parte de ter ido outro dia a Botafogo tu engana-se, pois à noite eu lhe disse que tinha ido com a imperatriz no carro e a passo. Sinto infinito que depois de tanto tempo de prova mecê ache ainda capaz de lhe fazer traições e infidelidades.

Este que se considera e afirma ser seu amante fiel, constante, desvelado, agradecido e verdadeiro,

O Imperador.

Temendo que as cartas fossem interceptadas, Pedro não citava Lucille, e sim a imperatriz, ou Proprietária para se referir a ela. Ele também pediu que Domitila destruísse suas cartas, mas ela nunca o fez. Mais por amor que por ambição, como muitos acreditam. Mas não era só Titilia que sentia ciúmes, Pedro também se queimou nesse fogo, que arde tanto quanto o da paixão.

— Será possível que tu estimes mais alguém do que a mim? — perguntou Pedro com a cabeça no colo da amada.

— Ninguém ocupa meu regaço, meu colo, minha cama e corpo além de vossa majestade.

Nesses momentos a tomava sua e pouco importava se ela não sabia escrever com perfeição ou não era a esposa. Ele sorvia dela a paixão, o amor, o alimento. Era como uma taça onde colhia a vida. Por vezes a deixava com marcas, pois faminto sugava a vida direto de suas veias. No pulso, nos seios e até mesmo na garganta delicada e pálida. Domitila banhava-se com frequência, mas falar disso numa época em que o banho é rotina parece inacreditável. É sabido que havia certo cheiro de azedo no ar disfarçado com perfumes e leques. O palacete da marquesa tinha uma sala de banhos, hábito que Pedro já partilhara com Lucille, e agora desfrutava também de uma piscina com Domitila.

Acalmadas todas as suas mulheres, ele reinava o melhor possível e com uma energia invejável. Mas o pior aconteceu: uma queda de cavalo. Pedro caiu do cavalo e ficou vários dias de cama. Domitila quase enlouqueceu, mandava recados. Lucille apareceu na janela vestida como um homem e adentrou no quarto. Pedro despertou e ao vê-la sorriu e tocou as costelas, sentia dor ao mais leve movimento.

— Quando vai aprender? — ralhou ela pálida de preocupação. — Os animais sentem nossa natureza e nos temem. O cavalo é sensível e te repudiou.

— Um tonto, eu apenas estava com fome quando montei, não me lembrei dos detalhes. Esqueci que sou parte vampiro graças a você e aquele miserável! — rugiu, aborrecido por ser repreendido.

Os olhos estavam translúcidos e os caninos maiores. Ele estava perigosamente entre dois mundos. O mais belo deles, diga-se de passagem. Os cabelos cacheados, a pele cada dia mais pálida, atraente para um súcubo faminto.

— Um presente o qual te mantém vivo e forte, não te esquece disso. Eu vim te curar, enquanto Leopoldina reza e manda pintar quadros para santos e Domitila chora. É das minhas veias que vai tirar tua cura.

Dito isso, trancou as portas e afastou a casaca, a camisa e se deixou morder por Pedro. Ele a sorveu em longos goles e quando se afastou sentia os ossos e a pele se restaurando. Olhou-a ali tão frágil e languida e inclinou-se para que dele roubasse um pouco de energia.

— Apesar de não acreditar, vim te salvar por amor, não por fome. Eis tudo o que me sobrou de um mundo que não existe mais.

Tocou seu rosto e o beijou e, ajeitando as vestes, partiu sem dizer mais nada. Pedro podia sentir o amor de Lucille, era real, mas não podia mais senti-lo em si, dentro dele, tudo se fora, tudo se quebrou naquela noite, quando deixou de ser o príncipe e se tornou um morto-vivo.

Pedro estava conseguindo administrar o melhor possível a vida. Ele era do tipo protetor e vingativo. Domitila, como era de se esperar, desejava frequentar os melhores lugares da cidade agora que tinha dinheiro e belos vestidos. Mas tal atitude nem sempre lhe rendeu bons momentos. Foi barrada na entrada do Teatrinho Constitucional de São Pedro.

Estava pronto a ir visitá-la quando um criado chegou com o bilhete. Ela descrevia o ocorrido e afirmava: estava decidida a partir. Encontrou-a aos prantos e jurou ao secar suas lágrimas com beijos que eles pagariam por tamanha afronta. E pagaram mesmo. O teatro foi fechado, os atores despejados e ainda tiveram seus pertences queimados em frente à igreja de Santana.

Houve outros incidentes que fizeram o imperador tomar partido de sua favorita sem se importar com o que seus súditos, ou mesmo a Europa inteira, pensassem dele e muito menos Leopoldina. Era o imperador do Brasil, e ali quem mandava era ele. Ele favoreceu não só Domitila, mas toda a sua família.

Para ser respeitado, é preciso ter poder, e foi o que Pedro deu a Domitila: poder. Deu a ela um lugar privilegiado em todas as reuniões, passeios, viagens e eventos na corte. Precisava protegê-la de muitos, Lucille era apenas um deles. Os simpatizantes de Leopoldina a atacavam e insultavam com murmúrios. Assim, no dia 12 de outubro, seu aniversário, Pedro elevou sua Titilia à condição de viscondessa de Santos. Um ano depois, na mesma data, a faria marquesa e a colocaria na história para todo sempre.

Domitila engravidou cinco vezes de Pedro. O primeiro foi concebido da primeira noite de amor e, logo depois do grito de independência, ela abortou.

Maria Graham, a inglesa amiga pessoal de Leopoldina e preceptora da princesa Maria da Glória, afirmou que saber da amante era algo, mas aturar sua presença como dama de honra de sua corte era outra. Ele parecia imitar Luís XIV, o Rei Sol. Ele teve Domitila como Luís a *marquesa de Maintenon, Françoise d'Aubigné*. Era sua esposa não tão secreta.

O seu amor os colocou na história não somente como personagens de um passado repleto de mudanças, mas como o casal que desafiou a todos para viver seu amor e maldição. Domitila estava certa, ambos eram amaldiçoados e não sabiam o quanto. A paixão de Pedro o fazia, segundo muitos, esquecer a moral e os bons costumes. Mas o que seria isso diante de um homem com o pé na imortalidade? Nada. Mera falação. Ele estava à frente de todos, todos eles já estavam mortos, eram poeira levada pelo vento, como bem diz a música do grupo Kansas, "Dust in the Wind". Um amor que gerou frutos, que ele amou e protegeu tanto quanto protegia os seus filhos com Leopoldina.

Ele era português e brasileiro, marido e amante, imperador e vampiro. Serviu a duas rainhas o melhor que pôde. Mas ele traía as duas com Lucille e com outras das quais se alimentava, escondendo de Domitila que não podia mais viver só de seu sangue. A fome aumentava, a dependência pelo sangue de Lucille crescia e o colocava cada vez mais perto de ajoelhar-se aos seus pés e suplicar pela imortalidade completa.

Se houve um ápice no sofrimento de Leopoldina foi durante a viagem de dois meses que Pedro fez à Bahia em 1826. A viagem seria um luxo só! Tudo estava muito bem até a lista de tripulantes incluir, não nessa ordem, Leopoldina, Pedro e Domitila.

Quatro navios transportando duzentas pessoas. Entre elas, a princesinha Maria da Glória. Barões, viscondes, secretários, membros do clero. A nobreza sobre os mares, por assim dizer, e com todo o luxo a que estavam acostumados. Zarparam e lá se foram eles sobre um barril de pólvora que não explodia por falta de pavio. Leopoldina não descia do salto ou, como se diz, não ia se trocar com qualquer uma. Ela era a imperatriz, e a outra a marquesa, tenha santa paciência. Onde come um, comem dois, ou três. E por aí vai. Seria a tolerância brasileira ou o jeitinho tão particular de só vermos o que nos interessa?

A coisa toda era vexatória. Leopoldina mantinha-se em seu camarote e fazia as refeições sozinha. Pedro e Domitila com os convidados e até mesmo com a princesa Maria da Glória. Quando chegaram à capital baiana, a coisa ficou pior. Pedro e Domitila ficaram num mesmo prédio, e Leopoldina e a filha em outro. Os prédios eram vizinhos, é claro, para facilitar.

Um revolucionário? Um imperador apaixonado que chocou seu século por valorizar sua amante mais que sua esposa.

Na cabine, a sós, o imperador e a marquesa falavam de tudo, de todos e dormiam juntos, corpos colados, o calor dividido. O mundo, os problemas e Leopoldina estavam além daquela porta. Mas não raras vezes Pedro se pegava perguntando por que era Pedro e não outro homem, com menos deveres. Invejava seus soldados, eles eram livres, ele era um escravo com regalias.

O Brasil mudava e crescia sob a ameaça dos portugueses, enfrentou conflitos, guerras, tendo à frente um imperador que literalmente entraria para a imortalidade. Porque nem só de amor, paixão e sangue vivia Pedro. Ele negociava o reconhecimento da Independência do Brasil com os ingleses em troca da abolição do tráfico de escravos. O acordo existia desde os tempos de D. João em 1815, mas fora arquivado naqueles dias. Em 1826, Pedro assinou um acordo com a Grã-Bretanha, no qual se comprometeu a extinguir o tráfico de escravos. Infelizmente, como nas negociações anteriores, a promessa só ficou no papel. O crescimento das lavouras de café puseram um fim no sonho de liberdade de muitos escravos.

Houve momentos difíceis, como a carnificina ou Batalha do Jenipapo. Era a Guerra da Independência ceifando brasileiros e portugueses em um solo que, para início de conversa, não lhes pertencia, e sim aos índios.

Mas voltemos à guerra: em 13 de março de 1823, duzentos brasileiros foram mortos e quinhentos, presos. Isso representava um terço de um exército feito de comerciantes, vaqueiros, vereadores, um juiz, velhos e adolescentes. O povo. Despreparados e munidos somente com a cara e a coragem, eles lutaram pelo seu país e pela liberdade. Estranho saber disso quando tão pouco se fala. É mais fácil lembrar que o imperador teve uma dor de barriga e que tinha uma amante. Esses heróis anônimos são um legado, fazem parte da liberdade que hoje possuímos e usamos tão pouco.

Era uma guerra estranha e, podemos dizer, que foi vencida pelo cansaço, porque Portugal enfrentava dificuldades financeiras para manter seu contingente. Pedro consolidava seu poder pelo país e saltava de um conflito a outro vencendo de maneira honrosa e heroica as dificuldades. "Verás que um filho teu não foge à luta." E não fugia mesmo.

As coisas estavam mudando, nem sempre para melhor. Ao chegar da viagem à Bahia, Pedro e Domitila encontraram Pedro de Alcântara morto. O menino desde o nascimento fora frágil e não suportou o peso da vida. Sem falar na maldição dos Bragança. E não demorou muito para que outra triste notícia chegasse. D. João VI deixou o trono e foi para o império onde mandava o criador. O peso daquela morte tinha sabor amargo. Morte suspeita a do rei de Portugal: face roxa, tremores, convulsões. Suspeitos? Muitos: Carlota Joaquina por intermédio do filho, por intermédio de sua esposa. Um novo teatro era montado além-mar para uma tragédia que logo teria cartaz. Mas não tão cedo.

Acerto de Contas

A TROCA OCORRERIA NO SUBSOLO DE UM PRÉDIO DE ESTACIONAMENTOS no centro da cidade. O lugar era perfeito: o vigia fora nocauteado e posto de lado enquanto entravam, melhor desacordado do que morto. Antes de ir ao encontro de Durval, Pedro tomou algumas medidas. Visitou Tonny, o mestre do distrito, deixando com eles instruções sobre o destino da jovem súcubo. Se ele fosse morto, Tonny procuraria a arquivista. Solange tinha uma carta dele para o clã ao qual ela pertencia. Ainda era caçado, tinha esperanças de resolver tudo naquela noite, mas se falhasse não deixaria Eva à mercê de Durval. Tonny fumava um charuto e sorvia um cálice de conhaque. Ao saber do rapto, ficou furioso.

— Quem aquele bastardo ladrão de corpos acha que é? — disse, socando a mesa — Leve Milo com você, não é justo lutar sozinho contra aquele palhaço — cuspiu Tonny.

O segurança se apresentou de imediato. Gostava de Pedro e odiava Durval, desde que ele roubou o corpo de um conhecido seu.

— Será um prazer ajudar aquela pestinha — disse o grandalhão sorrindo e trocando com Pedro um aperto de mão elaborado.

— Com sorte, eu limpo mais essa sujeira para você, Tonny — comentou Pedro já de saída.

— Espera — disse Tonny destrancando a gaveta de sua escrivaninha e detendo Pedro no meio do caminho. — Use isso, vai ajudar — disse, lançando um anel para o vampiro.

— É o que estou pensando? — quis saber fitando o anel antes de colocá-lo no dedo. Foi usando aquele anel que Durval atacou sua carruagem séculos atrás na rua Lavradio, no centro do Rio de Janeiro.

— Mate Durval e descubra. Se sobreviver, ele é todo seu. Milo, leve ele na despensa e deixe ele se servir — disse o mestre do território voltando a seu charuto cubano.

A despensa era onde Tonny guardava as armas "proibidas", munição de fósforo, bala de prata, madeira, pólvora, sal e até água benta. Adagas de prata e chumbo, ferro. Chicotes de couro humano e flechas explosivas e tudo que imaginar em material bélico e sobrenatural.

— Farei o meu melhor — comentou Pedro fitando o anel e logo depois saindo rumo ao elevador.

Os vampiros estavam espalhados entre os carros e até no segundo piso do estacionamento. Milo contou oito e uns cinco lobisomens. O que Durval esperava? Uma guerra? Havia algo mais acontecendo por ali. Durval nunca saia desacompanhado; se o corpo mortal morresse, ele ia junto. Então estaria de colete à prova de balas e protegido pela magia de Celine. Ela fazia qualquer coisa para mantê-lo vivo. Não gostava de tê-lo na linha de frente, mas ele só fazia o que desejava. Apesar de terem pensamentos bem parecidos, por vezes era insuportável conviver com ele.

O Audi negro parou, no seu interior Durval e Eva, que estava contida por algemas e uma mordaça. Ela estava sendo vigiada por um lobisomem. Pedro não a viu de imediato, mas pôde sentir sua presença. Provavelmente deveria ter tentado fugir e a detiveram. Ele bem sabia o quanto ela poderia ser persistente e teimosa.

Quando Durval desceu do carro, Pedro viu Eva, e seus olhares se encontraram. Ela tentava dizer-lhe algo, mas não conseguia ouvir seus pensamentos, pareciam bloqueados. Ele ficou em alerta e se preparou para fazer a troca.

Carregava a maleta onde estavam os pertences de Durval. Nada queria além da liberdade de Eva, saber onde estava seu filho e que retirasse a recompensa por sua cabeça, afinal, ainda era procurado pelos caçadores. Naquela maleta só havia o passado, algo que ele tentava esquecer todos os dias. De que lhe serviria um diário, cartas de amor dirigidas à Cigana, aquilo tinha um cunho pessoal. Não queria nada dele, muito menos suas malditas lembranças.

— Vejo que se afeiçoou à pequena — comentou sarcástico.

— Roubei a caixa de Lucille como vingança pelos anos que passei em cativeiro — disse sem lhe responder o que desejava. — Sabia que sem ela, Lucille ficaria indefesa diante da Confraria. Mas você não a acusou e tampouco a matou, por quê? — Pedro resolveu perguntar.

— Sempre tão nobre, não é mesmo? — vendo o olhar de poucos amigos do vampiro, disse em tom baixo e frio. — Viva, ela sofre um pouco mais. A morte é pouco para o que ela e você me fizeram. Mas me diga. — a voz voltou ao tom cínico. — O que deu a ela para conseguir a caixa? Porque pelo que sei ela invadiu seu quarto e roubou as amostras — debochou de sua explicação.

— Fizemos um acordo — disse Pedro com os olhos semicerrados.

— Igual ao que tinha, enquanto você brincava de imperador? — ele escarneceu do passado de Pedro. — Sabe, se tivesse me deixado "vivo", o Brasil teria enfrentado crises menores.

— Durval, o passado está morto e enterrado. Façamos a troca, sua presença não me agrada, seja nesse corpo ou em qualquer outro — comentou gélido.

Milo foi notado pelos vampiros e pelo segurança pessoal de Durval. Eles eram do mesmo tamanho. Encararam-se quase se medindo, mas permaneceram em seus lugares apenas esperando o comando certo. Durval não se importou com a presença de Milo, estava muito seguro de si. Com um gesto, os seguranças tiraram Eva de dentro do carro e a levaram à frente, detendo-se a poucos passos diante de Pedro.

— A maleta, por favor, Pedro.

Dito isso, seu segurança pessoal andou até Eva, que esperava quieta, os olhos presos nos de Pedro. O segurança a puxou e por fim a empurrou sobre o vampiro. Milo colocou-a às suas costas, desamarrou-a e esperou pelos movimentos de Durval.

O segurança apoiava a maleta para que Durval examinasse o conteúdo. Seus olhos brilharam de satisfação. Ali estava seu sangue, mas onde estava a segunda amostra? Depois de tantos anos buscando aquela relíquia finalmente podia sentir a liberdade. Mas ela ainda não estava completa. Todo o resto estava como deixou, os diários, as cartas, mas parte de seu coração não. O que procurava estava na mão de Pedro, elevado no ar.

— Vamos, imperador, diga seus termos — disse calmamente; continha bem seu ódio. — Parecia já esperar por aquilo e seu riso cínico preocupou Eva e Pedro.

— Retire a recompensa — disse e esperou que Durval ligasse para a Confraria cancelando o contrato.

A conversa não durou muito e Milo pegou seu telefone e confirmou com Tonny que todas as sanções haviam sido retiradas. Pedro não mais seria caçado. Mas faltava algo ainda.

— O que vem agora? — perguntou olhando a amostra com atenção.

— Diga-me, onde está meu filho?

— Acreditou nas mentiras de Lucille? — debochou, pondo as mãos nos bolsos das calças fingindo uma tranquilidade que não sentia.

Livre, Eva observava as negociações com receio. Havia muitos vampiros para uma simples troca. Todos pareciam armados, olhos grudados nela e nos seus dois acompanhantes. Subitamente sentiu um calafrio, foi como se alguém houvesse passado e a corrente de ar a tocasse. Ouvindo a mentira de Durval, não se calou.

— Qual é seu problema? — disse com raiva. — Por que me contou toda aquela merda e está mentindo agora?

— Do que esta falando, Eva? — quis saber Pedro confuso.

— Esse babaca contou-me sobre a criança e me fez ver seu passado obscuro e agora nega tudo — disse enojada. Olhou Pedro e continuou: — É verdade, você tem um filho. Não precisa perguntar a ele. Sei onde Serafim está. Esse bastardo me deu suas lembranças, mas por quê? — comentou olhando-o acusadora.

— Eu esperava por algo do gênero, Eva. Então resolvi me prevenir — disse, sorrindo malignamente.

— Tem certeza, Eva? — perguntou Pedro com os olhos fixos em Durval.

— Sim, tenho, Serafim está em Paris.

— Viu só? — disse Durval impaciente, olhando o frasco com ansiedade.

— Tome, Durval, é todo seu — dizendo isso, Pedro lançou o frasco em sua direção.

Ele o teria segurado não fosse a mão de Virgo detê-lo no ar. O sorriso do vampiro era maligno e frio, assim como a lâmina da espada que trazia já desembainhada. Ele e Lucille apareceram do nada, pareciam ter camuflado sua presença com algum tipo de mágica.

— Vá embora, Pedro. Você cumpriu sua palavra, não deve mais nada a Durval. Agora é minha vez de negociar.

Dizendo isso, sorriu para Virgo, que lançou a amostra no chão, quebrando o frasco para, por fim, pisar no pedaço do coração de Durval com o sapato.

— Não!

O grito de revolta e dor de Durval cortou o estacionamento e fez todos os pelos do corpo de Eva se arrepiarem. Pedro não pôde acreditar quando viu o mortal que alojava a alma de Durval curvar-se no chão e urrar de dor. Lucille gargalhava, e em seguida despejou sua raiva:

— Isso foi pelo meu filho! Achou mesmo que conseguiria? Monstro desgraçado!

— Matem... — murmurou rouco de ódio. — Matem, matem todos eles!

A ordem de Durval foi como o estalar do chicote. Os vampiros e lobisomens avançaram sobre Virgo e Lucille. Milo tirou a arma do casaco e começou a atirar. Pedro lançou ao chão duas esferas, eram cortinas de fumaça para facilitar a fuga. Eva fechou os olhos para agrupar as forças, mas não conseguiu. Carregada por Milo, eles se ocultaram atrás de um micro-ônibus. Para onde foram seus poderes? Foi quando ouviu a voz de Celine entoando uma espécie de ritual. Mas onde ela estava? Não a viu no estacionamento.

Eva despencou no chão segurando a cabeça. Pedro viu sua dor, estava a poucos metros travando uma luta de espada com um lobisomem. A fumaça cedeu, levada por uma ventania. Não havia dúvidas, Celine estava bem perto e usando seus poderes de bruxa. Sem a cortina de fumaça, era possível ver alguns corpos caídos naqueles primeiros minutos de luta. No chão se contorcendo de dor, Eva tentou entender o que se passava. Milo erguendo-a nos braços e tentando afastá-la da bruxa, enquanto ela gemia.

A essa altura, Virgo lutava com o segurança pessoal de Durval. Os dois eram como montanhas desferindo socos e golpes de faca. Não fizeram uso de espada, pareciam querer se despedaçar à unha. Dois dos vampiros alvejados pelas balas da arma de Milo estavam no chão em chamas. Os dois lobisomens avançaram e só restou a Pedro detê-los antes que alcançassem Milo, que tentava levar Eva para longe do estacionamento.

Tirando duas armas da cintura, ocultas pela jaqueta, Pedro atravessou o estacionamento disparando em tudo que se movia e fez três alvos. Os vampiros caíram no chão em chamas, balas de fósforo. Quando os lobos resolveram se transformar, ele carregou a arma com um pente de balas de prata. Escondera-se atrás de um carro e via Lucille e Durval lutando não muito longe.

Os lobisomens transformados avançavam. Pedro saiu detrás do carro e os segurou na bala. Um acertou no peito, matando-o de imediato, o segundo na cabeça. Aquele só levantaria dali umas horas. O que matou com o tiro no coração passou a mudar, voltar ao estado humano, enquanto o segundo permanecia metade homem, metade lobo.

Virgo matou o segurança de Durval. Apunhalou seu coração com uma estaca em forma de espeto que sempre tinha à mão quando em uma luta corpo a corpo. Lucille e Durval lutavam com espadas. A luta estava equilibrada, ambos já sangravam, mas algo aconteceu.

— Lucille, cuidado! — gritou Pedro.

Celine apareceu caminhando do nada e apunhalou Lucille pelas costas com uma adaga de prata. Durval aproveitou e cravou a espada em seu ventre. Fora pega à traição.

— Não! — gritou Virgo ao ver sua mestra ser ferida.

Tinham suas diferenças, mas ela merecia uma luta justa. Pedro foi para seu lado e a viu agonizar no chão. Furioso, fez menção de atacar Durval, mas Virgo passou-lhe à frente.

Celine o jogou longe com um gesto de mão e voltou a amparar o pai, mas Virgo não desistiu. O vampiro se lançou sobre ela antes que pudesse usar sua magia novamente. Na queda, Durval recuou e viu o vampiro morder sua filha. A bruxa gritou e esperneou, enquanto ele sugava-lhe o sangue. Por fim, soltou-a e cuspiu no chão. Caída no chão ela agonizava, e sem perder tempo Virgo atacou Durval.

Ele não ia longe. Sangrava bastante pelo ferimento feito pela espada de Lucille. E teve de enfrentar Virgo, que estava enlouquecido de ódio. Puxou-o pelos cabelos e roupas e jogou-o junto de Lucille, que agonizava nos braços de Pedro.

— Veja, Lucy, vou matá-lo! — disse Virgo, que detinha Durval bufando e esperneando.

— Não! Afaste-se! Não pode me matar — reclamava o conde autoritário.

— É verdade — disse Pedro espantando o vampiro. — Virgo não pode, mas eu certamente tenho esse direito — dizendo isso, deixou Lucille por um momento e girou a espada fazendo um gesto para o vampiro.

Virgo ajoelhou o mortal no chão e Pedro num gesto ágil cortou-lhe a cabeça, enquanto ele gritava em revolta. A cabeça dele rolou como a de qualquer outro vampiro ou mortal.

Ele e Virgo ampararam Lucille, que mal respirava agora. Nada poderia ser feito, o sangue deles a alimentava, mas não tinha o poder de salvá-la da morte. A prata que feriu seu coração a levaria à morte. Só o sangue de seu primeiro mestre conseguiria salvá-la. Não era imortal, apenas tinha um ciclo de vida diferente dos mortais, o que a tornava imune, quase imortal. O sangue de um vampiro a mantinha jovem e bela.

— Pedro... Encontre Serafim — falava do filho perdido. — Fale que o amei e amo, que tentei... — o sangue a sufocava. — Diga-lhe a verdade.

— Direi, Lucy, direi. Agora se acalme, está tudo bem. Vou encontrar nosso filho — prometeu beijando sua testa.

— Eu sempre te amei... — ela apertava sua mão. — Te prendi... porque precisava de você mesmo que me odiando.

— Eu também te amei. Acharei nosso menino, eu prometo — sussurrou junto ao seu ouvido. Queria acalmá-la, deixar que partisse em paz.

— Virgo... — disse olhando-o com carinho. — Meu querido, não atormente mais Pedro, viva sua imortalidade, encontre sua amada — ela tocou seu rosto e o sujou de sangue.

— Sim, Lucy, sim — disse o vampiro com uma lágrima escorrendo pela face pálida e amarga.

A mulher sorriu triste, apertou sua mão e num último suspiro morreu. Virgo a pegou dos braços de Pedro, a aconchegou junto a si e com carinho beijou sua testa. Olhou Pedro e se afastou, ia cumprir o pedido de Lucille. Ele foi ver Celine, que agonizava e ao vê-lo sorriu.

— Salve-me... Ou sua Eva morre — grunhiu.

— Pedro! — era Milo, que estava no carro com Eva no banco traseiro, contorcendo-se.

— O que houve?

— Ela está assim desde que essa daí falou.

Pedro examinou Eva no banco traseiro e viu seu corpo tremer de febre enquanto se contorcia. Tinha os olhos brancos e balbuciava em voz desconhecida.

— Morro e a levo comigo... — disse rindo vitoriosa.

Ela realmente iria morrer, mas Pedro não permitiria. Sem alternativas, ele foi para junto de Celine, mordeu o pulso e deu-lhe de beber de seu sangue. Ela, apesar de ser bruxa, era primeiramente súcuba, e ele foi seu primeiro mestre. Mas essa era outra história.

— O que fez a ela? — questionou Pedro encarando Celine com raiva.

— Dei-lhe algo para ocupar a mente vazia — debochou a mulher.

Celine estava amarrada numa cadeira e sobre um círculo de contenção. Após salvá-la, colocou-a no carro e foram para casa de Solange. Milo queria ficar, mas Pedro o dispensou, agradecendo o apoio durante a luta e pedindo que contasse tudo a Tonny. Eva estava sobre a mesa de exames de Solange, que nada conseguiu fazer para ajudá-la. Chegou o mais rápido que pôde à sua casa e levou Eva imediatamente para o laboratório. Lá ela deu o veredito.

— Eva não foi drogada, foi possuída — disse a mulher com pesar.

— Como assim possuída? — questionou Pedro, aproximando-se dela para olhar seu estado.

— Dentro dela estão várias almas, todas em luta pelo corpo. Os súcubos podem ser bons necromantes, eles se comunicam com espíritos e até mesmo com cadáveres. Mas nesse caso fizeram-na absorver várias almas.

— Mas de quem são essas almas? — quis saber, vendo Eva estremecer levemente e depois gemer.

— Talvez dos corpos que Durval rouba. Veja — disse Solange erguendo sua pálpebra.

O olho de Eva estava voltado para cima, estava mergulhada em um transe profundo e talvez sem retorno.

— Pode tirá-los dela?

— Não, Pedro, lido com a vida. Eles alimentaram Eva com almas. Teríamos de exorcizá-la, mas não sei se ela aguentaria, além disso, são muitos — disse tocando a mão de Eva com pesar.

— Tem de haver um modo, Solange — pense — por favor — pediu Pedro angustiado, andando em volta da mesa.

— Acho que devemos extrair a verdade de quem fez algo tão baixo e cruel — sugeriu a bruxa aproximando-se de Celine.

— Ela vai morrer em poucas horas — anunciou a bruxa satisfeita.

— Você disse que se a salvasse ela viveria. Bem, cumpra sua parte — anunciou Pedro com o rosto perto do dela.

Nesse momento, Eva teve uma forte convulsão e se debateu sobre a mesa. Pedro e Solange tiveram de amarrá-la. Ela vociferava com vozes que não lhe pertenciam e rugia de raiva e dor. Por um momento voltou a si.

— Eva?

— Dói, dói muito... Pedro, me ajude... Eles são muitos...

Subitamente seus olhos se voltaram e mergulhou dentro das trevas novamente. Falavam em várias línguas e, em todas, aquelas almas pediam liberdade, justiça. Pedro se afastou de Eva e foi para cima de Celine.

— Fale, Celine, ou juro que vou matá-la! — rugiu Pedro, segurando-a pela garganta.

— Mate de uma vez! Eu dei a ela mil almas, será que foi o bastante? — gargalhou malignamente a bruxa. — Queria que ela compartilhasse da emoção de ser absorvida.

— Maldita!

A mão de Pedro se fechou sobre seus cabelos e os puxou fazendo-a enfrentar sua raiva, os caninos expostos. Ela aguentou a dor e o fitou com determinação. Quando Solange o puxou de cima da bruxa, a cadeira quase tombou.

— Acreditou mesmo que seria tão fácil? Que a entregaríamos intocada? Tolo — jogou cruelmente.

— Celine, o que deseja? — perguntou ele cansado de ver Eva se debater sobre a mesa. — Tripudiar? Vocês brincaram juntas, suas mães foram amigas. Cigana jamais fez mal a quem quer que fosse.

— Ela ajudou Durval a esconder seu filho, tirou-o de uma mãe em desespero. Ela era realmente boa?

— Era, sempre foi boa. Cigana foi a melhor e mais honrada mulher que cruzou meu caminho. E acredito que ela recebeu a criança para que Durval não a matasse ou a usasse contra mim. Você tornou-se algo pior que Durval — disse, olhando-a com verdadeiro nojo.

— Tenho o sangue dele correndo pelas veias, por que deveria ser uma boa menina? — perguntou quase lasciva. — Deixarei-a morrer, afinal você matou meu pai.

— Chega, fale, e fale agora, ou juro, vou esmagar sua garganta! — ele estava colado a ela. As mãos sobre os braços da cadeira os apertavam até rangerem.

— Tudo tem um preço.

O vampiro fechou as mãos sobre sua garganta. Solange deu-lhe as costas. Era o sinal de que não se envolveria. Pedro apertou e a viu lutar e finalmente ceder. Quando ele afastou-se dela, ela buscou ar e tossiu quase rouca.

— Vejo que está disposto a pagar — murmurou sem forças.

— Não posso crer que vai descer tão baixo — comentou áspero sem se voltar para ela.

— Por que não? Você foi escravo de Lucille, de meu pai e agora será meu por algum tempo — explicava ela com naturalidade.

O grito de Eva e o arquear de seu corpo afligiram Pedro grandemente. Estava banhada em suor e não era só isso. Suas veias estavam escuras. Ela morria aos poucos, o coração estava no limite.

Livre das cordas e do círculo que mantinham seus poderes contidos, Celine pediu algumas ervas a Solange. Executou um ritual e abriu a boca de Eva e, segurando uma garrafa conseguida com Solange, retirou as almas do corpo da jovem libertando-a do seu tormento. Quando tudo terminou, Eva abriu os olhos e viu Pedro a seu lado sorrindo; retribuiu fracamente e desmaiou.

Tudo correu bem, ela só precisava descansar. Pedro a colocou na cama e desceu pouco depois. Tonny, mandou um de seus advogados resolver a questão. O homem apareceu trazendo o documento e depois que as partes leram e assinaram, Celine partiu com um sorriso de vitória no rosto.

— Tem consciência do que fez Pedro? — interrogou Solange triste com o desenrolar dos acontecimentos.

— Sim, cumpri a palavra dada a Heitor, a Mayim e a Gael, e também salvei a mulher que amo.

Amada Esposa

O PODER CORROMPE A TODOS QUE SEDUZ. NÃO FOI DIFERENTE COM Domitila de Castro, a marquesa de Santos. A certa altura, ela estava tão embriagada que não conseguia ver onde terminava ela e começava Leopoldina. Estava enlevada, cega pelo poder a ela concedido. Pedro cumpriu sua palavra e deu-lhe o melhor do mundo que conhecia. Roupas, joias, mimos, escravos, carruagens, filhos, títulos. Era a mulher mais poderosa do reino. Conseguia favores, presentes, amigos e inimigos na mesma proporção. Estava no centro de todas as conversas, era a imperatriz, enquanto sua cópia apagada e pouco nítida escondia-se no palácio e recebia ministros com roupas velhas e com ar desmazelado.

Dizem os mais experientes que quando estamos próximos ao desenlace de nossa existência temos momentos de clara percepção do que somos e o que fizemos. Acredito que Leopoldina sentiu esse transe sinistro se aproximar.

Diante do espelho, olhando a face envelhecida, flácida, gorda, começou a pensar. A taça estava cheia, transbordando o vinho da amargura e da revolta.

— O que fora dela? Onde estava a princesa que cruzou os mares para encontrar com seu príncipe encantado? Morta e enterrada. Mas viva, respirando, sofrendo humilhações, desilusões, quantos filhos teria mais para reinar no charco daquele reino de selvageria, corrupção, traições? — tentou arrumar os cabelos, mas eram tão ralos. Os dela, da paulista, eram tão cheios e negros. — Tornara-se escrava de sua posição e objeto de riso e pena? De que lhe serviu o sangue, a nobreza, quando fora trocada por escravas, meretrizes e aquela maldita paulista! — disse, quebrando um pote de carmim contra o chão.

Viu os cacos de vidro, o creme rubro tingir o chão. Debruçou-se sobre a penteadeira francesa e chorou. Era só o que fazia, não era mesmo? Aborrecida consigo mesma, secou os olhos com as costas das mãos e as fitou. Unhas, as mãos... Lembrou-se da sua casa, o belo quarto, o jardim que tanto amava. Vendida ao pior dos mercadores de escravos. Sem amigas, sem consolo, só ela e suas lembranças. Avaliou o coração e lá encontrou o sentimento que a acompanhou desde o dia que viu aquele retrato de Pedro. O amor. Amava-o, por isso tudo suportava, sem falar que era prisioneira de sua própria situação, os filhos suas âncoras. Mas ele estava ali encravado no seu coração como o espinho de uma roseira selvagem, que dela tudo tirou, a inocência, a beleza, a alegria de viver, a liberdade. Fazia tempo. Liberdade, pensou olhando através da janela.

Na manhã do dia 30, soube pelos criados, os poucos que lhe restavam, os que podia pagar com o dinheiro que pegara com o Shäffer, um agiota bávaro, alcoólatra, médico do exército russo na época da campanha de Napoleão pela terra gelada. Ganhou o título de barão do czar, tornou-se maçom. Era um tipo viajado e falava muitas línguas, inclusive o alemão. O som daquela língua seduzia Leopoldina, que dele simpatizou e conseguiu logo empréstimos em troca de favores na corte. Ela gastava muito, não com roupas, joias, maquiagem. Ela ajudava os pobres, pagava criados e despesas e comprava comida.

Suas cartas ao pai e irmã não obtinham sucesso. Ela pedia bois, livros, partituras, um cão pastor, anel de marfim. Nada recebia do marido e suas cartas davam-lhe o atestado de péssimo marido, por não lhe dar a assistência merecida e manter a amante como rainha.

As coisas iam de mal ao desastre eminente, e Pedro não sentiu o mar recuando na praia, preparando uma onda gigante que ameaçava jogá-lo nas rochas de seus excessos. O "sogro" postiço de Pedro, João de Castro e Melo, faleceu e teve um funeral digno de um estribeiro-mor, cargo recebido enquanto agonizava como última homenagem de Pedro a um homem que respeitava e admirava. Aquele poderia ter sido mais um dos muitos acontecimentos que pontilhavam a história daquele amor sem limites. Se não houvesse chegado ao conhecimento de Leopoldina que seu Augusto Esposo pagaria pelas dívidas do falecido Visconde de Castro.

Ao cruzar a soleira da porta, Pedro mergulhava num ânimo de que seria cobrado, exigido, passado à vista de todos os seus erros. Ali naquelas paredes estava um mundo que só vivia por força das obrigações. Lembrava-se do passado, do pai, da mãe, das brigas, das tristezas e poucas alegrias. Dela, sua esposa. Os criados pareciam pisar em ovos e, quando ele entrou no quarto, Leopoldina o esperava. Ela não estava num de seus dias de apatia e melancolia, o rosto estava ruborizado. Algo ia muito mal.

— Vou me recolher ao Convento da Ajuda e lá esperar que meu pai mande-me buscar de volta para a Áustria — soltou ela muito séria.

— Perdeste o juízo?

— Perdi a paciência de lidar com essa vida maldita que levo. Estou farta de ser tua prisioneira. De ser tratada como um objeto de teu uso que só serve para procriar. Uma maldita vaca!

— Já vi que teu dia começou ruim — disse pronto a sair.

— Não, Pedro. Hoje você não me escapa de ouvir algumas verdades — completou ela alterando a voz. — Enquanto me endivido para sobreviver com teus filhos, tu mandas publicarem no jornal *O Spectador Brasileiro* que vais pagar as dívidas do pai de tua amante? Como ousas?

— O que tens tu com isso, mulher!?

— O que fazes aqui? Por que não vai viver com aquela meretriz de uma vez por todas? — ela estava vermelha de raiva. — Fiz tuas malas para que te vá de uma vez por todas.

— Por Deus! Que bicho te mordeu?

— Tu não me tens nenhum respeito ou atenção. Que abandones o lar de uma vez. Faz daquela bastardinha tua herdeira de uma vez por todas e esquece nossa filha.

— Não ouse me erguer a voz! E muito menos chamar meus filhos de bastardos — rugiu ele tentando conter aquele acesso de cólera, mas seria difícil.

— Sou a imperatriz, se lembro-me, e tenho meus direitos e vou fazer todos eles valerem. Estou farta de ver presentes que para mim são destinados a acabarem na casa da puta que tens por amada — revelou, ciente de suas manobras para agradar a favorita.

— Aconselho-te a baixares a voz e conter tua ira — ordenou aos berros.

— Tu não me mantém, por que eu te obedeceria? Sim, porque para ter direitos é preciso manter — ela provocava-o sem pensar nas consequências. Algum louco espírito se apossara dela e a fazia despejar a ira represada.

— Eu tenho mantido você e nossos filhos, enquanto tu gastas mais do que pode. A conta da cozinha já não tem tamanho porque comes demais.

— Não sou obrigada a comer as comidas apimentadas e pouco graciosas que tu e aquela da porta ao lado comem e se lambuzam.

— Não sejas ingrata com o país que há poucos anos jurava amar — cobrou Pedro furioso com suas acusações. O que deu nela para tamanha ira?

— O país me acolheu, tu me recolheste e me trata como lixo! Sou tua esposa e o que me fazes? Hein? Humilha-me, insulta-me, faz de mim a piada da Europa — vendo sua admiração, ela continuou. — Sim, somos a piada mais crua e amoral da Europa. Tu, o libertino, e eu, a mísera esposa traída.

— O que escreve em tuas cartas? A culpa é tua que tudo de nossa intimidade revela nas cartas que envia a teu pai — reagiu ele ficando a poucos passos dela.

— Bancas o inocente? Acha que fui eu quem criou tua fama? — disse de forma cínica como jamais ousava fazer. — Deita, porque ela está pronta há muito mais tempo que eu tenho morada no Brasil.

— Basta!

O som de vidro se partindo pareceu trazer Leopoldina de volta a si, aquele estranho "eu" que a tomou recuou e ela caiu na primeira cadeira em prantos. Os nervos lhe faltavam à firmeza. Tremia e antes que tivesse uma complicação maior, ele aproximou-se com um copo de vinho à mão. Fê-la beber e secou-lhe o rosto com um lenço. Por fim, levou-a para cama e lá com ela ficou.

— Pode encontrar forças para perdoar-me? — perguntou ele num murmúrio baixo.

— Eu não sei... — ela hesitou pela primeira vez.

— Tente, pois eu vou morrer e pagarei por todos os meus crimes. Eu sei o quanto te magoo, que te humilho com meus gestos. Contudo, saiba, sou um amaldiçoado.

— Talvez nós sejamos todos. Eu, tu, ela — murmurou ela num fio de voz amarga.

Ele parou de falar, afinal já ouvira aquelas palavras saídas dos lábios de Domitila. Amaldiçoados, presos a costumes, regras impostas por terem nascido com a responsabilidade de governar e de se portar de acordo com a herança de sangue que carregavam.

— Sou o pior de todos os amaldiçoados. Se tu soubesses o que sou, o que sou obrigado a fazer para continuar.

— Te perdoo, meu Pedro — gemeu ela chorando novamente.

— Não chores. Apenas tente encontrar forças para entender o que não posso revelar, o que o mundo à nossa volta cobra. Teu amor por mim é tão grande que mesmo a distância o sinto. Ele estará comigo para sempre.

Beijou-a e amou como bem sabia e a deixou mais uma vez presa àquela nuvem de amor, que só os que amam conhecem a cor, a forma, o sabor. Ficou três dias ao seu lado. Cobrindo-a de mimos e carinhos, preocupando-se com sua saúde. Ele lhe deu um anel por essa ocasião, dois brilhantes e o nome de ambos gravados. Pedro estava de viagem pronta para o Rio Grande e demoraria a voltar. Ia tentar reaver a Banda do Oriental e a fronteira do Prata. Por algum motivo, a morte os rondava.

— Pedro, meu amor, meu único amor. Não te guardo rancor, ages como o homem que foi ensinado a ser. Um dia aqueles que se separam nessa vida se unem na morte — dizendo isso, beijou-o e despediram-se com lágrimas.

Sim, de algum modo ela sabia, pressentia que a morte seguia seus passos. Tudo ia bem, mas algo externo veio destruir aquela bonita despedida a ferro e fogo. As palavras de Leopoldina o atormentavam. A Europa ria dele e de sua amante, do modo que escolheu para viver aquele amor de sangue e desejo. Talvez para amenizar os falatórios ou para fazer parecer o que não era verdade, ele ousou ir longe demais e subestimou a força e a coragem que havia no íntimo de Leopoldina.

Antes de partir, daria-se a cerimônia de beija-mão. Ele pediu, suplicou e exigiu. Ela ficou na antessala e deixou claro que não se colocaria na mesma sala com sua amante para acalmar os ânimos. Ela sabia que ele temia que Domitila fosse maltratada em sua ausência. Deu-lhe alguns minutos para pensar e saiu da sala.

Minutos depois, ouviu vozes alteradas, criados de vistas baixas; a porta da antessala fechada. Abriu-a num empurrão e se deparou com uma cena inusitada. Domitila e Leopoldina frente à frente. Bem, elas já estiveram próximas em um salão, mas ali estavam perto demais e se digladiando.

— O que está acontecendo?

A culpa era dele, ele compreendeu no momento em que observou Domitila altiva e fria. O poder que lhe deu estava fora de controle, ela não tinha mais medo de nada nem de ninguém. Contava com ele para protegê-la até mesmo da imperatriz.

De um lado, a beleza estonteante de Domitila; do outro, a beleza perdida de Leopoldina. A mulher poderosa e acostumada a luxos e mimos era como o sol ofuscando a frágil madrugada. Apesar de não saber escrever corretamente, ela sabia se expressar com clareza, um camaleão que mudava de cor à sua necessidade. Infelizmente Leopoldina era o oposto, uma manhã chuvosa, obscurecida pela neblina que só tem beleza para quem aprecia a tristeza e a solidão. De que lhe valia a matemática que dominava com tanta desenvoltura, ou a biologia, os conhecimentos sobre história e idiomas? Sua toalete a envergonhava e deixava a desejar em muitos aspectos. Seus vestidos largos e um tanto gastos, o corpo que nunca fora esbelto, agora seguia em linhas redondas. A beleza da face era obscurecida por olheiras, a pele pálida e flácida. Só então percebeu o que faria colocando-a ao lado do trono, próximo a Domitila.

— Onde está seu amor próprio? Por que não cuida de si? — exigiu ele saber.

— Não vou me apresentar na sala do trono, não tenho um marido presente. Por que deveria eu me preocupar com aparência? — jogou ela, pronta a sair da sala com a última palavra.

— Manter-se bela e limpa independe de ter ou não um homem.

— Vê? Tenho muito que aprender com sua favorita.

— Basta, Dina, saia agora.

— Não, não basta — disse, sentindo novamente o ânimo combativo lhe possuir o corpo. — Já aguentei muito calada. A casa, o palacete, os presentes, os favores, os bastardos, sim, eles, que obrigas nossos filhos legítimos a suportar. Como se não fosse abominável.

— Como disse, Dina? — rugiu ele. — Maria Isabel é minha filha como Pedrinho o é!

— Tu jamais verás o papel ridículo pelo qual se passa? — queixou-se ela.

— Não insulte minha filha — disse Domitila afrontada.

— Onde está a mulher caridosa, pia e pudica que costuma ser na cama? — reagiu ele, jogando-lhe na cara sua postura no leito do matrimônio.

— Como ousa falar de nossa intimidade diante dela?

— Não se incomode, já estou de saída — disse a favorita segurando a saia, mas foi prontamente detida.

— Fica! Vão ficar as duas — ordenou ele com se fosse para suas tropas. O tom, a altura do rugido, as assustou a ambas.

— A farsa chega ao fim — pensou ele em alto e bom tom. — Dina, tu não conhece nem pode julgar minhas necessidades de homem. A ti fui agrilhoado pelos votos do matrimônio sem direito à alforria. Tudo foi de mim arrancado. Tudo! — falava de si a ambas.

— Acha que também não me sacrifiquei? — defendeu-se Leopoldina. — Te aceitei como um príncipe e tu viraste meu algoz, meu carrasco. Eu te amei desde o primeiro momento e jurei me dedicar a ti. Tu eis meu esposo e imperador.

— Tentei te amar, te fazer minha amante e só recebi tuas reservas e melindres, recato exagerado. Vós me fizestes só teu esposo e imperador. — era a vez dele se queixar.

— Não me humilhe mais diante dela.

— Já basta, Pedro...

— Respeita-me como teu imperador, pois bem o sou — retrucou com rudeza a Domitila. — E quanto a ti, tu mesma se coloca abaixo de Domitila. Nada preciso fazer. Olha-te num espelho e verás a verdade do que te digo.

Ferida de morte, Leopoldina tentou fugir, mas ele a deteve com rudeza. Segurou-a pelo braço e num puxão a trouxe de volta para que ficasse à frente de Domitila. Nessa caminhada forçada, ela bateu o quadril numa mesinha e a fez virar ao chão. O que deu aos expectadores do lado de fora a impressão de que fora espancada. Sua exclamação de dor foi o suficiente para que Pedro a soltasse.

— Agora olha bem para essa mulher e me diz se eu te humilho.

Vendo o olhar entristecido da imperatriz, o modo como fitava suas roupas, as joias, a pele, o corpo, teve vergonha de si mesma. Baixou a vista e desejou sair em fuga, mas se deteve. Pedro a deteria e com uso de força.

— Pedro, chega — implorou lacrimosa.

— Vede? Ela teve tantos filhos quanto tu e veja como ela é bela — foi cruel e se arrependeria de suas palavras eternamente.

— Deixa-me ir! — berrou ela aos prantos.

Leopoldina chorava convulsivamente e antes que pudesse ser detida mais uma vez deixou a sala pela porta dos fundos, dando fim àquele teatro de horror. Saiu aos tropeços e foi amparada pela camareira, a marquesa de Aguiar, que a conduziu até seus aposentos. Ela conhecia bem as dores e agonias da imperatriz. Os nervos lhe atacavam, estava grávida, e tantos dissabores não lhe fariam nenhum bem.

— Tu foste muito duro com ela — reclamou Domitila, secando uma lágrima.

— Fora, fora minha amada favorita! — berrou ele enfurecido e a ponto de ter um de seus ataques. — Estou farto de teus deslizes, dessa competição que tu sempre ganha. Satisfeita? Tu ganhaste, é a mais bela. Sente-se segura agora?

Ele estava furioso e com razão. Fez o que jamais desejou, ser cruel as claras com Leopoldina, a mãe de seus filhos. Pedro partiu para tentar vencer uma guerra já perdida e que só enfraqueceria seu poder e a economia combalida do Brasil.

A Independência do Brasil custou vidas, ouro e muitos cabelos brancos a Pedro. Desde o dia 7 de setembro, sua vida e a do Brasil tomaram rumos inesperados e sangrentos. Os conflitos e lutas para fazer daquele pedaço de terra no mapa um país unificado, afinal só era visto por portugueses e ingleses como uma boa colônia, levou muito tempo, vidas e dinheiro.

Pedro, o mesmo que dependia de sangue para se manter vivo e lúcido, mantinha agora a seu lado Lucille. O sangue de Domitila não mais o sustentava. Perdera essa batalha em definitivo, mas não a deixava saber. Quando juntos ainda tirava dela o alimento que ela, sua Titilia, acreditava ainda o nutrir. Fizera um último pacto com Lucille, esse os fez novamente amantes de sangue. O amor, a guerra e o sangue eram suas maiores prioridades. Ele a mantinha às escondidas, viajava com ele protegida por homens de confiança e quando a fome o sufocava saía a cavalo até seu pequeno acampamento e dela tirava vida e morte. Por vezes, olhava-a no leito improvisado de peles e couro e sentia aquela velha chama apaixonada dominá-lo. No fim, era a única que o compreendia totalmente. Que conhecia os dois lados de sua existência.

Discutiam política e estratégia, Lucille era muito inteligente e culta. Dava-lhe bons conselhos principalmente quando se governa um país recém-nascido; pulava de um conflito a outro, como um cão cheio de pulgas, que ao se coçar as faz mudar de lugar.

O Brasil estava destinado a ser independente. A mão que o controlava como colônia estava enfraquecida, e o ânimo dos que são oprimidos ergueu-se num grito de independência ou morte. Entre mortos e vencidos, o Brasil saiu vitorioso e incutindo na mentalidade de seu povo a máxima de que mesmo de mãos limpas se vence uma guerra, pelo menos aqui no Brasil.

A paz conseguida a custo com Portugal foi oficializada em 29 de agosto de 1825 com um tratado de amizade e aliança onde era reconhecida a independência da ex-colônia. Nem bem as tropas portuguesas deixaram o Brasil, teve início um conflito com as províncias úmidas do rio da Prata. A questão era antiga, vinha desde a invasão portuguesa em 1816, e em 1821 D. João a recolheu ao Reino Unido de Portugal e Algarves. Mas essa "união", para a maioria do povo e da elite espanhola, não foi aceita. Eles queriam independência assim como o Brasil queria a sua. Peixe comendo peixe.

O general Juan Antônio Lavalleja estava à frente do movimento pela emancipação da Cisplatina. Por que reconhecer a Independência do Brasil se eles não reconheciam sua autonomia? Em resposta, Pedro declarou guerra em 10 de dezembro de 1825 e foi para ela que partiu, deixando para trás uma imperatriz moribunda e uma amante insegura.

Como manter uma guerra? O exército só tinha a cara e a coragem. A coisa não estava boa e, para piorar, a situação em Portugal dava mostras de problemas sérios. Isabel Maria, que se tornou regente após a morte de D. João VI, estava em vias de ser substituída por D. Miguel. Pedro era considerado um usurpador por suas irmãs.

— Quis ficar no Brasil, então que fique com ele e esqueça o trono de Portugal.

Leopoldina caiu doente, como era de se esperar. Ela não tinha estrutura para se engalfinhar com a favorita e pagou o preço pelo seu levante tardio. Teve de tudo um pouco, enquanto o povo acompanhava penalizado seu estado doentio. Enquanto isso, Pedro viajava apressadamente de uma cidade a outra, passou por Santa Catarina, depois em Araçatuba sete dias, depois entrou em Porto Alegre e lá escreveu a Leopoldina e a Domitila.

A viagem foi um fracasso, daquele lado do Brasil o exército estava na miséria. Os navios eram insuficientes para manter um bloqueio a Buenos Aires. Aquela guerra ameaçava o comércio, na alfândega se pedia esmolas para os soldados enviados para o sul do país. O quadro era de horror e preocupação.

O estado de Leopoldina piorava, mas mesmo assim ainda recebeu ministros na sala Chinesa, mas daí em diante mergulhou em febres, vômitos. Por fim, abortou um feto masculino que foi devidamente conservado em álcool para que o pai o visse antes de ser sepultado. Pedro não sabia de nada, Domitila por ignorância ou ciúmes nada lhe narrou sobre o estado de Leopoldina. Apenas se queixava de estar isolada, solitária sem a presença dele.

Só no dia 7 de dezembro soube do estado real de sua amada esposa. Apressou-se em voltar. Os jornais e o povo estavam em comoção e havia plantões diários sobre o estado da doente, alimentando o fogo da discórdia contra a favorita. Porque no Brasil, o que se sabe de melhor fazer é uma intriga, merecida ou não.

A agonia, a infecção levou seu tempo para minar a saúde e a lucidez da doente. Delirou e nesse estado libertou seus demônios, gritando ao ver Domitila, que insistia em ficar ao seu lado no leito de morte, mas que foi prontamente impedida pela camareira. Leopoldina insultou-a, acusou-a de usar de bruxaria contra ela. Deixando claro para todos que a odiava, a capa de submissão ao cair revelava desprezo, ódio, amargura, o que foi bastante para que Domitila fosse afastada do Paço.

A imperatriz piorava a olhos vistos. No dia 10, chamaram o capelão para lhe dar a extrema-unção. Na rua, o povo rezava de joelho, escravos, comerciantes, médicos, ministros. Fora amada por muitos e nunca por quem tanto amou. Uma lástima que de certo modo revidou deixando uma carta que colocou uma nódoa na honra de Pedro, que apesar de desmentida ainda deixa dúvidas.

Ultimamente, acabou de dar-me a prova de seu total esquecimento a meu respeito maltratando-me na presença daquela mesma que é a causa-

dora de todas as minhas desgraças. Muito e muito tinha a dizer-vos, mas faltam-me forças para me lembrar de tão horroroso atentado que será sem dúvida a causa da minha morte.

Sofreu, sofreu muito e por dias, mas no dia 11 de dezembro de 1826 deixou de sofrer encontrando a morte. Morreu aos 29 anos, mãe de cinco filhos.

Pedro recebeu a notícia como um golpe desferido na nuca. Caiu de joelhos e pranteou a esposa que tudo suportou e o amou incondicionalmente. A opinião pública, jornais, ministros, escravos e até mesmo sua consciência acusaram-no. Mau pai, mau filho, mau marido, mau governante.

Sozinho, viu Lucille entrar e não protestou, ficou nos seus braços e chorou. Sua dor e desespero.

— Precisa ser forte agora, Pedro. Muitos cairão sobre ti agora. Se demonstrares fraqueza perderás tudo o que conquistou.

— Nada do que conquistei me é útil. O que será de tudo isso quando eu não mais existir? Nada!

— Não estou com ânimo para um debate filosófico ou religioso, tenho uma vida muito longa, quase imortal. A morte é minha camareira, absorvo vida, é dela que vivo, mas para isso tenho de experimentar a morte daqueles que a vida me oferecem. Um preço pequeno a pagar para viver eternamente — fez uma pausa e falou. — Sou imortal e os mortais nada significam para mim.

— É assim que nos vê?

— Sim — disse fria. — Tua Titilia por ventura saberá te consolar melhor do que eu. Mas apressa-te, o povo chora por tua imperatriz e tua favorita logo será um alvo.

— O que sou para ti? — quis saber olhando-a com atenção.

— O futuro — dizendo isso, deixou-o com sua dor.

Pedro enfrentava a morte e a insurreição, seus inimigos republicanos o difamavam para tomar-lhe o poder. Estava dividido; alquebrado deixou Santa Catarina na nau Pedro I e preparou-se para o que estava por vir.

Domitila perdeu a compostura e tentou ver a imperatriz no leito de morte. Dizem até que impediu que visse os filhos no derradeiro momento.

O povo culpou Domitila. A marquesa de Santos foi acusada de envenenar a imperatriz. Sua casa foi apedrejada e houve necessidade de a cavalaria intervir para proteger muros e portas do palacete.

O Brasil ficou de luto e provou que só quando mortos seus heróis são lembrados e exaltados. Morria a imperatriz, a austríaca, a amada esposa.

O luto, o enterro, e Pedro voltou à sua rotina, mas tomou medidas: demitiu todos os desafetos de Domitila numa desforra que só o afundava naquele pântano de amor. Cometia atos impensados dignos de um adolescente mimado. Não quis pagar as dívidas da esposa morta, quando pagou as do pai da amante. No fim, o governo pagou por tudo, ou melhor, o povo.

Escreveu ao sogro exaltando a esposa que muito humilhou e envergonhou. Ele não se dava conta que com a morte de Leopoldina perdeu, e muito. Ela era uma parte da Europa que vivia no Brasil, lhe concedendo altivez e respeito. Algo que Domitila, mesmo desejando muito, não o daria. Sua imagem estava para todo o sempre abalada e sepultada com a imperatriz.

A guerra seguia seu rumo cruel e empobrecia os cofres, as vidas e a coroa de Pedro. A derrota já estava declarada.

Domitila começou a sonhar com o impossível: tornar-se imperatriz. Bem, ela tinha garra. Acostumou-se a lutar e queria um lugar definitivo ao lado de Pedro. Mudara, não era mais aquela jovem bruxa tímida e dócil. Ele tentou, é inegável, fazer dela duquesa do Grão-Pará, mas a coisa parou por aí mesmo. O ministério barrou seu delírio e deixou claro que achava insultuoso que a marquesa viesse a suceder Leopoldina. Numa época em que o berço calava fundo, ela não tinha a menor chance. Até mesmo Lucille sabia disso.

— Tu não podes estar falando sério? — reagiu Lucille.

— Por que não? Sou o imperador e se quiser tê-la como minha imperatriz terei — respondeu ele incitado.

Aquela bruxa tinha muito poder sobre Pedro, até mais que ela, que o alimentava das veias. Cigana o colocou nas mãos de uma criatura bem perigosa. Um preço alto a pagar por nada, já que Lucille agora o nutria e queria bem menos que o trono. Vivera na França, conhecia as intrigas de poder. Durval as praticava com maestria e ela o ajudava. Pedro só conhecia o Brasil e parecia preso numa teia que além de cegá-lo o faria perder o que tão duramente conquistou, o Brasil.

— Meu querido, é tempo de acalmar seu coração — começou ela, aproximando-se dele.

Sentado e pensativo, ele a observou. Estava em um de seus vestidos verdes que tanto gostava e parecia mais bela do que nunca. Domitila já dava sinais de envelhecimento, enquanto sua "Lucy" ainda estava jovem e fresca como da primeira vez. Seu poder era absoluto e inegável. No seu leito, encontrava muito que fazer. Imune a tudo, nada a afetava além de sua distância.

— Cuida do que conquistou a duras penas. Sei que já pensou em uma nova esposa. Tu estás certo, o mundo te olha acusatoriamente. Meus amigos na França dizem que tua fama te precede. Deve-se procurar uma nova imperatriz. Domitila não será aceita, pois não tem sangue nem berço e muito menos o agrado do teu povo.

Suas palavras o fizeram pensar com mais clareza. No fundo ele sabia que ela estava certa. O difícil era admitir e desvencilhar-se dela e de todo o resto.

— Talvez eu possa mantê-la a distância — pensou ele em voz alta.

— Acredita mesmo que seja capaz de fazê-lo? — perguntou ela quase rindo.

— Não — respondeu num suspiro. — Já me cobrou uma posição.

— As cortes já te desrespeitam. A dissolução da Assembleia Constituinte que tu promoveste ainda é uma trave em seus olhos. Cuida do teu lugar ou ficará sem nada. O povo acredita que deve ser guiado por alguém justo, nobre, digno e quando te olham só veem um imperador aportuguesado que não valoriza a moral. Domitila agora é como uma âncora que só te puxarás para o fundo lamacento.

— Basta, Lucy — disse manso e firme. — Refletirei sobre tudo, prometo.

— Só quero teu bem. Não quero te ver no cadafalso das traições.

Lucille D'Lord estava aos seus pés, agarrada a suas pernas terna e submissa. Pedro a beijou e partiu com a cabeça cheia de verdades.

Pedro e Eva

Eva despertou de um salto. Sentada na cama, olhou à sua volta e viu um quarto na semiescuridão. Estava sozinha no leito macio e perfumado. Ao redor, viu móveis de madeira escura, coloniais, e pôde sentir a presença de Solange e Pedro não muito longe. Estava no casarão da Rua Bela Cintra. Tocou a cabeça e tentou se lembrar dos acontecimentos mais recentes. A última coisa que viu foi Pedro lutando, Durval mandando matar a todos, a voz de Celine.

— Como se sente? — a voz de Pedro soou bem perto.

— Estou bem — respondeu sentando-se na cama e recostando-se nos travesseiros. — O que aconteceu?

— Celine foi o que aconteceu.

O vampiro lhe contou sobre a morte de Lucille e Durval e sobre almas que ficaram aprisionadas dentro de seu corpo, mas nada falou sobre as exigências feitas por Celine. Ela não precisava saber. Pedro caminhou até a janela e ali ficou olhando a rua através dos vidros. O olhar perdido no trânsito, na noite. O semblante estava calmo, porém triste. Quando ele não fez menção de falar mais nada ou voltar para seu lado, Eva resolveu acabar com o suspense de uma vez por todas.

— Por que me deixou no hospital em vez de me entregar para o que sobrou do clã da minha família?

Eva se referia ao passado, mas o que era o passado? Lembrava-se de um orfanato, de ter Heitor junto dela. O ataque, o fogo. O que era verdade? Pelo que lhe disseram, tinha cem anos. Para onde foram suas lembranças? A vida que viveu?

— O que Durval lhe contou?

— Ele contou muitas coisas. Sei que algumas são mentiras. Mas se não se importar, eu gostaria de ouvir a verdade de seus lábios.

— Em 1872 conheci Heitor. Eu estava metido numa briga com outros dois vampiros, ele ficou do meu lado e no fim saímos vivos. Ficamos amigos e com o passar do tempo ele me apresentou Mayim e Gael. Foram bons tempos. Ao contrário do que os mortais supõem, nós podemos viver sem matar e até mesmo ter uma família. A sua família tornou-se a minha quando era só mais um vampiro vagabundo em Paris. Não era uma vida fácil; era jovem, nada mais que quarenta anos de imortalidade. Ainda sentia falta de tudo, menos de minha mestra, Lucille. Ela me tornou imortal, querendo ou não, devia-lhe respeito e obediência por pelo menos cem anos — ao vê-la surpresa, sorriu timidamente. — Infelizmente é a lei. Ao lado de Gael e Heitor, descobri muitas coisas inclusive como viver como um foragido. Não podia me apresentar à Confraria, se o fizesse teria de ter um tutor. Gael e Heitor não podiam me adotar naqueles dias, pois estavam tutelando outros vampiros. Consegui me esconder por algum tempo graças a um porão sob a casa que Gael e Mayim moravam. Uma noite saí e não voltei. Heitor suspeitou e ao procurar Lucille descobriu que ela havia deixado Paris — ele fez uma pausa e cruzou os braços sobre o peito forte. — Antoine e Virgo me caçaram e prenderam, e quando acordei estava numa cela em Veneza. Aquele lugar úmido foi meu lar por cinco anos.

— Sinto muito por você — disse Eva imaginando seu sofrimento.

— Não sinta, eu talvez tenha merecido. Ela não me alimentou por cinco dias, então quando entrou em minha cela eu estava pronto — sentou na poltrona próxima à cama e continuou: — Agarrei-a e sorvi quase todo o seu sangue. Deixei-a caída no chão, mas ao vê-la quase morta a levei ao leito e deixei que se recuperasse absorvendo minha energia. Bem, ela não foi tão caridosa comigo; drenou-me quase completamente e partiu. Não houve explicações, exigências, só o silêncio, a fome. Eu a repudiava, lutava e, no fim, faminto, cedia. Não havia outra fonte de alimento, a cela mostrou-se forte demais mesmo para meus dons de vampiro. Com o tempo, desisti; recebia--a, comia, dava a ela o que queria e voltava para meus livros. Ah! Sim, ela me deu algo com que me distrair: livros, papel, jornais velhos. Passei cinco anos cativo, eu chamo de período de aprendizado. Em uma noite, ouvi uma discussão, nada que pudesse entender de imediato. A coisa toda foi abafada pelo piso, a madeira, dois andares acima. Duas noites depois, a porta do corredor que levava à minha cela foi arrombada e eu vi Heitor.

Quando ele abriu a cela, tive medo de cruzar a soleira. Então juntei umas poucas coisas que aprendi a amar enquanto preso e subi com ele para ver onde vivi por tanto tempo. Acima de minha prisão havia um palacete veneziano com todo o luxo que a época permitia, enquanto eu vivia como um rato naquela cela úmida e fétida.

Pelos cômodos viam-se sinais de luta e vampiros e lobisomens mortos. Lucille aparentemente não estava e foi assim que peguei a caixa; nela, o sangue e um pedaço do coração de Durval. Sabia que aquilo a colocaria indefesa diante dele, bem, ela merecia ser perseguida por ele.

— Sim, eu sei, ele me falou. Ele os usaria para ser imortal novamente. — completou Eva.

— Foi assim que fugi e passei a ser o dono da caixa. Voltei à Paris e Heitor me assumiu como seu pupilo; estava livre de Lucille e ainda poderia, se quisesse, matá-la. Quando reencontrei Mayim e Gael, eles estavam vivendo no campo. Ela estava grávida e não queria que ninguém soubesse, para proteger a criança — olhou Eva e prosseguiu. — Eles já haviam sofrido dois atentados nos últimos anos. Inimigos do clã dela e dele. A união deles era uma afronta naqueles dias. Hoje está tudo bem mais fácil, mas naqueles dias misturar as espécies era tido por alguns como uma abominação.

— Eu estava livre, mas não tinha nada. Usava as roupas dos amigos. Dormia num quarto na casa de Gael ou com Heitor. Foi quando decidi ganhar dinheiro. Havia estudado no cativeiro, agora era um vampiro culto, comecei a investir em ações. Usava meus dons de vampiro e ouvia pensamentos, calculava custos e quando me dei conta era realmente muito rico, mas incógnito. Comprei uma casa e passei a viver melhor, foi quando decidi usar doadoras. Meu coração estava morto. Amor? O que era isso? Algo longe de minha fome de vampiro. Tudo estava bem, dez anos haviam-se passado. Visitava Mayim e Gael no campo e... Bem, você havia nascido e era a coisa mais preciosa para seus pais. Conhecer a emoção de ser pai foi divino. Nós dois tivemos algumas conversas, mas você não gostava muito de mim, me chamava de feio, mas gostava de ouvir minhas histórias e dormia em meus braços — comentou ele sorrindo melancólico. — Sentia falta dos meus filhos.

A jovem o fitou e compreendeu a emoção que o tomava. Era saudade, a perda, a solidão. Tentou lembrar-se dele, de seus pais e só havia imagens confusas, sons e sensações. O toque de Durval não fora suficiente para fazê-la lembrar de tudo.

— Quando Heitor nos contou sobre o retorno de Lucille, Gael estava enfrentando problemas com seu clã. Eles o haviam expulsado em definitivo e quem o apoiasse teria o mesmo fim, viraria párea. Foi uma desculpa para que o matassem. Fora da Confraria, somos caçados e mortos. Prevendo isso, seus pais determinaram seu futuro; teria Heitor como mestre e eu como segunda opção, caso algo ocorresse com ele. Mas isso ocorreu somente porque não confiavam em outro vampiro. Não queria, não saberia cuidar de uma menina, era novo demais. Por isso o segundo lugar — explicou-se temendo que ela acreditasse que não desejava a honra de tê-la como pupila. — Foi quando eles tomaram outra decisão drástica: fazê-la hibernar. Heitor não aprovou, nem eu, ao saber do que se tratava.

— Do que se tratava? — perguntou Eva com a voz presa na garganta de emoção e medo pelo que ouviria.

— Eles iam apagar sua memória e colocá-la para dormir em um lugar seguro, assim não sofreria, não teria sonhos com eles, estaria neutra.

— Dormir?

— Sim. Despediram-se de você ao seu modo, uma festa com bolo e presentes e, quando dormiu, o Mnemônico a fez esquecer quem era, seus pais. No fim, eles receberam uma *memories*, uma esfera de prata onde todas as suas lembranças estão depositadas. Dentro dela estava seu passado — disse com os olhos perdidos em lembranças às quais ela desejava possuir. — Foi um grande sacrifício para eles. Mayim não era mais a mesma, seu clã a perseguiu de modo implacável, tiraram sua liberdade e seu bem mais precioso, o fruto de seu amor com Gael.

— Eles sabiam que se ficassem vivos teriam de esperar cem anos para despertá-la — ele percebeu seu espanto. — Sim, cem anos, pois quando o processo é realizado, só pode ser interrompido depois de cem anos. No caso da sua espécie, é claro — disse percebendo os olhos de Eva cheios de lágrimas. Ele puxou um lenço do bolso da jaqueta e entregou-lhe. — Sinto muito.

— Está tudo bem, o que mais me doí é não lembrar — comentou secando o rosto e ficando com o perfume de Pedro nas mãos, no rosto.

— Um mês após o início de sua hibernação, encontrei Lucille. Ou melhor, ela me encontrou. Invadiu minha casa e acomodou-se em minha cama.

— Você demorou, achei que não fosse mais voltar — comentou, observando-lhe tirar o casaco e a camisa.

— Como me encontrou?

— Sua energia ainda corre em minhas veias, do mesmo modo que meu sangue corre pelo seu corpo — disse de modo vaidoso.

— Vá embora, nada lhe devo, quanto mais educação — disse puxando a gravata de seda branca.

— Entregue-me a caixa e sairei com prazer — jogou, saindo do leito para ajeitar o vestido, o cabelo.

— Jamais terá o poder de dar a Durval sua maldita imortalidade de volta — sibilou furioso. — Ele vai apodrecer de um corpo a outro até que fique sem opções.

— Ouvi dizer que ele tentou ocupar o corpo de um vampiro, mas a experiência foi bem infeliz — comentou, observando-o com um desejo indisfarçável.

Bastava ele lhe estender a mão e ela aceitaria, esqueceria seus crimes. Mas ele não o fez e o ressentimento só cresceu.

— Só funciona com mortais — afirmou Pedro com conhecimento sobre o assunto.

— Quero a caixa, Pedro, ou matarei Gael e depois Mayim. Tenho negócios inacabados com aqueles dois. E não estou para gentilezas. Eles já tiraram muito de mim. Hora da retribuição.

Dizendo isso, ela deu-me as costas e saiu do quarto e de minha casa. Durante o resto da noite, debati-me com a questão. Escrevi uma carta para Heitor, que estava fora de Paris, e a Gael. O que eu não esperava era que a carta fosse interceptada por Antoine.

— Fiquei sabendo recentemente que os "negócios" referiam-se ao nosso filho — disse sem rodeios. — Durval arrancou o menino dos braços de Lucille e desde então nunca mais o viu. Sabia que Lucille não fazia ameaças infundadas. Na noite seguinte, percebi a ausência do criado e fui informado de que ele fora encontrado morto na rua há poucas quadras da casa. Um cachorro o havia atacado. Vesti-me apressadamente e corri até a casa de Gael, mas quando cheguei Lucille já os havia matado — ele parou de falar.

A emoção o dominou e por alguns minutos se limitou ao silêncio.

— Sinto muito, não cheguei a tempo. Não consegui cumprir meu papel de guardião. Não a reconheci quando a tirei de seu apartamento. Só percebi quem era quando vi a marca.

— Como ela os matou?

— Os torturou e por fim decapitou.

Eva soluçou e escondeu o rosto nas mãos. Pedro foi até o leito e a abraçou. Ela deixou-se ficar nos seus braços e descarregou a tensão sofrida na companhia de Durval e Celine, as visões e principalmente a certeza de que estava sozinha naquele novo mundo. Agarrada a Pedro, sentiu aos poucos as tensões diminuírem, a dor recuar temporariamente. Afastou-se dele e fitou seus olhos.

— O que aconteceu, quem me despertou?

Sentado na beirada da cama, Pedro continuou relatando os acontecimentos. Não havia pressa, nada de hesitação. As palavras saiam ordenadamente. Havia sinceridade nelas.

— Lutei contra Virgo e Antoine, mas perdi. Fui deixado desacordado na cena do crime e despertei mais uma vez em uma cela. Surtei e fui imobilizado. Uma semana depois, fui libertado. Heitor havia retornado e com ele a carta onde o avisava sobre as intenções de Lucille. Fui inocentado e libertado.

— Lucille não foi punida?

— Não. Conseguiu convencer a todos que eu a acusara para sair impune do crime cometido. Sem provas nem testemunhas, ambos fomos liberados de responsabilidade e a vida continuou — respirou fundo e voltou a falar. — Heitor cuidou dos detalhes. Enterro, bens, sua proteção e até mesmo da caixa. Separamo-nos ali, feridos pela morte de dois membros de nossa família e sua ausência em nossas vidas.

— Heitor me despertou após cem anos?

— Não que eu saiba. Só tomei conhecimento dele oitenta anos atrás. Enviou-me um pedido de ajuda. Afirmava estar sendo perseguido por Lucille e que a tinha desperta ao lado dele.

— Oitenta anos? — repetiu espantada.

— Sim. Fui ao encontro de Heitor e me coloquei à disposição. Você não me viu, mas eu a vi. Tinha a aparência de uma menina de quinze anos. Entenda, com a hibernação seu corpo se manteve muito mais tempo em cada estágio de crescimento. Mas sabíamos que depois de acordada poderia haver uma aceleração — explicou, tentando fazê-la entender o processo. — Juntos tentamos localizar Lucille, mas foi em vão. Fiquei um mês o ajudando a se proteger, mas me mantinha incógnito. Não queríamos ter de explicar minha presença. Heitor a nutria com informações que não a prejudicariam caso ele a colocasse novamente para dormir. Seu clã descobriu que estava viva e que descendia de Mayim. Isso só complicou as coisas. Decidimos que era melhor mantê-la adormecida, apesar da lei já proteger uniões de espécies diferentes, os velhos inimigos não se detinham diante da lei ou das punições.

— Fui buscar o Mnemônico para que acionasse o gatilho que a faria novamente hibernar. Quando cheguei ao sítio onde viviam no interior de São Paulo, era muito tarde. Você havia sido drenada e aparentemente estava morta. Quem os atacou havia colocado um poste na frente da casa e queimado Heitor.

— Cuidei dos restos do corpo de Heitor, enterrei-o, preparava para fazer o mesmo com você, mas quando a toquei me absorveu a energia. Tomei-a nos braços e deixei que tirasse o quanto quisesse. Ter hibernado por tanto tempo a salvou, sob o ataque do vampiro, seu organismo simulou a morte e o convenceu a hibernar superficialmente.

— Não sabia o que fazer. Mas o certo é que não poderia viver comigo. Estava sempre fugindo de Lucille. Uma hora ela poderia ligar os pontos e feri-la novamente. O Mnemônico deu-me uma solução. Fazê-la esquecer, programar para que acordasse algum tempo à frente e vivesse como uma mortal. Isso daria tempo para que resolvesse minhas pendências com Lucille. Aceitei. Então a coloquei em um casulo de tempo sob uma identidade falsa. A Confraria a aceitou e nem sequer questionou.

— Então há cinco anos você despertou em um hospital acreditando que fora atacada e que seu tutor, o homem que a tirou do orfanato, fora queimado vivo. Isso não pode ser mudado, a morte dele a marcou profundamente — disse, olhando-a com carinho. — Deixei a foto, o terço de Mayim e a recordação de que Gael sempre mantinha rosas brancas em seu quarto. — Sinto muito, mas prometi a Heitor que a manteria viva e longe de seu clã. Se acreditasse verdadeiramente que era mortal, você o seria. Claro, haveria vazamentos como suas visões, ver fantasmas. Mas você não poderia hibernar por muito mais tempo.

— Compreendo — murmurou olhando-o nos olhos. — Onde está a esfera com minhas lembranças?

— Ela está em segurança. Antes de morrer, Heitor me fez seu guardião. Vou passá-la para Solange e você poderá absorvê-las. Espero ter respondido a todas as suas dúvidas.

— No fundo, sabia que não mataria meus pais.

— Fico feliz em saber...

Eva tomou a iniciativa e beijou Pedro. Ele a envolveu e cobriu a boca delicada com a sua num beijo exigente e carinhoso. Mas subitamente ele parou e esperou que ela abrisse os olhos. Eva abriu-os, o corpo formigava de desejo, queria mais que sua energia. O desejava como homem-vampiro que era. E ele parecia desejar o mesmo.

— O que houve? — perguntou ela sem se mover.

— Precisamos conversar — começou ele. — Desejo-a muito, mas não me sinto confortável em tocá-la como amante. Você precisa ter a escolha, poder decidir... Além disso, seus pais queriam algo melhor para você.

— Escute-me, por favor. Nada do que Durval disse a seu respeito é verdade. E quanto a você não estar à minha altura, isso é ridículo; dentro do meu desejo e do seu não existe hierarquia — olhava em seus olhos escuros. — Quanto a ser meu amante, é apenas uma escolha a ser feita. Sei o que desejo e desejo você.

Apoderou-se novamente de seus lábios e o abraçou, puxando-o para que ele ficasse sobre ela na cama. Seu corpo ardia de desejo, sua pele ansiava por sua carícia, havia uma urgência que não poderia ser ignorada.

Desde a traição de Rodrigo, tudo esfriou dentro dela, depois congelou. Problemas financeiros e lutar pela sobrevivência cortavam qualquer outra prioridade. Não havia pressão, só a certeza de que precisava completar sua transição e queria fazê-la com Pedro.

Ao despertar na banheira, teve a sensação de que ele a havia admirado nua por algum tempo, mas acreditou estar enganada, nem sequer se conheciam! Precisava apenas lembrar que ele em outros tempos cortejava as mulheres no passeio público e as tomava em camas, nos becos, nos estábulos. Tinha de entender que poderia tê-lo agora e talvez nunca mais.

— Pode me ajudar com isso? — perguntou ela sem medo de ser rejeitada e olhando-o com muito carinho.

— Conhece minha história, mas acho que posso abrir uma exceção por você.

— Não quero forçá-lo a nada...

O beijo que ambos buscaram foi como jogar gasolina no fogo. Ele não era apenas "alimentação". Ele queria beijá-la e o fazia com maestria. Ela retribuiu e, quando deslizou a mão por seu peito, sentiu que seu corpo forte se pressionava um pouco mais contra o dela. As mãos delicadas buscaram a ponta da camiseta preta, puxando-a. Queria sentir a pele nua de encontro à dela. Ele a ajudou a tirar a blusa que ela usava, quando ficou diante do sutiã e da calcinha de algodão cobriu-a de beijos. Afastou-se e tirou a camiseta, enquanto a olhava entre os travesseiros. Ela estendeu as mãos para o jeans, Pedro segurou-o e a ajudou.

— Vamos precisar de proteção...? — quis saber entre um beijo e outro.

— Não. Eu não transmito nada além de imortalidade. E você não está no seu período fértil — explicou rouco de desejo para que ficasse tranquila.

— Sim — murmurou ela tocando seu rosto, a barba macia.

De olhos fechados, Eva deleitou-se com as carícias que Pedro lhe impunha. Beijou-lhe o corpo inteiro demorando-se somente entre as delicadas coxas e seus seios. Agarrava-se aos lençóis, como alguém que afunda e tenta se manter na superfície. Ele sabia muito bem o que estava fazendo com ela. Quando a primeira onda de prazer a sacudiu, Eva gemeu alto. Pedro beijou-lhe as coxas e sorriu vitorioso, enquanto ela arquejava entre os lençóis. Ele seguiu do ventre aos seios salpicando a pele de lambidas, beijos e mordidinhas.

Lânguida, Eva recebeu os afagos segurando-lhe os cachos entre os dedos. Gemeu alto quando ele a tocou dessa vez com os dedos. As suas unhas cravaram-se nos ombros, enquanto ele a levava onda após onda de prazer. O corpo relaxava, alimentando-se de cada êxtase. Pedro sabia disso e dava-lhe o máximo. Sempre gostou de oferecer prazer às suas parceiras. Com Eva não seria diferente, queria que ela tivesse seu melhor. Ela podia perceber seu cuidado, o carinho e ansiava por se unir a ele completamente. Pedro a beijou e delicadamente ajeitou o corpo sobre o seu e a tomou sua.

O desejo que os consumia não podia ser detido. Seus corpos nus se moviam juntos e em uma sincronia delicada e excitante. Eva o beijava e agradava com fome e carinho. Ele retribuía com a mesma intensidade e notou que ela não estava se alimentando. Fazia amor acima de tudo. Afastou-se dela interrompendo a união de seus corpos, puxou-a para seu colo e beijou o pescoço, seios, quando ela se inclinou levemente para trás. Apertou-a junto a si num ritmo firme e possessivo. Deitou-a novamente sobre a cama, rodeou-a com os braços de novo e a penetrou. Estava entre suas pernas e a cobriu de beijos; deixou-se fundir a ele. Eva sentiu a súcubo tomá-la quando sugou um pouco da energia de Pedro. Os corpos presos num balé ritmado e lânguido. Acariciava suas costas, os ombros largos, o rosto, que beijou até alcançar a boca, a língua.

— Me tome, Eva... — murmurou junto ao seu ouvido. — Me tome seu — pediu intensificando os movimentos.

Em resposta, ela o beijou, mas dessa vez se alimentando. Tudo estava diferente. O sabor, a entrega, havia mais poder, força e doçura. Naquele jogo de sensações e carícias, sentiu o gozo se avizinhar. Libertou-o e percebeu que ele a esperava se contendo ao máximo. Segurou seu rosto e viu o vampiro. Caninos à mostra, o olhar mudado, pupilas dilatadas. Inclinou o pescoço e o puxou para si num abraço. Ele beijou e lambeu a carne e por fim afundou as presas. O sangue inundou sua boca, Eva gemeu e se deixou levar pelo êxtase. Um segundo depois Pedro a seguia, havia afastado as presas, os lábios tintos de sangue. O corpo forte estremeceu e quando encostou a cabeça sobre seu ombro ela o enlaçou com braços e pernas. O êxtase os sacudiu e os nutriu de modo intenso e duradouro.

— Eva?

— Hum?

Pedro a tinha sobre o peito, a mão acariciando o dorso, os cabelos. A doce sensação de seus corpos juntos. O perfume dela estava no ar misturado ao dele. Nos lençóis, em sua pele.

— Preciso te contar algo — disse, fazendo-a erguer a cabeça e fitá-lo entre as mechas de seus cabelos e a pouca distância. — Foi mais que simples alimentação.

— Compreendo — brincou ela ajeitando o cabelo como podia, recebendo a ajuda de suas mãos fortes.

— E para você? — insistiu ele no assunto fitando-a olhos nos olhos.

— Você não foi só o meu jantar — comentou ouvindo-o gargalhar e sorriu também. Finalmente ele estava relaxado. — Pedro?

— Estou aqui debaixo de você — comentou brincalhão.

— Fez realmente as coisas que Virgo disse? — quis saber com uma pontada de culpa e receio.

— Sim, eu fiz — admitiu, olhando-a nos olhos com sinceridade amarga. — Meu mundo não mais existia. Perdi minha identidade, meu país, meus filhos, a esposa, o Brasil e até mesmo Portugal, que protegi com minha vida — lamentou. — Hoje talvez isso não valha muita coisa, mas era o mundo que conhecia. Quando despertei dentro de um velho caixão, quase enlouqueci, mas a fome me guiou para cima. Cavei minha saída e matei o coveiro selando minha imortalidade a partir daquela noite. Tonto e confuso, deixei que Lucille cuidasse de mim, era a única coisa do velho mundo que vivi. À medida que o tempo passou, percebi que não sentia mais nada. Ela ficou com tudo. Em Paris, vivi dias de matança e sangue. Nada nem ninguém me detinham. Matei, roubei, era rebelde e nem Lucille conseguia me segurar. Dentro de mim só havia um buraco. Evitava notícias de minha família, do Brasil. Mas no fundo eu sofria. Com o passar dos anos, entrei numa fase destrutiva e esbarrei com Heitor — fechou os olhos e apertou Eva junto a si. — Decepcionada?

— Não. Não somos perfeitos. Nenhum de nós é. Acho que matar está dentro da natureza de criaturas como nós. Não podemos nos enganar, somos predadores.

— Sim, somos e dos mais famintos. Mas não podemos deixar a besta interior guiar, vencer. Não precisamos matar para sobreviver.

— Acha mesmo isso?

— Já desci ao fundo do poço e lhe digo, não é fácil, mas pode ser feito. Melhor do que arrastar atrás de si os ossos dos que matou, literalmente arrastar correntes. Não quero que se machuque.

— Não vai me machucar. Você não é um mau caráter — disse olhando-o os olhos.

— Não sou flor que se cheire. Sabe quem eu sou...

— Quem era — corrigiu Eva olhando-o com seriedade. — Você não é mais o imperador do Brasil nem o rei de Portugal. É só Pedro agora.

— Serei o teu Pedro — disse, olhando-a de modo misterioso.

— Pedro, você realmente foi rude com Leopoldina? — quis saber temendo aborrecê-lo, afinal falaria do seu passado.

— Fui, mas não do modo que os biógrafos contam. Não a chutei e isso ficou claro com a exumação do seu corpo em 2012. Fui cruel ao depreciá-la diante de Domitila. Mas aquele Pedro morreu, entende? — a fez olhá-lo com atenção.

— Falando nisso, de quem é o corpo no lugar do teu? — disse, deslizando os dedos sobre seu peito forte.

— A princípio acreditei que fosse de Durval, mas Lucille pensava em tudo e conseguiu o que chamamos de clonador. Um ser sobrenatural que consegue reproduzir um corpo a partir de um fragmento do mesmo. Osso, sangue, cabelo.

— Então essa criatura fez uma cópia sua?

— Sim, e com costelas quebradas e até mesmo a tuberculose e as demais doenças que tinha no leito de morte. Mas por que não deixamos o passado morto e enterrado?

— Não gosta de falar dele, não é mesmo?

— Evoluí, Eva, e lembrar dos meus erros é vergonhoso — disse beijando-a docemente, enquanto a estreitava junto a si, colocando o corpo sobre o dela.

Eva aceitou o abraço e sentiu a fome crescer em seu ventre. Nunca seria o bastante? Perguntou-se preocupada em não parecer uma ninfomaníaca diante dele. Mas ao sentir seu corpo reagir de forma semelhante, relaxou revertendo o abraço.

Apoiou-se nas mãos e por alguns segundos tocou seu rosto e o buscou num beijo suave. Ele retribuiu com carinho afastando seus cabelos, roçando a barba e o bigode para lhe arrepiar a pele. Ela se encolheu com cócegas e sorriu. Num gesto a trouxe para cima dele. Eva ajeitou-se sobre seu quadril. Pedro a segurou pela cintura afagando-lhe as costas. A cascata negra de seus cabelos cobriu o rosto de Pedro, que riu arrebatado. Eva acariciou o peito forte, os pelos negros, enquanto se movia sobre ele. As coxas e pernas o prendendo sob si. O olhar travesso, o modo que mordia o lábio. As palavras e perguntas morreram, só havia os gemidos e sussurros.

Uma hora depois, Eva adormecera nos braços de Pedro. Ele não conseguiu dormir. A mente estava em um turbilhão, precisava lhe contar a verdade antes de partir. A pergunta era: ela o perdoaria?

O dia estava nascendo quando Pedro beijou Eva na testa e deixou o quarto. Tomara uma decisão difícil e precisava ir até o fim.

Amélia é Que Era Mulher De Verdade

Senhor,

Eu parto esta madrugada e que seja-me permitido ainda esta vez beijar as mãos de V. Majestade por meio desta, já que os meus infortúnios, e a minha má estrela, me roubaram o prazer de o fazer pessoalmente. Pedirei constantemente ao céu que prospere e faça venturoso ao meu imperador enquanto a marquesa de Santos, Senhor, pede por último a V. M. que, esquecendo como ela tantos desgostos, se lembre só mesmo, a despeito das intrigas, que ela em qualquer parte que esteja saberá conservar dignamente o lugar que V. M. a elevou assim como ela só se lembrará do muito que deve a V. M. Que Deus o vigie e proteja como todos precisamos.

De V. Majestade Súdita, muito obrigada,
Marquesa de Santos

Com essas linhas encerrou-se um romance de sete anos. Três deles após a morte da imperatriz Leopoldina. Ela partiu para a cidade de São Paulo na madrugada do dia 26 agosto de 1829.

Partiu após longo e desgastante combate com aquele que havia se tornado o grande amor de sua vida. Partiu levando no ventre o último fruto daquela árvore forte e carnívora que foi seu amor por Pedro. A morte de Leopoldina retirou os escudos que a sustentavam em seu posto de amante. Jogou sobre o casal luzes tenebrosas de um amor que cresceu para sufocar uma mártir.

O prestígio e a honra de Pedro foram duramente abalados, e sua ligação com Domitila posta ao escárnio de muitos. O preço fora muito alto. Ambos se ressentiram e talvez se lembrassem daquela primeira noite de amor e paixão no velho casarão que os abrigou e sua comitiva, quando se entregaram um ao outro no mais belo enlace já vivido. Ambos mudaram, ambos sofreram e carregariam para sempre uma marca invisível que os condenaria perpetuamente por ousarem amar-se quando não era permitido. No seu coração de mulher, sempre teria os melhores momentos daquele amor guardado. Pedro faria o mesmo, dela guardou o melhor e nada mais. O que viveram sempre o fez feliz e vaidoso. Mesmo quando casado, lembrar-se-ia dos seus sorrisos, de como eram juntos na cama. Ninguém conseguiria substituí-la em seu coração.

A sua Titilia se foi, mas não sem luta, não sem palavras amargas de ambos. Sua partida deixou marcas que nem a mudança da mobília ou a troca de um modo de vida apagariam. Teve com ela uma despedida formal e lhe revelou sobre Lucille, sobre seu sangue não mais alimentá-lo e a fez chorar e soluçar. Não soube identificar se ela chorava de ódio ou de dor. Ela guardou seu segredo e ele o dela. Seus poderes de bruxa, aqueles encantos feiticeiros que poderiam levá-la à fogueira. Com tudo dito, partiu feita em pedaços e negociou todo o resto por carta e emissários.

Queimou todas as cartas que ela lhe enviava, guardava as mais amorosas, mas mesmo destas se desfez. Sua noiva estava para chegar e uma nova fase de sua vida estava por vir. Fora difícil conseguir uma noiva. Lucille estava certa, sua conduta fez dele um mulherengo, e graças a isso teria matado a mulher de desgosto. As princesas fugiam dele como o diabo da cruz. Foi recusado quatro vezes e sua vergonha só aumentava, até que encontrou Amélia Augusta Eugênia Napoleona de Beauharnais, neta da imperatriz Josefina, primeira esposa de Napoleão Bonaparte. A linhagem da família de Amélia estava para sempre manchada por laços familiares com Napoleão. Pedro não ligava a mínima e estava satisfeito com o enlace. A princesa tinha 17 anos e era muito bonita.

Em 16 de outubro de 1829 desembarcava no Rio de Janeiro a princesa Amélia, que veio acompanhada de seu irmão, Augusto Beauharnais. Ao sair ao encontro da noiva, Pedro carregava o peso de suas novas decisões.

Não fora somente Domitila posta fora de sua vida, Pedro também finalizara os laços que mantinha com Lucille a preço de sua própria vida e sanidade. O ato pôde parecer tresloucado, já que ele dependia de sangue para continuar vivo. Após a morte de Leopoldina, ele resolveu que também morreria. A eternidade não fora feita para ele. Secretamente escreveu uma carta à mãe de Cigana. A velha mulher morava em Paris com a neta e um enteado, um jovem chamado Serafim. Pedro havia conseguido o impossível, a receita da poção para se manter vivo sem o sangue de Lucille. Ela não notou que Pedro pedia-lhe sangue em dias muito específicos. A amizade, o convívio amigável entre eles fora para que ele conseguisse acesso ao livro, ao seu sangue. Ele enviou a receita manuscrita em todos os detalhes e as amostras. A mulher o ajudou sem lhe pedir nada e lamentou não poder ter de volta o livro de poções de sua filha. Era impossível tomar de Lucy aquele livro. Ela o conservava a sete chaves e Pedro só conseguiu tocá-lo devido à sua astúcia. Drogou Lucille e roubou-lhe a chave do baú onde o guardava. Só houve tempo para copiar a tão preciosa fórmula da poção e nada mais.

A poção levou um ano para ficar pronta e chegou dez dias antes de sua noiva. Veio por terra e mar e trancada em um pequeno cofre, com recomendações muito específicas. Pedro seguiu à risca as recomendações e quando recebeu sua noiva já estava há um mês longe do sangue de Lucille. Ao subir a bordo para ver a noiva, teve uma visão: viu em Amélia Leopoldina, suou frio e desmaiou. O seu organismo aprendia a ser mortal, isso levaria tempo. Desculpou-se dizendo ser emoção e seguiu com o protocolo. Mas havia ali naquele navio um pedaço de seu passado. Quase pôde ver sua família, os pais, o irmão que junto com ele saudaram a austríaca em sua chegada.

Empurrou o passado para o fundo de sua mente e seguiu de cabeça erguida para o futuro.

Lucille não aceitou bem o fim do pacto que mantinha, afinal ela fez de tudo para ajudá-lo a se livrar de Domitila. Não que desejasse ser imperatriz, mas queria continuar ao seu lado como sempre estivera. Mas isso não era mais possível. Não houve gritos, ela não o atacou. Simplesmente o olhou sobranceira e saiu da sala após ouvir seus motivos para afastar-se em definitivo de sua vida e leito.

Ele estranhou o comportamento controlado e frio e esperou pelo pior. Nos dias que se seguiram, soube por Chalaça que Lucille havia partido em curta viagem para o Maranhão.

O casamento, o baile e a lua de mel transcorreram às mil maravilhas e quando retornaram D. Amélia botou ordem na casa, coisa que ficou como tradição no Brasil: a cada eleição, o novo candidato muda todos os funcionários para não ser por certo sabotado. Amélia trocou todos os criados e camareiros e impôs à corte do Rio de Janeiro etiqueta, já que ela não tinha nenhuma. O francês era a língua falada de agora em diante. A filha de Domitila, a duquesa de Goiás, foi posta num internato em Paris. Os amigos de farra foram afastados e Chalaça convidado a partir para a Europa. Pedro assistia a tudo e com tudo concordava.

A vida corria bem até que Pedro recebeu uma visita inesperada. Ele estava na fazenda de Santa Cruz com a filha, Maria da Glória, que havia voltado ao Brasil em companhia de D. Amélia e do seu irmão Augusto. Não dormia bem, era a herança das noites de farra que vivera no passado. Vagava pela casa sentindo saudade de Domitila e até de Lucille, que no fim se tornara uma amiga e conselheira. Mas algo não saía da cabeça de Pedro. Por que ela não protestou ou exigiu que continuassem juntos? Teria conseguido um novo amante?

Estava na varanda quando viu um vulto vir pelo jardim em direção à casa. De imediato não o reconheceu, mas quando ele ficou a dois metros de distância o sangue de Pedro gelou nas veias. Era Durval. Armou-se e voltou para enfrentá-lo, e o encontrou sentado numa das cadeiras e aparentemente disposto a conversar.

— Vamos, Pedro, abaixe a arma, não vou matá-lo agora — disse com sua irreconhecível voz.

Ali na penumbra Pedro enxergava muito bem, afinal alguns dos dons que o sangue de Lucille lhe concedera ficaram. Ele estava envelhecido, se é que isso era possível, magro. Durval notou sua avaliação e continuou falando.

— É, ser drenado constantemente tem seu preço — disse, fitando o seu pior inimigo com muito sangue frio.

— O que deseja vindo aqui?

— Sabe, depois que me sentenciou a ser o brinquedo de Lucille já passei por muitas coisas dolorosas. Acho que paguei todos os meus pecados.

— O que quer de mim? — rugiu Pedro ainda com a arma apontada em sua direção e mantendo a voz em tom contido mas muito firme.

— Logo saberá — disse e mostrou-lhe a cadeira para que sentasse, mas Pedro preferiu continuar de pé e alerta. — Pois bem, Lucille me drenou por meses, enquanto você declarava a Independência do Brasil e dormia com sua paulistinha. — Num deslize seu, eu consegui fugir, ela me mantinha preso no porão de nossa casa.

— Ela disse que o mantinha sedado com o veneno que lhe ministramos...

— Achou realmente que aquela beberagem ia me segurar preso por muito tempo? — desdenhou. — Sou muito velho para que qualquer droga me detenha — olhou Pedro com interesse e disse. — Nunca entendi por que Cigana o amava.

A revelação pegou Pedro de surpresa. Após beijá-la aquela noite, sentiu algo por ela, mas jamais imaginou que a amasse.

— Celine é minha filha — revelou tentando surpreendê-lo.

— Fiquei sabendo por ocasião de sua morte — disse Pedro friamente.

— É, vejo que Lucille e você tiveram muito o que conversar ao longo desses quase oito anos que estive cativo.

— Não havia fugido? — debochou Pedro.

— Sim, fugi, mas fui capturado por Antoine. Aquela maldita colocou seu cachorrinho atrás de meus passos. Estive preso no Maranhão, servia de alimento para Ana Jansen, era seu prato principal.

Referia-se a Donana, a rainha do Maranhão, rica senhora de escravos que vivia em São Luís. Ela era conhecida pela fortuna e crueldade com que tratava seus escravos.

— Devo lamentar sua agonia? Você que me transformou em um monstro?

— Não, não lamente ainda. Mas saiba que estou a serviço de Lucille agora, sou seu "soldadinho de chumbo", e vim aqui lhe dar um aviso: volte para ela. Ou aguente as consequências.

Dito isso, Durval desapareceu. O movimento foi tão rápido que Pedro nem sequer o viu tirar a arma de suas mãos e colocá-la sobre a mesinha próxima. Confuso e atordoado com a aquela ameaça, Pedro resolveu partir da fazenda de Santa Cruz. Pela manhã, anunciou que precisavam voltar com urgência para o Paço. Não houve grandes protestos diante de sua urgência. A viagem transcorria lenta, Pedro ia a cavalo ao lado da carruagem vigiando todo o caminho. D. Amélia ao lado de Maria da Glória conversava e Augusto as ouvia atentas, junto com eles a escrava que ajudava ambas com suas bagagens.

O caminho afunilou e foi quando ele apareceu. Durval à luz do dia. Ele atacou o cocheiro que conduzia a carruagem. Mordeu sua garganta e após sugar seu sangue com selvageria o jogou fora do veículo e atiçou os cavalos. A carruagem ganhou velocidade, ele queria provocar um acidente! Pedro os seguiu em galope e entraram assim na cidade.

A carruagem seguia atravessando ruas e espantando transeuntes. Pedro atrás a galope tentava contê-lo, de um salto foi para a boleia e com ele trocou socos e empurrões, por muito pouco não foi ao chão. Sem perceber, estava de caninos expostos e de olhos mudados e viu na face de seu oponente toda sua alegria.

Pedro o mordeu e sugou parte de seu sangue no braço. Durval o empurrou e foi jogado longe. Pedro tomou as rédeas e tentou reduzir a velocidade, mas não conseguiu. A carruagem tombou! Estavam na Rua Lavradio, no centro do Rio de Janeiro. O impacto foi forte e jogou Pedro no meio da rua, o choque quebrou-lhe as costelas. Ferido, observou a esposa, seu irmão e a filha saírem ilesos da carruagem, a escrava infelizmente tendo sido atingida por forte pancada, morrendo na hora.

Ferido e com muitas dores, Pedro foi levado para o Paço imperial, onde ficou de cama por vários dias. Recebeu muitas visitas, inclusive uma de Lucille.

— Pronto para ceder? — perguntou vendo-o sentado junto à janela em um divã.

Estava rodeado por despachos, papéis, pena e tinta. Tentava trabalhar mesmo doente.

— Maldita! — rugiu ao vê-la entrar pela janela às suas costas.

— Vamos. O que tem de ruim em continuar junto comigo nas suas horas livres? — brincou ela estendendo a mão para tocá-lo, mas ele se armou das muletas para se defender caso fosse necessário.

— Mudei, Lucy, casei, recomecei a viver e sei que uma hora morrerei, mas vou como um homem, não como um maldito sanguessuga.

— Por que tudo isso? Não me diga que se sente culpado pela morte da gordinha? — debochou, sabendo que ele odiava isso.

— Eu ainda a vejo, Lucy. Sei que pagarei por todo o mal que lhe causei em vida — confessou sem medo.

— Você a vê porque tem um pé no sobrenatural. Verá outros iguais a ela, mas isso não significa que deve deixar de viver — disse quase indignada.

— Já tem minha resposta, Lucy. Deixe-me viver em paz. Chame seus cães. E, afinal, por que Durval virou seu empregado?

— Tenho parte do coração dele e de seu sangue. Isso é o bastante para dominá-lo o quanto eu quiser — disse cruelmente. — Está com pena dele?

— Não! Nem terei de você caso continue a me atacar. Vou acusá-la de bruxaria, posso mandar prendê-la, caçar seus bens, seu ouro. É isso que deseja?

— Não agite essa lama, Pedro, pode respingar naqueles que ama — foi tudo que disse. — É sua última decisão?

— Sim, Lucy, acabou. Peço-lhe, sejamos amigos. Deixe-me morrer em paz — foi sincero, queria paz.

Ela o olhou e por um minuto respirou fundo como se almejasse falar algo, mas no fim calou-se e foi embora do mesmo modo que entrou.

Durval não voltou a aparecer ou ameaçá-los. Teria Lucille aceitado sua decisão? Pedro duvidava, mas tinha muito mais com que se preocupar.

Houve algum bom momento? Poderia Pedro se perguntar, depois de muitos anos já passados de todos os eventos que fizeram seu coração sangrar. Sim, responderia. Os meus filhos, o amor que eles me ofereciam, o amor de Domitila enquanto puro, o de Leopoldina que me deu até seu último suspiro.

Estranho que anos depois ainda lembrasse dos ministros, das decisões de seus disparates, às vezes ele ria, outras ficava pensativo lembrando do povo insatisfeito. Foi em 1830 que tudo começou. Os eventos se somaram: a morte da imperatriz, a derrota na guerra da Cisplatina, o romance com Domitila. Os problemas financeiros que o país atravessava conduziam-no como à sua vida privada e isso realmente foi o seu fim. Portugal, o que dizer de Portugal e de D. Miguel que se achava rei?

Precisava tomar medidas e elas foram tomadas. Ele nunca pensou no trono de Portugal, sempre pensou no Brasil e o governou até onde pôde. Foi acusado de comprar a Independência do Brasil e deixar a conta para os brasileiros pagarem. Havia um preço para ser livre e Pedro o assumiu. O empréstimo não foi algo planejado, as libras esterlinas pagaram tropas, navios, armas e munição para fazer a nação livre. O povo pede, reclama, mas não sabe como se fazem as guerras e as independências. O preço pago por Pedro foi muito maior. Ele perdeu o trono.

O dinheiro brasileiro ficou desvalorizado, havia agitação nos quartéis decorrente da contratação de mercenários estrangeiros para suprir as tropas nacionais. Mas eles eram insubordinados e não respeitavam a autoridade e tornaram-se rebeldes saqueando toda a capital. Houve confronto e com muito custo os estrangeiros rebeldes foram contidos, deixando quarenta brasileiros mortos. Esse só foi um dos problemas. Pedro era autoritário e impulsivo.

Agia como um ditador quando censurou a imprensa e perseguiu jornalistas e até mesmo velhos companheiros de maçonaria. Sem falar o tratamento cruel destinado aos mártires da Confederação do Equador. Ele perdia apoio valioso e se afundava mais no uniforme de tirano. Havia uma disputa que parecia nunca ter fim entre brasileiros e portugueses.

Para terminar de virar o caldo já bastante grosso, Chalaça, que fora despachado para a Europa por vários motivos, promoveu a queda do ministro Caldeira Brant Pontes, marquês de Barbacena. Ele que tinha conseguido casar Pedro com Amélia, agora ocupava cargo privilegiado junto ao imperador. Fora ele que exigira que Pedro se livrasse de Chalaça para só então assumir o cargo de ministro. Nhô Chico tanto fez que intrigou o imperador com Barbacena. As denúncias eram de corrupção envolvendo ele e Manoel Rodrigues Gameiro Pessoa, ambos teriam se favorecido durante o primeiro pedido de empréstimo feito pelo Brasil a um banco inglês. Eles receberam comissão de 2% do empréstimo adquirido, que foi no valor de três milhões.

Humilhado e desprestigiado, Barbacena entrou para o bloco de oposição ao imperador e literalmente jogou a sujeira ao vento, porque nessa época não havia ventilador. Foi de tamanha baixeza que publicou nos jornais detalhes da negociação do casamento do príncipe com D. Amélia. Mandou carta desaforada ao imperador, o ameaçando e lhe informando de sua ruína próxima.

Os últimos meses de seu reinado foram assim, violentos e tumultuados. Os boatos diziam que ele perpetrava um golpe absolutista e mudaria a constituição. Pedro pensou nisso, mas não o executou. Lenha na fogueira foi o assassinato do jornalista João Batista Líbero Badaró, que escrevia para o jornal *Observador Constitucional* e era do lado liberal; ajudava nas manifestações, metido até o pescoço na revolta que só crescia. Pedro foi apontado como mandante.

Tentando retomar seu poder, Pedro tentou refazer aquela mesma viagem feita nas vésperas da Independência do Brasil, mas esta se provou inútil; a situação era outra e foi mal recebido pelo povo por onde passava. Voltou ao Rio de Janeiro três meses depois e foi recebido com frieza. Em resposta à sua chegada, mais manifestações.

Subitamente, Pedro não era mais brasileiro de coração como sempre fora. Os brasileiros o queriam fora e os portugueses dentro. Brasileiros e portugueses se revezavam nos ataques. A noite das Garrafadas foi o aviso claro da revolução que se avizinhava. As manifestações continuavam com violência, e Pedro mantinha-se inflexível em não reintegrar o ministério dissolvido.

No dia 6 de abril, os militares abandonaram os quartéis para se juntarem ao povo. Entre eles, os soldados que protegiam a Quinta da Boa Vista. Às três horas da manhã, Pedro entregou a carta de abdicação ao major Miguel de Farias, ajudante do general Francisco de Lima e Silva, futuro pai de duque de Caxias. A história se entrelaça com todos que a fazem.

Pedro abdicou em nome do filho, Pedro II. No seu íntimo sabia que nunca mais o veria, nem às filhas, que beijou antes de partir com lágrimas nos olhos. Partiu para não mais voltar como Dom Pedro. Desembarcou na Europa em busca de apoio para a guerra contra o irmão. Tinha naqueles dias somente o título de duque de Bragança e nada mais. Foi bem recebido em Londres e em Paris, mas nenhum dos dois países lhe deu o apoio necessário. Foi para Açores e lá reuniu um exército de voluntários que tinha em suas fileiras dois futuros escritores: Alexandre Herculano e Almeida Garrett. Sem apoio, Pedro fez o impensável, gastou parte da fortuna que acumulara no Brasil: 12 mil libras esterlinas. Daí em diante se fez história. Pedro invadiu a cidade do Porto sem que lhe fosse oferecida nenhuma resistência. Os oficiais de D. Miguel abandonaram seus postos e deixaram para trás munição, canhões e armas. Uma piada do destino, Pedro entrou na cidade tal qual declarou a independência no Brasil, sobre o lombo de um burro. Seus soldados o acompanhavam levando nas mãos cachos de hortênsias recolhidos à beira da estrada cujas cores azul e branca eram as cores da monarquia constitucional.

O que pareceu fácil tornou-se infernal. Logo as tropas de Pedro foram cercadas e assim começou o cerco que duraria um pouco mais de um ano. D. Miguel armou-lhe uma ratoeira. Nos meses que se seguiram, Pedro e seus homens enfrentaram a fome, a doença, o frio e muito sacrifício. Logo a comida ficou escassa e tudo virou caça, gatos, cachorros, burros, ratos. A madeira das casas era usada para aquecer as tropas do frio. Uma epidemia de cólera-morbo dizimou milhares de pessoas. Pedro, como era de se esperar, mostrou-se um líder carismático e dedicado e fez grandes amigos, como o Manoel Pereira. Ele presenciou um episódio que o faria ver seu imperador com outros olhos.

Entrou na barraca que Pedro usava improvisada. Encontrou-o em luta com um homem de aspecto cadavérico e violento. O jovem soldado o atingiu com uma bola de luz desferida das mãos e o jogou ao solo, libertando Pedro de ser apunhalado no coração por uma espécie de punhal de madeira. Mas aquele estranho homem estava acompanhado por uma mulher vestida em trajes masculinos.

— Mas vejam só! Tu conseguiste um anjo da guarda. Um nefilim, isso é tão raro — disse Lucille surpresa e risonha.

— Acalme-se, Manoel, está tudo bem — falou sendo ajudado pelo jovem soldado.

— Por ventura teu amigo Pedro de Bragança disse o que é, anjinho? — quis saber cínica. — Ele é um meio vampiro, ele precisa de sangue para viver.

— Estou tuberculoso, Lucille, por que ainda me desejas?

— Tuberculoso e com uma doença venérea. Tu pegaste daquela mulherzinha comerciante da Rua Assunção. Tens um péssimo gosto para humanas. Essa coisa vai te corroer até a morte, claro, posso te curar não só dessa coisa nojenta, mas de tua tuberculose.

— A que preço? Virar novamente teu escravo? Não, obrigado! — reagiu Pedro, enfurecido com sua perseguição.

— Isso se torna ridículo, Pedro, tu tens pouco tempo de vida agora. Posso sentir a doença te devorando, não se entregue — exigiu ela passando por cima do corpo inerte de Durval.

O choque recebido o apagou e queimou um pouco, mas ainda estava vivo e pelo jeito ainda escravo de Lucille.

— Lucille, eu decidi viver como qualquer outro mortal e assim o farei. Agora pega teu lacaio e some de minha vida, bruxa maldita!

Manoel Pereira encheu as mãos de luz e ficou à frente de seu imperador e comandante, esperando só por um comando seu para queimar Lucille. Sem alternativas, ela fez entrar Antoine, que carregou Durval consigo para fora da barraca.

Pedro, fraco e cansado, explicou ao seu novo defensor como se tornara escravo daquela mulher. E descobriu com espanto que Manoel Pereira era um ser muito raro, meio homem, meio anjo. O jovem deixou que um pouco de sua energia cobrisse seu imperador e deu-lhe mais tempo. Lucille não voltou a procurá-lo durante os meses finais do cerco à cidade do Porto, que terminou graças ao marquês de Palmela, que conseguiu o apoio dos ingleses para a causa de Pedro.

Logo um navio comandado pelo almirante Charles Napier surgiu no rio Douro trazendo artilharia e 322 soldados experientes. Em três semanas Napier obtinha uma vitória memorável sobre as tropas de D. Miguel. Pedro deixou o Porto em 28 de junho e foi recebido na capital em triunfo. Mas a guerra ainda não havia terminado. Só em 16 de agosto de 1834 ela chegaria ao fim.

Nem tudo eram flores. O povo português não gostava de Pedro, o cerco e o sofrimento imposto à população não foram esquecidos. Foi recebido com gritos e ofensas, sua carruagem atacada com pedras e lama. No teatro São Carlos, em Lisboa, Pedro foi vaiado. Teve um acesso de tosse e, ao levar o lenço aos lábios, expeliu sangue. Estava realmente tuberculoso; a cena silenciou a todos. Mas ele era Pedro e com a voz rouca ordenou que o espetáculo continuasse.

Seu último compromisso público ocorreu em 27 de julho na cidade do Porto. Foi recebido com salva de fogos de artifícios e festa. Estava usando uma longa barba e aparentava fragilidade e magrém. Em Lisboa, mudou para o palácio de Queluz. Ditou o seu segundo testamento, no qual pedia que fosse enterrado como general português, e não como imperador. Decretou a maioridade de D. Maria II aos quinze anos. Como rainha, ela primeiramente concedeu-lhe a Grã-Cruz da Torre e Espada. Trabalhou no leito até o último momento e se preparou para interromper os planos de Lucille, que pretendia transformá-lo em vampiro.

Feito Para a Imortalidade

Portugal, Palácio de Queluz, 24 de setembro de 1834, meio-dia.

O SOLDADO VESTIDO EM SEU MELHOR TRAJE FORA CHAMADO AO PALÁCIO de Queluz a pedido do rei. Sim, para a maioria ele ainda era a imagem do príncipe que se rebelou contra o pai e se tornou imperador do Brasil. O mesmo que lutou contra o absolutismo de Dom Miguel, o homem, o pai, o coronel e, por fim, o general. Manoel Pereira ousava dizer, o amigo, a figura de um irmão, de um pai.

Os corredores que levavam ao quarto Dom Quixote estavam cheios com membros da corte. D. Amélia falava com todos e recebia apoio naquele momento difícil. Fez uma reverência e esperou pouco para ser recebido. A porta do quarto se abriu e ele foi encaminhado para junto do leito do moribundo. O quarto carregava o ar pesado da morte, dos remédios, dos fluidos do paciente, que mesmo acomodado no mais fino algodão e seda cheirava mal. Ninguém merecia morrer, principalmente alguém que apesar dos erros lutou por muitos.

As janelas estavam fechadas, a luz vinha dos lampiões, que pareciam só aumentar o tom dourado em todo o ambiente. Fitou as imagens de Dom Quixote espelhadas pelo ambiente e depois o leito.

Jamais imaginou que ele morreria. Manoel o acreditava imortal, ou pelo menos ele, soldado acostumado a ver a morte de perto, deveria morrer primeiro. Mas ali estava o homem que lutou no Cerco do Porto. Ele enfrentou a fome, o frio, as epidemias de cólera e tifo. Ele animava a tropa mesmo quando os bombardeios atingiam a cidade. Quando o inverno chegou e provou ser mais um inimigo tão cruel quanto D. Miguel, ele mantinha a fé de que venceriam. E venceram, apenas um ano atrás no dia 20 de agosto e com o apoio do Marechal Saldanha libertaram a cidade.

Sabia-o doente, mas ele nunca se entregou ao leito. Lutou e viu a cidade livre. Quem o viu magro e abatido, viu um soldado, um libertador. A maioria o ouvia tossir, por vezes esconder o lenço para que não víssemos as manchas de sangue. No entanto, os lábios ficavam manchados com a rosa rubra da tuberculose. Seu sangue era vermelho como qualquer um dos que morreram defendendo o ideal liberal. Manoel Pereira foi seu confidente, amigo, protetor. Aquele jovem ousou enfrentar Lucille, revelando sua natureza sobrenatural de nefilim. Ameaçou-a quando ela perseguia Pedro para lhe roubar os poucos fios de resistência que lhe restavam.

— Manoel.

Ele o chamava no derradeiro momento. Arrancara-o das lembranças amargas e difíceis. Trouxera consigo o frasco de prata, seu conteúdo rico e poderoso lhe serviria, lhe daria mais tempo. Não sabia se aceitaria. Fora Lucille quem o oferecera. Aquilo só iria protelar seu sofrimento, pensou Manoel. De qualquer modo, havia muitos olhares sobre eles. Talvez não conseguisse lhe falar em particular.

A cama com dossel era magnífica, digna do homem que nela repousava em meio a lençóis de linho.

— Sim, majestade — respondeu, aproximando-se do leito para se curvar diante do homem que salvara sua vida. Que lhe confiou o mais pesado dos seus segredos. De imediato, não o conheceu, o homem no leito vestido em um camisolão branco tinha os olhos fundos, a pele macilenta, a boca exibia um riso fraco. Subitamente, foi sacudido por um acesso de tosse que lhe tomou o ar. Do homem altivo, forte e alegre restava somente o olhar castanho. Os cabelos da fronte pareciam muito mais brancos agora.

A morte galopava ao seu encontro, a última e tardia amante, que lhe daria o beijo final. Mas, apesar do estado delicado e febril, ele lutava despachando as últimas ordens e medidas a serem tomadas quando seus olhos se fechassem para o repouso final.

Com um gesto, pediu para ficar a sós com o soldado. Ele que fora seu coronel no Batalhão de Caçadores número 5, precisava despedir-se do amigo em reservado. O quarto ficou vazio, ou quase, visto que o Dr. Tavares permaneceu a distância respeitosa. Ele conhecia o "segredo", de certo modo estavam unidos por laços invisíveis de confiança mútua que jamais se quebrariam. Talvez só a morte os separasse nessa estranha jornada.

— Não sou mais rei, sou apenas general, mas para você, Manoel, sou apenas amigo de armas. Aproxime-se, meu caro amigo — murmurou Pedro estendendo-lhe a mão.

O jovem soldado a recebeu com um aperto suave, mas ao sentir a mão do seu rei pressionar a sua com força, compreendeu que ele jamais se entregaria. Resistia à fatalidade eminente com orgulho, ela seria a única a vencê-lo.

— Desejava ver-me, majestade?

— Sim — murmurou com olhos febris na face do soldado. — Quero pedir-lhe um grande favor — tossiu e quando Dr. Tavares quis aproximar-se ele o afastou com um gesto.

O lenço ficou entre os dedos, num aperto frouxo que revelava a sanguinolência que agora era sua saliva. Fitou o jovem soldado e prosseguiu sem hesitação.

— Conhece minha história e tenho certeza que entenderá a urgência de meu pedido.

O jovem quis falar, mas Pedro o impediu.

— Preciso de paz, compreende? Meu bom amigo, o Dr. Tavares, já tem ordens de retirar meu coração... Isso foi fácil, o deixarei em Lisboa, assim aqui ficarei para sempre na única vida que devo ter — fez uma pausa curta para buscar ar no pulmão alagado.

Ele parou e por um minuto Manoel Pereira acreditou-o morto. Mas estava apenas com os olhos distantes, vagos pela agonia, as lembranças de uma vida curta e ao mesmo tempo tão longa de eventos excruciantes e felizes. Tinha apenas 35 anos e se a saúde não lhe faltasse reinaria por muitos anos mais.

— Como poderia executar sua ordem...? Eu...

— Tu és um bom amigo, talvez o único que tive verdadeiramente em vida. Nada me pediu, nada te dei, nada saiu de teus lábios. És mais confiável que o padre, que aqui veio ter comigo. Sei que conseguirá, sei que será capaz — disse seguro, olhando-o de modo veemente. — Se falhar sabe o que me acontecerá?

— Sim, meu rei e senhor — disse Manoel num fio de voz.

As lembranças de uma noite sombria o assaltaram. Teve arrepios e voltou à vista ao rosto do rei. Sim, ele conhecia seus pensamentos. Ainda vivia nele o sangue sombrio daquela criatura que o perseguira por tantos anos. Que dele tirara tudo e que mesmo assim ainda o ansiava tirar um pouco mais.

— Conto contigo. Já pedi muito ao Tavares. Sei que ele sofrerá, que o acusarão de matar-me, mas o tempo vai nos dar paz a todos.

— Como poderei fazê-lo, meu senhor?

— Não permita que a condessa consiga alcançar seus intentos — disse tomando a mão do soldado com força. Os olhos fixos na face do jovem. — Nada sentirei se fizeres como te ensinei. Confio na tua espada meu bom amigo.

— Majestade... Tu és para mim como um pai. Como poderei profanar teu leito de morte, sua morada no além? — o homem caiu ao chão em lágrimas.

— Queres que rasteje na lama? Que me torne um monstro, que vire escravo daquela megera?

— Não, não, não — lastimou o jovem segurando a beirada do leito do rei. Chorava como uma criança.

— Sei que te peço muito, posso pagar se isso te der coragem — Pedro quis saber perdendo o controle.

— Não — reagiu prontamente. — Dinheiro algum me faria fazê-lo — engoliu as lágrimas e voltou a falar. — Farei por amor a tudo que representa para mim e para Portugal.

— Meu bom Manoel Pereira — disse sem nenhuma raiva na voz. — Sabia que não me decepcionaria, acredite-me, também te vejo como um filho, como o irmão confidente que Miguel jamais soube ser. O que te peço é um grande sacrifício, somente tua espada tocara meu corpo. Faz como o Dr. Tavares te explicar, tudo correrá bem — disse, já perdendo a voz num acesso.

O jovem se colocou de pé e secou as lágrimas, enquanto fitava o rosto lívido de Pedro. Ele o olhava e parecia em paz, agora que conseguira o que desejava.

— Manoel, transmite aos teus camaradas este abraço em sinal da justa saudade que me acompanha neste momento, e do apreço em que sempre tive seus relevantes serviços. Aproxima-te, caro amigo.

Manoel Pereira aproximou-se do leito e recebeu de bom grado o abraço do homem que aprendeu a respeitar e admirar. Ele estava magro, tão magro. A febre ardia em seu corpo, fedia a suor e sangue. Seu suor empapava a camisola manchada de sangue. Antes de afastar-se, beijou-lhe a mão e lhe fez uma reverência.

Caminhou seguido pelo Dr. Tavares e antes que a porta se abrisse lançou um último olhar ao imperador. Ele ergueu a mão e sorriu fracamente.

— Mandarei te avisar o momento certo, fica de prontidão soldado.

O jovem assentiu com um sorriso e quando a porta se abriu Manoel Pereira a cruzou. Do lado de fora do quarto compreendeu: o mundo parecia irreal. Ali, próximo ao leito de morte do imperador tudo pareceu mais condizente com seu mundo. Nele havia disparos de canhão, ordens, gritos, morte, sangue e dor. Havia também um herói sem moral, lascivo, alegre, que sempre tentou tirar o melhor da vida e só conheceu a dor, a tristeza e raros momentos de alegria.

Deixava muito mais que um legado, deixava para trás uma era. Agiu como convinha sua posição em cumprimentos. Os olhares sobre ele eram muitos. Mas afinal não era tão estranho o imperador desejar ver um de seus soldados. Pedro era conhecido por abominar os protocolos da corte. Sempre se misturou com seu povo no Brasil, por que o faria diferente em Portugal?

Afastou-se e logo desapareceu na rua e como todo o resto teve de esperar pouco.

Naquele mesmo dia, às duas e meia da tarde, a vida deixou o corpo do homem que foi imperador do Brasil e salvador de Portugal.

O corpo de Pedro descansou em sala fechada. Fazia-se necessária a autópsia, Dr. Tavares a faria com o consentimento de D. Amélia, que nele confiava cegamente. Pedro sempre lhe falou da confiança que tinha em seu médico. Ele chegou mesmo a auxiliar no parto de sua única filha com o imperador. A sala foi vigiada dia e noite, como mandava o protocolo. Dr. Tavares se apresentou na hora devida e se preparou para realizar aquele último exame no amigo e paciente. Depois de terminado o procedimento, ele escreveria.

— Para obedecer à Vontade Superior, escrevo eu algumas reflexões sobre as causas que decidiram o longo padecimento que em fim terminou a Gloriosa Vida do Muito Alto e Muito Poderoso Príncipe, o Senhor D. Pedro de Alcântara, duque de Bragança. Buscarei referir, quanto a verdade e os meus conhecimentos médicos permitirem, a estas mesmas causas as alterações encontradas no Augusto Cadáver ao momento da autópsia.

O que ele jamais podia, nem devia, lembrar, é que havia alguém o esperando na sala. A condessa D'Lord estava em Portugal há algum tempo. Após o seu último encontro com Pedro, durante o cerco, soube que ele logo morreria. A luta com Durval, seu estado, tudo a fizeram preparar-se para aquele dia.

Pedro de Alcântara era bom demais para que a morte, essa amante vulgar e sem coração, o levasse. Entrou no palácio de Queluz fazendo-se passar por uma das empregadas, a qual roubou as roupas, e andou por entre os que ali estavam aguardando seu último suspiro. A notícia encheu os salões de murmúrios e soluços. Ele era amado, conjecturou Lucille servindo os que ali estavam. No fim do dia, a viúva estava abatida, cansada. Por ordens médicas, recolheu-se, afinal no dia seguinte o quadro se repetiria. Esperou muito tempo até que o corpo fosse removido do quarto e transportado para o local da autópsia. Vestida em roupas masculinas, Lucille entrou pela janela e escondeu-se para aguardar a chegada do doutor. Deixou que entrasse e se preparasse para o procedimento. Só então apareceu ao seu lado e tocou-lhe o pulso, imediatamente dominando seu comportamento. Ele tentou abrir a boca para chamar a guarda, mas não conseguiu. Fechou os lábios, estava perdido no olhar verde daquela serpente em forma de mulher que a todos dominava.

— Dr. Tavares, como vai? — disse, fitando o homem de cabelos e barba cinzentas.

— O quê...? — ele ainda teve forças para falar.

— Você é mais forte do que podia imaginar, mas acalme-se, doutor — ordenou, dominando-o. O olhar verde estava fixo no do médico. Por fim, falou com suavidade. — Prossiga, a autópsia deve ser feita. Faça seu melhor, ele merece.

Vestiu o jaleco branco que trouxera consigo e escondeu o cabelo sob a touca de enfermeiro. Assistiu ao procedimento auxiliando o doutor sempre que necessário. Ele examinou os órgãos, os pesou e os devolveu ao corpo. Quando ia tirar o coração, Lucille o deteve. Retirou de um recipiente um coração e o entregou ao médico para que o guardasse. Pedro havia se precavido. A retirada do coração, e só ela, o impediriam de ser imortal. Antes que o doutor fechasse o corpo, Lucille banhou a cavidade torácica com um líquido denso e rubro. Com uma das seringas do doutor, injetou no coração ainda exposto sangue de Durval.

— Seu serviço está terminando, Dr. Tavares. Veja, o senhor já fez o embalsamamento.

A condessa pensava em tudo. O corpo tocado pelo sangue imortal de Durval readquiria parte de sua vitalidade lentamente. O que daria a impressão de que fora realmente embalsamado.

Com um sorriso vitorioso, Lucille viu o doutor fechar o corpo cuidadosamente, enquanto ela coletava uma última amostra do coração de Durval.

Aquela amostra era sua única garantia para o futuro. Sabia que durante a luta Durval havia saído do corpo evitando ser morto, ou novamente enclausurado. As amostras que tinha em seu poder haviam perecido, estas novas garantiriam seu futuro. Um dia ele voltaria e iria procurá-la, e ela teria algo com o que negociar sua liberdade.

Saiu da sala do mesmo modo que entrou e só lhe restou acompanhar os acontecimentos. O cortejo fúnebre foi realizado até o Panteão de São Vicente de Fora, onde estava o mausoléu da família Bragança. Quando a noite caiu e todos se foram, Manoel Pereira apareceu como prometido para separar a cabeça do corpo do imperador.

Veio sozinho, oculto em espessa capa. Entrou no mausoléu e foi direto para o túmulo de mármore que guardava o caixão onde repousava o corpo. Abriu com facilidade a pesada tampa de mármore, sua natureza sobrenatural tendo lhe conferido alguns dons, a força sendo um deles. Pegou a espada e se preparou para abrir o caixão, quando foi lançado contra o chão.

A espada voou de suas mãos e ele bateu a cabeça contra a parede. A grande entrada foi feita por Lucille. Ela e Antoine traziam a reboque um corpo.

— Então ele tinha um plano "B" — comentou o lobisomem soltando o corpo no chão.

— Nesse caso "M" de Manoel. Esse soldadinho já se intrometeu o suficiente em meus assuntos — disse a mulher aproximando-se dele e o separando de sua espada. — Quero que se levante e saia daqui. Você conseguiu realizar o pedido do seu amado amigo. Pedro não se levantou de seu túmulo, você cortou a cabeça dele. Agora vá — ela falou tocando seu rosto.

— O que ele é? — perguntou o jovem vampiro observando o homem levantar e sair.

— Um mestiço de uma raça muito antiga, um nefilim — disse pensativa.

— Por que não o matou?

— Eles são venenosos para minha espécie e para a sua. Uma gota do sangue dele pode nos enlouquecer. Um gole é fatal. Além disso, ele pode vir a ser útil no futuro — comentou, vendo o soldado sumir na escuridão.

— Vou me lembrar disso — comentou o jovem lobisomem.

Antoine entrou no túmulo e retirou o corpo de Pedro do caixão. Ele ainda estava inconsciente. Lucille o examinou e sorriu. Havia funcionado. O corpo feito pelo clonador foi colocado no caixão e a tampa foi fechada. Lucille fora muito cuidadosa com as roupas, a colocação das medalhas, a posição do corpo. O embalsamamento do corpo e as costelas quebradas. Observou o túmulo de mármore e falou já de saída:

— Aqui habita aquele que foi o imperador do Brasil.

Gargalhou e seguiu pela galeria para encontrar a noite e um novo começo ao lado de Pedro, o vampiro.

Escravo do Amor

Todos os casos expostos foram julgados pela manhã. A maioria, Eva estudara junto com Amim, seu conselheiro pessoal. Com ele, podia discutir assuntos mais pessoais, como disputas entre famílias, pedidos de casamento, dotes, partilha de bens, heranças e até mesmo sobre sua vida pessoal. Se ele tivesse uma, é claro. Aprendera muitas coisas naquele último ano. Uma delas é que só poderia confiar em Solange e Amim. Os dois possuíam cargos ligados ao trono e se preocupavam com seu bem-estar e com as decisões que tomava. Além disso, observar era um belo esporte, aprendia-se muito apenas observando.

Sairiam para o almoço em dez minutos e só retornariam às três horas. Alguns jovens príncipes estavam se disponibilizando ao cargo de consorte. A questão era delicada. No momento que aceitasse um deles dividiria o poder, claro, mas a última palavra era da rainha. Dividir o poder recém-adquirido lhe pareceu perigoso. No início, teve medo de não conseguir desempenhar o papel a contento, mas, ao perceber que poderia mudar para melhor tantas coisas, resolveu enfrentar o desafio.

A situação sob a ótica humana era ridícula, eles mandavam uma espécie de currículo, os dez melhores eram selecionados pela arquivista e trazidos diante de seu julgamento. Os Alphas ansiavam que ela escolhesse um íncubo e garantisse bem como fortalecesse velhas posições.

As mesmas que exilaram seus pais e muitos outros que ousaram ser diferentes em suas escolhas. As mesmas que forçaram seus pais a colocá-la para hibernar, enquanto eles sofriam para protegê-la.

Na lista havia três vampiros; um sinal dos tempos? Todos muito poderosos, ricos e, segundo suas fichas, com sangue nobre. Seria possível? Ela riu diante das pastas e fotos. Solange admirou-se, ela não sorria com frequência. Não que fosse melancólica, ela apenas era concentrada. Mas mesmo aquele sorriso era triste.

Solange sabia que Eva não escolheria nenhum dos candidatos a ela oferecidos. No entanto, seu tempo estava se esgotando. Precisava seguir as regras, não poderia ficar tanto tempo sem a presença de um consorte em seu leito, isso a enfraqueceria como súcubo e rainha.

Felizmente a reunião terminara. Eva sabia que ao fim da tarde teria de oferecer uma resposta definitiva a seus conselheiros, a seu clã, mas só ao fim da tarde. Ia se recolher e pensar em sua decisão.

Ela tornara-se uma boa rainha afinal. Eva observava seus conselheiros discutindo o assunto em pauta, mas, apesar de observá-los muito atenta, estava muito longe daquela sala. Procurou Dideron com o olhar e o viu na bancada de seu clã. Os olhos sobre a rainha. Era inegável, desejava-a, havia se colocado aos seus pés como seu servidor. Seu pedido de fazer-lhe a corte fora negado. Ela o viu como um insulto à sua inteligência. Fazia somente quatro meses que havia assumido o trono e os pedidos começaram a chegar. Ela nem sequer leu a carta. Jogou-a ao fogo e se voltou para seus conselheiros para continuarem a trabalhar.

Eva era admirada por eles e por seu povo por estar se dedicando integralmente a eles. A rainha levantou-se do trono e retirou-se do salão. Foi seguida por seu segurança pessoal, Milo. Sim, o escolheu para que cuidasse de sua segurança. Estava com ela em todos os lugares que ia. Seu irmão gêmeo ficou com Tonny para compensar. No corredor, fitou o anel de jade no dedo e lembrou-se da primeira vez que o viu. Teve receio, como de tudo mais que lhe aconteceu desde a partida de Pedro. Agora, como antes, ele lhe trazia o peso das responsabilidades assumidas. Aprendeu com os erros de seus pais a deliberar o melhor possível.

Não condenava sua mãe por não assumir o trono. Mayim acreditou que abdicar seria o melhor e o fez. Pedro melhor do que ninguém sabia que fora um erro. Mas não cabia a ele se intrometer.

Em um ano mudara muitas leis e libertou muitos de punições injustas. Criou novos códigos e seu povo parecia satisfeito. Tentava oferecer direitos iguais. Segregação não traz paz nem justiça.

Após a coroação, a festa e o baile, mandou um aviso para a Confraria. O convite foi aceito e três dias depois ela e sua guarda de segurança e três de seus conselheiros compareceram à assembleia.

A entrada do Mundo Além era no bairro da Liberdade. O portão ficava no subsolo de uma casa de venda de ervas e chás. No portão do estacionamento de subsolo, havia um par de seguranças que verificava os convites. O carro que conduzia Eva era blindado, todos temiam por sua vida. As mudanças que ela vinha promovendo trouxeram-lhe muitos inimigos, mas ela sabia se defender, vinha tendo aulas com Milo e Solange. Estava forte e mortal. Adotou para si um estilo de roupas prático e elegante. Calças e coletes de seda em várias cores, que usava com blusas e casacos quando frio. Para aquela ocasião, em especial, vestiu um conjunto de calça e colete vermelho. O casaco imitava um vestido, cobrindo-lhe o corpo, mas ao ser aberto exibia a calça e o colete de alças finas. O colar que usava sobre o colo alvo havia pertencido a seu clã por mais de seis séculos. Rubis, ouro, prata, diamantes imitando flores e rosas. Uma relíquia que só lhe dava mais poder diante dos que a ela se apresentavam.

O cabelo ela usava sempre trançado e solto nas costas. Era a visão de uma guerreira e rainha. Aquela foi a imagem que ela escolheu usar. Não seria somente decorativa. Usava botinhas de cano curto, ou alto, e trazia sempre preso à cintura um punhal.

O salão estava cheio, mas ela não se deteve. Caminhou até o centro e um dos responsáveis a guiou e à sua pequena comitiva ao lugar na tribuna que lhe cabia. Pôde ver no rosto de seus conselheiros a emoção, a alegria por vê-la ali representando sua espécie. Pouco depois, os membros da Confraria ocuparam seus lugares, abriram a sessão e deram a Eva todos os direitos que um dia foram de Elisandro.

Era um dia histórico para sua espécie. Reagiu com amabilidade, mas sempre altiva e educada e, quando lhe foi dada a palavra, leu seu discurso.

Nele agradeceu o retorno à Confraria, em seu nome e de todos os íncubos e súcubos. Que os últimos quatro clãs sobreviventes de sua espécie agora eram somente um e que ela os representava. Ela conseguiu isso logo após a coroação. Os líderes entregaram seus selos e ela os transformou em um só. Continuavam liderando, mas sob suas ordens. Direitos e deveres seriam debatidos e oficializados. E foram. Todos pareciam sedentos por mudanças e elas vieram na melhor das embalagens.

Ali, agora diante da Confraria, exigiu que eles declarassem a compra de súcubas e íncubos por dote ilegal. Os velhos e novos não gostaram muito, houve murmúrios de revolta.

— Sou a rainha de meu povo, aqui estou para representá-lo. Farei o meu melhor, afinal que espécie de criatura seria se concordasse que meus colegas de bancada apoiassem o comércio de vidas?

— Não podemos quebrar leis.

— Leis? — disse ela pensativa. — Talvez possamos criar novas então — comentou quase como que cedendo a eles, que relaxaram. — Os quatro clãs que represento assinaram uma nova. Pagaremos com ouro todo e qualquer ser do Mundo Além que nos trouxer sangue dos membros da Confraria. Já assinamos, vou torná-la legal colocando meu selo real.

Eva, assistida pelos conselheiros, ergueu o selo e esperou olhando os membros da Confraria completamente estarrecidos. Era possível criar novas leis e, se ela fosse votada por uma espécie, seria legitimada.

— Espere, rainha Evelyn — o líder a deteve antes que colocasse o seu selo imperial. — Eva, por favor — disse interrompendo o gesto.

O líder da Confraria pareceu suspirar aliviado e pediu um recesso de trinta minutos com os anciões. A rainha esperou em uma sala mobiliada com luxo e riqueza. Não comeu nem bebeu nada que lhe foi oferecido. Milo tinha água e comida, caso ela quisesse. Envenenamentos eram comuns. Quando o tempo acabou, todos voltaram ao salão e a decisão fora unânime. Todo aquele que comprasse fêmeas ou machos de sua espécie seria preso e posteriormente executado. A escravidão acabara, os detalhes e penas menores foram passados à Confraria por seus conselheiros em um documento de cem páginas. O importante é que agora ela se cumpriria.

Para ajudar no combate, eles resolveram criar um banco de sangue em que seriam catalogados doadores e recebedores. Uma pequena taxa seria cobrada para manutenção do banco e de um hospital que atenderia quem dele precisasse. Um novo mundo era construído ato por ato.

Subiu ao trono para fazer as mudanças necessárias de dentro para fora do clã, e não o inverso. Sempre que vencia uma batalha se lembrava de Pedro. Não podia deixar de pensar nele, em seus erros e acertos. Podia sentir o perfume dele em sua pele ainda, o toque suave de seus dedos. Os beijos que ele deu em sua nuca, sobre a marca de nascença... Doces momentos foram tudo o que lhe restou.

Na manhã seguinte ao encontro que os ligou tão profundamente, ele partiu sem lhe deixar nenhuma palavra, um recado, nada! Como aprender a odiar quem se ama?

Despertou no leito sentindo dedos deslizando suavemente sobre sua marca de nascença. O corpo semicoberto deixava ver as pernas, as costas até a curva da cintura. A carícia delicada daqueles dedos a fez sorrir e iluminar-se de prazer. O sinal luziu e os símbolos ficaram visíveis. Ela se moveu preguiçosamente, mas não abriu os olhos.

— Volte para a cama, amor... É cedo. — disse com a voz rouca.

Com um riso cínico, o homem ao lado do leito abriu o *blazer*, sentou no leito e deslizou a mão sobre suas costas numa carícia mais ousada. No rosto da jovem estava uma expressão de relaxamento e prazer.

— Adoro quando me toca assim... — gemeu Eva.

— Podemos fazer isso sempre que quiser.

O corpo se enrijeceu, aquela não era a voz de Pedro. Eva abriu os olhos e puxando o lençol foi para o espelho da cama.

— Quem é você?

Sobre a mesinha de cabeceira estava a arma que Pedro usara na luta. Num gesto rápido, a pegou e apontou para o desconhecido. Se ele ousasse tocá-la o mataria.

Possuía olhos azuis, pele branca, cabelos negros. Não era qualquer um; vestia um terno completo em tons de grafite. O prendedor da gravata era de ouro e rubi. Não afastou o olhar dela, que naquele momento não supunha o quanto era tentadora. Os cabelos em desalinho, o lençol ocultando o corpo perfeito e delicado. O olhar decidido, a arma apontada para ele.

— Perguntei quem é você! — disse com mais raiva e engatilhando a arma apontada para sua cabeça.

Um minuto depois, ele se curvou e Solange apareceu tentando fechar a porta, mas logo depois, com mais três desconhecidos, entraram.

— Mas que merda é essa! Quem são vocês? — perguntou Eva ainda de arma em punho.

— São seus súditos e conselheiros — explicou Solange e lhe falou mentalmente. — *Peça para que saiam para que se vista e lhe explicarei tudo.*

— Saiam, preciso me vestir. Logo terei com vocês.

Eles saíram num estado de admiração e alegria, pelo menos três deles. O primeiro a entrar saiu, mas não antes de lançar um último olhar. Ela não gostou, mas fingiu não ver.

— Rainha?

— Sim, Eva, Pedro lhe contou tudo, achei que estivesse pronta para recebê-los na sala de visitas. Como não desceu, Dideron atreveu-se a subir e procurá-la; tentei detê-los, mas não pude.

— Tudo bem, Solange. Eles só se arriscaram a levar um tiro — comentou quase rindo. — Dideron é o de olhos azuis?

— Sim, na verdade ele é príncipe. Estava muito ansioso para vê-la... Era seu prometido, mas Heitor o venceu. O que acontece é que seu povo é órfão há muito tempo e anseia por uma rainha.

— Príncipe e atrevido — comentou fria. — Pedro me contou sobre o passado, mas não disse nada sobre revelar minha identidade para eles — disse surpresa como Solange.

— Fez isso para protegê-la. Ainda precisa de um mestre? — perguntou se referindo à alimentação.

— Onde ele está? — Eva não respondeu de imediato.

— Foi para Paris — respondeu Solange atenta à sua reação.

— Como assim...?

Ao perceber sua surpresa, a cama desfeita, a força estabelecida em seu corpo de súcubo, Solange entendeu que Pedro a havia alimentado, mas não assumido o lugar ao lado dela como mestre.

— Vocês dois...?

— Sim, nós dois dormimos juntos. Só não entendo por que partiu sem dizer nada — comentou com a voz baixa.

— Querida, me escute, estou aqui e a guiarei no que for preciso — afirmou Solange. — Ele se tornou seu mestre?

— Não sei dizer. Disse-me que não estava à minha altura, que fora uma segunda escolha de meus pais. Mas eu deixei claro que não importava... Ele disse que não era só alimentação — confessou cobrindo o rosto com as mãos.

Não chorou, apenas estava profundamente magoada com a frieza dele. Agiu como se a desprezasse, como se houvesse sido somente alimentação.

— Relaxe. Veja bem, Pedro teve de partir, vai ficar fora por algum tempo. Mas o importante é que ele a anunciou a seu povo solenemente. Você será reconhecida, testada, e verão que é filha de Mayim e Gael. Assumirá responsabilidades e estará em segurança — a arquivista queria prepará-la para o que viria a seguir. — Caso lhe perguntem sobre seu mestre, diga que ele está fora e logo retornará. Não lhes diga seu nome, está bem?

— Por que não? E se ele não voltar? Preciso falar com ele.

— Eva, eu sinceramente não sei responder suas perguntas. O que seu coração lhe diz?

— Eu não sei, mas não vou me iludir nem mentir.

— Essa mentira a protegerá. Se não tiver um amante, logo será obrigada a escolher um; é seu dever como rainha — disse Solange alertando-a.

— Quanto tempo eu tenho?

— Um ano e cinco dias, depois disso precisa nomear um consorte. Em mais um ano, ele poderá reinar ao seu lado, mas a última palavra sempre será a sua, visto que o trono lhe pertence por herança sanguínea.

— O que faria em meu lugar? — quis saber, realmente confusa quanto a que decisão tomar.

— Assuma o poder e depois faça as mudanças. Sobre o consorte, afirme que possuiu um, mas que agora vai se dedicar à coroa, e que dentro do prazo exigido fará uma escolha ou pronunciamento.

A decisão era sábia e lhe daria tempo para pensar. O conselho de Solange deu-lhe algo ao que se apegar e tomar decisões sem que isso a torturasse.

— Obrigada, minha amiga — dizendo isso a abraçou.

Foi para o banheiro e tomou banho, vestiu suas roupas e recebeu mais instruções de Solange. Pedro estava certo, ela saberia guiá-la em seu mundo. Quando se sentiu segura, deixou que os íncubos entrassem. Eles se apresentaram um a um. Um príncipe e três conselheiros.

Quando Dideron se aproximou de Eva, curvou-se. Ela o observou com impassibilidade e altivez. Um dos conselheiros se adiantou e o apresentou.

— Príncipe Dideron — disse Magnus, um dos seus conselheiros.

— Você foi educado? — ela quis saber olhando o príncipe.

— Sim, majestade.

— Não me pareceu — disse ela enfrentando seu olhar com segurança, numa ameaça bem real. — Lembre-se dela da próxima vez que pensar em invadir meu quarto.

— Não voltará a se repetir, a menos que deseje, majestade.

— Confio em primeiras impressões.

— Agora os conselheiros gostariam de fazer o teste — comentou Solange tentando desfazer a tensão.

A agressividade velada de Eva era um sinal de que estava ligada a Pedro, que havia cruzado mais um limite. Mas e quanto a ele, teria feito o mesmo? Não aceitaria outro até que a união fosse desfeita. Não o viu partir, mas ele deixou-lhe duas cartas, uma com instruções e a outra de cunho pessoal, na qual afirmava amá-la; mesmo no pouco espaço de tempo que se conheciam, o sentimento cresceu e não o negaria. Mas precisava manter o contrato feito com Celine e encontrar seu filho. Se tudo acabasse de acordo com seus planos, voltaria para o Brasil. Com Durval e Lucille mortos poderia viver em paz.

— Estou à disposição, senhores.

De onde ela tirou tanta confiança? O olhar calmo, a força que crescia a cada minuto que ela lidava com sua nova condição. Enquanto sozinhas, Solange explicou a Eva como deveria proceder, mas sua postura era de alguém acostumado ao poder. Foi como se Pedro houvesse dado parte dele mesmo para que seguisse em frente sozinha e forte.

Seria entregue a ela uma esfera de cristal. Ela deveria segurá-la e esperar. Nada mais. O segundo conselheiro, o mais velho deles, Amim, abriu a caixa que continha a esfera diante de Eva, que a pegou fascinada com a beleza. Segurou-a com as duas mãos e a fitou sem medo. A princípio, o cristal tornou-se branco leitoso e fez os homens à sua frente a olharem contidos. Mas, quando ele ficou negro, dourado e prateado, soltaram exclamações de espanto. Até mesmo Solange a olhou com admiração.

Passou no teste e com louvor. As cores na esfera a coroaram como rainha absoluta. Dominaria os quatro clãs de sua espécie. Tinha poderes específicos de todos eles. Poderia até mesmo comandar todos eles se assim desejasse e assim o faria. Mas isso ela só veio a descobrir dias depois. Naquele momento, apenas devolveu a esfera à caixa, vendo os homens ajoelhados aos seus pés.

— Levantem-se, por favor. Sou sua rainha e não seu carrasco — dizendo isso, tocou o ombro do conselheiro mais velho e sorriu.

— É uma honra poder vê-la, minha senhora e mãe.

Apelava para Solange mentalmente com descrição e conseguiu se sair o melhor possível do primeiro encontro com sua espécie. Decisões foram imediatamente tomadas. Foi uma manhã cheia, os conselheiros sacaram de seus telefones e fizeram ligações. Em poucos minutos, cinco mulheres apareceram munidas de malas e roupas. Sublocaram um dos quartos e lá se dedicaram à tarefa de cuidar da aparência da rainha. Deram-lhe um banho com óleos finos, segundo elas especiais para sua pele e espécie. Pentearam seu cabelo e o enfeitaram com tranças. Ela gostou e soube por Solange que sua mãe as usava do mesmo modo. Expuseram trajes de seda, veludo e couro. A maioria vestidos, mas ela deu preferência a um traje moderno. Era negro de veludo e couro. Calça, camisa fina de seda transparente, um colete de alças largas e um casaco. Uma mistura equilibrada de couro, veludo. Maquiagem leve. Por fim, pegaram uma gota de seu sangue para confeccionar seu perfume. A mulher de cabelos claros inseriu a gota dentro de um líquido translúcido e gelatinoso, e esperou.

Imediatamente a composição mudou. Após passar por várias tonalidades, dividiu-se em quatro, que ela poderia sacudir ou simplesmente usar separadamente. O aroma era exótico e lembrou o perfume que sentiu ao fazer amor com Pedro.

Joias, sim, uma caixa que estaria agora a seu dispor lhe foi apresentada. Ela deu preferência naquele primeiro momento às pérolas. Ao se olhar no espelho, surpreendeu-se: a antiga Eva sumira. Aquela no espelho era uma mistura de Eva e Evelyn, a rainha.

A mansão que morava ficava no bairro dos Jardins. O carro entrou pelos portões e seguiu para a garagem. Eva nunca descia na frente da casa, isso a exporia a um atirador. Havia sofrido dois atentados, mas saído ilesa de ambos. Desde então, a segurança aumentou.

Eva foi direto para seus aposentos. Milo revistou o quarto e a deixou entrar. Ela nunca reclamava dos seguranças; esperava pacientemente que vasculhassem o quarto, o carro. Obedecia-os e mantinha-se longe de problemas. Graças a isso estava viva. Fechou a porta, foi para o banheiro e preparou um banho. Pegou um roupão limpo e se despiu. Com a banheira cheia, despejou óleo de banho e logo estava imersa. A toalha na nuca, a água morna a fazendo relaxar. Por um segundo, acreditou cochilar, mas ao sentir a pressão de mãos sobre sua garganta abriu os olhos.

O homem de máscara tentava afogá-la na banheira. Debatia-se em luta com seu agressor. Segurava suas roupas e soltou a primeira descarga de poder. O empurrão foi forte e rachou a banheira; a água invadiu o banheiro e os afastou. Ainda no chão, puxou o roupão e cobriu seu corpo. Tocou a garganta e sentiu dor e raiva. O agressor estava de pé e tentou avançar novamente, mas Eva o empurrou e dessa vez ele atravessou a janela, por onde parecia ter entrado. Ouviu som de tiros no corredor e fitou a porta. Um segundo depois, esta foi arrombada e três mascarados entraram.

— Eva, abaixe-se!

A voz era de Pedro e o comando foi seguido à risca. Jogou-se no chão e ouviu os tiros. Os invasores revidaram e Eva gritou, rolando para debaixo da cama. Lá derrubou a mesinha de cabeceira e pegou sua arma. Seu gesto foi providencial, pois a livrou de um agressor, que acertou à queima-roupa. Pedro estava no quarto e agora lutava com outros dois homens. Eva foi agarrada por trás, puxada pelos cabelos.

— Quieta! — gritou o homem apertando-lhe a garganta.

— Solte-a!

— É melhor me soltar — avisou ela segurando o braço de seu agressor.

— Dideron? — ela quase queria confirmar o que já sabia.

— Sim, eu mesmo. — Dizendo isso, puxou a máscara revelando o rosto.

Na porta, os seguranças esperavam uma melhor posição para o ataque. Ele estava com a rainha nas mãos, não podia arriscar feri-la.

— Foi a sua escolha, Eva. Poderia ter me aceitado, mas pelo que vejo prefere morrer — sussurrou junto ao seu ouvido e cravou-lhe uma lâmina no flanco.

O grito de Eva fez todos os pelos do corpo de Pedro se arrepiarem. A lâmina foi puxada de seu corpo. Ele pretendia investir novamente, mas por algum motivo abaixou a lâmina e por fim rugiu de dor. Não só ele, mas todos os outros que ainda esperavam avançar sobre ela, menos seus seguranças e Pedro. Algo os consumia de dentro para fora com fogo.

O corpo de Eva foi envolvido por chamas, que não a feriam e não permitiam a aproximação de ninguém. Os vampiros caíram mortos e viraram pequenas fogueiras. Pedro se aproximou de Eva sem medo. Sabia que ela não lhe faria nenhum mal. No entanto, vê-la envolta em chamas o preocupou. Que espécie de força era aquela?

— Eva? — chamou-a suavemente.

Com os olhos rubros, Eva o olhou diretamente. As chamas diminuíram e depois sumiram, deixando o corpo intacto.

A rainha tocou as costas e viu a mão cheia de sangue. A mão tremia, o coração pareceu saltar no peito. A vista ficou escura e ela cambaleou e foi amparada por Pedro. Ele a tomou nos braços e a beijou, queria que tomasse sua energia.

— Eva...? Alimente-se, pequena — pediu tocando seus cabelos e rosto, sacudindo-a levemente.

O coração batia lentamente, a respiração era quase imperceptível. Ele tentava colocar a maior quantidade de pele possível em contato com ela.

Nesse momento, Eva tomou fôlego, como se viesse à tona de um longo mergulho. Pedro colou seu rosto ao dela e, ao sentir que recebia sua energia, buscou a boca delicada e, num beijo sôfrego, deixou que ela tirasse dele tudo o que precisasse. Tudo parecia bem até ela tossir e começar a tremer. Tentou falar, mas não conseguia; fitou os dedos ficarem roxos, os lábios. A lâmina continha veneno! Sem perder mais nenhum minuto, Pedro cortou seu pulso e fez o sangue escorrer por seus lábios.

— Beba, meu amor, beba... Eva! — pediu olhando-a nos olhos, forçando-a a engolir o máximo que pudesse de seu sangue.

O corpo estremeceu, arqueou-se nos braços de Pedro. Sentia dor, muita dor. Apertou-lhe a mão, os olhos nos seus suplicando ajuda. Ela gemeu alto e tudo parou; o ar, o coração.

— Não... Não! Eva!

O corpo amoleceu nos braços de Pedro. Viu-a fechar os olhos, não conseguia ouvir seu coração... Estava morta.

— Eva, meu amor... Não vá, fique...

Milo rugiu de dor e descarregou a arma no corpo morto de Dideron. Por fim, caiu de joelhos no chão e chorou. Pedro tinha Eva nos braços e a apertava junto ao peito. Não teve tempo de desculpar-se, de dizer o quanto a amava. Ergueu-a nos braços e a tirou do quarto sob o olhar pesaroso dos seguranças.

A rainha estava morta. Pedro abriu uma das portas do corredor e encontrou um quarto vazio. Entrou e a colocou no leito. Ajeitou o corpo o melhor que pôde e assim ficou até que Solange apareceu no quarto e, ao ver o corpo de Eva no leito, fraquejou. Pedro abraçou-a e juntos deram vazão à sua dor.

O corpo foi preparado com esmero. Solange e as mulheres mais próximas cuidaram de tudo. Vestiram-na de branco e antes de colocá-la na urna Pedro veio se despedir. Não ia ficar para os funerais, não conseguiria aguentar as perguntas sobre sua relação com ela. Afinal ficou claro que era seu mestre quando tentou salvá-la alimentando-a com seu sangue.

Foi deixado a sós com o corpo. O quarto estava cheio de rosas brancas e seu perfume era uma lembrança cruel de outros dias. Leopoldina, Amélia, Domitila e agora Eva. Todas mortas. Durante uma briga com sua Titilia, ela disse-lhe que ele fora amaldiçoado por Durval e que tudo que tocava mudava, morria de um modo ou de outro.

Aproximou-se e a observou sob o véu que a cobria. Estava tão linda. Apoiou as mãos sobre a mesa e fechou os olhos.

— Parti para pagar uma promessa e uma dívida de sangue... O que fiz foi para salvá-la. Quando Celine a envenenou com aquelas almas, eu tive certeza do que sentia — ele parecia sufocado pela dor. — Não podia vê-la sofrer, morrer. Eu estava amando outra vez... Não conseguiria ir adiante sem você — a voz estava embargada pela dor. — Tinha de salvá-la, passei anos culpando-me pela morte de Mayim, Gael e Heitor. Cheguei tarde demais... Não cuidei de você. Não a protegi o suficiente! — reclamou com o rosto banhado em lágrimas. — Deveria ter insistido, permanecido ao seu lado e de Heitor.

Puxou o véu e tocou delicadamente seu rosto com os dedos. Em seguida, encostou a face na sua e soluçou. Na despedida mais dolorosa de todas.

— Estou livre de Celine. Encontrei meu filho. Ele era mortal e morreu com oitenta anos. Durante esse último ano, fui escravo do seu amor — murmurava junto aos seus lábios, fitando seu rosto. — Volte para mim... Não me deixe na escuridão.

Dizendo isso a beijou, suas lágrimas molhando o rosto de Eva na eternidade do momento. O seu perfume, queria levá-lo consigo... Sua pele ardeu levemente. Houve um suspiro e logo depois pôde sentir sua energia sendo sugada. Abriu os olhos e viu os de Eva entreabertos. Estava viva! Viva e faminta. Beijou-a e deixou que ela se alimentasse. Quando ela afastou os lábios dos dele, Pedro a segurava em seus braços. Ela retribuiu o seu abraço e murmurou:

— Por que estava chorando...? — a voz rouca e frágil.

— Acreditei que a mulher que amo estivesse morta — disse afastando-a do peito para olhar seu rosto e tomar-lhe novamente os lábios num beijo cheio de paixão.

— Eu morri? É por isso que estou nessa cama dura? — quis saber olhando à sua volta.

As flores, o ambiente repleto de velas acesas, as cortinas cerradas. Ela sentiu-se desconfortável. Imediatamente, Pedro a tomou nos braços e retirou da mesa. Ficou em pé sendo aparada pelo abraço do amante. Fitou as mãos, o corpo naquele traje branco.

— Sinto-me diferente — disse tocando o próprio rosto.

— Bem-vinda à imortalidade — murmurou junto aos seus lábios. — Beber do meu sangue enquanto agonizava a imortalizou. — disse com os olhos presos no seu olhar, beijando-lhe delicadamente.

— Por que voltou? — quis saber, segurando seus ombros sob a jaqueta.

— Não podia nem conseguiria ficar mais nem um minuto longe de você, meu amor.

Tomou-a nos braços e a beijou longamente. Eva retribuiu, o abraçou, sorriu e soluçou de alegria.

— Ficará comigo? — quis saber temendo perdê-lo novamente.

— Se assim desejar, minha rainha — falou embalando-a nos braços.

— Preciso de um consorte... Devo falar disso hoje... Eu... Quanto tempo dormi?

— Um dia.

— Quer ser meu rei, amante, amigo, mestre?

— Aceito, mas antes dos anúncios, que tal cancelarmos seu enterro?

Os dois sorriram e ele apertou-a junto de si temendo perdê-la ou acordar daquela doce alucinação. Quando ela gemeu, ele percebeu que era bem real. Sem perceber, dançavam sem música. Pedro sorria e os caninos apareciam entre os lábios, mas ela não o temia. Na verdade, desejava-o desse modo.

— Deseja-me realmente? — disse, afastando-se para fitar seu rosto.

— Sim, amo, desejo, anseio mais do que tudo, meu imperador. Eu te amo — disse entre um beijo e outro.

— Eu também a amo. Mas para você é somente Pedro, o vampiro.

Este livro foi composto em Minion Pro
e impresso pela Intergraf
para a Editora Planeta do Brasil
em julho de 2015